东汉文学思想研究

夏冬梅 著

巴蜀书社

本书为内江师范学院博士科研项目资助成果

目　　录

绪 论

本书探讨东汉时期的文学思想，意在结合文学理论、文学批评和创作实际做综合研究，客观呈现东汉时期文学思想的发展状态，准确定位东汉文学思想在中国文学思想上的价值。

一、东汉文学思想研究现状

20 世纪 20 年代，受到西方文艺理论的影响，中国古代文学理论开始建立其文学批评体系。东汉文学理论批评的系统研究也从此开始。历经近百年发展，终于形成现在蔚为大观的研究现状。综观东汉文学理论批评研究，其发展经历了三个阶段。

20 世纪 20 年代至 1949 年为东汉文学理论批评研究的第一个阶段。在此阶段，中国古代文学理论批评系统初步建立，东汉文学理论批评则成为其中的一小部分。1927 年，陈钟凡撰写了第一部中国文学批评史著作，在其第五章“两汉批评史”中将两汉的文学理论分为“司马迁文评”“扬雄赋评”“班固诗赋分类”和“王充论文”四小节进行讨论①。1934 年，方孝岳《中国文学批评》的第九章、十章、十一章分别论述了“扬雄与文章法度”“扬雄、桓谭的文章不朽观”和“王充论创作的文学”②。同年，郭绍虞《中国文学批评史》分四章对两汉的文学批评进行了阐述：第一章是“由史籍窥见汉人对于文学之认识”，第二章是“经学家之论诗见解”，第三章是“扬雄”，第四章是“王充之文学观”③。罗根泽《中国文学批评史》对两汉的文学理论批评分别从“诗的崇高与汩没”“文与文章及其批评”“对于辞及辞赋作家的评论”和“王充的文学批评”进行论述④。1944 年，朱东润《中国文学批评史大纲》之第五章专门论及“东汉文学批评”，认为“东汉一代，文学论者，首推桓谭、班固，其后则有王充。……故谓东汉文论，全出于扬雄可也”。他对此三人的文学观点分别进行了论述，主要内容有：桓谭“文学与环境的关系”论、班固对屈原和《离骚》以及司马迁的看法、王充关于“文之立场、鸿儒、讽古”等看法。同时，朱东润先生对王充的文学理论给予了高度评价，认为“汉人之文，西京为盛，而论评文字，仅见端倪，至于摭论文字，独具主张，则自王充始”⑤。

陈钟凡、方孝岳、郭绍虞、罗根泽、朱东润等人不仅把批评史从文学史中分离出来，建立了批评史的独立学科，还收集了丰富的文论资料，梳理了中国文学理论批评的历史流变，对历代文论观点进行了不同程度地阐释，基本建构起中国文学批评史的研究框架。纵观这些批评史研究，其共同之处有两点：一是对东汉文论的研究比较简略，

① 陈钟凡：《中国文学批评史》，北京：中华书局，1929 年，第 14—18 页。
② 方孝岳：《中国文学批评》，上海：世界书局，1936 年，第 31—35 页。
③ 郭绍虞：《中国文学批评史》，天津：百花文艺出版社，1999 年，第 40—70 页。
④ 罗根泽：《中国文学批评史》，上海：上海书店出版社，2003 年，第 68—115 页。
⑤ 朱东润：《中国文学批评史大纲》，上海：上海古籍出版社，2005 年，第 16—18 页。

多集中研究桓谭、班固、王充等人的文学理论和文学批评；二是研究方法较为单一，多从班固、王充等人著作中找寻有关话语，总结他们的文学观点。这种研究方法注重诠释、阐述和评价，虽然对具体问题的探讨比较周到和详尽，但是缺乏对东汉文学思想进行系统性和整体性的观照。较为狭小的研究范围和较为单一的研究方法，说明了东汉文学理论的研究在此期还处于起步阶段。

当中国文学批评体系创建之际，日本学者青木正儿已进入中国文学思想的研究领域。他于 1936 年和 1943 年相继出版了《中国思想史纲》和《中国文学思想史》。在《中国文学思想史》中，青木正儿分别从“汉儒的道义文学思想”“赋家之贵游风气”“王充《论衡》儒学文学协调说”三方面阐述两汉时期的文学思想，认为其属于周汉时期实用娱乐时代的范围。首先，他认为由于孔门的教育原则是先德行后文学，所以，汉儒不能离开道义去观察文艺，周代的文艺杰作《诗经》和《楚辞》虽都已达到了优美的纯文学境地，但汉儒却不能轻易把它从道义的桎梏中解放出来；其次，他认为之所以司马相如、扬雄等人的赋作欲借讽谏之语掩饰其游戏文字之面目，盖犹未能脱离儒家思想之羁绊故也；最后，他认为王充将儒者分为文儒和世儒等观点是在向曹丕“文章经国之大业，不朽之盛事”思潮迈进①。青木正儿关于中国文学思想的探索对中国文学理论批评史学科的创建与开拓产生了重要的影响。

1949 年至 1979 为东汉文学理论批评研究的第二阶段。此时中国内地的文学理论研究因受到时代影响，不仅研究数量少，而且研究的角度也被深深地打上了时代的烙印。王充《论衡》研究成为阶级斗争

---

① （日）青木正儿著：《中国文学思想史》，郑樑生、张仁青译，台北：台湾开明书店，1977 年。

时期的研究热点，如侯外庐、赵纪彬等认为“王充思想的社会根源是代表着农民以及微贱阶级的要求，因而他在阶级立场上树起了反抗皇权和豪权的斗争旗帜”①。就文学理论批评专著而言，此时期面世的只有1962年出版的黄海章《中国文学批评简史》和1964年出版的刘大杰主编《中国文学批评史》（上册）。黄海章在《中国文学批评简史》中从司马迁、班固、王逸对屈骚的批评，扬雄、班固对辞赋的批评以及王充的文学观三大方面对两汉的文学理论批评进行了阐述②。总之，此时期中国内地对东汉文学理论批评的研究完全被时代风气所遮蔽，有价值的研究著述较少。虽然中国内地文学理论批评研究较为萧条，但是中国台湾的文学理论研究却取得了新的进展，出现了柯庆明《两汉魏晋南北朝文学理论之研究》③《两汉魏晋南北朝文学批评资料汇编》④，朱荣智《两汉文学理论之研究》⑤ 等专著。他们更集中地关注两汉时期的文学理论批评，补充了前一时期两汉文学理论批评研究的不足，这是汉代文学理论史上的跨越。由于是断代研究，这两部汉代文学理论研究的专书在资料的收集和论述的体系上显得更为丰富和完善。

1979年至今为东汉文学理论批评研究的第三阶段，是中国古代文学理论研究的繁荣阶段。第一届（1979年）、第二届（1980年）中国古代文学理论研讨会召开，标志着中国古代文学理论研究复苏，研究者们开始尝试从新视野、新领域、新方法上进行研究。此期间，东

---

① 侯外庐、赵纪彬、杜国庠、邱汉生：《中国思想通史》第2卷，北京：人民出版社，1957年，第275页。

② 黄海章编：《中国文学批评简史》，广州：广东人民出版社，1981年，第21—38页。

③ 柯庆明：《两汉魏晋南北朝文学理论之研究》，台北：成文出版社，1978年。

④ 柯庆明、曾永义编辑：《两汉魏晋南南北朝文学批评资料汇编》，台北：成文出版社，1978年。

⑤ 朱荣智：《两汉文学理论之研究》，台北：联经出版事业公司，1978年。

汉文学理论思想的研究也得到了充分的发展，主要表现在以下几个方面：

第一，将东汉文学思想继续融入中国文学批评史的研究中，在继承中有创新。

随着思想的解放，中国文学批评史研究再次出现热潮。此时期的中国文学理论批评史的研究已经逐渐突破了“观念史”[①] 研究方法，加强了对文学理论和文学批评的产生原因、文论自身发展脉络等方面的探讨。此期间最早出现的著作是敏泽《中国文学理论批评史》和周勋初《中国文学批评小史》。敏泽在《中国文学理论批评史》中对东汉的班固、王逸、王符、王充的文学观进行了论述[②]。周勋初在《中国文学批评小史》中阐述了班固、王逸对辞赋的看法和王充对汉代正统学风的批判[③]。20 世纪 80 年代后期至 90 年代由王运熙、顾易生主编的七卷本《中国文学批评通史》继承了以往批评史写作的方法，资料更加丰富。王运熙等人将两汉文学批评分成“西汉中期以前的文论发展”“两汉之交的文论演变”和“两汉文论的尾声”三个部分，其中东汉文学批评在前代研究基础上增加了郑玄的文学理论探讨。王运熙等人还认为“两汉文论是由先秦文论这一初级阶段，过渡到魏晋南北朝文论的自觉阶段的自然衔接。在此期间，由于儒家经学的思想统治，两汉传统文论多是‘依经立义’，未能摆脱思想附庸的地位，就是《毛诗序》或郑玄《诗谱序》，虽是诗歌专论专篇，颇富理论色彩，但仍是解释儒家经义的产物。在理论上，儒者以其理性的眼光和现实

---

① 所谓“观念史”（history of ideas）主要表现在：学者的任务是从文本中抽取观念，考察一种观念被哪位批评家所支持，说明哪些观念是新的，以及从历史的角度研究这些观念怎样发生变化。（美）宇文所安著：《中国文论：英译与评论》，王柏华、陶庆梅译，上海：上海社会科学院出版社，2003 年，第 1 页。

② 敏泽：《中国文学理论批评史》，长春：吉林教育出版社，1993 年，第 156—170 页。

③ 周勋初：《中国文学批评小史》，上海：复旦大学出版社，2007 年，第 10—17 页。

精神，建立了以教化为中心的传统文学观，重在文学与政治、文学与伦理、文学与现实等外部规律的研究，而忽视了对文学的艺术特征等内部规律的研究，加以儒者固有的复古保守倾向，使两汉传统文论存在明显的局限……文论自觉的参天大树是在魏晋南北朝时期成长的，但它的种子，却早已在两汉时代播下”①。张少康在《中国文学理论批评史》一书中增加了“封建正统文艺观的确立——从《礼记·乐记》到《毛诗大序》”一节，丰富了汉代文学理论在“历史”方法上的新内容，推进了文学思想方面的探讨②。蔡镇楚在《中国古代文学批评史》一书中认为汉代的文学批评具有与先秦文学批评不同的风格特色，即：文学批评与经学相结合，主真美，反对谶纬之学和虚妄之美，尚丽，实现了由先秦零散的评论向有意识、有系统的文学批评的过渡③。

第二，新方法、新内容的开拓。

1. 东汉文学思想研究。罗宗强先生主编的《中国文学思想史》开辟了中国古代文论研究的新思路。他在旧有文学理论和文学批评研究的基础上创新研究方法，即把文学批评、文学理论主张和文学创作的实际结合起来考察，探讨文学思想的历史发展、理论价值等。罗宗强先生的《隋唐五代文学思想史》取得成功之后，其文学思想研究和文学思想史的研究方法影响了中国古代文学理论和文学批评研究的方向，出现了多部文学思想研究著作，推动了中国古代文论和文学批评研究的进程。自然，东汉文学思想的研究也呈现出相同的趋势。

敏泽先生在《中国文学思想史》第五章“中国文学思想之定型”

---

① 王运熙、顾易生主编：《中国文学批评通史》，顾易生、蒋凡著：《先秦两汉文学批评史》，上海：上海古籍出版社，1990 年，第 371－372 页。

② 张少康：《中国文学理论批评史》，北京：北京大学出版社，2011 年，第 115—128 页。

③ 蔡镇楚：《中国古代文学批评史》，长沙：岳麓书社，1999 年，第 95—97 页。

中，从两汉文学思想形成的文化背景、两汉文学思想的基本理论、两汉文学思想在批评中的实践以及两汉文学思想的价值等方面论述了两汉文学思想①，尤其是在两汉文学思想的基本理论的探讨上，作者不再是对两汉时期的专人专书的观点勾勒，而是整合了两汉时期文学理论的观点，归纳了两汉文学思想的基本理论，展示了两汉文学思想研究的新突破。许结先生的《汉代文学思想史》是作者“试图兼顾汉代思想、文学理论批评、文学史、文学创作之综合研究方面所做的努力”②。这种努力主要体现在作者从文学思想的角度考察两汉文学的源流及其发展演进的脉络。《汉代文学思想史》是新方法在汉代文学思想研究上的实践，在该领域具有非常重要的地位。许结先生认为“在整体趋势上，汉代文学是沿着诗骚两大传统前进的，一方面以诗学（即对历史文化的解释）为实用和审美的标准，另一方面则是积淀于屈骚文学而显现出的浪漫的激情和遒劲的气势，二者的兼融统一，构成了汉代文学思想的结构主体”③。他将两汉时期的文学思想分为肇造期、鼎盛期、转折期、中兴期、衍变期和觉醒期，而东汉时期的文学思想在整个汉代的文学思想中属于中兴期、衍变期和觉醒期。施昌东的《汉代美学思想述评》集中对班固和王充的文艺观进行了探讨，他认为“班固的文艺观的基本倾向和特点是神学唯心主义的，它是为东汉封建王朝的政治利益服务的……但它又存在着自相矛盾的地方，即具有一些与神学唯心主义美学思想相矛盾的朴素唯物主义的观点”④。张峰屹在《两汉经学与文学思想》⑤ 一书中系统梳理了两汉的

① 敏泽主编：《中国文学思想史》，长沙：湖南教育出版社，2004 年，第 150—212 页。
② 许结：《汉代文学思想史》，北京：人民文学出版社，2010 年，第 408 页。
③ 同上。
④ 施昌东：《汉代美学思想述评》，北京：中华书局，1981 年，第 126 页。
⑤ 张峰屹：《两汉经学与文学思想》，北京：生活·读书·新知三联书店，2014 年，第 1 页。

文学创作和文学观念的实际状况及其发展轨迹，分别从两汉经学与《诗》学思想、两汉经学与辞赋文学思想、谶纬思潮与两汉文学思想三方面，讨论了两汉时期经学对文学思想的影响。

就单篇论文来看，刘文勇在《楚化与儒化——阐释汉代文学思想的一个框架》一文中试图为汉代文学思想的阐释提供一个框架——楚化和儒化，意即从思想层面上来说，汉代社会是一个逐步儒化的过程，而汉代的审美文化大体上是楚化的结果①。马积高在《两汉文学思想的变迁与儒学》一文中将两汉的文学思想变迁和儒学联系在一起考察，将两汉文学思想分为汉初（高帝到景帝），武、宣之世，元成至东汉和帝，安帝到东汉末四个阶段。他认为东汉前期是儒学真正占统治地位的时期，东汉中后期由于儒学式微，文学思想发生了重要的变化，从总的趋势来看，与汉魏之际（建安文学）更为相近②。刘丽在《从评〈离骚〉看两汉文学思想之演变》一文中从两汉对屈原及其《离骚》的不同看法考察两汉时期的文学思想的变迁，颇具说服力③。王凯波在博士论文《屈骚评论与汉代文学思想》中以屈骚评论为中心，探讨了北方经学文学思想和南方的屈骚文学思想的冲突与融合。他认为汉代持续多年的屈骚评论实际上是风雅之争，“是文学挣脱政教束缚、脱离讽谏精神的诗性复归”④。刘欢在博士论文《汉代文学审美思想研究》中对两汉文学审美意识进行了探讨，他认为两汉文学作品中蕴含了“以壮阔宏巨为美”“以铺排意象之多而满为美”“以细

① 刘文勇：《楚化与儒化——阐释汉代文学思想的一个框架》，《西南大学学报（人文社会科学版）》2008 年第 3 期。

② 马积高：《两汉文学思想的变迁与儒学》，《求索》1989 年第 1 期。

③ 刘丽：《从评〈离骚〉看两汉文学思想之演变》，《殷都学刊》2007 年第 3 期。

④ 王凯波：《屈骚评论与汉代文学思想》，哈尔滨师范大学博士论文，2010 年，第 173 页。

腻刻画为美”“以生活之真为美”①。

除了将东汉文学思想置入整个汉代文学思想的研究体系下，研究者们还将东汉时期的具体作家作品置于东汉的大文化环境中，探讨具体作家的文学思想对东汉时期文学思想的影响，如《班固与汉代文学思想》②《王充与东汉文学思想》③ 等。这种研究方法一方面对具体作家的文学思想进行了探讨，另一方面对东汉文学思想的大势进行了把握，自然也是东汉文学思想研究的一种角度。

东汉文学思想研究还包括对东汉时期作家、作品文学观念细致而系统的研究。这些具体作家、作品文学思想研究从不同侧面反映了东汉文学思想的研究成果，也是东汉文学思想研究的具体表现。这一研究角度的对象主要是班固、王充、蔡邕等作家。首先是班固的文学思想研究。吴崇明《班固文学思想研究》一书对班固的诗学观、赋学观、《汉书》的文学叙事观、班固文学思想对后世的影响以及在文学史上的地位做了全面论述④。何超在《经学视野下的〈汉书〉文学思想》⑤ 一文中，从东汉崇儒宗经的学术背景出发，探讨了经学学术下文学的发展状况以及《汉书》体现的文学思想。他认为《汉书》虽然处处体现依经立义、崇儒宗经的思想，重视社会教化作用，但也体现出对经学的背离，如肯定文学的独立地位，进一步将“情”的观念引入诗论中等观念。这体现出了东汉文学思想的演进。其次是关于王充文学思想研究，如王慧玉在《王充文学思想研究》一书中对王充的文学思想与东汉文学思想进行了比较细致的探讨。李道显《王充文学批

---

① 刘欢：《汉代文学审美思想研究》，西北大学博士论文，2005 年。
② 王珏：《班固与汉代文学思想》，辽宁大学博士论文，2007 年。
③ 金鑫：《王充〈论衡〉与东汉文学思想》，哈尔滨师范大学硕士论文，2010 年。
④ 吴崇明：《班固文学思想研究》，上海：上海古籍出版社，2010 年。
⑤ 何超：《经学视野下的〈汉书〉文学思想》，哈尔滨师范大学硕士论文，2013 年。

评及其影响》一书，从“疾虚妄，尚实诚”“反模拟，重独创”“重鸿儒，轻世儒”等方面进行论述。除此之外，刘怀荣的《王充文学思想的求实本质与创新精神》①、周立明的硕士论文《东汉前期士人心理与王充的文学思想》② 等都对王充的文学思想进行了探讨。最后则是蔡邕的文学思想研究，如《蔡邕赋论》③《试论蔡邕的文学思想》④《蔡邕与鸿都门学的汉赋观》⑤ 等都对蔡邕的文学观、文学思想进行了讨论。

2. 东汉文论研究。新时期，研究者们不遗余力地对东汉时期一些作家的文学观进行了细致而系统地研究。王守雪在《两汉文论新释——以徐复观两汉思想史论为基础》⑥ 一文中，以徐复观两汉思想史论为基础，重新梳理了两汉文论的思想史线索，进一步探讨两汉文论的现代身份、功能与研究方法等问题。于迎春在《汉代文人与文学观念的演进》⑦ 一书中，从社会史、思想史的背景出发，阐释了汉代文学观念的发展变化。

此时期的东汉文学理论批评研究更加注重探讨其形成原因，除了传统讨论政治文化对文论的影响之外，还主要集中探讨了经学和谶纬对文论的影响。首先看经学对汉代（东汉）文论的影响。如包兆会在《汉代经学对汉代文论的影响》一文中认为在汉代经学经典化的过程中，经学出现了神圣化和政治化倾向，这影响了汉代文论的产生和构

---

① 刘怀荣：《王充文学思想的求实本质与创新精神》，《晋阳学刊》1999 年第 4 期。

② 周立明：《东汉前期士人心理与王充的文学思想》，西北大学硕士论文，2009 年。

③ 吴明贤：《蔡邕赋论》，《四川师范大学学报》1990 年第 4 期。

④ 段莲：《试论蔡邕的文学思想》，《漳州师范学院学报（哲学社会科学版）》2009 年第 3 期。

⑤ 踪凡：《蔡邕与鸿都门学的汉赋观》，《贵州社会科学》2002 年第 1 期。

⑥ 王守雪：《两汉文论新释—以徐复观两汉思想史论为基础》，北京：中国社会科学出版社，2011 年。

⑦ 于迎春：《汉代文人与文学观念的演进》，北京：东方出版社，1997 年。

成。经学的神圣化给两汉文论整体上带来了儒家文艺思想的特点，经学的政治化则使封建帝王的权威性得到推崇，合法性得到肯定。同时，汉代经学本身也对汉代文论产生了影响，《诗》《乐》本身就构成了汉代文论的一部分①。程勇在《汉代经学文论叙述研究》一书中阐述了两汉在今文经学、古文经学以及谶纬之学思想影响下构建的经学文论②。他又在《论经学与汉代文论的关联》一文中阐释了经学与汉代文论的关联产生在两个方面，一是文论话语的构建的运思方式和表达方式，二是文学创作动机上的致用观念、文学创作模式上的模拟观念、文学诠释上的人格观念，认为其结果是虽然经学的整合力量更为强大，汉代文学批评是经学的而非文学的，但在此经学阐释的框架里对文学特质的容纳却在相当程度上促进了文学研究的结果③。冯小青在《经世致用：一枝独秀的汉代文论》一文中认为，在整个两汉时期，几乎所有的文学理论都是围绕文学的实用性而展开的，虽然也有汉赋铺张辞藻的出现，但是他们对于文学的审美作用显然是轻视的④。有关汉代经学对文论的影响，还有王帅的《经学影响下的汉代赋论》⑤、余松的《汉代经学与诗学理念》⑥、吴建民的《经学与汉代文论》⑦、徐宝余的《汉代诗学理论的诗学母体》⑧ 等。

---

① 包兆会：《汉代经学对汉代文论的影响》，《人文杂志》2005 年第 1 期。

② 程勇：《汉代经学文论叙述研究》，济南：齐鲁书社，2005 年。

③ 程勇：《论经学与汉代文论的关联》，《鲁东大学学报（哲学社会科学版）》2006 年第 3 期。

④ 冯小青：《经世致用：一枝独秀的汉代文论》，《郑州铁路职业技术学院学报》2005 年第 3 期。

⑤ 王帅：《经学影响下的汉代赋论》，北京语言大学硕士论文，2007 年。

⑥ 余松：《汉代经学与诗学理念》，《云南师范大学学报（哲学社会科学版）》2006 年第 5 期。

⑦ 吴建民、徐梅：《经学与汉代文论》，《阜阳师范学院学报（社会科学版）》2010 年第 4 期。

⑧ 徐宝余：《汉代诗学理论的诗学母体》，《北京科技大学学报》2005 年第 4 期。

其次是谶纬对文论的影响。黄金鹏《纬书与汉魏六朝文论》一文认为王充《论衡》产生与纬学的兴盛分不开，纬学既是它攻击的对象，也是它赖以生存的社会文化背景等①。孙蓉蓉在《〈诗纬〉与汉魏六朝文论》一文中说到《诗纬》中一些重要的诗论观点，如“诗者，天地之心”“诗者，持也”等影响了汉魏六朝的文论②。此外，《刘勰论谶纬之“有助文章”》③ 等文章都探讨了谶纬与文论之间的关系。

值得注意的是，此期研究者们还扩大了研究内容，注意到汉代社会生活以及文学艺术中的情感思想及其美学意义，如樊祯祯的博士论文《汉代情感思想及其美学意义》④、马婷婷的博士论文《汉代情论研究——兼论汉代情与礼、法的关系》等⑤。这是东汉文学理论批评研究的一大补充。

汉代（东汉）文学理论批评研究经过近百年的发展，取得了丰富的成果，尤其 20 世纪 80 年代以来，学者们运用新方法，为汉代（东汉）文学思想研究开辟了新的道路，但也存在不足：

一是研究者多将两汉整合在一起进行研究，这固然能够将两汉时期文学思想做整体观照，体现两段时期文学思想的演变，但是东汉和西汉毕竟在政治、意识形态、文学创作之实际上大有不同，各有特色，此种糅合考察难免大而化之，很难全面考察每段时期文学思想的细微变化，如许结先生在《汉代文学思想史》中更多地考察了两汉文

---

① 黄金鹏：《纬书与汉魏六朝文论》，《北京大学学报（哲学社会科学版）》1999 年第 4 期。

② 孙蓉蓉：《〈诗纬〉与汉魏六朝文论》，《文艺研究》2007 年第 9 期。

③ 孙蓉蓉：《刘勰论谶纬之“有助文章”》，《南京师大学报（社会科学版）》2004 年第 3 期。

④ 樊祯祯：《汉代情感思想及其美学意义》，山东师范大学博士论文，2010 年。

⑤ 马婷婷：《汉代情论研究——兼论汉代情与礼、法的关系》，华中师范大学博士论文，2011 年。

学思想在儒家诗教传统影响下的形成以及演变，忽略了建武前期散文作品中体现的文学思想。

二是部分研究者虽以文学思想作为研究对象，但是在研究方法上，却还是局限在对文学理论和文学批评的理论考察中，很少结合文学创作实际进行讨论。

三是研究者对汉代文学价值看法各异。主要有两种不同的看法：一种认为汉代是过渡阶段。如许结先生在《汉代文学思想史》的后记中谈到他研究汉代文学思想的原因时说："目前文学批评多重魏晋时代人之觉醒、文之自觉，而视汉代为先秦至魏晋一过渡，故其文学思想之时代特征与历史贡献，均隐而未闻……本书一则力求给有汉四百二十六年文学思想予以较全面之推阐与较中肯之评价。"① 胡旭也持相同的观点。他在《汉魏文学嬗变研究》一书中，从汉魏时期的政治变迁、思想变迁和士风变迁三方面来考察汉魏之际文学演变的轨迹，认为建安文学把肇始于东汉中后期的文学自觉推向了成熟阶段②。另一种认为汉代文学思想是中国文学思想的"定型阶段"，如敏泽先生。

二、东汉文学思想的分期

本书按照时间顺序探讨东汉文学思想，有必要对东汉文学思想的分期做简单说明。文学史、文学理论批评史多将两汉做整体综合论述。章培恒、骆玉明先生主编的《中国文学史》虽也将前后两汉进行整体看待，但在内容上却将西汉和东汉分段研究。他们将东汉文学作

---

① 许结：《汉代文学思想史》，北京：人民文学出版社，2010年，第408页。
② 胡旭：《汉魏文学嬗变研究》，厦门：厦门大学出版社，2004年。

如下分期：东汉前期即汉光武帝建武元年（25）至汉章帝章和二年（88）；东汉中期即汉和帝永元元年（89）至汉质帝本初元年（146）；东汉后期即汉桓帝建和元年（147）至汉献帝兴平二年（195）。许结先生在《汉代文学思想史》中对东汉文学分为三个时期：光武建武中至和帝永元中是第一时期；和帝永元中至桓帝元嘉初是第二时期；桓帝元嘉初至献帝建安末是为第三时期。陈君先生在《东汉社会变迁与文学演进》一书中将东汉文学分为三个阶段：前期是光武建武元年（25）到和帝永元四年（92）；中期是从和帝永元五年（93）到桓帝延熹二年（159）；后期是从桓帝延熹三年（160）到献帝兴平二年（195）。如其他文学史一样，他也将建安时期划入魏晋文学。

本书在前人研究的基础上，结合东汉文学的创作实际和文学思想的演变，对东汉文学思想的发展作如下分期：

第一阶段：从光武帝建武元年（25）至建武十二年（36）。这一时期，在硝烟弥漫的战争环境和慷慨任侠的世风下，士人创作的战斗檄文、游说之辞、劝降书信展现出慷慨纵横、质朴尚理的文学风尚。在文学理论发展方面，桓谭继承了扬雄的文艺观，重视文学创作，提倡“丽文”和“新声”，继续推进文学内部规律的探索。

第二阶段：从光武建武十三年（37）到和帝永元四年（92）。这一时期，经历光武、明、章三帝对儒学的复兴以及对谶纬思想的提倡，儒家思想和谶纬思潮成为东汉社会的主流思潮。经学法典化，成为处理一切社会政事的标准和依据。在此背景下，崇儒宗经成为文学的指导思想，政教为用的文学观大行于世。由于此时期的国力强盛，经济富庶，士人们发挥儒家文艺观中宣上德之功用，在追求宏博、典雅、真实的审美风格中，对大汉国威进行热烈歌颂和赞美，形成了政教为用、述颂汉德的文学思想。

第三阶段：从和帝永元四年（92）到桓帝延熹二年（159）。这段时期，皇权衰微，经学式微。统治者采取措施振兴儒学，儒家思想仍然是社会的主流思想。士人们固执地坚守崇儒宗经的文学指导思想和政教为用的文学观。由于政治高压和生存困顿，士人们不再热烈歌颂和赞美，转而发挥“抒下情”之功用，遂形成了政教为用、讽谏批判的文学思想。儒学式微之后，道家思想及时反拨和补充，出现了追慕玄静自然的思想倾向。

第四阶段：从桓帝延熹二年（159）到献帝建安元年（196）。这段时期，宦官占据权力的顶峰，士人失去政治话语权。在与宦官势同水火的斗争中，士人们失去了匡国救世的热情，开始追求世俗文艺，渐渐关注自身生活情感抒发，出现了非功利、主缘情的文学思想。这一时期，儒家文艺观下的功利文学思想和注重“小我”情感抒发的非功利文学思想交互激荡，蔡邕等人的文学思想自相矛盾，传统的儒家文艺观还大有市场。汉灵帝设置鸿都门学开辟以辞赋取士的先河，是东汉文学最精彩的总结，也是魏晋文学勃发的先导。

严格说来，献帝建安时期是东汉末年的一段。罗宗强先生在《魏晋南北朝文学思想史》中已经对建安时期的文学思想做了详尽而精彩的分析，故本书仍然借鉴陈君先生以及相关文学史的处理方式，对这段时期的文学思想不做考察。

三、研究方法等相关问题

本书采用文学思想史和文化诗学的研究方法，探讨东汉文学思想在两百年间不同时期的形成原因、内容、发展演变、特点和地位。

首先是文学思想史的研究方法。文学思想史研究的新方法是在20世纪70年代末至80年代初，由罗宗强先生率先运用的，他撰写的《隋唐五代文学思想史》和《魏晋南北朝文学思想史》为文学思想的研究提供了新的研究范式，并引领文学思想研究潮流。罗宗强先生在为张毅《宋代文学思想史》一书作序时，对文学思想做了阐述，他说："极简略的说，文学思想就是人们对文学的看法，文学的特质是什么？它是功利的还是非功利的？它在社会生活中应占有什么样的位置，扮演什么样的角色？它应该是个什么样的面貌的？"① 罗宗强先生又说："文学思想不仅仅反映在文学批评和文学理论著作里，它还大量反映在文学创作中。作家对于文学的思考，例如他对文学的社会功能和它的艺术特质的认识，他的审美理想，他对文学遗产的态度和取舍，他对艺术技巧的追求，对艺术形式的探索，都可以在他的创作中反映出来。一个文学流派的文学思想，就常常反映在他们共同的创作倾向里。而一个时代的文学思潮的发展与演变，大量的是在创作中反映出来的。因此，研究文学思想史，除了研究文学批评的发展史和文学理论的发展史之外，很重要的一个内容，便是研究文学创作中反映出来的文学思想倾向。离开了对文学创作中所反映的文学思想倾向的研究，仅只研究文学批评和文学理论的发展史，对于文学思想史来说，至少是不完全的。"② 文学思想既包括由文学创作反映出来的对文学的认识，也包括理论形态的文学思想、文学观念，虽然后者往往更明确也更深刻，但是完全忽视文学创作中体现的对文学的认识显然是有问题的。所以，研究一个时期或者个人的文学思想必须要把这个时期或者个人的文学理论、文学批评和文学创作实际结合起来，才能对其文学思想有比较准确全面的探讨。

罗宗强先生在《隋唐五代文学史》的引言中对其研究方法作如下

---

① 张毅：《宋代文学思想史》，北京：中华书局，1995年，第1页。
② 罗宗强：《隋唐五代文学思想史》，北京：中华书局，2003年，第2页。

说明：“本书的研究方法，是把文学批评、文学理论主张和文学创作的倾向结合起来考察，了解文学思想发展的实际情况，它在各个时期的主要特点，它演变的轨迹，以及它的历史的与理论的价值。”[①] 此后，罗宗强先生对文学思想史的研究又有了新的拓展。1997年出版的《魏晋南北朝文学思想史》在《隋唐五代文学思想史》原有思考的基础上，又加入了这个时期士人心态的研究，把政局状况、社会思潮、士人心态、文学创作倾向与文学理论批评融在一起综合考察，使文学思想史的研究方法更加完善。

综合罗先生对于文学思想研究方法的阐述和实际运用，笔者认为文学思想包括文学理论、文学批评以及文学创作实践中体现出的有关文学的观念，诸如文学的特质、文学的功能、文学的价值、文学的风格、文学的趣味、文学的技巧、文学的传承、文学的影响等等。中国文学思想史研究是由文学、思想与历史三种要素构成的，注重对历史背景、文学创作、文学理论批评进行整体、立体动态研究，而最终回归文学思想本位。文学思想研究不同于一般的文学理论、文学批评研究，也不同于一般文学现象、作品等的研究，而是对当时提出的种种文学理论、文学批评进行理性分析，并对当时文学创作做非常全面地考察，综合探讨文学思想形成的原因及发展变化，同时比较准确定位该时期文学思想在中国文学思想史上的价值和地位。

东汉文学思想的研究，首先应该明了东汉时期文学的概念和内涵。罗宗强先生对魏晋南北朝和隋唐五代文学思想史的探讨主要针对纯文学。虽然现当代学者对文学自觉的时间存在争议，但是文学自觉于魏晋南北朝时期是下限，故罗宗强先生主要针对纯文学是非常合理的。对于东汉时期文学来说，纯文学的定义还非常模糊，所以本书中

① 罗宗强：《隋唐五代文学思想史》，北京：中华书局，2003年，第1页。

界定的文学仍和一般文学史一样，所探讨的范围是广义的文学，不仅包括诗歌、辞赋等纯文学，还包括书信、檄文、策论文等。

其次是文化诗学的研究方法。20 世纪 80 年代以来，中国文学理论研究受到西方文论的影响，文学理论研究方法总是在文学“内部研究”和“外部研究”之间摆动。随着理论家们对文学微观和宏观研究的正确认识，文学理论研究方法也在微观和宏观两大方面齐头并进，从文化的角度研究文学正是宏观的角度深入挖掘的一个方面。文学是人类的一种文化样式和文化活动，它从来不是孤立地存在和发展的，总是在与其他文化形态互动中存在和发展的，它是一种古老的世代相传的文化活动，其文化属性非常明显。鲁迅先生说：“文学家的话其实是社会的话，他不过是感觉灵敏，早感到早说出来。”① 文学研究需要有文学之外的参照系，80 年代，文学理论界出现人文精神讨论和文化研究的思潮，在此背景下，童庆炳先生于 1998 第一次提出中国的文化诗学。童庆炳先生认为文化诗学的构想就是超越所谓的内部研究和外部研究，形成文学理论研究的一种新的综合，这是完整的、深刻的文学理论方法。当然，这里的文化诗学指的是“中国文化诗学”，是与西方文化诗学迥异的一种研究方法。“文化诗学”即是从文化的视角来考察和研究文学。这种研究方法不是从文学的微观世界来考察研究文学，而是从宏观的角度来考察和研究文学。哲学、伦理学、政治学、心理学等方面就是属于它的考察范围。具体说来，文化诗学的研究方法就是要从文学与语言、文学与政治、文学与神话、文学与宗教、文学与心理学、文学与历史、文学与其他艺术等的相互关

① 鲁迅：《文艺与政治的歧途》，《鲁迅全集》第 7 卷，北京：人民文学出版社，1959 年，第 106 页。

系中解释文学①。

文化诗学在研究方法上超越了传统单一的研究方法的局限。童庆炳先生认为文化诗学的学术空间分为内外两个维度，内部的维度主要体现在对文学的文化意义载体的考察和研究，从文学的艺术文本的内部可以反观整个文化。外部维度主要是考察作为文学的文化样式和别的文化样式的互相影响。“文化诗学研究强调在品质阅读的基础上进行价值阅读，重视通过文学作品的文本语言来寻找作品的文化意义，在文本细读中发掘作品蕴含的文化精神。”②

本书采用上述两种主要方法，通过对东汉时期的政治格局的变化、社会思潮影响、士人心态形成等方面讨论文学思想的形成过程、内容和特点以及文学思想的影响以及价值和地位。

---

① 童庆炳：《从审美诗学到文化诗学》，北京：首都师范大学出版社，2014 年，第 479 页。

② 陶水平：《审美诗学与文化研究的双重整合——童庆炳与当代中国文化诗学研究》，《廊坊师范学院学报（社会科学版）》2009 年第 1 期。

第一章　东汉文学思想的背景
——东汉社会主流思潮

光武帝刘秀建武元年建立东汉政权，建武十二年完成统一大业，实现了汉室中兴的宏图伟业。面对凋敝的社会，他采取措施努力恢复生产，促进社会经济发展，稳定了新生政权。在文化建设方面，早在建武初年，光武帝就着手建构帝国思想文化体系。首先，他大力提倡儒家思想，建立秩序井然的儒家伦理社会；其次，改造并提倡谶纬思想，使上至儒家社会精英下至村落百姓都沉浸在祥瑞灾异的神学氛围之中。经过几十年的发展，社会一片井然。明、章两帝继承和发扬光武帝的治国方略，儒家思想和谶纬思想得到空前的繁荣，成就了东汉历史上的文化顶峰。自和、安以后，随着皇权衰弱，外戚和宦官轮流掌权，以伦理秩序为核心的儒家思想逐渐式微，压制在儒家思想下的道家思潮作为一种反拨与补充则发挥着越来越大的功用。

东汉是儒家经学的极盛时期，也是谶纬思想最为流行的时期。这两种社会思潮对文学思想的形成、演变产生了非常深远的影响。本章将分别从统治者对这两种思想的官方提倡、士人对这两种思想的接受以及两种思想在社会事务中的作用三方面分析这两种思潮对东汉社会的影响，从而回答东汉文学思想发生的原因。

第一节　儒家思想的复兴与强化

在黄老思想的指导下，西汉初年虽然顺利完成了农业恢复、社会发展的重要任务，但在经济快速发展的背后潜藏着“师异道，人异论，百家殊方，指意不同”① 的社会现象。纷繁多样的思想主张阻碍了政治集权的高度统一，不利于西汉中央集权建立。汉武帝为解决这一问题，完成思想上的大一统，实现真正意义上的中央集权，采纳了董仲舒“罢黜百家”“褒显儒术，建立五经”的建议。自此，儒家学说从诸子学说中脱颖而出，成为刘氏皇族实现高度中央集权的指导思想。为更好地推行儒家思想，汉武帝设立太学，建立了一整套经学教育系统。经过几十年的发展，到西汉中后期，经学逐渐成为社会的指导思想。皮锡瑞对这种现象做了非常准确的概述：“汉崇经术，实能见之施行。武帝罢黜百家，表章六经，孔教已定于一尊矣。然武帝、宣帝皆好刑名，不专重儒。盖宽饶谓以法律为《诗》《书》，不尽用经术也。元、成以后，刑名渐废。上无异教，下无异学。皇帝诏书，群臣奏议，莫不援引经义，以为据依。”② 梁启超也认为汉武帝时期是儒学思想的确立时代，哀、平之间，“一尊既定，尊经逾笃，每行一事，必求合于六艺之文”③。可见西汉后期的经学思想已经深入人心。哀、平年间，王莽以外戚身份实际掌握政权，进一步推进儒家思想，“是岁，莽奏起明堂、辟雍、灵台，为学者筑舍万区，作市、常满仓，

---

① ［汉］班固撰，颜师古注：《汉书》，北京：中华书局，1962 年，第 2523 页。
② ［清］皮锡瑞：《经学历史》，北京：中华书局，1959 年，第 103 页。
③ 梁启超：《论中国学术思想变迁之大势》，上海：上海古籍出版社，2001 年，第 57 页。

制度甚盛。立《乐经》，益博士员，经各五人。征天下通一艺教授十一人以上，及有逸《礼》、古《书》《毛诗》《周官》《尔雅》、天文、图谶、钟律、月令、兵法、史篇文字、通知其意者，皆诣公车。网罗天下异能之士，至者前后千数，皆令记说廷中，将令正乖缪，壹异说云”①。王莽“托古改制”失败之后，义军蜂起，战争频仍，儒家思想的发展受到阻碍。光武帝在建武之初便以官方的名义提倡儒学。此时的官方范围虽然狭小，但并不影响儒士大量依附，“及光武中兴，爱好经术，未及下车，而先访儒雅，采求阙文，补缀漏逸。先是四方学士多怀协图书，遁逃林薮。自是莫不抱负坟策，云会京师”②。当光武帝统一政权之后，儒家思想便在全国铺展开来。明、章两帝继承和发扬了光武帝的基本国策，仍然以官方的名义大力提倡儒学，儒学成为社会的主流思想。

一、东汉儒家思想的复兴与发展

王莽的复古改制使社会处于忧愤之中，许多大儒以不事二主的政治道德替西汉王朝守节。《后汉书》记载：“汉室中微，王莽篡位，士之蕴藉义愤甚矣。是时裂冠毁冕，相携持而去之者，盖不可胜数。”③如：“（卓）茂与同县孔休、陈留蔡勋、安众刘宣、楚国龚胜、上党鲍宣六人同志，不仕王莽时，并名重当时”④，“（蔡茂）遇王莽居摄，以病自免，不仕莽朝”⑤，“哀、平际，（宣秉）见王氏据权专政，侵

① ［汉］班固撰，颜师古注：《汉书》，北京：中华书局，1962年，第4069页。
② ［南朝·宋］范晔撰，李贤等注：《后汉书》，北京：中华书局，1965年，第2545页。
③ 同上，第2756页。
④ 同上，第872页。
⑤ 同上，第907页。

削宗室，有逆乱萌，遂隐遁深山，州郡连召，常称疾不仕。王莽为宰衡，辟命不应”①，“（牟长）少习《欧阳尚书》，不仕王莽世”②。这些不仕王莽朝的名儒们隐居避世，潜心著书教授。“（崔篆）客居荥阳，闭门潜思，著《周易林》六十四篇，用决吉凶，多所占验……”③，“王莽时，（洼丹）常避世教授，专志不仕，徒众数百人”④，“天下惊扰，而（伏）湛独晏然，教授不废”⑤，“王莽时，（王良）寝病不仕，教授诸生千余人”⑥，“莽败，天下乱。（桓）荣抱其经书与弟子逃匿山谷，虽常饥困而讲论不辍，后复客授江淮间”⑦。从以上事例可以看出，两汉之际的名儒隐居避世、教授学生，这客观上促进了儒家经典在民间广泛传播，儒生的数量大大增加，儒家经学得以继续发展。

建武元年（25），光武帝刘秀称帝，建都洛阳，儒学自此开始复兴。由于社会政治原因，儒学复兴以建武十二年平定蜀地公孙述为时间节点，分为前后两段。光武复兴儒学的第一阶段是建武元年至建武十二年。刘秀于战乱之中聚集名士，形成儒士群体，逐步推进儒学复兴。据统计，两汉之际先后有 87 家豪杰起事，11 人宣称有九五之尊的权利⑧。割据之豪杰总是寻找更为合法的名义来粉饰称霸的野心。当时称霸之人多用两种方式，一种是拥立刘氏子孙为主，或者假托刘氏子孙建立政权，另一种是自立为王。其中，前者总是受到世人更多

---

① ［南朝·宋］范晔撰，李贤等注：《后汉书》，北京：中华书局，1965 年，第 927 页。
② 同上，第 2557 页。
③ 同上，第 1705—1708 页。
④ 同上，第 2551 页。
⑤ 同上，第 893 页。
⑥ 同上，第 932 页。
⑦ 同上，第 1249 页。
⑧ 此数据根据余英时在《士与中国文化》中“两汉之际起兵群雄的社会背景”一节中的《两汉之际各地豪杰起事表》。余英时：《士与中国文化》，上海：上海人民出版社，2013 年，第 207—214 页。

的支持。如刘伯升振臂一呼，天下云集响应；王昌诈为子舆，天下翕然而从。邳肜将此形势看得十分清楚，并提出了决定刘秀政权成败的建议。他说：

> 吏民歌吟思汉久矣，故更始举尊号而天下向应，三辅清官除道以迎之。一夫荷戟大呼，则千里之将无不捐城遁逃，虏伏请降。自上古以来，亦未有感物动民其如此者也。又卜者王郎，假名因势，驱集乌合之众，遂震燕、赵之地；况明公奋二郡之兵，扬向应之威，以攻则何城不克，以战则何军不服！①

邳肜准确分析了当时世人“思汉”心理，认为拥有刘氏宗室身份的刘秀在当时政权蜂起的形势下，可以大有作为。刘秀接受了邳肜的建议，并以此发展势力，成就大业。刘秀的刘氏宗室身份为他赢得了民众的支持，其中不乏儒生，如邓禹、寇恂、冯异、贾复、耿弇、李忠、朱佑等人。

不仅如此，本为儒生的刘秀还大力推行儒学。《后汉书》记载：“初，帝在兵间久，厌武事，且知天下疲耗，思乐息肩。自陇、蜀平后，非儆急，未尝复言军旅。皇太子尝问攻战之事，帝曰：‘昔卫灵公问陈，孔子不对，此非尔所及。’每旦视朝，日仄乃罢。数引公卿、郎、将讲论经理，夜分乃寐。皇太子见帝勤劳不怠，承间谏曰：‘陛下有禹汤之明，而失黄老养性之福，愿颐爱精神，优游自宁。’帝曰：‘我自乐此，不为疲也。’”② 光武帝研习经学的爱好和对儒学的推崇为他复兴儒学奠定了基础。光武帝遍寻大儒，礼遇儒士，东汉朝堂形

---

① ［南朝·宋］范晔撰，李贤等注：《后汉书》，北京：中华书局，1965年，第758页。
② 同上，第85页。

成儒士为尊的风气。这可以从他对卓茂、伏湛等人的任用见出。卓茂为当世大儒，光武即位之后，下诏："以茂为太傅，封褒德侯，食邑二千户，赐几杖车马，衣一袭，絮五百斤。"① 建武四年，卓茂薨，光武帝赐棺椁冢地，车驾素服，亲临送葬。刘秀此举有两大用意：一是高度赞扬为汉守节之人，为自己刘汉后裔正统政权赢得支持；二是大举提倡儒学的旗帜，吸引更多的儒士精英。刘秀礼遇卓茂产生了巨大的社会影响，范晔论之曰：

> 建武之初，雄豪方扰，虓呼者连响，婴城者相望，斯固倥偬不暇给之日。卓茂断断小宰，无它庸能，时已七十余矣，而首加聘命，优辞重礼，其与周、燕之君表闾立馆何异哉？于是蕴愤归道之宾，越关阻，捐宗族，以排金门者众矣②。

刘秀礼遇儒士，并非卓茂一例，他对伏湛的重用也可证明。"光武即位，知湛名儒旧臣，欲令干任内职，征拜尚书，使典定旧制。时大司徒邓禹西征关中，帝以湛才任宰相，拜为司直，行大司徒事。车驾每出征伐，常留镇守，总摄群司。建武三年，遂代邓禹为大司徒，封阳都侯。"③ 光武帝十分看重伏湛，给予其极大的信任，这也吸引了不少儒生归附于他，充实了他的儒士朝臣队伍。

光武帝兴儒学，还表现在对博士制度的恢复上。牟长在建武二年拜博士，范升在建武二年拜为议郎，张玄在建武三年以明经拜为博士。范晔论曰："（四方学士）自是莫不抱负坟策，云会京师。"④ 后

---

① ［南朝·宋］范晔撰，李贤等注：《后汉书》，北京：中华书局，1965年，第871页。
② 同上，第872页。
③ 同上，第894页。
④ 同上，第2545页。

世学者对光武帝在行伍之间推崇儒术赞赏备至，王夫之在《读通鉴论》中议论道："起于学士大夫、习经术、终陟大位者三：光武也，昭烈也，梁武帝也。故其设施与英雄之起于草泽者有异，而光武远矣。……光武则可谓勿忘其能矣。天下未定，战争方亟，汲汲然式古典，修礼乐，宽以居，仁以行，而缘饰学问以充其美，见龙之德，在飞不舍，三代以下称盛治，莫有过焉。"① 建武七年，光武帝又采纳了朱浮广选博士的建议，便朝堂之内博士人数和质量得到增加和提高。

刘秀礼遇儒士和恢复博士制度之举，大大吸引了天下名儒为其政权效忠，出现了"士多归之"的现象，东汉朝堂逐渐形成了以儒士为尊氛围。据张齐政先生统计，光武中兴时期时功臣有 69 人，其中一等功臣（云台二十八将）至少有十位在史传中有经术背景的明确记载②。刘秀与他们一道纵横江山，投戈讲艺，息马论道，开创辉煌霸业。至此，光武集团内部形成了东汉初年最基本的儒学团体。赵翼在《廿二史札记》卷四"东汉功臣多近儒"条下总结道："西汉开国功臣多出于亡命无赖。至东汉中兴，则诸将帅皆有儒者气象，亦一时风会不同也……是光武诸功臣大半多习儒术，与光武意气相孚合，盖一时之兴，其君与臣本皆一气所钟，故性情嗜好之相近，有不期然而然者，所谓有是君，即有是臣也。"③ 王夫之也论曰："而光武以道胜焉。即位未久，修郊庙，享宗祖，定制度，行爵赏，举伏湛，征卓茂……一以从容镇静结已服之人心，而不迫于争战。"④

第二阶段始于建武十二年冬。经过十多年艰苦卓绝的征伐，建武

---

① ［清］王夫之撰，舒士彦点校：《读通鉴论》，北京：中华书局，2013 年，第 135 页。
② 张齐政：《"东汉功臣多近儒"辨析》，《衡阳师范学院学报》2007 年第 2 期。
③ ［清］赵翼撰，王树民校正：《廿二史札记校正》，北京：中华书局，1984 年，第 90 页。
④ ［清］王夫之撰，舒士彦点校：《读通鉴论》，北京：中华书局，2013 年，第 130 页。

十二年冬，刘秀平定盘踞益州的公孙述，最终完成了统一大业。政权统一之后，刘秀立即调整了治国方略，采取偃武修文的政策。这是他复兴儒学的第二个阶段，也是最重要的阶段。

首先是退功臣，进文吏。自古以来，开国功臣在王朝建立之后总是受封为公侯，成为国家的政权支柱。光武帝群臣中不乏出将入相者。然而，光武帝并未沿袭前代的惯例，而是改弦易张，退功臣而进文吏。建武十三年，光武帝进驻京师，“大飨将士，功臣增邑更封，凡三百六十五人。其外戚恩泽封者四十五人。定封邓禹为高密侯，食四县，李通为固始侯，贾复为胶东侯，食六县，余各有差，已殁者益封其子孙，或更封支庶”①。光武帝给予功臣们丰厚的待遇和尊崇的地位，却不给予他们实职，不让他们典兵预政，只有贾复、邓禹等人深知光武帝“不欲功臣拥众京师”②，乃并剽甲兵，敦儒学，成为能参议国家大事的特殊功臣。光武帝在这次广封功臣事件中做到了完美过渡，这与他在行伍之间重视儒学教化有莫大的关系。后世史家对此给予了极高的评价：“任为将帅而明于治道者，古今鲜矣，而光武独多得之。来歙刺伤，口占遗表，不及军事，而亟荐段襄，曰：‘理国以得贤为本。’此岂武臣之所及哉？歙也、祭遵也、寇恂也、吴汉也，皆出可为能吏、入可为大臣者也。然而光武终不任将帅以宰辅，诸将亦各安于鞬韐而不欲与于鼎铉。呜呼！意深远矣，故三代以下，君臣交尽其美，唯东汉为盛焉。”③

其次是加强政策的导向，以功名吸引人们学习儒术，研究经学。一是恢复西汉的博士制度。根据《后汉书》统计，东汉光武朝，所立

① ［宋］司马光编撰：《资治通鉴》，北京：中华书局，1956 年，第 1381 页。
② ［南朝·宋］范晔撰，李贤等注：《后汉书》，北京：中华书局，1965 年，第 667 页。
③ ［清］王夫之撰，舒士彦点校：《读通鉴论》，北京：中华书局，2013 年，第 140—141 页。

的经学博士有12人。《孟氏易》博士：洼丹；《梁丘易》博士：范升、张兴；《欧阳尚书》博士：牟长、桓荣；《鲁诗》博士：高诩；《齐诗》博士：伏恭；《韩诗》博士：薛汉；《颜氏春秋》博士：张玄；《严氏春秋》博士：甄宇、丁恭、周泽。对于《施氏易》《京氏易》及大、小戴《礼》博士为何人，史料没有记载。此外，根据《后汉书·曹褒传》记载，曹褒的父亲曹充，“持《庆氏礼》，建武中为博士”①。故东汉刘秀朝，应当是十五博士。二是取士以通经为主。建武十二年，光武帝下诏：“方今选举，贤佞朱紫错用。丞相故事，四科取士，一曰德行高妙，志节清白；二曰学通行修，经中博士；三曰明达法令，足以决疑，能案章覆问，文中御史；四曰刚毅多略，遭事不惑，明足以决，才任三辅令。”② 在光武帝颁布的四科取士中，第一、二科均是对士人儒学层面上的要求，这种“劝以官禄”的取士制度直接导引更多士人研习儒家经典，以期待获得仕途升迁，因此，儒学在政治上层愈发显得重要。据学者统计，光武帝时期公卿中儒者比例达到37%③。第三是以身示范。光武帝不仅本人对经学兴趣浓厚，还加强对儿子的经学教育。建武十七年，光武帝升诸子为王，并采纳班彪的建议“博选名儒有威重明通政事者，以为太子太傅，东宫及诸王国，备置官属”④，由此可知，光武帝诸子都接受了经学的教育，《后汉书》中明确记载：明帝刘庄“十岁能通《春秋》”⑤，“博贯六艺，不舍昼夜”⑥；沛献王刘辅“矜严有法度，好经书，善说《京氏易》《孝

① ［南朝·宋］范晔撰，李贤等注：《后汉书》，北京：中华书局，1965年，第1201页。
② ［宋］徐天麟：《东汉会要》，上海：上海古籍出版社，2006年，第401页。
③ 马彪：《试论汉代的儒宗地主》，《中国史研究》1988年第4期。
④ ［南朝·宋］范晔撰，李贤等注：《后汉书》，北京：中华书局，1965年，第1328页。
⑤ 同上，第95页。
⑥ 同上，第131页。

经》《论语》传及图谶，作《五经论》”[①]；东平宪王刘苍“少好经书，雅有智思”[②]；琅琊孝王刘京“性恭孝，好经学”[③]。东海恭王刘强曾受学于卓茂和郅恽，可得知刘强也受到了良好的经学教育。光武帝对于诸子的经学教育，带动了社会风气，加上选举政策的推动，整个社会研习经学蔚然成风。

总之，两汉之际的战乱导致儒学的官方发展受到一定阻碍，但并没有挡住其前进的脚步。光武中兴之后，他采取一系列措施又将儒学官学化，推动儒学更加有力有效地传播。这预示着儒学即将迎来新一轮的发展高潮。

明、章两帝继续遵循光武帝治国之方略，在儒学发展上完成光武未尽之事，开创儒学发展新时期。先看明帝时期。在光武帝对诸王子经学教育的前提下，明帝具有很高的经学素养，“十岁能通《春秋》……（建武）十九年立为皇太子。师事博士桓荣，学通《尚书》”[④]，“自制《五家要说章句》，令（桓）郁校定于宣明殿”[⑤]。明帝不仅自身经学素养深厚，同时还加强贵戚子弟的经学教育。在明帝八王中，陈敬王刘羡“博涉经书”，曾“与诸儒讲论于白虎殿”[⑥]。不仅如此，“永平中，崇尚儒学，自皇太子、诸王侯大臣子弟莫不受经。又为外戚樊氏、郭氏、阴氏、马氏诸子弟立学，号曰‘四姓小侯’，置五经师”[⑦]。从中可清楚地看出，较之光武帝，明帝更加重视宗室子弟及外戚子弟的经学教育，经学教育范围扩大。明帝此举为当时社

---

① ［南朝·宋］范晔撰，李贤等注：《后汉书》，北京：中华书局，1965年，第1427页。
② 同上，第1433页。
③ 同上，第1451页。
④ 同上，第95页。
⑤ 同上，第1254页。
⑥ 同上，第1667页。
⑦ ［晋］袁宏撰，李兴和点校：《后汉纪集校》，昆明：云南大学出版社，2008年，第184页。

会的经学教育提供了很好的榜样。明帝在扩大贵族经学教育范围的同时，还在全国上下推行孝道，“自期门羽林之士，悉令通《孝经》章句”①。他还经常组织一些经学活动，躬身实践，推行儒学。永平十五年，“（明帝）幸孔子宅，祠仲尼及七十二弟子，亲御讲堂，命皇太子、诸王说经”②，“（明）帝正坐自讲，诸儒执经问难于前，冠带缙绅之人，圜桥门而观听者盖亿万计”③。樊准对于明帝时期儒学的兴盛给予了高度评价，他认为：

> 至孝明皇帝，兼天地之姿，用日月之明，庶政万机，无不简心，而垂情古典，游意经艺，每飨射礼毕，正坐自讲，诸儒并听，四方欣欣。虽阙里之化，矍相之事，诚不足言。又多征名儒，以充礼官，如沛国赵孝、琅琊承宫等，或安车结驷，告归乡里；或丰衣博带，从见宗庙。其余以经术见优者，布在廊庙。故朝多皤皤之良，华首之老。每宴会，则论难衎衎，共求政化。详览群言，响如振玉。朝者进而思政，罢者退而备问。小大随化，雍雍可嘉。期门羽林介胄之士，悉通《孝经》。博士议郎，一人开门，徒众百数。化自圣躬，流及蛮荒，匈奴遣伊秩訾王大车且渠来入就学。八方肃清，上下无事。是以议者每称盛时，咸言永平④。

由于经学传承日久，师法、家法互异，今文经学和古文经学各自发展，经学愈来愈繁复且内部争论不休，导致处理国家政治标准不统

① [南朝·宋] 范晔撰，李贤等注：《后汉书》，北京：中华书局，1965年，第2546页。
② 同上，第118页。
③ 同上，第2545页。
④ 同上，第1125页。

一，政体不明。正如范晔所说："自秦焚《六经》，圣文埃灭。汉兴，诸儒颇修艺文；及东京，学者亦各名家。而守文之徒，滞固所禀，异端纷纭，互相诡激，遂令经有数家，家有数说，章句多者或乃百余万言，学徒劳而少功，后生疑而莫正。"① 针对这种情况，光武帝在建武四年正月，亲自于云台召见公卿、大夫、博士，就《费氏易》《左氏春秋》是否立博士展开讨论。又"诏令（钟兴）定《春秋》章句，去其复重，以授皇太子"②。中元元年，光武下诏"《五经》章句烦多，议欲减省"③。明帝永平年间，"公卿士大夫诸儒八十余人论《五经》误失，符节令宋元上言……愿发秦昭王、吕不韦冢，视未烧《诗》《书》"④。可见，当时士人对统一经学的迫切希望。章帝时期，经学更为繁复。章帝诏令郑众作《春秋删》、杨终"删《太史公书》为十余万言"⑤。该时期，孔奇作《春秋左氏删》；樊儵删定《公羊严氏春秋》；张霸以其所删仍多繁辞，又减定为二十万言；伏黯改定《齐诗》章句，作《解说》九篇，其子伏恭"乃省减（黯章句）浮辞，定为二十万言"⑥；桓荣从朱普受《欧阳尚书》章句四十万言，"浮辞繁长，多过其实。及荣入授显宗，减为二十三万言，郁复删省定成十二万言"⑦。经学发展到此，内部矛盾更加尖锐，经学急需一场内部较量以达到统一。于是，章帝应势而为，采纳杨终的建议，效石渠故事，于建初四年十一月，下诏校正《五经》异同，"于是下太常，将、大夫、博士、议郎、郎官及诸生、诸儒会白虎观，讲议《五经》同

① ［南朝·宋］范晔撰，李贤等注：《后汉书》，北京：中华书局，1965年，第1212页。
② 同上，第2579页。
③ 同上，第138页。
④ ［宋］李昉等：《太平御览》，北京：中华书局，1960年，第2532页上。
⑤ ［南朝·宋］范晔撰，李贤等注：《后汉书》，北京：中华书局，1965年，第1599页。
⑥ 同上，第2571页。
⑦ 同上，第1256页。

异，使五官中郎将魏应承制问，侍中淳于恭奏，帝亲称制临决，如孝宣甘露石渠故事，作《白虎议奏》”①。白虎观会议的召开标志着东汉经学繁荣顶点的到来。

二、儒家思想的传播

东汉光武、明、章三帝完善了经学教育系统，层层推进经学教育，使得皇家贵族、平民百姓都积极投身于儒家经典研习之中。宋代徐天麟将东汉时期的教育分为帝学、宫邸学、太学、郡国学以及私学。下面即一一讨论东汉时期的经学教育。

（一）帝学。顾名思义，帝学即帝王之学。帝王之学包括很多内容，在这里仅仅指的是帝王的经学学习。现将东汉诸帝的经学学习情况列举如下：

光武帝刘秀，“王莽天凤中，乃之长安，受《尚书》，略通大义”②。

明帝“十岁能通《春秋》”③，“博贯六艺，不舍昼夜”④。

章帝“降意儒术，特好《古文尚书》《左氏传》”⑤。

和帝师从桓郁和刘方研习经学。

安帝十余岁“能通《诗》《论》，笃学乐古”⑥。

顺帝即位，桓焉授经禁中、赵典侍讲禁中。

桓帝初，桓彬为议郎，入侍讲禁中；杨秉为任城相，以明《尚书》召入侍讲（桓焉、赵典、桓彬、杨秉皆为当世大儒，所讲之自为

---

① [南朝·宋] 范晔撰，李贤等注：《后汉书》，北京：中华书局，1965 年，第 138 页。
② 同上，第 1 页
③ 同上，第 95 页。
④ 同上，第 131 页。
⑤ 同上，第 1236 页。
⑥ 同上，第 204 页。

经学）。

灵帝颇好学，自造《皇羲篇》五十章。

后汉十二帝，除早夭的殇帝、冲帝和质帝外，其余诸帝都接受了良好的经学教育。不仅如此，统治者还经常讲论经义。“（光武）数引公卿、郎、将讲论经理，夜分乃寐。”①“正旦朝贺，百僚毕会，（光武）帝令群臣能说经者更相难诘，义有不通，辄夺其席以益通者。”②“而（孝明）垂情古典，游意经艺，每飨射礼毕，正坐自讲，诸儒并听，四方欣欣。”③“永平二年，三雍初成，拜（桓）荣为五更。每大射养老礼毕，帝辄引荣及弟子升堂，执经自为下说。”④ 顺帝时，议郎蔡元讲论五经异同。可见，东汉诸帝的经学造诣都不低。

东汉诸帝为皇太子及诸王子严格挑选经学老师，这一点从光武帝选太傅时可以看出。从文献记载中可知太子刘庄的老师有桓荣、刘昆、包咸等。建武二十二年，光武帝诏问刘昆曰：“前在江陵，反风灭火，后守弘农，虎北度河，行何德政而致是事？”昆对曰：“偶然耳。”左右皆笑其质讷。帝叹曰：“此乃长者之言也。”⑤ 光武帝顾命书诸策，并下令刘昆入授皇太子及诸王小侯五十余人。从此事中，可以看出光武帝喜欢实干之人，不喜虚辞浮言之人。再看另外一次选择太子老师的事件：“（建武）二十八年，大会百官，诏问谁可傅太子者，群臣承望上意，皆言太子舅执金吾原鹿侯阴识可。博士张佚正色曰：‘今陛下立太子，为阴氏乎？为天下乎？即为阴氏，则阴侯可；为天下，则固宜用天下之贤才。’帝称善，曰：‘欲置傅者，以辅太子也。今博士不难正

① ［南朝·宋］范晔撰，李贤等注：《后汉书》，北京：中华书局，1965年，第85页。
② 同上，第2554页。
③ 同上，第1125页。
④ 同上，第1253页。
⑤ 同上，第2550页。

朕，况太子乎？’即拜佚为太子太傅，而以荣为少傅。”① 两次为太子选择老师的事件，反映出当时君臣对选择太子师傅的谨慎。光武帝不仅要选出经学精深的儒者，更要选择敢于匡正太子错误的老师。

如果说光武帝亲创东汉，深知江山来之不易而对后继之人的教育非常谨慎还不能说明当时选择帝师的严肃性，那么窦宪为和帝选择老师的这件事便更具说服性。和帝即位时，年仅十岁，窦宪自以外戚之重，上疏窦太后，建议和帝多涉猎经学，他认为“屯骑校尉桓郁，结发受学，白首不倦，经为人师，行为儒宗。昔侍帷幄，入授先帝，父子奕世，并为帝师。愚以为可任长乐少府，授帝经”②，“又宗正刘方，宗室之表，善为《诗经》，先帝所褒。宜令郁、方并入教授，以崇本朝，光示大化”③。窦宪为和帝选择了桓郁和刘方，此二人都是经学造诣颇深之人。窦宪作为外戚，为和帝选择了经学造诣精深的老师，说明他对帝学的经学教育是非常支持和看重的。

东汉诸帝在经学研习方面不乏有所成就者，如明帝自制《五家章句要说》，章帝在建初四年举行的白虎观会议中担任“称制临决”的工作。章帝“称制临决”体现了他深厚的经学造诣。在白虎观会议中，很多经学大家参加了会议。“于是下太常，将、大夫、博士、议郎、郎官及诸生、诸儒会白虎观，讲议《五经》同异，使五官中郎将魏应承制问，侍中淳于恭奏，帝亲称制临决，如孝宣甘露、石渠故事，作《白虎议奏》。”④ 整个会议的流程是：魏应负责传达章帝提出的应讨论的问题，然后淳于恭将各家的看法、讨论的情况、最后的结

① ［南朝·宋］范晔撰，李贤等注：《后汉书》，北京：中华书局，1965 年，第 1251 页。
② ［晋］袁弘撰，李兴和点校：《后汉纪集校》，昆明：云南大学出版社，2008 年，第 158 页。
③ ［南朝·宋］范晔撰，李贤等注：《后汉书》，北京：中华书局，1965 年，第 1256 页。
④ 同上，第 138 页。

论上奏章帝；有些议论不决的问题，由章帝做出最后的决断，也就是所谓的“称制临决”。章帝的身份地位决定了他在这次会议中的任务性质，但是章帝如果没有精深的经学造诣，他是不能对学术政治融为一体的经学问题作最后定论的。由此可知，与班固等大儒相比，章帝的经术造诣也毫不逊色。正如《东观汉记》记载：“（章帝）始治《尚书》，遂兼《五经》，周览古今，无所不观。”① 梁启超认为东汉是儒学的极盛时代，较之西汉，东汉儒学高度繁荣与“东汉帝者皆受经讲学”② 不无关系。

帝学不仅涉及对帝王的经学教育，还涉及后妃的经学教育。《后汉书》中明确记载的有：明德马皇后“能诵《易》，好读《春秋》《楚辞》，尤善《周官》《董仲舒书》”③；殇帝和安帝时期的实际执政人邓太后“六岁能《史书》，十二通《诗》《论语》……家人号曰‘诸生’”④，“太后自入宫掖，从曹大家受经书”⑤；顺烈梁皇后“九岁能诵《论语》，治《韩诗》，大义略举”⑥。

据上可知，东汉宫廷之中，不论是皇帝还是后妃都具有较好的经学修养，行为举止中透露出浓厚的儒家风气。日本学者吉川幸次郎论道：“后汉皇帝和皇后具有如此儒学教养，这象征着当时的社会情况，可以看到在这时儒学的迅猛发展。”⑦

（二）宫邸学。刘氏皇帝从小受到良好的经学教育，光武十二王、

① ［汉］刘珍等撰，吴树平校注：《东观汉记校注》，北京：中华书局，2008 年，第 76 页。
② 梁启超：《论中国学术思想变迁之大势》，上海：上海古籍出版社，2001 年，第 58 页。
③ ［南朝·宋］范晔撰，李贤等注：《后汉书》，北京：中华书局，1965 年，第 409 页。
④ 同上，第 418 页。
⑤ 同上，第 424 页。
⑥ 同上，第 438 页。
⑦ ［日］吉川幸次郎撰，陈顺智、徐少舟译：《中国文学史》，成都：四川人民出版社，1987 年，第 62 页。

明帝八王、章帝八王等也都受到良好的经学教育。兹列举如下：

> （沛献王刘辅）矜严有法度，好经书，善说《京氏易》《孝经》《论语》传及图谶，作《五经论》，时号之曰《沛王通论》①。
>
> （陈敬王刘羡）博涉经书，有威严，与诸儒讲论于白虎殿②。
>
> （东平宪王刘苍）少好经书，雅有智思③。

刘氏皇族的经学教育还扩至外戚子弟。永平九年，"（明帝）崇尚儒学，自皇太子、诸王侯及功臣子弟莫不受经。又为外戚樊氏、郭氏、阴氏、马氏诸子弟立学，号四姓小侯，置《五经》师"④。"（元初）六年，太后诏征和帝弟济北、河间王子男女年五岁以上四十余人，又邓氏近亲子孙三十余人，并为开邸第，教学经书，躬自监试"⑤。贵族的经学教育还普及中官近臣。"（元初三年），（邓太后）又诏中官近臣于东观受读经传，以教授宫人，左右习诵，朝夕济济"⑥。本初元年，梁太后下诏："大将军下至六百石，悉遣子就学，每岁辄于乡射月一飨会之，以此为常。"⑦

明帝、安帝时期，宗室、外戚子弟均可以在宫廷之中接受良好的经学教育，就连随伺宫中的近臣都能得到经学教育的机会。毫不夸张地说，东汉近两百年间，皇权贵族子弟的经学教育是非常重要而且到

---

① ［南朝·宋］范晔撰，李贤等注：《后汉书》，北京：中华书局，1965年，第1427页。
② 同上，第1667页。
③ ［晋］袁宏撰，李兴和点校：《后汉纪集校》，昆明：云南大学出版社，2008年，第184页。
④ ［南朝·宋］范晔撰，李贤等注：《后汉书》，北京：中华书局，1965年，第184页。
⑤ 同上，第428页。
⑥ 同上，第424页。
⑦ 同上，第2547页。

位的。所谓上行下效，东汉中下层社会也大力提倡经学教育，经学文化在当时社会思潮中具有重要地位。

（三）太学。“太学者，礼义之宫，教化所由兴也。”① 太学是传授知识、研究专门学问的最高学府，由汉武帝在元朔五年创置。东汉初年，太学生出身的刘秀深知太学教育的价值，所以在建武之初天下干戈未休、宫室未饰之际，他便首建太学。《后汉书》载：“建武五年，乃修起太学，稽式古典，笾豆干戚之容，备之于列，服方领习矩步者，委它乎其中。”② 刘秀还不断完善对博士官的选拔制度。建武七年（31），刘秀采纳朱浮的建议，打破原博士选拔仅限于洛阳的做法，拓宽了博士的来源。汉明帝刘庄常亲自参加、主持太学讲论经义的学术活动，还编写了《五家要说章句》，令其师桓荣之子桓郁为之校订。汉和帝时，太学一度衰败，博士倚席不讲，太学荒芜，牧竖放牧其中。汉顺帝时，翟酺奏请修建太学，“光武初兴，愍其荒废，起太学博士舍、内外讲堂，诸生横巷，为海内所集。……而顷者颓废……宜更修缮，诱进后学”③。顺帝采纳建议，扩建太学二百四十房，一千八百五十室。足见东汉时期的太学是官学的重要教学机构。

在太学教育中，只有博士才能担任太学教师。光武建武初年，立《五经》十四博士（实际情况是 15 人）。博士是专治一经或者兼治多经，在经学研究上有建树的人。博士在太学的教育是以授经为主，故太学生也是以研习经学为主。汉武帝创置太学，学生始有 50 人，到东汉质帝、桓帝以后，洛阳的太学生达到了三万余人，约占总人口的 0.53‰（据学者统计，桓帝永寿三年，东汉人口极盛，大约为 6500

① ［南朝·宋］范晔撰，李贤等注：《后汉书》，北京：中华书局，1965 年，第 1144 页。
② 同上，第 2545 页。
③ 同上，第 1606 页。

万人[①])。从这个数据可以看出，当时在太学研习经学人数之多，经学文化传播之广。

（四）郡国之学。西汉景帝时期，成都开办了最早的郡国学校。汉武帝下诏令“天下郡国皆立学校官”。与太学发展步调一致，东汉的郡国学校更加发达。班固在《东都赋》中描写了这样的一幅画面：“四海之内，学校如林，庠序盈门，献酬交错，俎豆莘莘，下舞上歌，蹈德咏仁。”[②] 虽然班固之赋中难免有夸张，但是东汉时期郡国学校很多，郡国之学的繁荣却是千真万确的。东汉郡国学校的兴办自东汉初，一直延续到桓、灵时期，尤其以明、章时期为最繁荣。寇恂为汝南太守，“乃修乡校，教生徒，聘能为《左氏春秋》者，亲受学焉”[③]；（光武）建武六年，李忠迁为丹阳太守，“以丹阳越俗不好学，嫁娶礼仪，衰于中国，乃为起学校，习礼容，春秋乡饮，选用明经，郡中向慕之”[④]；卫飒为桂阳太守，“下车，修庠序之教，设婚姻之礼”[⑤]；任延为武威太守，“造立校官，自掾史子孙，皆令诣学受业，复其徭役。章句既通，悉显拔荣进之。郡遂有儒雅之士”[⑥]。明帝之后郡国之学不绝如缕。宋均“调补辰阳长……为立学校，禁绝淫祀，人皆安之”[⑦]；“（秦彭）崇好儒雅，敦明庠序。每春秋飨射，辄修升降揖让之仪”[⑧]；鲍德为南阳太守，“时郡学久废，德乃修起横舍……

① 路遇、滕泽之编著：《中国人口通史》，济南：山东人民出版社，2000 年，第 149 页。
② ［汉］班固撰，白静生注：《班兰台集校注》，郑州：中州古籍出版社，2002 年，第 29 页。
③ ［南朝·宋］范晔撰，李贤等注：《后汉书》，北京：中华书局，1965 年，第 624 页。
④ 同上，第 756 页。
⑤ 同上，第 2459 页。
⑥ 同上，第 2463 页。
⑦ 同上，第 1411 页。
⑧ 同上，第 2467 页。

又尊飨国老，宴会诸儒”①。

以上只是郡国学校的一些例子，我们可以从中管窥东汉郡国之学的兴盛和繁荣之一斑。郡国之学为朝廷和社会培养了一大批儒学之士。正如谚语所言“遗子黄金满籝，不如教子一经”，东汉整个社会尊儒崇经的风气甚为浓郁。

（五）私学。除了帝学、宫邸之学、太学、郡国之学等官学之外，东汉时期的私学也很兴盛，它是官学的重要补充，其规模甚至超过官学的规模。早在王莽当权的哀、平时期，便有不少经师不愿做官，他们隐于民间以传经为业。例如杨震之父杨宝，“习《欧阳尚书》，哀、平之世，隐居教授。居摄二年，与两龚、蒋诩俱征，遂遁逃，不知所处”②。王莽篡位之后，这种现象则更为常见了，如王良“少好学，习《小夏侯尚书》。王莽时，寝病不仕，教授诸生千余人”③；“（洼丹）常避世教授，专志不仕，徒众数百人”④。对于东汉时期私学的兴盛，范晔云：“自光武中年以后，干戈稍戢，专事经学，自是其风世笃焉。其服儒衣，称先王，游庠序，聚横塾者，盖布之于邦域矣。若乃经生所处，不远万里之路，精庐暂建，赢粮动有千百，其耆名高义开门受徒者，编牒不下万人，皆专相传祖，莫或讹杂。至有分争王庭，树朋私里，繁其章条，穿求崖穴，以合一家之说。”⑤ 可以说，全国各地到处有经师讲学，到处有生徒聚集。丁鸿“以才高，论难最明，诸儒称之，帝数嗟美焉。时人叹曰：‘殿中无双丁孝公。’数受赏赐……门下由是益盛，远方至者数千人”⑥。张兴“习《梁丘易》以

---

① ［南朝·宋］范晔撰，李贤等注：《后汉书》，北京：中华书局，1965年，第1023页。
② 同上，第1759页。
③ 同上，第932页。
④ 同上，第2551页。
⑤ 同上，第2588页。
⑥ 同上，第1264页。

教授……显宗数访问经术。既而声称著闻，弟子自远至者，著录且万人”[①]。张楷“通《严氏春秋》《古文尚书》，门徒常百人。宾客慕之，自父党夙儒，偕造门焉。车马填街，徒从无所止，黄门及贵戚之家，皆起舍巷次，以候过客往来之利。楷疾其如此，辄徙避之。家贫无以为业，常乘驴车至县卖药，足给食者，辄还乡里。司隶举茂才，除长陵令，不至官。隐居弘农山中，学者随之，所居成市，后华阴山南遂有公超市”[②]。据学者统计，《后汉书·儒林列传》中记载的私学有 20 家，其中受业弟子百人至千人者 6 家，千人至万人者 8 家，万人以上者 2 家。《后汉书》中，除《儒林列传》记载以外的私学计 18 家，受业弟子百人至千人者 7 家，千人以上者 7 家。据此，《后汉书》中记载的私家之学共计 38 家，受业弟子千人至万人者 15 家，万人以上者 2 家[③]。汉代的私学，无论是书馆、乡塾，还是精舍，其教学内容均以儒家经学为主。

此外还有一种私学，即官员开门授徒。譬如，鲁丕在章帝元和年间为赵相，“门生就学者常百余人，关东号之曰‘五经复兴鲁叔陵’”[④]。博士牟长，“及在河内，诸生讲学者常有千余人，著录前后万人”[⑤]。欧阳歙为汝南太守时，教授数百人。丁恭迁少府时，诸生自远方至者，著录数千人。由此可见当时私学的盛况。

东汉时期的私学与官学一同承担了经学教育的社会功能。梁启超认为东汉私学的发展是东汉儒学成为极盛时期的又一原因，“西汉传经之业，专在学官，而东汉则散诸民间也”[⑥]。他还认为：“凡学权垄

① ［南朝·宋］范晔撰，李贤等注：《后汉书》，北京：中华书局，1965 年，第 2553 页。
② 同上，第 1242—1243 页。
③ 孙峰、肖世民：《汉代私学考》，《西安联合大学学报》1999 年第 3 期。
④ ［南朝·宋］范晔撰，李贤等注：《后汉书》，北京：中华书局，1965 年，第 883 页。
⑤ 同上，第 2557 页。
⑥ 梁启超：《论中国学术思想变迁之大势》，上海：上海古籍出版社，2001 年，第 58 页。

断于一处者，学必衰；散布诸民间者，学必盛。”① 所以，东汉时期官学和私学交相辉映的经学教育体制，共同促进了经学文化的繁荣。

官学和私学既然如此之盛，经生的数量自然非常庞大。据《后汉书》载：“郡中争厉志节，习经者以千数，道路但闻诵声。”② 足见当时习经风气的浓厚。如此多的人接受经学教育，必然导致儒学的社会化普及，从而使儒学成为不可置疑的主流文化思潮。

东汉时期的经学教育普遍化，甚至出现了累世经学的家族。如伏氏家族，伏氏“自伏生以后，世传经学，清静无竞，故东州号为‘伏不斗’云”③。此一家历两汉四百年，为儒学之最久者。再如桓氏家族，“自荣至典，世宗其道，父子兄弟代作帝师，受其业者皆至卿相，显乎当世”④。由于东汉经学教育的繁荣，儒家思想成为士人为人处世的指导思想已根深蒂固。

三、经学法典化

班固在《汉书·艺文志》中评价五经之功用：“六艺之文：《乐》以和神，仁之表也；《诗》以正言，义之用也；《礼》以明体，明者著见，故无训也；《书》以广听，知之术也；《春秋》以断事，信之符也。五者，盖五常之道，相须而备，而《易》为之原。”⑤ 班固之言，意即上至皇帝下至一般士人，一切行为处事，包括国家朝政、典章制度、法律、日常生活等均以儒家经典为标准。可以说，经学不仅是一

① 梁启超：《论中国学术思想变迁之大势》，上海：上海古籍出版社，2001年，第58页。
② ［南朝·宋］范晔撰，李贤等注：《后汉书》，北京：中华书局，1965年，第1241页。
③ 同上，第898页。
④ 同上，第1261页。
⑤ ［汉］班固撰，［唐］颜师古注：《汉书》，北京：中华书局，1962年，第1723页。

种思想学说，它也已经成为约束人们思想行为的制度，有学者将这种表现称之为“法典化”①。

东汉经学法典化首先表现在政事处理上。东汉朝堂每天都发生着很多关乎政权更替、官员选拔、封赏、处罚，甚至后妃封赏等情况。东汉君臣在处理这些政事时，奉儒家经典为法典，完全遵从。

（一）皇室成员封赏、处罚。建武九年，盗贼杀害了阴丽华的父亲和弟弟，光武帝欲追其父、弟爵谥。光武帝的诏书中，引用《小雅》“将恐将惧，惟予与汝。将安将乐，汝转弃予”② 作为其追爵谥阴贵人父阴陆为宣恩哀侯，弟阴䜣为宣义侯的依据。建武十三年，光武帝认为长沙王兴、真定王得、河间王邵、中山王茂，皆袭爵为王，不应经义。将（刘）兴改封为临湘侯，得为真定侯，邵为乐成侯，茂为单父侯。永平十年，广陵王刘荆谋反被捕，按照律例要被处以极刑。明帝不忍，怒斥诸臣。樊儵对之曰：“天下，高皇帝之天下，非陛下之天下也。《春秋》之义，‘君亲无将，将而诛之’。是以，周公诛弟，季友鸩兄。臣等以荆属托母弟，陛下留心，故复请之耳。如令陛下子，臣等专诛之矣。”③ 于是，广陵王刘荆自杀。从中足见明帝的意志事实屈服于经典规定，也可以说儒家经典之义凌驾于皇权之上，成为朝政事务的依据和标准。安帝永元年间，阎氏被诛以后，群臣赞同陈禅建议：“太后与上无母子之恩，当废。”④ 群臣咸以为宜。司徒掾周举反驳司徒李郃，认为应该依照经义，善待阎后。其辞曰：“昔瞽叟常欲杀舜，舜事之逾谨。郑武姜谋杀庄公，秦始皇与母隔绝，感考叔、茅焦之言，

---

① 任继愈在《中国哲学发展史》、侯外庐在《中国思想通史》中均采用了这样的说法。

② ［南朝·宋］范晔撰，李贤等注：《后汉书》，北京：中华书局，1965年，第406页。

③ ［晋］袁宏撰，李兴和点校：《后汉纪集校》，昆明：云南大学出版社，2008年，第122页。

④ 同上，第213页。

修复子道。斯皆前世之迹，书传之所美也。今诸阎新诛，太后不悦，恐悲生疾。”① 永元九年，窦太后崩，松子扈遣从兄禮奏记三府，曰：“《春秋》之义，母以子贵，汉家旧典也。今梁贵人亲育圣躬而不蒙尊号，请得申议。”② 和帝按《春秋》之义，追尊梁贵人为恭怀皇后。以上所举只是其中部分，足见当时经典在朝廷方针政策制定时的作用。

（二）皇太子废立。在封建社会，皇太子作为储君，其废立为国家大事，如果处理不慎，则会危及国之根本。按照经义，太子要立嫡立长。东汉时期几次废立皇太子都是依照经义而行的。建武十九年，光武帝遵从《春秋》之义，立子以贵，废刘强皇太子之位，改立刘庄。这是因为光武帝于建武十七年废皇后郭氏而立阴贵人为皇后。按照经义所载，皇后之子才能被立为太子，所以，在建武十九年，按照经义改立阴皇后之子为太子。

（三）官吏整顿。建初五年，章帝认为当时官吏“擅行喜怒，或案不以罪，迫胁无辜，致令自杀者，一岁且多于断狱，甚非为人父母之意也”③，这违背了孔子言“刑罚不中，则人无所措手足”的要求，急需整顿吏治。

（四）政务处理。明帝时期，王望在没有请示的情况下帮助平民，大臣议论其罪，认为“望之专命，法有常条”④。钟离意为之辩解说：“昔华元、子反，楚、宋之良臣，不禀君命，擅平二国，《春秋》之义，以为美谈。今望怀义忘罪，当仁不让，若绳之以法，忽其本情，将乖圣朝爱育之旨。”⑤ 可见，钟离意以经典作为论据，从而使王望

---

① ［晋］袁宏撰，李兴和点校：《后汉纪集校》，昆明：云南大学出版社，2008 年，第 213 页。

② 同上，第 177 页。

③ ［南朝·宋］范晔撰，李贤等注：《后汉书》，北京：中华书局，1965 年，第 140 页。

④ 同上，第 1297 页。

⑤ 同上，第 1297 页。

无罪。可见儒家经典可为法律，甚或高于法律。又顺帝阳嘉二年，灾异屡现。郎顗上疏论朝政之事，尚书责难：“‘白虹贯日，政变常也’。朝廷率由旧章，何所变易而言变常？又言‘当大蠲法令，革易官号’。或云变常以致灾，或改旧以除异，何也？又阳嘉初建，复欲改元，据何经典？其以实对。”① 从此处辩论可以看到：第一，顺帝时期朝廷内决断之事，都是按照前朝旧事形成的规则来处理的，同时也是依据经典行事；第二，要改变说法，也必须要有经典作为依据。这都说明儒家经典成为处理朝廷事务的标准。延熹九年，襄楷诣阙上疏，尚书承旨曰：“其宦者之官，非近世所置。汉初张泽为大谒者，佐绛侯诛诸吕；孝文使赵谈参乘，而子孙昌盛。楷不正辞理，指陈要务，而析言破律，违背经艺，假借星宿，伪托神灵，造合私意，诬上罔事。”② 尚书责难襄楷的理由也是其不合经义。

（五）祭祀。建武二十六年，光武帝诏张纯曰：“禘、祫之祭，不行已久矣。‘三年不为礼，礼必坏；三年不为乐，乐必崩’。宜据经典，详为其制。”③ 光武帝的祭祀制度完全按照经典要求而定。不独光武，在顺帝时期发生国家祭祀方面的争论也依照经义而言。顺帝崩后，梁太后临朝，认为殇帝幼年即崩，其庙次应该在顺帝之下。鸿胪周举议曰：“《春秋》鲁闵公无子，庶兄僖公代立，跻僖公于闵公上，孔子讥之。《经》书曰：‘大事于太庙，跻僖公。’《传》曰：‘逆祀也。’至定公，正而下之，孔子是之。《经》曰：‘从祀先公。’为万代法也。殇帝在先，于亲为父，顺帝在后，于亲为子，先后之义不可

---

① ［南朝·宋］范晔撰，李贤等注：《后汉书》，北京：中华书局，1965 年，第 1066—1067 页。

② 同上，第 1083 页。

③ 同上，第 1195 页。

改，昭穆之序不可乱。”① 祭祀作为国家大事，也是根据经义所载，可见经典在处理政治事务中的指导地位。

经义代表着一切的权威。不唯处理政事以经义为标准，在社会世俗中亦复如此。永宁二年，安帝与群臣共观西南夷掸国幻人吐火表演。陈禅和陈忠的看法不同，陈禅认为：“昔齐鲁为夹谷之会，齐作侏儒之乐，仲尼诛之。”② 陈忠奏劾陈禅，认为：“古者合欢之乐舞于堂，四夷之乐陈于门，故《诗》云：‘以《雅》以《南》，《韎》《任》《朱离》’。今掸国越流沙，逾县度，万里贡献，非郑、卫之声，佞人之比，而禅庭讪朝政，请劾禅下狱。”③ 二人争论焦点是能否在朝堂之上观看异域表演，可谓针锋相对，甚至到了要议以刑法的地步。两人观点虽然不同，但两人立论的依据却都以经典为准，由此可见，当时儒家经典在朝堂事务上所起的标准作用。

士人之进退也以经学作为依据。东汉一代尚名节，士人多让封行为，如丁鸿让袭爵于幼弟，鲍骏反对，劝说道：“昔伯夷、吴札乱世权行，故得申其志耳。春秋之义，不以家事废王事。今子以兄弟私恩而绝父不灭之基，可谓智乎？”④ 丁鸿因受感悟。说明了儒家经典在当时士人心中的分量。

在社会事务的处理中，除开行政事务，更重要的是法律制度。汉武帝至汉宣帝虽然表面上以儒学为治国之策，但实际上是王霸相杂，或称为“外儒内法”。东汉时期，情况发生变化，则是以经定法。光武建武十四年，群臣认为刑法太过轻薄，宜增科禁。杜林上疏道：

---

① ［晋］袁宏撰，李兴和点校：《后汉纪集校》，昆明：云南大学出版社，2008 年，第 239—240 页。

② ［南朝·宋］范晔撰，李贤等注：《后汉书》，北京：中华书局，1965 年，第 1685 页。

③ 同上，第 1685 页。

④ 同上，第 1263 页。

夫人情挫辱，则义节之风损；法防繁多，则苟免之行兴。孔子曰："导之以政，齐之以刑，民免而无耻。导之以德，齐之以礼，有耻且格。"古之明王，深识远虑，动居其厚，不务多辟，周之五刑，不过三千。大汉初兴，详览失得，故破矩为圆，斫雕为朴，蠲除苛政，更立疏纲①。

杜林以孔子的话来作为有力的证据，光武帝表示同意。章帝时期，陈宠建议改前世苛俗，他上疏曰：

臣闻先王之政，赏不僭，刑不滥，与其不得已，宁僭不滥。故唐尧著典，"眚灾肆赦"；周公作戒，"勿误庶狱"；伯夷之典，"惟敬五刑，以成三德"。由此言之，圣贤之政，以刑罚为首。往者断狱严明，所以威惩奸慝，奸慝既平，必宜济之以宽。陛下即位，率由此义，数诏群僚，弘崇晏晏。而有司执事，未悉奉承，典刑用法，犹尚深刻。断狱者急于篣格酷烈之痛，执宪者烦于诋欺放滥之文，或因公行私，逞纵威福。夫为政犹张琴瑟，大弦急者小弦绝。故子贡非臧孙之猛法，而美郑乔之仁政。《诗》云："不刚不柔，布政优优。"方今圣德充塞，假于上下，宜隆先王之道，荡涤烦苛之法。轻薄箠楚，以济群生；全广至德，以奉天心②。

陈宠的论述中，不仅以上古贤君之政说明宽松刑法制度的合理性，还引用《诗经》作为论据。

---

① ［南朝·宋］范晔撰，李贤等注：《后汉书》，北京：中华书局，1965 年，第 937—938 页。

② 同上，第 1549 页。

杜林和陈宠两人对于修改法律的讨论，都是以儒家经典作为依据，可以看出经学的地位高于法律的地位，学者称这种现象为“法律儒家化”①。“法律儒家化”最为典型的表现途径有两种。一是经义决狱，即以儒家经义作为司法审判的依据，如陈宠论道：“礼经三百，威仪三千，故《甫刑》大辟二百，五刑之属三千。礼之所去，刑之所取，失礼则入刑，相为表里者也。”② 二是以经注律。陈寅恪先生说：“汉承秦业，其官制法律亦袭用前朝。遗传至晋以后，法律与礼经并称，儒家周官之学说悉采入法典。夫政治社会一切公私行动，莫不与法典相关，而法典为儒家学说具体之实现。故两千年来华夏民族所受儒家学说之影响，最深最巨者，实在制度法律公私生活之方面。”③

上述列举的部分经学法典化的表现说明经学在东汉社会生活的方方面面都起到标准化的作用，儒家经义是人们必须遵从的制度。

第二节　谶纬思潮的流行

元始五年，汉平帝崩，王莽利用符命而获得被委政的机会，完成了他攫取政权的重要一步④。初始年间，王莽又利用符命，改号建新，最终取代刘氏成为天下之主。始建国元年，王莽班符命四十二篇

---

① 韩星：《儒法整合：秦汉政治文化论》，北京：中国社会科学出版社，2005 年，第 207 页。

② ［南朝·宋］范晔撰，李贤等注：《后汉书》，北京：中华书局，1965 年，第 1554 页。

③ 陈寅恪：《金明馆丛稿二编》，《冯友兰中国哲学史下册审查报告》，上海：上海古籍出版社，1981 年，第 251 页。

④ “是月，前辉光谢嚣奏武功长孟通浚井得白石，上圆下方，有丹书著石，文曰‘告安汉公莽为皇帝’。符命之起，自此始矣。”［汉］班固撰，颜师古注：《汉书》，北京：中华书局，1962 年，第 4069 页。

于天下①，谶纬思想于是大行于世。两汉之际，战火并起，各路豪杰利用图谶笼络人心、建立政权，光武帝便是其中之一。光武帝完成统一大业之后，对谶纬更加深信不疑，且热衷于提倡谶纬。中元元年，光武帝宣布图谶于天下，确立了谶纬的官方正统地位。明、章两帝继续推行光武帝奉行谶纬的治国策略，“初光武善谶，及显宗、肃宗因祖述焉”②。谶纬思潮对两汉社会影响很大，尤其在东汉，谶纬不仅地位极高，而且流行时间很长。葛兆光先生说：“秦汉两代的思想史无论如何也绕不开谶纬之学，特别是在汉代，谶纬之风可以说几乎笼罩半个思想世界。”③ 可以说，谶纬思潮对东汉社会的影响丝毫不亚于经学对社会的影响。

一、谶纬的地位和作用

整个东汉一朝，谶纬思想都具有很高的地位，甚至和儒家经典有着同等重要的地位。为何谶纬思想能在东汉一朝拥有如此高的地位？要回答这个问题，就必须梳理清楚谶纬在东汉初年发挥的重要作用。

（一）图谶助推刘秀完成了东汉政权的建立。第一，图谶助推刘秀兴兵。地皇三年，粮商刘秀犯事避至宛，宛人李通等以图谶说刘秀云：“刘氏复起，李氏为辅。”④ 刘秀念及其兄有举事之能，于是在28岁的时候与李氏兄弟起兵于宛。刘秀兴兵全凭一句谶言。第二，图谶助推刘秀队伍中重要人物的聚集。据《后汉书》记载，刘秀的重臣中

---

① “秋遣五威将王奇等十二人班符命四十二篇于天下。德祥五事，符命二十五，福应十二，凡四十二篇。”［汉］班固撰，颜师古注：《汉书》，北京：中华书局，1962年，第4112页。

② ［南朝·宋］范晔撰，李贤等注：《后汉书》，北京：中华书局，1965年，第1911页。

③ 葛兆光：《中国思想史》（第一卷），上海：复旦大学出版社，1998年，第277页。

④ ［南朝·宋］范晔撰，李贤等注：《后汉书》，北京：中华书局，1965年，第2页。

至少有 3 位是因谶言而聚集在其身边的，他们是李通、邓晨、窦融。身为大司马、前将军、宰相的李通，因为一句“刘氏复起，李氏为辅”成为起事功臣；邓晨也因为图谶而聚集在刘秀身边。“(邓晨）初娶光武姊元。王莽末，光武尝与兄伯升及晨俱之宛，与穰人蔡少公等谯语，少公颇学图谶，言‘刘秀当为天子’。或曰：‘是国师公刘秀乎?’光武戏曰：‘何用知非仆邪?’坐者皆大笑，晨心独喜。”① 可见邓晨是有心之人，他并没有把这句谶言置之一边，而是将其记在心中，随后邓晨带领族人追随刘秀。范晔因此赞云：“李、邓豪瞻，舍家从谶。”② 窦融加入光武集团也是因为图谶。建武元年，光武称帝。隗嚣表面上用建武年号，其实暗中遣张玄游说窦融，窦融尚未决定，于是听从身边智者建议，归顺了光武帝，使光武帝顺利得到了河西地区的支持，对其战略部署产生了很大的影响。窦融身边智者的建议则从图谶之说③。第三，光武因谶而称帝。光武行事谨慎，没有十足的把握，不会贸然行动。初，刘秀身边诸将上疏请其即帝位，以安民心，被其拒绝。其后，疆华自关中奉《赤伏符》上刘秀，刘秀方才称帝，建元为建武，大赦天下。刘秀在群臣最初上疏之时，没有答应称帝，此举并不表示他没有称帝的野心。邓禹、冯异等人游说他建立政权，他非常高兴，可见他早有心于此，但为什么他又迟迟不答应呢?那是因为在等一个时机，等一个合理合法的理由。于是，就有疆华自关中奉《赤伏符》事件的出现。刘秀从兴兵到称帝，无不以图谶为指引，从某种意义上来说，图谶是刘秀称帝的重要道具。

（二）图谶力证刘秀政权的合法性。两汉之际，群雄逐鹿，割据势

① [南朝·宋] 范晔撰，李贤等注：《后汉书》，北京：中华书局，1965 年，第 582 页。

② 同上，第 593 页。

③ 智者曰：“汉承尧运，历数延长，今皇帝姓号见于图书。”[南朝·宋] 范晔撰，李贤等注：《后汉书》，北京：中华书局，1965 年，第 798 页。

力很多。梁王刘永自称天子，公孙述称王蜀地，李宪自立为淮南王，秦丰自号楚黎王，张步起琅琊，董宪起东海，延岑起汉中，田戎起夷陵，平陵人方望立前孺子刘婴为天子，隗嚣据陇右，庐芳起安定。如此众多的政权割据，自然存在正统合法性的争议。他们或诈以为汉室宗族后人，如王昌、卢芳；或利用谶纬证明其政权的正统地位，如新城蛮贼张满、刘扬①。盘踞益州的公孙述也利用图谶来鼓舞人心，宣布政权的合法化。诸人之举一度引起刘秀的恐慌。同样，刘秀利用图谶之言力证公孙政权之伪和自己政权的合法性，《后汉书》云：

> （公孙）述亦好为符命鬼神瑞应之事，妄引谶记。以为孔子作《春秋》，为赤制而断十二公，明汉至平帝十二代，历数尽也，一姓不得再受命。又引《录运法》曰："废昌帝，立公孙。"《括地象》曰："帝轩辕受命，公孙氏握。"《援神契》曰："西太守，乙卯金。"谓西方太守而乙绝卯金也。五德之运，黄承赤而白继黄，金据西方为白德，而代王氏，得其正序。又自言手文有奇，及得龙兴之瑞。数移书中国，冀以感动众心。帝患之，乃与述书曰："图谶言'公孙'，即宣帝也。代汉者当涂高，君岂高之身邪？乃复以掌文为瑞，王莽何足效乎！君非吾贼臣乱子，仓卒时人皆欲为君事耳，何足数也。君日月已逝，妻子弱小，当早为定计，可以无忧。天下神器，不可力争，宜留三思。"署曰"公孙皇帝"②。

① "时真定王刘扬复造作谶记云：'赤九之后，瘿扬为主。'扬病瘿，欲以惑众，与绵曼贼交通。"［南朝·宋］范晔撰，李贤等注：《后汉书》，北京：中华书局，1965 年，第763 页。

② ［南朝·宋］范晔撰，李贤等注：《后汉书》，北京：中华书局，1965 年，第 538 页。

公孙述与刘秀两人在辩论政权的合法性与正统性时都借助了谶纬。可知当时谶纬思想深入人心，具有很强的舆论作用。

图谶带有浓重的投机色彩，政治目的性非常强。早在西汉时期，图谶的政治预言性就对政治产生了影响。西汉成帝时，齐人甘忠可诈造《天官历》《包元太平经》十二卷，以言“汉家逢天地之大终，当更受命于天，天帝使真人赤精子，下教我此道”①。后夏贺良等言《赤精子谶》“汉历中衰，当更受命”②，宜改元易号，于是哀帝改号为太初元年。这一措施并没有挽救西汉日渐衰亡的命运。随后，王莽因复古改制引起天下大乱，使一般民众由对圣人的热烈期待转为极度失望，“汉当更受命”的观念重又深入人心。郅恽曾对友人说“方今镇、岁、荧惑并在汉分翼、轸之域，去而复来，汉必再受命，福归有德。如有顺天发策者，必成大功”③，还以此游说逯并。两汉之际，假托刘氏子孙称帝正合当时民众咸思汉德的心理。“汉当更受命”使刘氏称帝的观点成为流行的观点，且为普遍民众所接受。建武年间，苏竟用星占学、谶纬学劝说刘龚，他认为：

> 夫孔丘秘经，为汉赤制，玄包幽室，文隐事明。且火德承尧，虽昧必亮，承积世之祚，握无穷之符，王氏虽乘间偷篡，而终婴大戮，支分体解，宗氏屠灭，非其效欤？皇天所以眷顾踟蹰，忧汉子孙者也。论者若不本之于天，参之于圣，猥以《师旷杂事》轻自眩惑，说士作书，乱夫大道，焉可信哉？④

---

① ［汉］班固撰，颜师古注：《汉书》，北京：中华书局，1962 年，第 3192 页。
② 同上，第 3192 页。
③ ［南朝·宋］范晔撰，李贤等注：《后汉书》，北京：中华书局，1965 年，第 1024 页。
④ 同上，第 1043 页。

刘龚与邓仲况听从苏竟的建议，投降了光武帝。建武五年，隗嚣听从王元的建议欲自立为王，班彪便以此种观点劝说隗嚣，阻止他背叛刘秀。同年，寇融听从帐中智者“汉当更受命”的观点，最终决定归附刘秀。智者针对张玄之“一姓不再兴”的观点，说：

> 汉承尧运，历数延长。今皇帝姓号见于图书，自前世博物道术之士谷子云、夏贺良等，建明汉有再受命之符，言之久矣。故刘子骏改易名字，冀应其占。及莽末，道士西门君惠言刘秀当为天子，遂谋立子骏。事觉被杀，出谓百姓观者曰：“刘秀真汝主也。”皆近事暴著，智者所共见也①。

士人对于谶纬的盲目信从，遭到后世学者的批评。王夫之批评道：“班彪之说隗嚣，窦融之决志以从光武，皆以符命为徵；彪与融处乱世而身名以全，皆所谓豪杰之士也，然而所据者在此，况其他之琐琐者乎?”② 史家之言准确道出当时谶纬在社会上的流行性和鼓动性。

（三）图谶帮助明帝完成了中央政治的高度集权。东汉时期，图谶被称之为“秘书”，陈槃先生认为“秘、内、灵之称，可互施于一切谶纬”③。刘氏统治者一方面笃信这种“秘书”，因为它推动了东汉政权的建立；一方面又担心这种“秘书”为其他人利用而兴兵作乱，以下犯上，危及刘氏政权。光武帝看透谶纬秘书的这一特性，于是宣布图谶于天下，禁止一切人士对图谶的造作。窦融深知刘秀对图谶的矛盾心理，故在《上疏让爵土》一文中这样说道：“有子年十五，质

---

① ［南朝·宋］范晔撰，李贤等注：《后汉书》，北京：中华书局，1965年，第798页。
② ［清］王夫之撰，舒士彦点校：《读通鉴论》，北京：中华书局，2013年，第134页。
③ 陈槃：《古谶纬研讨及其书录解题》，上海：上海古籍出版社，2010年，第146页。

性顽钝。臣融朝夕教导以经艺，不得令观天文，见谶记。"[1] 汉明帝巧妙地利用这一点，完成了中央的高度集权。

光武时期"禁网尚疏，诸王皆在京师，竞修名誉，争礼四方宾客"[2]，如敬王刘睦等。光武帝还对宗室子弟封赏颇丰[3]，一些被分封的刘姓子弟成为一股不容小觑的势力。明帝即位以后，解决这一隐患成为他面临的艰巨任务。经过深思熟虑和周密部署，明帝利用有人制作图谶的借口，诬陷谋反，伺机剪除势力，楚王刘英和阜陵质王刘延便是他的目标。

> 十三年，男子燕广告（楚王）英与渔阳王平、颜忠等造作图书，有逆谋，事下案验。有司奏英招聚奸猾，造作图谶，擅相官秩，置诸侯王公将军二千石，大逆不道，请诛之。……明年，英至丹阳，自杀[4]。
>
> 阜陵质王（刘）延……性骄奢而遇下严烈。永平中，有上书告延与姬兄谢弇及姊馆陶主婿驸马都尉韩光招奸猾，作图谶，祠祭祝诅。事下案验，光、弇被杀，辞所连及，死徙者甚众[5]。

徐复观先生在《两汉思想史》中论述了楚王刘英的冤案问题，认为"宾客"问题是惨案发生的本质原因[6]。这个观点很有说服力。细

---

① ［南朝・宋］范晔撰，李贤等注：《后汉书》，北京：中华书局，1965年，第807页。

② 同上，第1427页。

③ 博士丁恭议论曰："古帝王封诸侯不过百里，故利以建侯，取法于雷，强干弱枝，所以为治也。今封诸侯四县，不合法制。"［南朝・宋］范晔撰，李贤等注：《后汉书》，北京：中华书局，1965年，第26页。

④ ［南朝・宋］范晔撰，李贤等注：《后汉书》，北京：中华书局，1965年，第1429页。

⑤ 同上，第1444页。

⑥ 参看徐复观：《两汉思想史》（第一册），上海：华东师范大学出版社，2001年，第115—118页。

究两案过程，皆有一个相同点，即是楚王刘英和阜陵质王刘延都“造作图谶”，以此为借口，明帝巧妙地铲除楚王和阜陵质王势力，消除了政权的潜在危害。

明帝与光武帝利用图谶的方式不同，但异曲同工，都收到了巩固政权的成效。可见图谶在东汉前期政治生活中的敏感性和重要性。

二、谶纬的内容

钟肇鹏先生《谶纬论略》一书对谶纬的内容进行了较为详细的探讨，分别从对经典的解释、古代的典礼制度、解说文字、天文学、历法和气象、地理、古史及神话传说、符瑞、记灾异等九个方面进行了描述①。葛兆光先生认为谶纬的内容开始是来自一般文化层的知识，后来汉代儒生“采纳了相当多的数术方技知识为自己建设一种沟通宇宙理论与实际政治运作和实际社会生活之间的策略与手段，不仅董仲舒，此后相当多的儒者及官僚都在运用这种以阴阳五行为骨架、天人感应为中心、灾异祥瑞与现实政治相贯通的理论”②，“经典的话语霸权来自它对国家意识形态以及制度、法律、教育的垄断和干预程度”③。而纬书中许多具体技术的最后指向大多是朝廷政事，所以谶纬是一种政治话语，其内容主要包括以下几方面。

（一）王命观，即对政权合法性和正统性的论述。谶纬集合五德相胜和五德相生之说，综合帝王感生、圣王异表和谶记符命而成王命论。五德相胜和五德相生之说早已有之，自不必说。谶纬丰富了前代

---

① 钟肇鹏：《谶纬论略》，沈阳：辽宁教育出版社，1995 年，第 83—89 页。
② 葛兆光：《中国思想史》，上海：复旦大学出版社，1998 年，第 284 页。
③ 同上，第 290 页。

帝王和圣人感生神话，如“大迹出雷泽，华胥履之，生伏羲”①，“大电光绕北斗，枢星照郊野，感附实而生黄帝”②，“含始吞赤珠，刻曰玉英，生汉皇。后赤龙感女媪，刘季兴”③，“孔子母梦感黑帝而生，故曰玄圣”④，等等。谶纬的帝王感生论主要是以五德终始为基准而建构，帝王感生与帝王受命有直接关系。

王命论之圣王异表。圣王异表由来已久，“徐偃王之状，目可瞻焉；仲尼之状，面如蒙倛；周公之状，身如断菑；皋陶之状，色如削瓜；闳夭之状，面无见肤”⑤，但是这种异表都与王命无关。董仲舒创新了这一观点，他认为：“天将授舜，主天法商而王，祖锡姓为姚氏。至舜形体大上而员首，而明有二童子。性长于天文，纯于孝慈。天将授禹，主地法夏而王，祖锡姓为姒氏。”⑥ 可见董仲舒认为天授之王，面目异常，且天地感生。谶纬发展了这一观点，认为：“易始于太极，太极分而为二，故生天地。天地有春秋冬夏之节，故生四时，四时各有阴阳刚柔之分，故生八卦，八卦成列，天地之道立……孔子曰：‘八卦之序成立，则五气变形。故人生而应八卦之体，得五气，以为五常。’”⑦ 人感天地之气所生，但因八卦之气有别，所以人之形体也有不同，故出现了圣人不同于常人之形体特征，据纬书记载：“仓颉四目，是谓并明……尧眉八采，是谓通明。舜目重瞳，是谓玄景。禹耳三漏，是谓大通。汤臂三肘，是谓柳翼。文王四乳，是

① （日）安居香山、中村璋八辑：《纬书集成》，石家庄：河北人民出版社，1994 年，第 461 页。

② 同上，第 461 页。

③ 同上，第 463 页。

④ 同上，第 576 页。

⑤ ［清］王先谦：《荀子集解》，北京：中华书局，1988 年，73 页。

⑥ 苏舆、钟哲点校：《春秋繁露义证》，北京：中华书局，1992 年版，第 212 页。

⑦ （日）安居香山、中村璋八辑：《纬书集成》，石家庄：河北人民出版社，1994 年，第 7—10 页。

谓含良。武王骈齿，是谓刚强。”① “舜长九尺，员首，龙颜日衡，方庭大口，面颐亡发，怀珠握褒。”② “孔子长十尺，大九围，坐如蹲龙，立如牵牛，就之如昴，望之如斗。”③

（二）祥瑞与符命。符命多是政治预言，如：“刘秀发兵捕不道，四夷云集龙斗野，四七之际火为主。”④“赤帝九世，巡省得中，治平则封，诚合帝道孔矩，则天文灵出，地祇瑞兴。帝刘之九，会命岱宗，不慎克用，何益于承，诚善用之，奸伪不萌。赤汉德兴，九世会昌，巡岱皆当。天地扶九，崇经之常。汉大兴之，道在九世之王。封于泰山，刻石著记，禅于梁父，退省考五。”⑤ 《河图合古篇》曰：“帝刘之秀，九名之世，帝行德，封刻政。”⑥ 在谶纬文献中，祥瑞多是将黄帝、尧等治世之王时期出现的祥瑞进行描述，“舜受终，赤凤来仪”⑦，“尧时，朱草生郊”⑧。这些祥瑞旨在强调王道臻于极致之时，皇天报应祥瑞。

（三）星占灾异。灾异与政治结合，形成所谓的“灾异谴告说”。这是东汉士人运用较多的一种思想。汉武帝问董仲舒：“三代受命，其符安在？灾异之变，何缘而起？”董仲舒答曰：“臣谨案《春秋》之中，视前世已行之事，以观天人相与之际，甚可畏也。国家将有失道之败，而天乃先出灾害以谴告之，不知自省，又出怪异以警惧之，尚不知变，而伤败乃至。”“及至后世，淫佚衰微，不能统理群生，诸侯背畔，残

---

① （日）安居香山、中村璋八辑：《纬书集成》，石家庄：河北人民出版社，1994 年，第 574 页。

② 同上，第 778—779 页。

③ 同上，第 576 页。

④ 同上，第 1160 页。

⑤ 同上，第 1178 页。

⑥ 同上，第 1158 页。

⑦ 同上，第 369 页。

⑧ 同上，第 404 页。

贼良民以争壤土，废德教而任刑罚。刑罚不中，则生邪气；邪气积于下，怨恶畜于上。上下不和，则阴阳缪盭而妖孽生矣，此灾异所缘而起也。”① 经过董仲舒的改造，灾异之说风靡两汉，成为学术的主流。儒家经典的“灾异化”也蔚然成风。“《易》有阴阳，《诗》有五际，《春秋》有灾异，皆列终始，推得失，考天心，以言王道之安危。”②

谶纬文献中发挥“灾异谴告说”甚多，兹举几例：

当雷不雷，太阳弱。郑玄注：“春分之后，当雷不雷，君弱于道德也。”不当雷而雷，太阳弱。郑玄注：“秋分之后，不当雷而雷，此君弱于度，诛罚不行，邪臣跋扈于下，阳气放泄，则雷冬行乱冬，伤阳也。”③

天下愁，山泉扬，志射溃，地裂山崩。郑玄注：“君臣道乱，则天下之人皆怀愁，故山泉发扬，主心昳而出，地裂山崩。”④

月当满不满，君侵臣。当毁不毁，臣陵君。君侵臣，则有大旱之灾。臣陵君，则有兵水之难。月盈大进，则有人君之忧，缩则有臣下之害⑤。

日蚀之后，必有亡国，杀君奔走，乖离相诛，专政拥主，灭兵车，天下昏乱，邦不宁⑥。

地动，佞者执政，君子在野，小人在位，朝廷多贼，国受其咎⑦。

---

① ［汉］班固撰，颜师古注：《汉书》，北京：中华书局，1962年，第2498—2500页。

② 同上，第3172页。

③ （日）安居香山、中村璋八辑：《纬书集成》，石家庄：河北人民出版社，1994年，第122—123页。

④ 同上，第292页。

⑤ 同上，第321页。

⑥ 同上，第846页。

⑦ 同上，第723页。

由于灾异诠释取得了经典的支持，加上谶纬思想的大力提倡，东汉的灾异谴告学说蔚然成风，莫之能御矣。

三、谶纬对东汉社会事务的决定作用

符命的验证更加坚定了光武研究图谶、提倡图谶的决心。文献记载："（建武）十七年，上以日食避正殿，读图谶多，久御坐庑下浅露，中风发疾，苦眩甚。"[①] 光武帝笃信谶纬到如斯程度，自然在决断事宜之时，不仅以经学为标准，还以谶纬为标准。正如赵翼言："光武之信谶书，几等于圣经贤传，不敢有一字致疑矣。"[②] 光武信谶，在政事处理上，多以谶决之。

（一）以谶定人事。即位之初，光武帝因《赤伏符》中有"王梁主卫作元武"而定大司空人选。王梁本安阳人，名姓籍贯与谶言俱合，所以被光武帝拜为大司空。光武帝因谶文"孙咸征狄"之语，乃以平狄将军孙咸为大司马。大司空、大司马乃朝廷要职，光武帝单凭谶文就决定如此重大之事，足见光武帝对图谶的相信程度。

（二）以谶定宗庙制度。因《河图》有"赤九会昌"之文，光武于高祖为第九世，故其祀太庙至元帝而止，成、哀、平三帝则祭于长安。建武年间，光武帝诏诸臣商议灵台处所，众议不定，光武以谶决之。

（三）以谶定封禅之事。建武三十年，张纯、赵熹奏请光武封禅泰山。光武帝严词拒绝，认为："即位三十年，百姓怨气满腹，吾谁

---

① ［汉］刘珍等撰，吴树平校注：《东观汉记校注》，北京：中华书局，2008 年，第 12 页。

② ［清］赵翼撰，王树民校正：《廿二史札记校正》，北京：中华书局，1984 年，第 88 页。

欺，欺天乎？曾谓泰山不如林放，何事污七十二代之编录！桓公欲封，管仲非之。若郡县远遣吏上寿，盛称虚美，必髡，兼令屯田。”① 封禅之事就这样被搁置下来。建武三十二年，光武帝读《河图会昌符》曰：“赤刘之九，会命岱宗。不慎克用，何益于承。诚善用之，奸伪不萌。”② 于是下诏梁松等人寻找证据证明封禅的合法性。光武帝前后自相矛盾，但最终还是相信谶纬之言，决定封禅。

（四）以谶正经义。汉武帝时期，五经博士确立，经学上升为官学，逐渐成为主流意识形态。经学内部各派争立，章句之学多繁杂。汉明帝永平元年，樊儵率先提议集合众儒统一《五经》。明帝任命东平王刘苍主持东汉首次经学会议，“孝明皇帝尤垂意于经学，即位删定乖疑，稽合图谶”③。此次会议最大特征就是依谶纬来统一《五经》之说。《后汉书·樊儵传》：“永平元年，（儵）拜长水校尉，与公卿杂定郊祀礼仪，以谶记正《五经》异说。”④ 《隋书·经籍志》记载：“（汉时）又诏东平王苍，正五经章句，皆命从谶。俗儒趋时，益为其学，篇卷第目，转加增广。言五经者，皆凭谶为说。”⑤

（五）以谶改乐及乐官名。《后汉书·曹褒传》附其父曹允记载：“显宗（汉明帝）即位，充上言：‘汉再受命，仍有封禅之事，而礼乐崩阙，不可为后嗣法。五帝不相沿乐，三王不相袭礼，大汉当自制礼，以示百世。’帝问：‘制礼乐云何？’充对曰：‘《河图括地象》曰：“有汉世礼乐文雅出。”《尚书璇玑钤》曰：“有帝汉出，德洽作乐，名

---

① ［南朝·宋］范晔撰，李贤等注：《后汉书》，北京：中华书局，1965 年，第 3161 页。
② ［南朝·宋］徐天麟：《东汉会要》，上海：上海古籍出版社，2006 年，第 40 页。
③ ［汉］刘珍等撰，吴树平校注：《东观汉记校注》，北京：中华书局，2008 年，第 464 页。
④ ［南朝·宋］范晔撰，李贤等注：《后汉书》，北京：中华书局，1965 年，第 1122 页。
⑤ ［唐］魏征等：《隋书》，北京：中华书局，1973 年，第 941 页。

予。”帝善之，下诏曰：‘今且改太乐官曰太予乐，歌诗曲操，以俟君子。’”① 明帝因谶记而改乐官名。

（六）以谶制礼。汉明帝遵照纬书制礼作乐。永平十八年，明帝崩。“十二月癸巳，有司奏言：‘孝明皇帝圣德淳茂，劬劳日昊，身御浣衣……聪明渊塞，著在图谶。’”李贤注：“《河图》曰：‘图出代，九天开明，受用嗣兴，十代以光。’又《括地象》曰：‘十代礼乐，文雅并出。’谓明帝也。”② 纬书预言明帝要制作礼乐。受光武帝熏陶的明帝不可能没有读过纬书，在纬书的指引下，明帝加大礼乐制度建设力度，完成纬书中预言的任务。章帝亦是如此。据《后汉书·曹褒传》记载，会肃宗（汉章帝）欲制定礼乐，元和二年下诏曰：“《河图》称：‘赤九会昌，十世以光，十一以兴。’《尚书璇玑钤》曰：‘述尧理世，平制礼乐，放唐之文。’……《帝命验》曰：‘顺尧考德，题期立象。’”③ 由此可知，章帝也根据纬书指示而制礼作乐。

（七）以谶致仕途进退。郑兴多次依照经义言政事，但因不善谶未得光武帝赏识。桓谭公开反对谶纬，他说：“今诸巧慧小才伎数之人，增益图书，矫称谶记，以欺惑贪邪，诖误人主，焉可不抑远之哉……述《五经》之正义，略雷同之俗语，详通人之雅谋。”④ 桓谭反谶导致光武帝大不悦。光武帝用谶决定修建灵台，在征求桓谭意见时，桓谭表示不识谶，并说谶纬不是经典，惹得光武帝大怒，要将桓谭斩首。桓谭后“出为六安郡臣”，郁郁卒于道中。因为反对谶纬，同时再加之光武帝本身就极不欣赏桓谭，所以桓谭遭受了此种待遇。再如尹敏也因为不识谶纬而导致仕途受阻。光武帝“以（尹）敏博通

---

① ［南朝·宋］范晔撰，李贤等注：《后汉书》，北京：中华书局，1965年，第1201页。
② 同上，第129—131页。
③ 同上，第1202页。
④ 同上，第960页。

经记，令校图谶，使蠲去崔发所为王莽著录次比。敏对曰：‘谶书非圣人所作，其中多近鄙别字，颇类世俗之辞，恐疑误后生。’帝不纳。敏因其阙文增之曰：‘君无口，为汉辅。’帝见而怪之，召敏问其故。敏对曰：‘臣见前人增损图书，敢不自量，窃幸万一。’”① 光武帝以此不再重用尹敏。安帝时期，邓太后也同样以谶来决定士人进退。杨厚传父业，善图纬，多次运用谶纬解决了实际问题。当邓太后问杨厚大将军邓骘是否应为辅臣时，杨厚对曰“不合”，乃被免归。由此可见，杨厚也是因为图谶而被罢免。

桓谭、尹敏、郑兴因为不识谶、反对谶纬，虽为当时大儒，却不被重用。与之相反的是能审时度势，将经学与谶纬主动结合者则在仕途上大有发展，贾逵就是代表。贾逵在永平年间上言《左氏传》与图谶合者，明帝将之藏之秘府。章帝建初元年，贾逵又上《条奏左氏长义》，认为“《五经》家皆无以证图谶明刘氏为尧后者，而《左氏》独有明文……令逵自选《公羊》严、颜诸生高才者二十人，教以《左氏》，与简纸经传各一通”②。故范晔论之曰：“桓谭以不善谶流亡，郑兴以逊辞仅免，贾逵能附会文致，最差贵显，世主以此论学，悲矣哉！”③

光武帝和安帝时期的官员因为谶纬被罢免或者仕途不畅的原因是不同的。桓谭、尹敏、郑兴因为不识谶或者反对谶纬而仕途不畅。杨厚本身擅长谶纬，只是没有按照邓太后所希望的那样回答。由此可以看出，邓太后不是真信图谶，只是利用图谶寻找一种合法的、具有说服力的途径为邓骘擢升辅政大臣作铺垫。当邓太后在杨厚的口中没有得到她想要的答案时，便罢免了杨厚，这表明邓太后间接地否定了图

① ［南朝·宋］范晔撰，李贤等注：《后汉书》，北京：中华书局，1965年，第2558页。
② 同上，第1237—1239页。
③ 同上，第1241页。

谶。这让人不免想起郅恽上疏王莽，质疑王莽政权的合法性时，王莽因为郅恽的话合图谶而没有杀害郅恽。由此可知，安帝时期，统治者对于图谶的态度已经有所转变。光武时期极力地推行谶纬，极力地证明谶纬的不可置疑性。明、章两帝沿用光武帝对谶纬的态度，以谶纬作为标准来处理事情，极力证明政权契合图谶。安帝邓太后时则是为达到政治目的，欲以谶为工具。不仅统治者如此，普通读书人也是如此。安帝时，“时尚书有缺，诏将大夫六百石以上试对政事、天文、道术，以高第者补之。酺自恃能高，而忌故太史令孙懿，恐其先用，乃往候懿。既坐，言无所及，唯涕泣流连。懿怪而问之，酺曰：‘图书有汉贼孙登，将以才智为中官所害。观君表相，似当应之。酺受恩接，凄怆君之祸耳！’懿忧惧，移病不试。由是酺对第一，拜尚书”①。这是一个利用谶纬取得官职的小事例，从中可以看出图谶作为工具愈来愈明显，其虚妄的特点显露殆尽。士人们对谶纬由无条件遵从逐渐变成质疑，这与经学衰微的步调是一致的。

四、东汉时期谶纬的传播

上文已经探讨了谶纬思想的重要作用和对社会事务的影响，统治者对谶纬思想不仅积极接受而且推崇备至。对于士人来说，又是怎样的情况呢？中兴元年光武帝宣布图谶于天下，使图谶成为新官学。在刘氏皇帝毫不质疑的推崇下，谶纬还影响到士人的仕途前程，如桓谭、尹敏的遭遇；有时甚至还关涉生命。在利禄的诱惑下，在保身全命的生存需求下，学习谶纬的士人应该是非常多。刘勰概括为“光武

---

①［南朝·宋］范晔撰，李贤等注：《后汉书》，北京：中华书局，1965年，第1602页。

之世，笃信斯术，风化所靡，学者比肩”①。下面根据有关学者的统计数据说明士人研习谶纬的大致情况②。

学者	年代	相关内容	出处
杨春卿	光武	善图谶学，为公孙述将。	《杨厚列传》（范书）
景　鸾	光武	理《齐诗》《施氏易》，兼受河洛图纬，作《易说》及《诗解》，文句兼取河洛，以类相从。	《儒林列传》（范书）
薛　汉	光武	习《韩诗》，尤善说灾异谶纬，建武初为博士，受诏校定图谶。	《儒林列传》（范书）
刘　辅	明章	好经书，善说《京氏易》《孝经》《论语》传及图谶，作《五经论》，时号之曰《沛王通论》。	《刘辅传》（范书）
杨　统	明章	作《家法章句》及《内谶》二卷解说。	《杨厚列传》（范书）
郭　凤	明章	好图谶，尤善灾异，吉凶占应。	《方术列传》（范书）
黄　香	明章和	知古今记，群书无不涉猎，兼明图谶、天官、星气、钟律、历算、穷极道术。	《东观汉记》
谢夷吾	明章	韬含六籍，推考星度，综校图录，探赜圣秘。	《方术列传》（范书）
杨　震	？—124	明《欧阳尚书》，河洛纬度，穷神知变，与圣同符。	《隶释》卷十二
袁　良	？—131	典郡职重，亲执经纬。	《隶释》卷六
翟　辅	和安顺	四世传《诗》。好《老子》，尤善图纬、天文、历算。	《翟辅传》（范书）

① ［梁］刘勰撰，范文澜注：《文心雕龙注》，北京：人民文学出版社，1958 年，第 31 页。

② 陈丽桂：《东汉谶纬学研究》，台湾师范大学博士论文，第 372—374 页。

续表

学者	年代	相关内容	出处
樊　英	和安顺	习《京氏易》，兼明五经，又善风角、河洛七纬，推步灾异。	《方术列传》（范书）
王　辅	和安顺	学《公羊传》，援神契。	《方术传》（谢承书）
尹　珍	和安顺	从汝南许慎、应奉受经书图纬。	《西南夷列传》（范书）
李　固	94—147	博览古今，明于风角、星算、河图、谶纬。	范书注引谢承书
杨　厚	71—152	晓读图书，粗识其义。	《杨厚列传》（范书）
武　梁	？—151	兼通河洛，诸子传记。	《隶释》卷六
蔡　郎	？—153	包洞典籍，刊摘沉秘，知机达要，通含神契。	《全后汉文》
李　休	？—157	少以好学，游心典谟，既综七经，又精群纬。	《全后汉文》
周　勰	110—159	总六经之要，扣河洛之机。	《全后汉文》
祝　睦	？—164	潜心耽学，该洞七典，探积穷神。	《全后汉文》
马　融	79—166	集诸生考论图纬。	《郑玄列传》（范书）
张　表	？—168	博览群纬，靡不究穷。	《隶释》卷八
刘　瑜	？—168	少好经学，尤善谶、天文、历算之术。	《刘瑜传》（范书）
徐　稚	79—168	学《严氏春秋》《京氏易》《欧阳尚书》，兼综风角、星官、算历、河图、七纬、推步、变易。	范书引谢承书
郭　泰	128—169	考览六经，采综图纬。	《全后汉文》
姜　肱	97—173	博通五经，兼明星纬。	《姜肱传》（范书）
刘　宽	120—185	根经纬，综精微。	《隶释》卷十一

续表

学者	年代	相关内容	出处
郑　玄	127—200	通《京氏易》《公羊春秋》《三统历》《九章算术》。	《郑玄传》(范书)
何　休	129—182	三坟五典，阴阳算术，河洛谶纬及远年古谚，历代图籍，莫不称诵也。	《后汉书集解》
曹　全	？—185	君童龀好学，甄极毖纬，无文不综。	《全后汉文》
任　安	124—202	从同郡杨厚学图谶，究极其术。	《任安列传》(范书)
董　扶	桓灵献	俱事同郡杨厚，学图谶。	《方术列传》(范书)
赵　典	桓灵献	学孔子七经、河图、洛书，内外艺术，靡不贯综。	谢承书《赵典传》
魏　朗	桓灵献	从博士郄仲信学春秋图纬，又诣太学受五经。	《党锢列传》(范书)
申屠蟠	桓灵献	博贯五经，兼明图纬。	《申屠蟠传》(范书)
公沙穆	桓灵献	习《韩诗》《公羊春秋》，尤锐思河洛推步之术。	《方术列传》(范书)
韩　说	桓灵献	博通五经，尤善图纬之学。	《方术列传》(范书)
唐　扶	桓灵献	耽道好古，敦书咏诗，综纬河洛。	《隶释》卷五
姚　俊	东汉末	尤明图纬秘奥。	谢承书
谯　周	东汉末	蜀志曰："周治《尚书》，兼通诸经和图纬。"	《五行志》注引(范书)
何　英	汉末	学通经纬。	《华阳国志》卷十
杨　由	汉末	学通经纬。	《华阳国志》卷十
何　宗	汉末	通经纬、天官、推步、图谶。	《华阳国志》卷十
廖　扶	不详	尤明天文、谶纬、风角、推步之术。	《方术列传》(范书)

续表

学者	年代	相关内容	出处
益州太守	不详	游学鲁卫，师孔氏门，钩深河洛。	《隶释》卷十八

注：图表中，范书为范晔《后汉书》；谢书为谢承《后汉书》。

从上表中可知两个信息：一是自光武宣布图谶于天下之后，研习者则越来越多；二是研习图谶者多是明经之人，也就是说多数人是经学图谶兼通的。

当然，研习者远不止上面列举出来的例子，还有很多大儒也是谶纬的研习者，如光武时期的苏竟、礼学家张纯张奋父子、曹充曹褒父子、班固、贾逵、丁鸿、鲁恭以及一些方士。从统计数据中可知，学习谶纬之学在当时的普遍性，甚至可以判定，谶纬之学和经学是当时人们学习的主要内容。纵观东汉一朝的文献，皇帝的诏令、大臣的奏折，随处可见谶纬的影子。在这样的驱动下，士人学习谶纬的热情可想而知了。

第三节　谶纬和经学之间的关系

以儒家思想为基础形成的经学哲学和谶纬神学并不是两条并行不悖的平行线，而是交集点很多、互相夹缠绕的两条线。有学者认为西汉新儒学的创造者董仲舒所著《春秋繁露》即是纬书，也有学者认为经谶牵合互释。凡此种种，说明经学和谶纬二者相互夹缠。《四库全书总目》中对谶纬的解释为："谶自谶，纬自纬，非一类也。谶者诡为隐语，预决吉凶……纬者经之支流，衍及旁义。”① 认为纬是经的旁流。从现存的谶纬文献中也可看出，谶纬有一部分是阐释经旨的，如“易者，易也，变易也，不易也，管三成为道德苞篇”②。“诗者，持也，以手维持，则承负之义”③。一部分是训解经文，如春，蠢也；夏，大也。还有一部分是推阐经义的。可见，经学和谶纬之学是相互夹缠的。

从前文的表格可知，大多数士人都是经学和谶纬兼通的。这种兼通的学术思维，必然导致经谶牵合互释。明帝时期以谶正经活动更是将两者融合起来。经学和谶纬的融合莫过于建初四年的白虎观会议。建初四年十一月，章帝纳杨终之建议，效石渠故事，下诏校正《五经》异同，“于是下太常，将、大夫、博士、议郎、郎官及诸生、诸儒会白虎观，讲议五经同异，使五官中郎将魏应承制问，侍中淳于恭奏，帝亲称制临决，如孝宣甘露、石渠故事，作白虎议奏。”④ 鲁恭、魏应、淳于恭、杨终、班固、刘羡、李育、贾逵等人参加了白虎观会议。这些人的学术背景有谶纬之学、今文经学和古文经学，这就注定了《白虎通义》是一本杂糅经学与谶纬之学的著作。白虎观会议的召开标志着东汉经学繁荣顶点的到来，其会议记录《白虎通义》也标志着经学和谶纬相融的最终定型。

从内容来说，《白虎通义》融合了董仲舒的天人关系和谶纬思想，是当时统治者信奉的经学与谶纬之学的全面升华。在《天地》《日月》《四时》等篇章中，董仲舒叙述了“居高理下”的天和“万物之祖”

---

① ［清］永瑢等：《四库全书总目》，北京：中华书局，1965 年，第 47 页。
② （日）安居香山、中村璋八辑：《纬书集成》，石家庄：河北人民出版社，1994 年，第 3 页。
③ 同上，第 464 页。
④ ［南朝·宋］范晔撰，李贤等注：《后汉书》，北京：中华书局，1965 年，第 138 页。

的地，在万物混沌的天地之间，逐步衍生五行、情性、神明、道德、文章；在《五行》篇中介绍了五行二阳三阴之行，在空间上以律、历相连，从而建立起神秘有序的宇宙法则。在这个宇宙法则之下，天人之间存在神秘感应，天子作为上天之子，是沟通天与人之间的中介，因此，天子治国的法则是法天地、法阴阳、法五行。除此之外，天子治国还需要一整套自上而下的名分，于是在《爵》《号》等篇中讨论了自君主而下的名分、地位等，构造了一个以天子为至高中心的社会秩序。在这一整套体系中，天子并非是无所不能的，他还受到上天的暗示。上天通过灾变来暗示天子行为的得失。《白虎通义》中经学谶纬杂糅之思想，被学者评论为："《论语》《孝经》、六艺并录，传以谶记，援纬正经。自光武以《赤伏符》即位，其后灵台郊祀，皆以谶决之，风尚所趋然也。故是书之论郊祀、社稷、灵台、明堂、封禅，悉櫽括纬候，兼综图书，附世主之好，以绲道真，违失六艺之本，视石渠为驳矣。"① 也有学者认为里面的谶纬思想甚至更多，认为如果把《白虎通义》的文句和散引谶纬的文句相对照，各篇都是一样的，百分之九十的内容出于谶纬。根据曾德雄先生的统计："《白虎通》直接引用谶纬的地方至少有 26 处，且对七纬俱有征引。"②

任继愈先生认为："《白虎通义》规定了国家制度和社会制度的基本原则，确立了各种行为准则，直接为统治者的专政服务，所以他是一种制度化了的思想，起着法典的作用。"③ 吴雁南先生也认为《白虎通义》用简明的语言集中讨论了四十三个专题，"几乎包括了封建社会从思想到制度的上层建筑的全部内容，而特别着重于制度方面的

① 陈立著，吴则虞点校：《白虎通疏证》，北京：中华书局，1994 年，第 609 页。
② 曾德雄：《〈白虎通〉中的谶纬思想》，《人文杂志》2009 年第 1 期。
③ 任继愈主编：《中国哲学发展史》，北京：人民出版社，1985 年，第 474 页。

阐释和规定，是一部钦定的关于封建政治和意识形态的经学法典”①。儒家的经术教义就以这样的形式固定下来。葛兆光先生认为“承认这种‘标准化’的强制性力量对个人心灵的规范，于是，思想一致的时代就不期而至了”②。

儒家思想和谶纬思想通过统治者的官方推行和士人们的自发研习而成为东汉社会的主流思想。这两种思想的夹缠是东汉社会思想的主要特点，是东汉文化、文艺发生的背景和土壤。

小 结

东汉光武帝即位之后，大力推行儒家思想，采取兼收并蓄、普遍扶植的政策，积极维持古文经学、今文经学、谶纬神学的平衡，为儒家思想的进一步发展提供了可能。明、章两帝继承和发扬了光武帝的治国方略，进一步推进儒家经学发展，为儒家思想成为社会主流思想奠定了基础。和、安之后直到汉末，统治者面对儒家思想发展受阻的社会现实，积极采取措施，多次推行自上而下的儒学复兴活动，成效显著。质帝时期，仅太学生就达到三万多人。东汉统治者为大力推行儒家思想，在教育系统中建设以经学为主干的教学课程，不论是帝学、太学、郡国之学还是私学，都将五经抬到至高无上的位置。同时，还将经学教育和选士制度结合起来，在贤良方正、孝廉、秀才和明经等的选举过程中，无一不看中士人的儒家经术能力。以经学研习为主的教育体系和以选择儒生为主的选士制度共同保证了儒家思想的

① 吴雁南等：《中国经学史》，福州：福建人民出版社，2001年，第127页。
② 葛兆光：《中国思想史》，上海：复旦大学出版社，1998年，第276页。

传播。儒家思想一直是东汉社会的主流思潮。

儒家思想成为东汉社会的主流思想，儒家经典不仅是士人阅读的主要书目，而且在社会事务中还充当法典的作用，成为处理政治事务、社会生活事务等的标准，有时甚至凌驾于皇权之上。在此背景下，崇儒宗经成为主要意识形态，影响着东汉社会的方方面面，在文学方面也表现得非常明显。文学创作和文艺批评被束缚在经学视野下，形成了崇儒宗经的文学视角。儒家思想对东汉文学思想乃至整个中国古代文学思想都产生了深远的影响。

西汉后期，谶纬思潮逐渐流行。两汉之际，光武帝刘秀利用图谶兴兵建立政权，并在中元元年宣布图谶于天下，谶纬思潮取得正统的地位。谶纬思想随着官方经学谶纬化和统治者的大力提倡也逐渐进入士人的教育系统中①，得到广泛的传播。相当多的儒者及官员都运用这种以阴阳五行为骨架、天人感应为中心、灾异祥瑞与现实政治相贯通的理论处理政事，如以谶正经等。在文学方面，谶纬思想以其神学思维影响着东汉的文学创作，使“文学终于沦为神灵降氛的工具”②。与此同时，士人们在“通经致用”观的影响下，追求真实的文学审美，但由于谶纬的神学审美导致士人在追求真实的过程中，消弭了真实的可信度，难免出现主观真实和客观真实的矛盾。

① 参看鞠传文：《汉代教育制度与汉代文学创作》，山东大学博士论文，2011年，第22页。

② 许结：《汉代文学思想史》，北京：人民文学出版社，2010年，第250页。

第二章 东汉前期的文学思想（上）

【建武元年（25）至建武十二年（36）】

从王莽地皇年间直到建武十二年，学者多称两汉之际，但是有十二年时间属于建武时期。由于历史的连续性，不能将其割裂开来，故本书将该段时期纳入东汉前期。随着王莽托古改制失败，赤眉、绿林等多支农民起义军席卷全国。随后，各地豪强纷纷举起反莽旗帜，王莽王朝走向末路。社会环境巨变导致西汉时期形成的灿烂文化在硝烟弥漫的战争中放慢了脚步。在十多年的时间里，文学没有延续西汉扬雄等人的赋作传统，而是在战争的土壤里，逐渐形成了慷慨任侠、质朴尚理的散文创作风尚。这是两汉文学思想历程中非常独特的一个时期。

此时期的文学理论建树者甚少，最具代表性的当数桓谭。桓谭的文学观点上承扬雄，下启王充，并具有自己独特见解，在东汉文学理论发展中占有非常重要的地位。

第一节　纵横尚理的创作倾向

一、战争环境与社会风尚

文学思想的形成离不开文学生存的土壤、作者心态等。两汉之际，群雄争霸的社会大环境，士人渴望建功立业及慷慨任侠的社会风气使文学创作呈现出独特风格。

王莽建新之后，着力进行托古改制，但因脱离实际，号令数变，导致社会混乱，社会各阶层矛盾加剧。再加上天凤元年以后连年灾害，社会更加混乱不堪，人民生活在水深火热之中，出现了“北边及青、徐地人相食”①，“南方饥馑，人庶群入野泽，掘凫茈而食之，更相侵夺”② 的社会惨剧。在此背景下，多地起义相继爆发，赤眉和绿林是其中最强大的两支队伍。赤眉和绿林起义犹如熊熊燃烧的火焰，一时间烧遍了整个中原大地。起义军连连大败王莽军队，激起了世人的反莽斗志，很多世家大族也纷纷举起反对王莽的旗帜，参与到这场声势浩大的起义当中来，以李通为首的李氏家族与刘伯升、刘秀兄弟密谋举事便是其中一例。以刘伯升为代表的刘氏宗室随后与王匡等人领导的起义军合并，融入绿林起义军中。为更好地与王莽军队对抗，绿林起义军开始建立政权。在天命皇权思想的影响下，刘氏宗室弟子占了上风。军中各种势力相互较劲，能力平平的刘玄成为幸运儿，被拥立称帝，建立更始年号。虽然称帝之事已被确定，但是绿林起义军

① ［汉］班固撰，颜师古注：《汉书》，北京：中华书局，1962 年，第 1145 页。
② ［南朝·宋］范晔撰，李贤等注：《后汉书》，北京：中华书局，1965 年，第 467 页。

中因为人选问题，暗藏矛盾。刘玄即位之后，攻洛阳、打武关，三辅为之震动。一时之间，“海内豪杰翕然响应，皆杀其牧守，自称将军，用汉年号，以待诏命，旬月之间，遍于天下”①。随着战事推进，更始集团中的内部矛盾逐渐扩大，更始帝杀害刘演等人，刘秀审时度势，远走冀州，并筹备建立新政权。

赤眉和绿林两支农民起义军迫使王莽军队节节败退，尤其是昆阳大捷之后，全国地主豪强反莽政权愈来愈多。袁山松说：“世祖以渺渺之胤，起白水之滨，身屈无妄之力，位［举］［与］群［贤］［竖］并列，于时怀玺者十余，建旗者数百；高才者居南面，疾足者为王公。茫茫九州，瓜分脔切。”② 余英时先生将当时的割据政权分为东方、北方、西北、南方、西南共十二个集团，数量多达 87 个③。地皇四年，王莽被斩，新朝被推翻。王莽新朝的覆灭并不是战争的结束，而是新一轮建立全国统一政权战争的开始。多个政权之间，矛盾重重，战事不断。当时规模较大的赤眉军在更始遣使说降之时，首领樊崇便带领军队归附，但是更始帝并未给予重视，樊崇又带着军队离开。赤眉军为寻找出路，更始二年入关，向长安进发，并在方望之弟方阳的建议下，立宗室子弟刘盆子为帝。虽然选人、即位多有滑稽之事，但是赤眉也建立了名正言顺的政权。绿林军进入长安之后，更始帝荒淫无度，不思朝政，乱用官吏，导致内部矛盾四起，后被绿林内部的农民派和赤眉军联合杀掉。

更始政权猜忌、内讧导致刘秀远走冀州并思自立。刘秀以河北为据点，屠王郎，计高胡，灭檀乡，制五校，降铜马，收买人心，整编

① ［南朝·宋］范晔撰，李贤等注：《后汉书》，北京：中华书局，1965 年，第 469 页。

② ［晋］袁山松：《袁山松后汉书》，周天游辑注：《八家后汉书辑注》，上海：上海古籍出版社，1986 年，第 621 页。

③ 余英时：《士与中国文化》，上海：上海人民出版社，2013 年，第 207—214 页。

军队，并于建武元年（25）在河北称帝，建立政权。建武二年，刘秀恩威并施，收归赤眉，大败绿林。建武三年，刘秀军队瓦解农民政权。其后，刘秀又得到陇西窦融集团的大力支持，牢牢控制了黄河中下游地区。此时，北方及西南仍有许多割据势力，公孙述政权盘踞益州，隗嚣首鼠两端，观望以待时机，后于建武六年公开叛汉。刘秀采取各个击破、拉拢与打击并用的手段，平定关东，消灭隗嚣和公孙述，于建武十二年完成统一大业，拉开历时 196 年的东汉王朝的序幕。

在改朝换代、群龙争雄的年代，士人于乱世中蓄积力量，欲建功立业，表现了不甘平凡的野心。这从邓禹追随刘秀之事可见。史载：

> 及汉兵起，更始立，豪杰多荐举禹，禹不肯从。及闻光武安集河北，即杖策北渡，追及于邺。光武见之甚欢，谓曰："我得专封拜，生远来，宁欲仕乎?"禹曰："不愿也。"光武曰："即如是，何欲为?"禹曰："但愿明公威德加于四海，禹得效其尺寸，垂功名于竹帛耳。"①

邓禹不仅仅想有高官厚禄，更希望能与光武帝开创属于他们自己的一片天地。随后，邓禹为光武帝分析天下形势，劝说光武帝："延揽英雄，务悦民心，立高祖之业，救万民之命。"② 邓禹之心思是风云诡谲时代众多士人的心声，如樊崇听从方阳立宗室、挟义诛伐的建议，立刘盆子为皇帝，使赤眉军由原来的农民起义军摇身变成政权实体；李熊劝说公孙述奋威德，投天隙，成就霸业；王元说隗嚣叛汉而

① ［南朝·宋］范晔撰，李贤等注：《后汉书》，北京：中华书局，1965 年，第 599 页。
② 同上。

自立为王。这种思建功立业的野心决定了他们多表现出慷慨任侠风气。此时君臣互择也呈现了纵横气象，马援第一次见到光武帝时说：“当今之世，非独君择臣也，臣亦择君矣。”① 王霸慷慨不乐吏职。更始元年，光武过颍阳，王霸自荐曰：“闻将军兴义兵，诛篡逆，窃不自量，贪慕威德，愿充行伍，故敢求见。”刘秀说道：“今天下散乱，兵革并兴，得士者昌，失士者亡，梦想贤士，共成功业，岂有二哉！”② 君臣相互选择，亦有战国遗风。

乱世之中的弄潮儿大多具有任侠气概。光武帝兄刘伯升“自王莽篡汉，常愤愤，怀复社稷之虑，不事家人居业，倾身破产，交结天下雄俊”③；隗嚣季父隗崔“素豪侠，能得众，闻更始立而莽兵连败，于是乃与兄义及上邽人杨广、冀人周宗谋起兵应汉”④；“（窦融）家长安中，出入贵戚，连结闾里豪杰，以任侠为名；然事母兄，养弱弟，内修行义”⑤；“（王）遵少豪侠，有才辩，虽与嚣举兵，而常有归汉意”⑥；“（刘梁）以侠气闻，更始元年，起兵豫章，欲徇江东，自号‘就汉大将军’”⑦。在乱世中，具有任侠气概的人常能成为时代的舵手。刘伯升是更始集团的先驱者，隗崔是隗嚣集团的主导者，窦融是陇西集团的倡导者，豪侠有名的吕母拉开了两汉之际反莽的序幕。

在战争中，士人为成就大义而宁受委屈，也是慷慨大义之风的表现。建武二年，寇恂复拜颍川太守。当时，执金吾贾复的部将在颍川

① [南朝·宋] 范晔撰，李贤等注：《后汉书》，北京：中华书局，1965 年，第 830 页。
② [晋] 袁宏撰，李兴和点校：《后汉纪集校》，昆明：云南大学出版社，2008 年，第 5 页。
③ [南朝·宋] 范晔撰，李贤等注：《后汉书》，北京：中华书局，1965 年，第 549 页。
④ 同上，第 513 页。
⑤ 同上，第 795 页。
⑥ 同上，第 528 页。
⑦ 同上，第 567 页。

杀人，寇恂捕而杀之。贾复因此与寇恂有嫌隙，并放话：“今见恂，必手剑之！”寇恂知道后，不和他相见。部下谷崇建议贴身保护，而寇恂说：“昔蔺相如不畏秦王而屈于廉颇者，为国也。区区之赵，尚有此义，吾安可以忘之乎？”并在丰盛款待贾复军队之后，不与贾复相见①。慷慨大义令人赞美。不仅如此，士人们在生死关头大义凛然，豪气干云。建武十一年，来歙与盖延、马成进攻公孙述将王元等人，蜀人派人刺杀来歙，来歙在弥留之际，自表曰：“臣夜人定后，为何人所贼伤，中臣要害。臣不敢自惜，诚恨奉职不称，以为朝廷羞。”② 来歙对光武帝自陈之辞悲壮有力，豪迈之气尽显。他对隗嚣背信弃义、反叛刘秀之举，更是怒不可遏，切责隗嚣说：“国家以君知臧否……叛主负子，违背忠信乎？”③ 来歙性刚毅，为天下信士，在两个集团之间来回奔跑而成就信士之名，难道不是慷慨之士吗？在这场战争中，相当部分士人为此付出了惨重代价，他们在家人与功业的两难选择中成就功业，这更是慷慨之义的最好诠释。当信都王归附王郎之时，抓捕邳彤父弟及其子，并使人送信给邳彤，曰：“降者封爵，不降族灭。”在此危急两难时刻，邳彤含泪报父弟妻子曰：“事君者不得顾家。彤亲属所以至今得安于信都者，刘公之恩也。公方争国事，彤不得复念私也。”④ 后来，更始帝遣人攻拔信都，王朗败走，邳彤家属幸免于难。由此可见邳彤在险恶环境中为建立功业的决心和慷慨之气。

纵横之士的慷慨之风与当时儒者的谨慎之态形成鲜明对比。建武六年，荆邯为公孙述献策，以期能扭转当时颓势。荆邯之计风险较

---

① ［南朝·宋］范晔撰，李贤等注：《后汉书》，北京：中华书局，1965年，第623页。
② 同上，第589页。
③ 同上，第586页。
④ 同上，第758—759页。

大，虽得公孙述赞同，却受到朝中大臣坚决反对。其中博士吴柱引武王伐殷之经验，反对荆邯无左右之助而出兵千里之外的冒险之计。荆邯反驳道："今东帝无尺土之柄，驱乌合之众，跨马陷敌，所向辄平。不亟乘时与之分功，而坐谈武王之说，是效隗嚣欲为西伯也。"① 荆邯认为隗嚣失败的原因主要是在不恰当的时候选择文治而坐失良机。荆邯因儒者谨小之气而折谋，致公孙述丧失了好时机，后人为之惋惜。

两汉之际的慷慨之风还体现在不拘小节之上。建武十一年，吴汉兵逼成都，公孙述危急，在仓皇而无所适从之际，延岑说："男儿当死中求生，可坐穷乎！财物易聚耳，不宜有爱。"② 公孙述乃放弃钱财，出奇兵，大败吴汉。在战争的洗礼下，光武帝也表现出豪迈的一面。更始二年，光武帝攻王朗，王朗遣杜威乞降。为了给王朗谋得一个好职位，杜威声称王郎确为成帝之子。光武帝道："设使成帝复生，天下不可得，况诈子舆者乎！"③ 这对于生性谨慎的光武帝来说，已经是难得的豪迈之语了。

二、慷慨纵横、论说尚理的散文创作风尚

因战争需要，此期士人创作了大量移檄之文、游说之辞、往来劝降之书。作品中多表现出慷慨纵横、质朴尚理的创作风尚，体现了迥然不同于此前的文学思想。

两汉之际形成的慷慨纵横、质朴尚理的创作风尚是在反王莽新朝和光复汉室的两大社会风气和两段相融又相对独立的战争中形成的。

---

① ［南朝·宋］范晔撰，李贤等注：《后汉书》，北京：中华书局，1965年，第540页。
② 同上，第543页。
③ 同上，第493页。

战争需要合理性，需要得到更多舆论支持和民众响应。“震雷始于耀电，出师先乎威声；故观电而惧雷壮，听声而惧兵威，兵先乎声，其来已久。”① 檄文乃出师先声，旨在宣扬政治，痛陈苛虐，要求刚健迅疾、事昭理辩、气盛辞断，达到震慑敌人的作用。两汉之际的战斗檄文便是战争中最具慷慨意味的文学作品。

现存两汉之际的战斗檄文有四篇，即王昌的《移檄州郡》、隗嚣《移檄告郡国》、伏隆《移檄告郡国》和任光《讨王郎檄》。四文之中首推隗嚣之文。隗嚣字季孟，通经书，素有名，凭其季父隗崔的号召力和他自己的诡计而成为陇右之主，又从张望“神道设教”的建议，使其政权成为当时人们心目中合法的、具有凝聚力的割据政权。在“神道设教”之际，隗嚣与诸将歃血为盟，写下了这篇具有鼓动意味的檄文。其辞云：

> 汉复元年七月己酉朔。己巳，上将军隗嚣、白虎将军隗崔、左将军隗义、右将军杨广、明威将军王遵、云旗将军周宗等，告州牧、部监、郡卒正、连率、大尹、尹、尉队大夫、属正、属令：故新都侯王莽，慢侮天地，悖道逆理。鸩杀孝平皇帝，篡夺其位。矫托天命，伪作符书，欺惑众庶，震怒上帝。反戾饰文，以为祥瑞。戏弄神祇，歌颂祸殃。楚、越之竹，不足以书其恶。天下昭然，所共闻见。今略举大端，以喻吏民。
>
> 盖天为父，地为母，祸福之应，各以事降。莽明知之，而冥昧触冒，不顾大忌，诡乱天术，援引史传。昔秦始皇毁坏谥法，以一二数欲至万世，而莽下三万六千岁之历，言身当尽此度。循

① ［梁］刘勰撰，范文澜注：《文心雕龙注》，北京：人民文学出版社，1958年，第377页。

亡秦之轨，推无穷之数。是其逆天之大罪也。

分裂郡国，断截地络。田为王田，卖买不得。规锢山泽，夺民本业。造起九庙，穷极土作。发冢河东，攻劫丘垄。此其逆地之大罪也。

尊任残贼，信用奸佞，诛戮忠正，覆按口语，赤车奔驰，法冠晨夜，冤系无辜，妄族众庶。行炮格之刑，除顺时之法，灌以醇醯，裂以五毒。政令日变，官名月易，货币岁改，吏民昏乱，不知所从，商旅穷窘，号泣市道。设为六管，增重赋敛，刻剥百姓，厚自奉养，苞苴流行，财入公辅，上下贪贿，莫相检考。民坐挟铜炭，没入钟官，徒隶殷积，数十万人，工匠饥死，长安皆臭。既乱诸夏，狂心益悖，北攻强胡，南扰劲越，西侵羌戎，东摘涉貊。使四境之外，并入为害，缘边之郡，江海之濒，涤地无类。故攻战之所败，苛法之所陷，饥馑之所夭，疾疫之所及，以万万计。其死者则露尸不掩，生者则奔亡流散，幼孤妇女，流离系虏，此其逆人之大罪也。

是故上帝哀矜，降罚于莽，妻子颠殒，还自诛刈。大臣反据，亡形已成。大司马董忠，国师刘歆，卫将军王涉，皆结谋内溃；司命孔仁，纳言严尤，秩宗陈茂，举众外降。今山东之兵二百余万，已平齐、楚，下蜀、汉，定宛、洛，据敖仓，守函谷，威命四布，宣风中岳。兴灭继绝，封定万国，遵高祖之旧制，修孝文之遗德。有不从命，武军平之。驰使四夷，复其爵号。然后还师振旅，櫜弓卧鼓。申命百姓，各安其所，庶无负子之责①。

① ［南朝·宋］范晔撰，李贤等注：《后汉书》，北京：中华书局，1965年，第515—519页。

隗嚣从天、地、人三方面，逐一分析王莽罪孽深重。文章层次清楚，多四字句，语气急促有力，错落有致，尤其是在抒写王莽“逆人之大罪”时，痛陈王莽昏虐、政令混乱、刑罚严苛、吏民商旅流离失所、民不聊生等种种状况，夸张渲染适宜，感天动地；表正义时，冀救万民于水火，气势高昂，慷慨之义力透纸背，富于鼓动性。刘勰给予该文很高评价，赞之曰：“观隗嚣之檄亡新，布其三逆，文不雕饰，而辞切事明，陇右文士，得檄之体矣。”① 明代《汉文归》辑录此文，钟惺评曰：“翟义起兵讨莽，不克而死。当时惜无若骆宾王《讨武曌檄》，而平林新市兵起，汉宗室目之，义声虽震天，而文采未宣。固当以是篇为东汉文弁冕也，岂以隗嚣之事不终而少之？”②

王昌的《移檄州郡》旨在宣布自为汉皇子子舆以及政权合法之事，气势力道不够。建武二年，伏隆的《移檄告郡国》虽不似隗嚣之文理据充分，让人血脉偾张，但也不失一篇有理有据的鼓动之文。节录如下：

> 皇天佑汉，圣哲应期，陛下神武奋发，以少制众。故寻、邑以百万之军，溃散于昆阳，王郎以全赵之师，土崩于邯郸，大彤、高胡望旗消靡，铁胫、五校莫不摧破。梁王刘永，幸以宗室属籍，爵为侯王，不知厌足，自求祸弃，遂封爵牧守，造为诈逆。今虎牙大将军屯营十万，已拔睢阳，刘永奔迸，家已族矣。此诸君所闻也。不先自图，后悔何及？③

---

① ［梁］刘勰撰，范文澜注：《文心雕龙注》，北京：人民文学出版社，1958年，第378页。

② 转引自刘跃进：《秦汉文学编年史》，北京：商务印书馆，2006年，第323页。

③ ［南朝·宋］范晔撰，李贤等注：《后汉书》，北京：中华书局，1965年，第898—899页。

文中述光武为刘汉宗室，败王莽，击王朗，摧五校，无往不胜，慷慨自信之情油然而生，催人心志的豪爽之气喷薄而出。

战斗檄文以其特有的豪义之情展现慷慨之风尚，而纵横游说之士之文也同样体现出战争环境中的豪迈之情和时代纵横之风。

前文已述群雄割据是此时期社会现状，政权的建立与谋士关联甚大。在人人渴望建功立业之年代，士人们总会揣摩主上心意，以纵横家之眼光，为主上分析天下形势，权衡利弊。建武初年，在天下最后的角逐中，只剩下公孙述集团、隗嚣集团、刘秀集团。纵横之士的游说之辞也主要在这三个集团展开。

（一）公孙述集团。公孙述字子阳，王莽时期为蜀郡太守，因占据蜀地天然优势，早有自立之志。功曹李熊揣摩其意，先后两次上书游说："方今四海波荡，匹夫横议。将军割据千里，地什汤、武，若奋威德以投天隙，霸王之业成矣。宜改名号，以镇百姓。"李熊第一次游说带有试探与鼓动意味。不料，此举正合公孙述之心意，公孙述说，"吾亦虑之，公言起我意"①，并于建武元年初自立为蜀王。自立为王并没有满足公孙述君臣的政治野心，眼看大好的政治形势，李熊第二次劝说公孙述。这一次他从政治形势、富庶经济、险要地形、军权掌握等方面力说公孙述："蜀地沃野千里，土壤膏腴，果实所生，无谷而饱。女工之业，覆衣天下。名材竹干，器械之饶，不可胜用，又有鱼盐铜银之利，浮水转漕之便。北据汉中，杜褒、斜之险，东守巴郡，拒扞关之口，地方数千里，战士不下百万。"② 李熊的论述，洋洋洒洒，周密详尽，对公孙述来说是极大的鼓动，但这尚不足让公孙述下定决心。当公孙述问他："帝王有命，吾何足以当之？"李熊回

① ［南朝·宋］范晔撰，李贤等注：《后汉书》，北京：中华书局，1965年，第534页。
② 同上，第535页。

答："天命无常，百姓与能，能者当之，王何疑焉？"① 李熊不受帝王受命思想约束，大胆以天命无常来劝说公孙述，纵横气息浓厚。但对于公孙述来说，似乎还欠缺了点什么，于是便有了充满神奇色彩的谶记了。在谶记的征兆下，建武元年四月，公孙述自立为天子。当然，李熊的劝说起到了决定性的作用。

建武六年，天下形势已甚明了，光武与公孙述集团成为最大的两个阵营。两个阵营之角逐互有胜负，而隗嚣投奔公孙述，使公孙述实力大增。骑都尉荆邯再次为公孙述详析天下形势，献计献策。其辞曰：

> 隗嚣遭遇运会，割有雍州，兵强士附，威加山东。遇更始政乱，复失天下，众庶引领，四方瓦解。嚣不及此时推危乘胜，以争天命，而退欲为西伯之事，尊师章句，宾友处士，偃武息戈，卑辞事汉，喟然自以文王复出也。令汉帝释关陇之忧，专精东伐，四分天下而有其三；使西州豪杰咸居心于山东，发间使，召携贰，则五分而有其四；若举兵天水，必至沮溃，天水既定，则九分而有其八。陛下以梁州之地，内奉万乘，外给三军，百姓愁困，不堪上命，将有王氏自溃之变②。

荆邯分析了隗嚣失败的原因，并对当今天下形势、公孙述集团的劣势地位做了精准而全面的论述。他说："臣之愚计，以为宜及天下之望未绝，豪杰尚可招诱，急以此时发国内精兵，令田戎据江陵，临江南之会，倚巫山之固，筑垒坚守，传檄吴、楚，长沙以南必随风而

---

① ［南朝·宋］范晔撰，李贤等注：《后汉书》，北京：中华书局，1965年，第536页。
② 同上，第539页。

靡。令延岑出汉中，定三辅，天水、陇西拱手自服。如此，海内震摇，冀有大利。”① 荆邯之说论断精辟，气势充沛，具有说服力。

（二）隗嚣集团。隗嚣集团是与刘秀集团交涉最多、情况最为复杂的一个集团。前文已经论述了隗嚣成为陇右之主后檄移天下，痛陈王莽乱政，可谓掷地有声，慷慨豪气。这些都是在隗嚣“神道设教”、以刘汉为尊的基础上进行的，但是，他并没有始终忠诚于汉，也不曾一直为汉之敌军，而是首鼠两端，伺机而动。更始二年，更始帝遣使征嚣，嚣将行，军师方望以为更始未可知，固止之，嚣不听。方望在万般失望之下离开了隗嚣集团，作《辞谢隗嚣书》，辞曰：

> 足下将建伊、吕之业，弘不世之功，而大事草创，英雄未集。以望异域之人，疵瑕未露，欲先崇郭隗，想望乐毅，故钦承大旨，顺风不让。将军以至德尊贤，广其谋虑，动有功，发中权，基业已定，大勋方缉。今俊乂并会，羽翮并肩，望无耆耇之德，而猥托宾客之上，诚自愧也。虽怀介然之节，欲洁去就之分，诚终不背其本，贰其志也。何则？范蠡收责勾践，乘偏舟于五湖；舅犯谢罪文公，亦逡巡于河上。夫以二子之贤，勒铭两国，犹削迹归愆，请命乞身，望之无劳，盖其宜也。望闻乌氏有龙池之山，微径南通，与汉相属，其傍时有奇人，聊及闲暇，广求其真。愿将军勉之②。

方望赞赏隗嚣宏愿至德，惜其一意孤行，不听从建议，萌生去意。方望之举，颇有纵横之气，钟惺评之曰：“豪杰之气，不能自静，

① ［南朝·宋］范晔撰，李贤等注：《后汉书》，北京：中华书局，1965年，第539页。
② 同上，第520页。

逼出纸上。”①

建武元年，光武即位。隗嚣先称建武年号，但是“外顺人望，内怀异心”②，并遣辩士张玄游说河西。辞曰：

> 更始事业已成，寻复亡灭，此一姓不再兴之效。今即有所主，便相系属，一旦拘制，自令失柄，后有危殆，虽悔无及。今豪杰竞逐，雌雄未决，当各据其土宇，与陇、蜀合从，高可为六国，下不失尉佗③。

辩士张玄以更始兵败为由，攻击刘氏复兴的观点，虽未能成功游说窦融，但是为“一姓不再兴”增添了砝码。辞中一句“今豪杰竞逐，雌雄未决，当各据其土宇”抓住当时豪杰的心理，具有很强的政治鼓动性。当年王常欲归光武，成丹等人就认为：“大丈夫既起，当各自为主，何故受人制乎？”④ 这正是豪杰竞逐的社会大环境下的真实写照。

建武四年和建武六年，隗嚣两次拒绝光武帝的出兵命令，其异心暴露无遗。建武六年五月，隗嚣公开叛汉。隗嚣首鼠两端的态度成为刘秀集团与窦融批评的焦点，在其集团内部也引起不小的震动。

建武六年，隗嚣据陇右，欲背汉而附公孙述。针对此事件，隗嚣集团出现了两种不同的声音。一是以王元和张玄为代表，主张隗嚣自立为王。王元认为：

---

① 转引自刘跃进：《秦汉文学编年史》，北京：商务印书馆，2006 年，第 324 页。
② ［南朝·宋］范晔撰，李贤等注：《后汉书》，北京：中华书局，1965 年，第 798 页。
③ 同上，第 798 页。
④ 同上，第 579 页。

昔更始西都，四方响应，天下喁喁，谓之太平。一旦败坏，大王几无所厝。今南有子阳，北有文伯，江湖海岱，王公十数，而欲牵儒生之说，弃千乘之基，羁旅危国，以求万全，此循覆车之轨，计之不可者也。今天水完富，士马最强，北收西河、上郡，东收三辅之地，案秦旧迹，表里河山。元请以一丸泥为大王东封函谷关，此万世一时也。若计不及此，且畜养士马，据隘自守，旷日持久，以待四方之变，图王不成，其弊犹足以霸。要之，鱼不可脱于渊，神龙失势，即还与蚯蚓同。①

王元分析了隗嚣在政治、军事上的优势与劣势，希望隗嚣建割据政权，拒绝归附光武。王元此举是促使隗嚣走上不归之路的关键，也是光武完成统一大业的阻碍。先不论其计正确与否，单就语言而论，多四字短句，铿锵有力，豪气尽显。

另一派是以申屠刚、郑兴和班彪为代表，反对隗嚣自立为王。申屠刚在《说隗嚣》中直言劝谏，云：

愚闻人所归者天所与，人所畔者天所去也。伏念本朝躬圣德，举义兵，龚行天罚，所当必摧，诚天之所福，非人力也。将军本无尺土，孤立一隅，宜推诚奉顺，与朝并力，上应天心，下酬人望，为国立功，可以永年。嫌疑之事，圣人所绝。以将军之威重，远在千里，动作举措，可不慎与？今玺书数到，委国归信，欲与将军共同吉凶。布衣相与，尚有没身不负然诺之信，况于万乘者哉！今何畏何利，久疑如是？卒有非常之变，上负忠

① ［南朝·宋］范晔撰，李贤等注：《后汉书》，北京：中华书局，1965年，第524—525页。

孝，下愧当世。夫未至豫言，固常为虚，及其已至，又无所及，是以忠言至谏，希得为用。诚愿反复愚老之言①。

在这篇说辞中，申屠刚言之殷殷，劝谏隗嚣不能做“上负忠孝，下愧当世”之事，至诚之情，感人至深。但隗嚣仍固执己见，不听劝阻。建武七年，光武诏书征刚，申屠刚又作《将归与隗嚣书》，再次劝隗嚣慎重对待归附公孙述之事。

隗嚣以归附公孙述之事问班彪，班彪作《王命论》劝谏。所谓“王命”，李善注曰：“王命，帝王受命也。”② 班彪首先追溯历史，得出结论：“由是言之，帝王之祚，必有明圣显懿之德，丰功厚利积累之业，然后精诚通于神明，流泽加于生民，故能为鬼神所福飨，天下所归往，未见运世无本，功德不纪，而得屈起在此位者也。”因为“穷达有命，吉凶由人”。继而分析汉高祖能成帝业之原因：“盖在高祖，其兴也有五：一曰帝尧之苗裔，二曰体貌多奇异，三曰神武有征应，四曰宽明而仁恕，五曰知人善任使。加之以信诚好谋，达于听受，见善如不及，用人如由己，从谏如顺流，趣时如向赴。当食吐哺，纳子房之策；拔足挥洗，揖郦生之说；寤戍卒之言，断怀土之情；高四皓之名，割肌肤之爱；举韩信于行陈，收陈平于亡命，英雄陈力，群策毕举。”③ 后叙高祖之兴为符命所验。班彪认为刘氏为汉正统，光武承兴，是天命所归。

申屠刚和班彪的游说之辞，虽然写得理据充分，但是随着光武之势渐趋明朗，且光武集团和隗嚣集团中儒风淳淳，士人游说主上之辞已没有建武初年各集团士人的纵横气息。

---

① ［南朝·宋］范晔撰，李贤等注：《后汉书》，北京：中华书局，1965 年，第 1015 页。
② ［梁］萧统编，李善注：《文选》，北京：中华书局，1977 年，第 717 页。
③ ［汉］班固撰，颜师古注：《汉书》，北京：中华书局，1962 年，第 4208—4212 页。

（三）刘秀集团。刘伯升和刘秀起兵之时，遭遇小长安之战，军队几将分裂。刘伯升力挽狂澜，借蓝乡之捷，欲与绿林军商议大事。王常作为代表，与刘氏兄弟商议。王常欲归刘氏兄弟，光武遂得到王常的认可。更始年间，刘秀被排挤出更始政权，至河北，邳彤举城降之。因失军，议者多言可因信都兵送至西安。邳彤有不同看法，他以更始和王朗为例，为光武帝分析天下吏民心态："吏民歌吟思汉久矣，故更始举尊号而天下响应，三辅清宫除道以迎之。一夫荷戟大呼，则千里之将无不捐城遁逃，虏伏请降。自上古以来亦未有感物动民其如此者也。又卜者王郎，假名因势，驱集乌合之众，遂震燕、赵之地。"[1] 认为光武帝若此去必将"堕损威重"，不仅如此，还会失去信都兵的支持。分析天下形势有理有据，切中肯綮。范晔更是认为"邳彤之廷对，其为几乎！语曰'一言可以兴邦'，斯近之矣"[2]。后世史学家也认为"此东汉兴亡之决，邳彤可谓汉之元臣也"[3]。光武在河北时，更始政治更加混乱，邓禹游说光武，辞曰：

更始虽都关西，今山东未安，赤眉、青犊之属，动以万数，三辅假号，往往群聚。更始既未有所挫，而不自听断，诸将皆庸人屈起，志在财币，争用威力，朝夕自快而已，非有忠良明智，深虑远图，欲尊主安民者也。四方分崩离析，形势可见。明公虽建藩辅之功，犹恐无所成立。于今之计，莫如延揽英雄，务悦民心，立高祖之业，救万民之命。以公而虑天下，不足定也[4]。

---

① ［南朝·宋］范晔撰，李贤等注：《后汉书》，北京：中华书局，1965年，第758页。
② 同上，第759页。
③ ［宋］苏轼著，李之亮笺注：《苏轼文集编年笺注》，成都：巴蜀书社，2011年，第674页。
④ ［南朝·宋］范晔撰，李贤等注：《后汉书》，北京：中华书局，1965年，第599页。

邓禹可谓远见卓识，分析更始政权必将走向灭亡，希望光武尽早谋划未来。无独有偶，冯异①、耿弇②也为光武帝分析天下形势，有理有据，见解精辟。可见，在光武集团中多明辨者。

（四）其他。如赤眉军中方阳说樊崇曰："更始荒乱，政令不行，故使将军得至于此。今将军拥百万之众，西向帝城，而无称号，名为群贼，不可以久。不如立宗室，挟义诛伐。以此号令，谁敢不服?"③虽然只有短短57字，但豪气干云，对当时社会状况以及世人心态描写得准确透彻。

光武一代，最让人唏嘘的莫过于桓谭和冯衍。两人才高命舛，不为光武所重。桓谭只能奏琴以示光武，冯衍远走乡间而遗憾终生。《显志赋》中老弱狼狈的冯衍，在青年时却是一位纵横才华、自信豪气之人。更始初年，冯衍跟随廉丹受王莽派遣欲伐山东。冯衍游说廉丹脱离王莽，屯据大郡，以图大计。其辞曰：

> 张良以五世相韩，椎秦始皇博浪之中，勇冠乎贲、育，名高乎太山。将军之先，为汉信臣。新室之兴，英俊不附。今海内溃乱，人怀汉德，甚于诗人思召公也，爱其甘棠，而况子孙乎？人

---

① "天下同苦王氏，思汉久矣。今更始诸将从横暴虐，所至虏掠，百姓失望，无所依戴。今公专命方面，施行恩德。夫有桀纣之乱，乃见汤武之功；人久饥渴，易为充饱。宜急分遣官属，徇行郡县，理冤结，布惠泽。"[南朝·宋] 范晔撰，李贤等注：《后汉书》，北京：中华书局，1965年，第640页。

② "今更始失政，君臣淫乱，诸将擅命于畿内，贵戚纵横于都内。天子之命，不出城门，所在牧守，辄自迁易，百姓不知所从，士人莫敢自安。掳掠财物，劫掠妇女，怀金玉者，至不生归。元元叩心，更思莽朝。又铜马、赤眉之属数十辈，辈数十百万，圣公不能办也。其败不久。公首事南阳，破百万之军；今定河北，北据天府之地。以义征伐，发号响应，天下可传檄而定。天下至重，不可令它姓得之。闻使者从西方来，欲罢兵，不可从也。今吏士死亡者多，弇愿归幽州，益发精兵，以集其大计。"[南朝·宋] 范晔撰，李贤等注：《后汉书》，北京：中华书局，1965年，第705—706页。

③ [南朝·宋] 范晔撰，李贤等注：《后汉书》，北京：中华书局，1965年，第480页。

所歌舞，天必从之。方今为将军计，莫若屯据大郡，镇抚吏士，砥厉其节，百里之内，牛酒日赐，纳雄桀之士，询忠智之谋，要将来之心，待从横之变，兴社稷之利，除万人之害，则福禄流于无穷，功烈著于不灭。何与军覆于中原，身膏于草野，功败名丧，耻及先祖哉？圣人转祸而为福，智士因败而为功，愿明公深计而无与俗同①。

冯衍从先代圣贤之事入手，分析王莽新政之劣以及廉丹此次伐山东必败之后果，劝说廉丹要改变策略，养精蓄锐以谋正道。文中痛陈王莽政乱之语，气势恢宏。可惜廉丹不从，与赤眉战死。值得注意的是，因冯衍通《诗》学，故其游说文中多用典故，豪气之中又添典重，这是冯衍本身的学养所至。更始二年，冯衍亡命河东，当时，鲍永行大将军，于是冯衍又前往游说。他先分析天下之政局，王莽之暴政，天怒人怨，颇有隗嚣之天地人三逆之说的风格。“始自东郡之师，继以西海之役，巴、蜀没于南夷，缘边破于北狄，远征万里，暴兵累年，祸拏未解，兵连不息，刑法弥深，赋敛愈重。众强之党，横击于外，百僚之臣，贪残于内，元元无聊，饥寒并臻，父子流亡，夫妇离散，庐落丘墟，田畴芜秽，疾疫大兴，灾异蜂起。于是江湖之上，海岱之滨，风腾波涌，更相骀藉，四垂之人，肝脑涂地，死亡之数，不啻太半，殃咎之毒，痛入骨髓，匹夫僮妇，咸怀怨怒。”更始皇帝顺应“咸思汉德”之期，起兵反莽，赢得支持。但是好景不长，政令不行，“然而诸将虏掠，逆伦绝理，杀人父子，妻人妇女，燔其室屋，略其财产，饥者毛食，寒者裸跣，冤结失望，无所归命”。在此种情

① ［南朝·宋］范晔撰，李贤等注：《后汉书》，北京：中华书局，1965年，第963页。

况下，冯衍劝鲍永“定国家之大业，成天地之元功”①，并分析鲍永拥兵之形势，建议“更选贤能”，整三军，发展农业，镇太原，抚上党而建大功。全文一气呵成，慷慨激烈，“可谓长于《春秋》”。清人李兆洛评曰：“源于邹、枚，黄河千里一曲！此等文自西京而转后汉之关也，此尚有壮气，后乃益靡耳。”② 可谓中的！

冯衍后因错站队伍，投靠更始，与鲍永、田邑拒光武而不得重用，但其才华卓著，论辩无双，行文畅快酣恣，颇有战国纵横家之气势。张溥对冯衍之文给予很高的评价：“夫西京之文，降而东京，整齐缛密，生气渐少。敬通诸文，直达所怀，至今读之，尚想其扬眉抵几，呼天饮酒。诚哉，马迁、杨恽之徒也。”③

在中兴之战中，各集团之间士人的往来书信也体现出慷慨任侠、质朴尚理的创作风尚。在这些书信当中，以光武集团中的士人劝降其他集团士人的作品居多。其中，窦融《与隗嚣书》令人印象深刻，辞曰（节选）：

> 当今西州地势局迫，人兵离散，易以辅人，难以自建。计若失路不反，闻道犹迷，不南合子阳，则北入文伯耳。夫负虚交而易强御，恃远救而轻近敌，未见其利也。融闻智者不危众以举事，仁者不违义以要功。今以小敌大，于众何如？弃子徼功，于义何如？且初事本朝，稽首北面，忠臣节也。及遣伯春，垂涕相送，慈父恩也。俄而背之，谓吏士何？忍而弃之，谓留子何？自兵起以来，转相攻

---

① ［南朝·宋］范晔撰，李贤等注：《后汉书》，北京：中华书局，1965年，第965—966页。

② 李兆洛：《骈体文钞》，郑州：中州古籍出版社，1990年，第216页。

③ ［明］张溥编，殷孟伦注：《汉魏六朝百三家集题辞注》，北京：人民文学出版社，1960年，第29页。

击，城郭皆为丘墟，生人转于沟壑。今其存者，非锋刃之余，则流亡之孤。迄今伤痍之体未愈，哭泣之声尚闻。幸赖天运少还，而大将军复重于难，是使积疴不得遂瘳，幼孤将复流离，其为悲痛，尤足悯伤，言之可为酸鼻！庸人且犹不忍，况仁者乎？①

窦融先是无比惋惜地道出了隗嚣去汉附公孙述带来的后果，“百年累之，一朝毁之，岂不惜乎”，并认为这是其身边之人欲“贪功建谋”之过，接着分析了当时的政治背景，认为西州之地“易以辅人，难以自建”，最后借隗嚣与其子伯春的父子情意，感动隗嚣。全文晓之以义，动之以情，理据充分，很有说服力。光武帝为此作《报窦融诏》，赞之云：“从天水来者写将军所让隗嚣书，痛入骨髓。畔臣见之，当股栗惭愧，忠臣则酸鼻流涕，义士则旷若发矇，非忠孝悫诚，孰能如此？”②《汉文归》辑录此文，朱东观评之曰：“光武极赞此文，以为痛入骨髓，非忠孝诚恳不能，真有味乎其言之也。”钟惺评曰：“文类《左氏》，东汉辞命之绝佳者。”③

为达到劝降隗嚣的目的，马援作《与隗嚣将杨广书》，劝说隗嚣手下杨广。文中先叙写隗嚣儿子伯春之处境悲哀，接着又写隗嚣言行前后不符：“季孟平生自言所以拥兵众者，欲以保全父母之国而完坟墓也，又言苟厚士大夫而已。而今所欲全者将破亡之，所欲完者将毁伤之，所欲厚者将反薄之。”意之切切，让人唏嘘。最后马援分析现在归附公孙述的弊端，“更欲低头与小儿曹共槽枥而食，并肩侧身于怨家之朝乎？”④ 文章有理有情，学者赞之曰：“委屈婉至，动以天性

① ［南朝·宋］范晔撰，李贤等注：《后汉书》，北京：中华书局，1965年，第801页。
② 同上，第803页。
③ 转引自刘跃进：《秦汉文学编年史》，北京：商务印书馆，2006年，第348页。
④ ［南朝·宋］范晔撰，李贤等注：《后汉书》，北京：中华书局，1965年，第832页。

之恩，晓以君臣之义，其激昂古宕处则龙门笔法也。”①

此外还有苏竟的《与刘龚书》、冯衍的《与田邑书》、朱浮的《与彭宠书》等多封书信。这些书信篇幅不长，但有感情，有气势，或表达委屈、洗刷罪责，或晓以利害、喻以祸福，在为光武帝建立功业的舆论造势、宣传等方面发挥了重要作用。林传甲在《中国文学史》第十二编《汉魏文体》之十说：“光武御制之文，《敕冯异》《报隗嚣手书》《赐窦融玺书》《与公孙述书》观其驾驭英才之略，周旋列强之际，庙算明远，交际文牍之最优者也。读窦融《责让隗嚣书》，见事勇决，措辞英敏。马援《与隗嚣将杨广书》，婉语周详，陈义恳切。朱浮《与彭宠书》，谕以大义，动以利害，雄快劲直，耸然可听。班彪《乞优答北匈奴奏》则深沉有大略，不愧为应变之才矣。光武既明于外交之道，和战之机宜。又得诸贤以佑助之，其致中兴也宜矣。”②

综上，无论是檄移之文、游说之文，还是劝降之文，皆围绕战争中具体事件而展开，长于辩论，没有真正涉及战争惨烈场面。此时还有一部分诗作，反映当时战争的残酷，为慷慨质朴之创作风尚更添一笔。

这时期的诗作很少，只有马援《武溪深行》。辞曰：

> 滔滔武溪一何深，鸟飞不度，兽不敢临。嗟哉武溪兮多毒淫！

崔豹《古今注》曰：“《武溪深》，乃马援南征之所作也。援门生

① 转引自俞艳庭、踪凡、巩曰国等编撰：《中华大典·文学典·先秦两汉文学分典》，南京：凤凰出版社，2008 年，第 108 页。

② 林传甲：《中国文学史》，长春：吉林人民出版社，2013 年，第 122 页。

爰寄生善吹笛，援作歌，令寄生吹笛以和之。名曰《武溪深》。”①

全诗只有三句，言简意深，情景交融，写出战场环境的恶劣和战争的残酷。许学夷评价曰：“仅二十余言，情景相融，郁纡有致，是为乐府妙景。”② 宋长白评之曰：“毒淫二字写尽瘴雨蛮烟之酷，即‘仰观飞鸢跕跕坠水中’意，却只如是而止，更不旁及一语，觉后人《从军行》铺张扬厉，未免过情。”③

纵观此期的文学创作，总体表现出三个特点。

一是具有纵横气质。檄移文痛陈时政，表现拨乱之宏志；游说文分析天下之势，陈献奇计，激扬文字；劝降书或分条析理，或直陈利弊。正如潘定武先生认为：“两汉之交群雄角逐情形中，一时诞生的带有纵横气息的散文。”④

二是论说尚理。战争之时，实用为本，人们根本无暇对文学进行润色打磨，但却非常注重理据的拿捏，如隗嚣分别陈述王莽的逆天、逆地、逆人，条理清楚而具有鼓动性。李熊游说公孙述，比较分析天下形势与公孙述的有利条件，得出公孙述有自立为王的条件，极具说服力；冯衍游说廉丹，先极力陈述古之先贤懂得变通而成就大业，后陈王莽并非汉之正道，接着陈述廉丹攻打山东之举必将失败，最后述游说廉丹应该自屯大郡，壮大势力，以图大计。一环紧扣一环，使人无从辩驳。说理乃是此时期辨文之主要内容。林传甲评论说：“读窦融《责让隗嚣》，见事勇决，措辞英敏；马援《与隗嚣将杨广书》，婉语周详，陈义恳切；朱浮《与彭宠书》喻以大义，动以利害，雄快经

① ［宋］郭茂倩：《乐府诗集》，北京：中华书局，1979年，第1048页。

② 转引自俞艳庭、踪凡、巩曰国等编撰：《中华大典·文学典·先秦两汉文学分典》，南京：凤凰出版社，2008年，第108页。

③ ［清］宋长白：《柳亭诗话》，上海：上海杂志公司，1935年，第312页。

④ 潘定武：《〈汉书〉文学论稿》，合肥：安徽大学出版社，2008年，第27页。

直，耸然可听。”①

战时质朴尚理的散文风格甚合光武帝对文章的要求。他在《赐隗嚣书》一文中道出为文原则，其辞曰：

> 昔柴将军与韩信书云：“陛下宽仁，诸侯虽有亡叛而后归，辄复位号，不诛也。”以嚣文吏，晓义理，故复赐书。深言则似不逊，略言则事不决。今若束手，复遣恂弟归阙庭者，则爵禄获全，有浩大之福矣。吾年垂四十，在兵中十岁，厌浮语虚辞。即不欲，勿报②。

建武六年，刘秀大败隗嚣，对隗嚣下最后通牒。在这封书信中，刘秀提出“厌浮语虚辞”，提倡简洁求实的文风。这不仅是光武帝对隗嚣的要求，还是当时战争环境下对散文创作的要求。

三是儒风不浓。在两汉之际的战争中，多有儒生参加，比如光武帝曾游学太学，冯衍能通诗学，隗嚣能知经等。也因为战争，他们抛弃了儒家的典雅之风，沐染纵横气息。

在战争弥漫的二十多年间，文学创作深受战争的影响，各政权集团之间的檄移之文、游说之辞、劝降之辞，无不体现出慷慨任侠的文学创作风尚。虽然没有具体的文学理论作为支撑，但是这种创作风尚体现了一种新的文学思想。随着光武帝一统天下，强力推行尊儒政策，儒家思想再次成为社会主流思潮。在此背景下，崇尚阳刚壮美的文学思想失去了生存的土壤，在东汉帝国繁荣局面到来之前而消歇了，实为可惜。

---

① 林传甲：《中国文学史》，长春：吉林人民出版社，2013年，第122页。
② ［南朝·宋］范晔撰，李贤等注：《后汉书》，北京：中华书局，1965年，第527页。

第二节 桓谭的文论观

桓谭跨越两汉，历仕汉成、哀、平帝以及王莽、更始、光武诸帝，为此期内著名学者，也是介于扬雄与王充两大家之间的重要思想家。他著述丰富。“著书言当世行事二十九篇，号曰《新论》，上书献之，世祖善焉。《琴道》一篇未成，肃宗使班固续成之。所著赋、诔、书、奏，凡二十六篇。”① 然时代久远，著作散佚颇多。据严可均辑录，现只有《仙赋》《陈时政疏》《抑谶重赏疏》等文章。体现桓谭思想的重要著作《新论》也散佚严重。经众多学者爬梳整理，《新论》部分轶文被辑出，如朱谦之校辑的《新辑本桓谭新论》等。《新论》内容颇为庞杂，王充概之曰：“论世间事，辩照然否，虚妄之言、伪饰之辞，莫不证定。”② 桓谭的文学思想也多存《新论》中。

桓谭的文学思想主要表现在“重文”和提倡“新声”两大方面。其重文的思想体现在两个方面：一是对辞赋创作的爱好以及对“丽文”的批评，二是对文学创作规律的探索。

首先，试论桓谭对辞赋创作的爱好以及对“丽文”的批评。桓谭在《新论》中说：“余少时学，好《离骚》，博观他书，辄欲反学。”③“余少时见扬子云丽文高论，不自量年少新进，猥欲逮及，尝激一事而作小赋。”④ 这两则材料充分说明桓谭热爱《离骚》和辞赋创作，

---

① ［南朝·宋］范晔撰，李贤等注：《后汉书》，北京：中华书局，1965年，第961页。

② ［汉］王充撰，张宗祥校注，郑绍昌标点：《论衡校注》，上海：上海古籍出版社，2010年，第280页。

③ ［汉］桓谭撰，朱谦之校辑：《新辑本桓谭新论》，北京：中华书局，2009年，第51页。

④ 同上，第52页。

经常进行赋颂创作，并且题材广泛。从侧面证明了成帝时期，辞赋创作的繁荣盛况。据班固《两都赋》记载："孝成之世，论而录之，盖奏御者千有余篇。"① 桓谭对文学创作的爱好反映了时代的重文风气。桓谭还简单区分了赋颂与应用文。《新论》记载："茂陵周智孙曰：'胡不为赋颂？'余应之曰：'久为大司空掾，见使兼领众事，典定大议，汲汲不暇，以夜继昼，安能复作赋颂耶？'"② 从这则材料可以看出，桓谭认为赋颂和典制文章有分别。朱荣智先生认为："桓谭之文学观，界阈渐趋明晰，于两汉学者中，最为接近今人所谓之文，此实中国文学理论之新发展。"③

桓谭爱好"丽文"，但他并不是盲从，而是有自己的标准。"予见新进丽文，美而无采，及见刘、扬言辞，常辄有得。"④ 桓谭欣赏的"丽文"应该是美采兼具，扬雄等人的辞赋就符合这样一点。再看桓谭对于辞赋的批评。"及相如之《吊二世》，全为赋体，桓谭以为其言恻怆，读者叹息，及平章要切断而能悲也。"⑤ 桓谭要求华美的文采中蕴含作者的志向、情感。桓谭对辞赋的鉴赏有明确的标准，但他的辞赋创作却未达到这样的效果。刘勰说："桓谭著论，富号猗顿，宋弘称焉，爱比相如，而集灵诸赋，偏浅无才，故知长于讽论，不及丽文也。"⑥ 可知，桓谭更擅长讽论之文。

---

① ［汉］班固撰，白静生注：《班兰台集校注》，郑州：中州古籍出版社，2002 年，第 1 页。

② ［汉］桓谭撰，朱谦之校辑：《新辑本桓谭新论》，北京：中华书局，2009 年，第 62 页。

③ 朱荣智：《两汉文学理论之研究》，台北：联经出版事业公司，1978 年，第 83 页。

④ ［汉］桓谭撰，朱谦之校辑：《新辑本桓谭新论》，北京：中华书局，2009 年，第 53 页。

⑤ 同上。

⑥ ［梁］刘勰撰，范文澜注：《文心雕龙注》，北京：人民文学出版社，1958 年，第 599 页。

其次，桓谭积极探索文学创作的内部规律。

一是关于文学创作与环境之间的关系。

试比较桓谭和司马迁的两段话：

> 贾谊不左迁失志，则文采不发；淮南不贵盛富饶，则不能广聘骏士，使著文作书；太史公不典掌书记，则不能条悉古今；扬雄不贫，则不能作玄言①。

> 昔西伯拘羑里，演《周易》；孔子厄陈蔡，作《春秋》；屈原放逐，著《离骚》；左丘失明，厥有《国语》；孙子膑脚，而论兵法；不韦迁蜀，世传《吕览》；韩非囚秦，《说难》《孤愤》；《诗》三百篇，大抵贤圣发愤之所为作也②。

有学者认为桓谭此说袭司马迁之思路，增加贾谊、淮南、太史公、扬雄等例证只是对史迁所论之补充和发挥③。笔者认为桓谭此说并非沿袭司马迁的思路，而是借用司马迁的言说方式表达不同的观点。司马迁主要就发愤著书而言，着重表现著书之人在受到不公平待遇之后，愤而留下千古名篇。而桓谭所举淮南王和太史公的例子则表达创作的条件问题，或者是文学与经济之间的关系④。

二是强调学习和拟作的重要性。

---

① ［汉］桓谭撰，朱谦之校辑：《新辑本桓谭新论》，北京：中华书局，2009 年，第 2 页。

② ［汉］司马迁撰，裴骃集解、司马贞索引、张守节正义：《史记》，北京：中华书局，1959 年，第 3300 页。

③ 徐公持：《“素臣相”桓谭》，《文史知识》，2012 年第 2 期。

④ 朱东润：《中国文学批评史》，上海：上海古籍出版社，2005 年，第 17 页。

> 扬子云工于赋，王君大晓习万剑之名，凡器遥观而知，不须手持熟察。余欲从二子学。子云曰："能读千赋，则善赋。"君大曰："能观千剑则晓剑。"谚曰："伏习象神，巧者不过习者之门。"①
>
> 成少伯工吹竽，见安昌侯张子夏，鼓琴谓曰："音不通千曲以上，不足以为知音。"②

上面两则材料体现桓谭对于学习辞赋创作和音乐的一些基本观念，他认为要先从模拟开始，达到熟能生巧的程度，进而创新，形成自己的创作风格。

三是文学创作构思的艰难。

> 余少时见扬子云丽文高论，不自量年少新进，猥欲逮及，尝激一事而作小赋，用精思太剧，而立感动致疾病。子云亦言："成帝时，赵昭仪方大幸，每上甘泉，诏使作赋，一首始成，卒暴倦卧，梦五藏出地，以手收内之，及觉，大少气，病一年。"③

刘勰在《文心雕龙·神思》中也以桓谭和扬雄为例对文学创作构思之艰难进行了论述。

四是文学要具有艺术性。

虽然桓谭在哲学层面上提倡"通儒"思想和求"实诚"的精神，但是他对文学的艺术性有不同的观点——提倡藻饰。《新论》云："夫

---

① ［汉］桓谭撰，朱谦之校辑：《新辑本桓谭新论》，北京：中华书局，2009年，第52页。

② 同上，第70—71页。

③ 同上，第52页。

不翦之屋，不如阿房之宫；不琢之椽，不如磨砻之桷；玄酒不如苍梧之醇；控揭不如流郑之乐。”① 桓谭提倡人工巧饰，这在其文学创作上也有所体现。桓谭在《新论·本造》中云：“庄周《寓言》，乃云尧问孔子，《淮南子》云：‘共工争帝，地维绝。’亦皆为妄作。故世人多云：‘短书不可用。然论天间莫明于圣人，庄周等虽虚诞，故当采其善，何云尽弃邪？’”② 此语与当时崇尚真实之言辞观念相反。他认为这些言辞虽然虚诞，但可以加以运用。此点足以证明桓谭对文学有深刻认识。王充非常推崇桓谭，认为桓谭的《新书》“论世间事，辩照然否，虚妄之言、伪饰之辞，莫不证定”③。桓谭对于虚诞的认识体现在两个方面：一是哲学层面，虚诞的东西不能相信；二是从文学的层面上认为可以加以利用。此点可视为刘勰认为纬书“无益经典，而有助文章”④ 的前论，只是两人对于虚诞内涵的界定有所不同。桓谭认为，只要是上古圣人所言，虽虚诞但可以接受，但是谶纬中非圣人所作者，其虚诞则不可采；刘勰则两者兼容，一方面要求“征圣”，对圣人的虚诞言辞采取接纳的态度，另一方面对谶纬中的虚诞也采取了吸收的态度。所以，刘勰发展了桓谭的观点。

五是文学具有多样风格。

桓谭称：“文家各有所慕，或好浮华，而不知实敷；或美众多，而不见要约。”⑤ 他认为文学可以有多种风格，但不能只取一端，要

① ［汉］桓谭撰，朱谦之校辑：《新辑本桓谭新论》，北京：中华书局，2009 年，第 26 页。

② 同上，第 1 页。

③ ［汉］王充撰，张宗祥校注，郑绍昌标点：《论衡校注》，上海：上海古籍出版社，2010 年，第 406 页。

④ ［梁］刘勰撰，范文澜注：《文心雕龙注》，北京：人民文学出版社，1958 年，第 31 页。

⑤ ［汉］桓谭撰，朱谦之校辑：《新辑本桓谭新论》，北京：中华书局，2009 年，第 53 页。

做到适宜。

桓谭提倡“新声”，主要表现在对音乐的看法上。他说：“扬子云大才而不晓音，余颇离雅操而更为新弄。子云曰：‘事浅易喜，深者难识，卿不好雅颂而悦郑声，宜也。’”① 扬雄批评桓谭不好雅颂，更加证明桓谭对于“新声”的追求。许结先生认为“爱好郑、卫之音，先秦有魏文侯，而在理论上对淫声‘新弄’的肯定，却是桓谭的独造之想……桓谭倡扬民间歌谣之‘新声’表现的民本思想与其文学真美思想的结合，正是戟指西汉乐府制度在建立发展中愈来愈明显的名曰采风，实扼明情的虚伪现象。”②

小　结

西汉末到东汉建武十二年，其间战乱频发，割据势力众多。各割据集团内部及相互之间，因战争需要，出现了一大批战斗檄文、书信、游说之辞。檄移之文，痛陈政治，表现拨乱之宏志；游说文分析天下之势，激扬文字，陈献奇计；劝降书或分条析理，或直陈利弊，形成了慷慨纵横、质朴尚理的散文创作风尚，体现出别具一格的文学思想。

东汉前期的十多年里，文学没有延续西汉扬雄等人的赋作传统，但是文学理论却继承和发扬了扬雄的文艺观。桓谭作为介于扬雄与王充两大家之间的重要思想家，上承扬雄的文艺观，并在“重文”与“新声”方面有所发展，是两汉之际重要的文学理论家。

---

① ［汉］桓谭撰，朱谦之校辑：《新辑本桓谭新论》，北京：中华书局，2009 年，第 61 页。

② 许结：《汉代文学思想史》，北京：人民文学出版社，2010 年，第 221 页。

此期内，创作方面，散文较多而赋作较少，只有班彪的《北征赋》和崔篆的《慰志赋》；文学理论方面，桓谭主要针对赋提出了诸多观念。这一方面说明文学创作和文学理论发展的不一致，另一方面也说明桓谭对“文学”有初步的界定。他认为赋和散文有较大差别，并表现出对赋作的热衷。

第三章　东汉前期的文学思想（下）

【光武建武十三年（37）至和帝永元四年（92）】

建武十三年到和帝永元四年，属于东汉前期，史家称为“光武明章之治”。这一时期，统治者完成了儒家思想的复兴，儒家思想和谶纬思想成为社会的主流思潮。吉川幸次郎说：“后汉社会是尊重儒学，理智严肃的时代，尤其前半期更是如此。”[①] 在此种政治、文化、意识形态大背景下，文学偏离了建武初年的发展轨迹，重新被扳回到经学的范畴中来。文学失去了独立发展的机会和条件，回归到以儒家诗教传统为基础的服务政教、有补于世的文学思想中。由于专制政权的强化，统治者也对文学表现出极大的热心，加之正处于太平盛世，美刺两端的经学文学思想更多体现为“颂美”一端。润色鸿业、歌颂汉德成为主流的文学思想。较之建武初年，这是东汉文学思想的一次较大转变。礼乐文化的高度繁荣导致士人将谶纬思想杂糅于文学之中，文学弥漫出一股虚妄的政治审美之风，这和追求真实经学文学的思想

---

① （日）吉川幸次郎，陈顺智、徐少舟译：《中国文学史》，成都：四川人民出版社，1987 年，第 73 页。

发生冲突。以班固为代表的士人们沉浸在人伦道德的主观“实录”世界中，追求宏博、典雅的审美风尚；王充高举怀疑精神，破除“天人感应”思想，提倡文学真善美，为下一阶段文学思想的转变奠定了基础。

光武、明、章时期，东汉新生政权下的第一批士人逐渐成为社会的中流砥柱。本书从分析士人心态入手，展现此时期在经学思想笼罩下的文学创作指导思想、创作主题、审美风格等。

第一节　士人的自信、恭肃、拘敛心态

建武十二年，刘秀大破公孙述，建立了统一政权。随后，他整顿吏治，复兴儒学，提倡谶纬，以期国家从经济发展到文化建设都形成高度统一的中央集权。汉明帝和汉章帝，继承和发扬光武帝的治国策略，使整个王朝的文化呈现出繁荣的局面。就文化精英——士人来说，有些是从两汉之际走进新王朝，如桓谭、班彪等人，经历了战争的洗礼和王朝换代，心态由纵横向恭肃转变；有些士人则是出生于新王朝之下，如班固、贾逵等人，从小接受了刘氏王朝复兴儒学的文化熏陶，沐染着浓厚的儒家气息，更多地表现出自信拘敛的心态。

一

光武帝完成统一大业以后，随着环境与形势的变化，其治国方略也发生相应的变化。战争时期，光武帝采用“柔道”之策拉拢士人，安抚民众。建武十二年，国家统一以后，“柔道”政策已不利于建立高度集权的统治，梁统等人建议加重刑罚，以适应新的政治环境。

“（梁统）在朝廷，数陈便宜。以为法令既轻，下奸不胜，宜重刑罚，以遵旧典。”① 经过朝臣多次议论，加重刑罚的建议虽然未能大行，但对光武的“柔道”之策影响颇大。据《后汉书·申屠刚传》载：“时内外群官，多帝自选举，加以法理严查，职事过苦，尚书近臣，至乃捶扑牵曳于前，群臣莫敢正言。”② 建武十五年，光武帝下诏各州郡“检核垦田顷亩及户口年纪，又考实二千石长吏阿枉不平者”③，“刺史太守多为诈巧，不务实核，苟以度田为名，聚人田中，并度庐屋里落，聚人遮道啼呼”④。光武严查之，“河南尹张伋及诸郡守十余人，坐度田不实，皆下狱死”⑤。由此可见，光武帝的治国政策并非全是“柔道”。

在此政治背景下，士人不得不谨慎，外在表现则是功成身退，如李通、窦融等人。李通是光武兴兵的发起人之一，深受光武帝器重，然而“时天下略定，（李）通思欲避荣宠，以病上书乞身”⑥。李通上书乞身，固然是其自身选择，但光武帝给他的政治压力也是其中的重要因素。又如窦融，曾是陇右的割据之主，战时称臣于光武帝，并一直追随，战事停止之后，愈加谨慎。据《后汉书》记载：“融自以非旧臣，一旦入朝，在功臣之右，每召会进见，容貌辞气卑恭已甚，帝以此愈亲厚之。融小心，久不自安，数辞让爵位，因侍中金迁口达至诚。”⑦ 军功显赫的西北豪族窦氏，如此谨小慎微，体现出光武帝时期的政治压力。功臣们功成身退的举动固然有吸取历史教训尤其是西

① ［南朝·宋］范晔撰，李贤等注：《后汉书》，北京：中华书局，1965 年，第 1166 页。
② 同上，第 1017 页。
③ 同上，第 66 页。
④ ［汉］刘珍等撰，吴树平校注：《东观汉记校注》，北京：中华书局，2008 年，第 11 页。
⑤ ［南朝·宋］范晔撰，李贤等注：《后汉书》，北京：中华书局，1965 年，第 66 页。
⑥ 同上，第 576 页。
⑦ 同上，第 807 页。

汉功臣结局的教训，但是他们的卑恭心态却是中央集权和严苛吏治的结果。窦融在《诫子书》中说：“臣融年五十三。有子年十五，质性顽钝。臣融朝夕教导以经艺，不得令观天文，见谶记。诚欲令恭肃畏事，恂恂循道，不愿其有才能，何况乃当传以连城广土，享故诸侯王国哉?”① 征西大将军冯异，在统一之后上书自陈，言辞之间恭肃有加，其辞曰：

> 臣本诸生，遭遇受命之会，充备行伍，过蒙恩私，位大将，爵通侯，受任方面，以立微功，皆自国家谋虑，愚臣无所能及……当兵革始起，扰攘之时，豪杰竞逐，迷惑千数。臣以遭遇，托身圣明，在倾危溷淆之中，尚不敢过差，而况天下平定，上尊下卑，而臣爵位所蒙，巍巍不测乎?②

李通、窦融、冯异等这些跟随光武打天下的功臣们不再是豪气干云，更多显现出恭肃谨慎的心态了。

士人们谨慎的态度在明帝时期更为明显。一方面明帝几乎全盘继承了光武帝的治国方略，处事果决，刑罚严苛。其即位之初便以严猛示诸臣，主要表现在梁松事件上。梁松之父梁统是跟随光武帝打天下的有功之臣，建武五年，与窦融遣使归诚，被加宣德将军。隗嚣败后，被封成义侯。公孙述被平之后，又被更封为高山侯，拜太中大夫……梁氏一族可谓功业甚伟，风光无限。梁松更得到光武帝的无比宠幸，不仅尚舞阴公主，而且还在遗诏中被委为辅政之臣。可以说梁氏是当时与阴、马相抗衡的豪门大族，其政治话语权不容小觑。明帝

① ［南朝·宋］范晔撰，李贤等注：《后汉书》，北京：中华书局，1965 年，第 807 页。
② 同上，第 648 页。

即位后，梁松作为明帝姐夫和辅政之臣，却因为“数为私书请托郡县”① 一事被免官；永平四年冬，又因匿名信而遭诽谤下狱死。当然，梁松事件背后的直接原因是后宫争宠，但后宫无小事，直接牵连前朝之利害关系。从该事可见明帝时期政治斗争的复杂性和残酷性。明帝对股肱之臣的冷漠与决绝也让人不寒而栗。

明帝多疑阴暗性格对刘氏宗室以及士人都造成了很大的精神压力。据《后汉书》记载，废太子刘强不仅因光武帝废其生母郭皇后而自请废除，还数次恳请急还藩国。刘强自请废除且急返藩国背后的原因很复杂，但最能体会的是刘强战战兢兢的心态。中元二年，光武帝崩，明帝即位，刘强的地位更加尴尬。他在《临命上疏》一文中写道：

> 臣蒙恩得备蕃辅，特受二国，宫室礼乐，事事殊异，巍巍无量，讫无报称。而自修不谨，连年被疾，为朝廷忧念。皇太后、陛下哀怜臣强，感动发中，数遣使者太医令丞方技道术，络绎不绝。臣伏惟厚恩，不知所言。臣内自省视，气力羸劣，日夜浸困，终不复望见阙庭，奉承帷幄，孤负重恩，衔恨黄泉。身既夭命孤弱，复为皇太后、陛下忧虑，诚悲诚惭。息政，小人也，猥当袭臣后，必非所以全利之也。诚愿还东海郡。天恩愍哀，以臣无男之故，处臣三女小国侯，此臣宿昔常计。今天下新罹大忧，惟陛下加供养皇太后，数进御餐。臣强困劣，言不能尽意。愿并谢诸王，不意永不复相见也②。

① ［南朝·宋］范晔撰，李贤等注：《后汉书》，北京：中华书局，1965 年，第 1170 页。
② 同上，第 1424 页。

刘强在病中的上疏，句句体现母子、兄弟之间的拳拳深情，但是字里行间是战战兢兢、深深忌惮，其谦卑之态让人动容。如果不是其父光武帝废其母皇后之位，那么高高在上、享受最高皇权的应是刘强。从储君到臣子的巨大落差，带给刘强巨大的精神压力，也是他不得不谦卑的原因。也许是处境艰难，东海王刘强不堪精神重负而忧思成疾，于光武帝去世后的第二年就去世了。他短短三十四年的人生跌宕起伏。如果说，因为刘强曾经是太子，明帝对他有所猜疑还情有可原，那么，在光武帝兄刘仲之孙刘睦身上体现出的恭肃心态就更能展现此期士人的心态了。《后汉书》记载：

> （北海敬王睦）性谦恭好士，千里交结，自名儒宿德，莫不造门，由是声价益广。永平中，法宪颇峻，睦乃谢绝宾客，放心音乐。然性好读书，常为爱玩。岁终，遣中大夫奉璧朝贺，召而谓之曰："朝廷设问寡人，大夫将何辞以对?"使者曰："大王忠孝慈仁，敬贤乐士。臣虽蝼蚁，敢不以实?"睦曰："吁，子危我哉！此乃孤幼时进趣之行也。大夫其对以孤袭爵以来，志意衰惰，声色是娱，犬马是好。"使者受命而行①。

从刘睦的事迹可以看出当时君臣之间的互相猜疑、当时朝廷统治的残酷性和压迫感。刘强和刘睦是皇族贵戚。因为其特殊身份，一方面受到更加残酷的压迫，另一方面，在官场和朝堂上有着一般士人们没有的特权和优势。刘强和刘睦不是士人，而是宗室子弟，他们的遭遇尚且如此，更遑论普通士人。《后汉书》云：

---

① ［南朝·宋］范晔撰，李贤等注：《后汉书》，北京：中华书局，1965年，第556—557页。

（明帝）性褊察，好以耳目隐发为明，故公卿大臣数被诋毁，近臣尚书以下至见提拽。尝以事怒郎药崧，以杖撞之。崧走入床下，帝怒甚，疾言曰："郎出！郎出！"崧曰："天子穆穆，诸侯煌煌。未闻人君自起撞郎。"帝赦之。朝廷莫不悚慄，争为严切，以避诛责；唯（钟离）意独敢谏争，数封还诏书，臣下过失辄救解之①。

明帝在庄重严肃的朝堂上演怒撞大臣的一幕，暴露了他偏狭、阴暗的性格，更展现了帝王的无上权威。他甚至对朝廷九卿施鞭杖之罚②。九卿职位不低，而明帝竟在朝廷之上施罚，可见他对臣下的严苛。明帝在位的 18 年中，由于其偏狭和残暴的性格，自杀和下狱而死的官员甚多。据《后汉书》载，明帝时期死亡公卿人数大大超过了光武和章帝时期。永平十三年，楚王刘英被诬叛乱，"楚狱遂至累年，其辞语相连，自京师亲戚诸侯州郡豪杰及考案吏，阿附相陷，坐死徙者以千数"③，"广陵、楚、淮阳、济南之狱，徙者万数……自永平以来，仍连大狱，有司穷考，转相牵引，掠考冤滥，家属徙边"④。在其统治时期，窦林下狱死，阴就自杀，梁松下狱死，广陵王荆自杀，郭霸下狱死，王康因罪下狱死，薛昭下狱死，司徒邢穆，驸马都尉韩光坐事下狱死，钟离意也因多次上疏直谏明帝政治严苛被贬为鲁相。

龚鹏程先生说："可是游士一旦进入中央政府，成了皇帝近侍，士也就游不动了……在中央集权的政体底下，游士却只能集中到皇帝

① ［南朝·宋］范晔撰，李贤等注：《后汉书》，北京：中华书局，1965 年，第 1409 页。
② "九卿位亚三事，班在大臣，行有佩玉之节，动有庠序之仪。孝明皇帝始有扑罚，皆非古典。"［南朝·宋］范晔撰，李贤等注：《后汉书》，北京：中华书局，1965 年，第 2022 页。
③ ［南朝·宋］范晔撰，李贤等注：《后汉书》，北京：中华书局，1965 年，第 1430 页。
④ 同上，第 1597 页。

这儿来……士之荣辱，皆不能自主，系于人主之爱恶，因此士的精神是抑郁的、屈辱的。一切理想及个人生命价值若欲实现，皆须仰待君王之赏识。”① 龚鹏程先生虽是对西汉武帝时期士人的境遇进行分析，但是比之更加严酷的明帝时期，士人的悲惨命运只能是有过之而无不及，士人们当然不可能有纵横气息了。明帝还对士人设置了言行的标准。永平十七年，明帝诏班固曰：“司马迁著书，成一家之言，扬名后世，至以深陷刑之故，反微文刺讥，贬损当世，非谊士也。司马相如洿行无节，但有浮华之词，不周于用，至于疾病而遗忠，主上求取其书，竟得颂述功德，言封禅事，忠臣效也。至是，贤迁远矣。”② 明帝将司马迁和司马相如两人进行对比，以文而论，明帝欣赏司马迁；但从为臣的角度来说，明帝更欣赏司马相如之忠诚。既然明帝已经清楚表示了对士人的要求，士人们还敢在残暴而偏狭的明帝前恣肆放纵吗？于是，士人忠诚恭肃的心态就此形成了。

二

汉武帝缔造了强盛统一的中央帝国，士人们沉浸在太平长久的美梦中，对刘氏政权信心满满，但王莽凭借外戚身份就轻而易举夺取了刘氏政权。当王莽暴露政治野心时，士人们才如梦初醒。两汉之际，刘氏再次夺回失去的地位，实现人们“思汉”愿望。建武初年，为缓和社会矛盾，安抚人民，稳定政权，光武帝采取了减轻刑法、裁撤地方机构和冗员、整饬吏治、限制外戚宗室等系列措施，同时还充分发挥“柔道”治国之术，减免赋税，解放奴婢，增加官员俸禄，与民休

① 龚鹏程：《汉代思潮》，北京：商务印书馆，2008 年，第 515 页。
② ［汉］班固撰，白静生注：《班兰台集校注》，郑州：中州古籍出版社，2002 年，第 70 页。

息，恢复国力。明帝即位之后，劝农祷雨，重修水利，继续奉行光武帝促进生产、加强国力的治国方针，农业生产得到较好恢复和发展。永平十二年，全国呈现出“岁比登稔，百姓殷富，粟斛三十，牛羊被野”① 的富饶景象。章帝继承皇位之后，继续推行光武、明帝的治国方针，连续下令奖励生产，发展经济。经过东汉前期三帝五十多年的发展，到和帝永元年间，垦田面积已经达到七百多万顷，人口已达五千多万，综合国力已经接近西汉最高水平了②。士人们再次找回曾经失落的信心，对大汉国威自信满满，由衷称赞刘氏政权。

章帝一改明帝严苛政治，将士人们自信心态调动起来。元和元年，章帝诏令：“诸以前妖恶禁锢者，一皆蠲除之，以明弃咎之路，但不得在宿卫而已。”③ 于迎春先生说：“所谓解妖恶之禁，事实上在对士人进入政权人身资格有条件的扩展。”④ 当时士人身份禁锢放开，入仕之途更加顺畅。在朝的大臣建议修改前代苛政，“肃宗初，（陈宠）为尚书。是时承永平故事，吏政尚严切，尚书决事率近于重。宠以（章）帝新即位，宜改前世苛俗”⑤。章帝接受了建议，故魏文帝认为其有长者风范⑥。章帝德性宽厚甚至到了纵容的地步，正如袁山松所说：“孝章皇帝弘裕有余，明断不足，闺房谗惑，外戚擅宠。”⑦ 章帝的“明断不足”可从对待外戚的态度上看出。建初三年，窦宪宠信日隆，抢夺沁水公主的田地。章帝大怒，下诏切责窦宪，辞曰：

---

① ［南朝·宋］范晔撰，李贤等注：《后汉书》，北京：中华书局，1965年，第115页。
② 参看杨翼骧：《秦汉史纲要》，上海：新知识出版社，1956年，第102—103页。
③ ［南朝·宋］范晔撰，李贤等注：《后汉书》，北京：中华书局，1965年，第148页。
④ 于迎春：《秦汉士史》，北京：北京大学出版社，2000年，第370页。
⑤ ［南朝·宋］范晔撰，李贤等注：《后汉书》，北京：中华书局，1965年，第1549页。
⑥ “明帝察察，章帝长者。”《华峤后汉书》，周天游辑注《八家后汉书辑注》，上海：上海古籍出版社，1986年，第512页。
⑦ ［晋］袁山松：《袁山松后汉书》，周天游辑注：《八家后汉书辑注》，上海：上海古籍出版社，1986年，第623页。

> 深思前过，夺主田园时，何用愈赵高指鹿为马？久念使人惊怖。昔永平中，常令阴党、阴博、邓叠三人更相纠察，故诸豪戚莫敢犯法者，而诏书切切，犹以舅氏田宅为言。今贵主尚见枉夺，何况小人哉！国家弃宪如孤雏腐鼠耳①。

章帝为窦宪权力滋长而震怒，即便如此也只是疏远窦宪，并未重加责罚，甚至还在病榻前委以重任。章帝此举为窦宪等人的再次崛起埋下了祸根。章帝这种“以明在宽”的国家政策虽然造成后世的外戚专权的恶果，但对当时士人来说，他们的生存环境却较为宽松。另外，章帝时期的士人几乎是在东汉立国之后成长起来的第一批士人，他们没有经历两汉之际政治风云的变化，一直生活在承平年代，加之章帝承续了明帝时期的儒家文化策略，一切矛盾都被隐藏在光鲜亮丽的大繁荣景象之下，可以说，章帝时期是东汉士人生活的黄金时代，士人们内心充满了对这个时代的感激和赞颂，生活得从容自信。在章帝时期，祥瑞频现：“章帝元和二年，凤皇三十九、麒麟五十一、白虎二十九、黄龙四、青龙、黄鹄、鸾鸟、神马、神雀、九尾狐、三足乌、赤乌、白兔、白鹿、白燕、白鹊、甘露、嘉瓜、秬秠、明珠、芝英、华平、朱草、木连理实，日月不绝，载于史官，不可胜纪。”②士人们多借用祥瑞题材对时代进行讴歌和赞美。如果说明帝时期是东汉政治的高峰，那么章帝时期就是东汉士人心理极为满足的一个高峰。士人们由明帝时期无奈的恭肃转变为对时代的庆幸和满足，充满自信，这也是明帝时期初步形成的具有秩序的礼乐文化何以在章帝时

① ［南朝·宋］范晔撰，李贤等注：《后汉书》，北京：中华书局，1965年，第812页。

② ［汉］刘珍等撰，吴树平校注：《东观汉记校注》，北京：中华书局，2008年，第77页。

期繁荣的原因。

三

在统治者治国方略转变之下，士人心态由纵横转变为恭肃继而自信。但是，无论是恭肃还是自信，从光武帝到汉章帝，士人都呈现出一种拘敛的态度。这种拘敛心态与光武、明帝、章帝时期大兴儒学的文化政策是分不开的。光武、明、章时期，儒风盛行，就连东汉的皇帝也体现出儒者之气。学者认为："盖自光武及明、章二帝，皆崇儒重道，子弟习于孝友之训者深，故无骨肉之变也。"① 身处政治权利中心的皇族尚且如此，何况熏沐儒风的士人呢？于迎春先生将东汉时期士人心态概括为"自我拘敛"②，士人们品行端直不苟、洁身自好；立身行事谨饬周慎；性度宽缓和顺。"他们以集群的面貌体现出坚定而深湛的克己功夫。不过，这种以温厚谦恭、矜严清约为主体的道德修养，基本上是内敛的、自守的。由此支撑起的人格乃是拘束的、自我闭合的。"③

总之，随着光武、明、章时期皇权政治的加强和儒家正统思想向社会生活的全面渗透，士人心态呈现出自信、恭肃、拘敛的特点。这种心态直接影响了他们的文学创作和对文学本质的认识，是这时期文学思想形成和转变的重要因素。

---

① ［清］赵翼撰，王树民校正：《廿二史札记校证》，北京：中华书局，1984 年，第 97 页。

② 参看于迎春：《秦汉士史》，北京：北京大学出版社，2000 年，第 314—321 页。

③ 于迎春：《秦汉士史》，北京：北京大学出版社，2000 年，第 321 页。

第二节 崇儒宗经的文学指导思想

光武、明、章时期，儒家思想渗透到社会生活的方方面面，成为当时社会的主流思潮，儒家经典也成为社会事务处理的标准和制度。在此文化背景下，士人们对于文学的看法无不在经学的维度下徘徊，崇儒宗经成为文学批评、文学创作的指导思想。

一、崇儒思想

在儒家思潮的影响下，士人们在文学方面表现出浓浓的崇儒意味。班彪作为光武时期的文士代表，崇儒思想明显。班彪字叔皮，扶风安陵人，曾仕隗嚣和窦融。建武十二年，班彪随窦融征还京师，拜徐令，但以病免职，于是专心史籍。“彪乃继采前史遗事，傍贯异闻，作后传数十篇，因斟酌前史而讥正得失。”① 在撰书过程中，他对司马迁及其《史记》所表现的思想颇有不同意见：

> 其论术学，则崇黄老而薄《五经》；序货殖，则轻仁义而羞贫穷；道游侠，则贱守节而贵俗功：此其大敝伤道，所以遇极刑之咎也。然善述序事理，辩而不华，质而不野，文质相称，盖良史之才也。诚令迁依《五经》之法言，同圣人之是非，意亦庶几矣②。

① ［南朝·宋］范晔撰，李贤等注：《后汉书》，北京：中华书局，1965年，第1324页。
② 同上，第1325页。

班彪表达的观念有四：一是认为司马迁撰写《史记》的基本思想是崇尚道家而轻视儒家，二是认为司马迁轻视儒家尊崇的仁义守节之论，三是认为司马迁的轻儒思想是他受到极刑的主要因素，四是认为司马迁如依照《五经》的言论和圣人的是非观念立论，则《史记》将更有价值。在这些评论中，班彪只是表达对司马迁和《史记》的看法，并不能看出他本人的观念。结合其作《悼离骚》，就不难看出班彪的思想倾向和对司马迁及《史记》的态度了。《悼离骚》辞曰：

> 夫华植之有零茂，故阴阳之度也。圣哲之有穷达，亦命之故也。惟达人进止得时，行以遂伸，否则诎而坼蠖，体龙蛇以幽潜[①]。

《悼离骚》，顾名思义为祭悼屈原而作。西汉时期，士人对于屈原沉江自杀就有不同的看法，与班彪同时代的扬雄对屈原沉江之举表示不能理解，认为屈原应该奉行"君子得时则大行，不得时则龙蛇"[②]的处事原则，不能以沉江这种极端的方式来解决问题。扬雄体现的是典型的明哲保身的儒家思想。班彪认为的龙蛇幽潜与遂伸观，则是承继扬雄而来。显然，班彪对于屈原沉江之举也是不赞同的。司马迁对于屈原则是高度的赞赏，他认为屈原"正道直行，竭忠尽智以事其君，谗人间之，可谓穷矣。信而见疑，忠而被谤，能无怨乎？……推

① ［唐］欧阳询撰，汪绍楹校：《艺文类聚》，上海：上海古籍出版社，1965 年，第 1016 页。
② ［汉］班固撰，颜师古注：《汉书》，北京：中华书局，1962 年，第 3515 页。

此志也，虽与日月争光可也”①。司马迁对屈原的忠义之举非常赞赏。虽然他对屈原沉江的行为不赞同，但是他不赞同的出发点却和扬雄、班彪完全不同。他认为“以彼其材，游诸侯，何国不容，而自令若是”②。这种轻去就的观点正是受到纵横家的影响。从班彪对屈原的批判可知他对司马迁的批判态度，班彪的思想中具有明显的崇儒思想。建武年间，班彪向光武帝建议：“宜博选名儒有威重明通政事者，以为太子太傅，东宫及诸王国，备置官属。”③ 也可佐证其崇儒的思想倾向。

受其父影响，班固也同样表现出崇儒的思想倾向。他在《司马迁传》后对司马迁的评价几乎完全承袭其父意见，辞曰：

> 自古书契之作而有史官，其载籍博矣。至孔氏纂之，上断唐尧，下讫秦缪。唐虞以前虽有遗文，其语不经，故言黄帝、颛顼之事未可明也。及孔子因鲁史记而作《春秋》，而左丘明论辑其本事以为之传，又撰异同为《国语》。又有《世本》，录黄帝以来至春秋时帝王公侯卿大夫祖世所出。春秋之后，七国并争，秦兼诸侯，有《战国策》。汉兴伐秦定天下，有《楚汉春秋》。故司马迁据《左氏》《国语》，采《世本》《战国策》，述《楚汉春秋》，接其后事，讫于天汉。其言秦汉，详矣。至于采经摭传，分散数家之事，甚多疏略，或有抵梧。亦其涉猎者广博，贯穿经传，驰骋古今，上下数千载间，斯

---

① ［汉］司马迁撰，裴骃集解，司马贞索引，张守节正义：《史记》，北京：中华书局，1959 年，第 2482 页。案：汤炳正先生在《〈屈原列传〉理惑》中认为“今本《屈原列传》中所引刘语，乃后人所窜入者”。汤炳正撰：《屈赋新探》，济南：齐鲁书社，1984 年，第 4 页。本文仍以今本《史记·屈原列传》中的文献记载作为探讨的基础材料。

② ［汉］司马迁撰，裴骃集解，司马贞索引，张守节正义：《史记》，北京：中华书局，1959 年，第 2503 页。

③ ［南朝·宋］范晔撰，李贤等注：《后汉书》，北京：中华书局，1965 年，第 1328 页。

以勤矣。又其是非颇缪于圣人，论大道则先黄老而后六经，序游侠则退处士而进奸雄，述货殖则崇势利而羞贱贫，此其所蔽也。然自刘向、扬雄博极群书，皆称迁有良史之材，服其善序事理，辨而不华，质而不俚，其文直，其事核，不虚美，不隐恶，故谓之实录。呜呼！以迁之博物洽闻，而不能以知自全，既陷极刑，幽而发愤，书亦信矣。迹其所以自伤悼，《小雅》巷伯之伦。夫唯《大雅》“既明且哲，能保其身”，难矣哉！①

班固认为司马迁《史记》是非观念与圣人不同。他认为司马迁撰写《史记》以道家黄老思想为主，以儒家思想作为补充；在《游侠列传》中收录奸雄而忽略了处士，在《货殖列传》中收录富人而忽略贫贱之人。这和班彪的观念如出一辙。可见班固撰写《汉书》之时的基本思想是儒家思想。后世范晔对此有所怀疑，论曰：“彪、固讥迁，以为是非颇谬于圣人。然其论议常排死节，否正直，而不叙杀身成仁之为美，则轻仁义，贱守节愈矣。”② 此盖班固思想复杂使然。

班固对枚皋、东方朔等人的批评也充分体现了崇儒思想。班固认为：“皋不通经术，诙笑类俳倡，为赋颂，好嫚戏，以故得媟黩贵幸，比东方朔、郭舍人等，而不得比严助等得尊官。”③ “东方赡辞，诙谐倡优，讥苑扞偃，正谏举邮，怀肉污殿，弛张沉浮。”④ 他以儒家正统道德观为立足点，对枚皋和东方朔进行批评，其崇儒思想非常明显。

班固的崇儒思想还可从其处事之道中推测出。永平初年，“东平王苍以至戚为骠骑将军辅政，开东阁，延英雄，时固始弱冠，奏记说

① ［汉］班固撰，颜师古注：《汉书》，北京：中华书局，1962年，第2737页。
② ［南朝·宋］范晔撰，李贤等注：《后汉书》，北京：中华书局，1965年，第1386页。
③ ［汉］班固撰，颜师古注：《汉书》，北京：中华书局，1962年，第2366页。
④ 同上，第4285页。

苍”。在奏记中，班固向刘苍推荐桓梁、晋冯、李育、郭基、王雍、殷肃六人。此六人皆有一个共同点，即均有宿儒盛名，经学称于当时①。班固推荐士人的标准是他崇儒思想的外在表现。

班固的赋作也体现了崇儒思想。建武三十年，班彪卒，班固时年二十三，作《幽通赋》。《汉书·叙传》说：“（班彪）有子曰固，弱冠而孤，作《幽通》之赋，以致命遂志。”② 以此知班固写此赋的目的是表达自己的志向。昭明太子也将其辑入《文选》赋体“志”类。李善注：“觌幽人之仿佛，然幽通，谓与神遇也。”③ 赋中开篇效仿《离骚》点出自己辉煌的家世，“系高顼之玄胄兮，氏中叶之炳灵”，但是新遭父丧，前途渺茫。“咨孤蒙之眇眇兮，将圮绝而罔阶。岂余身之足殉兮，违世业之可怀。”在对未来充满迷茫之时，遂在梦中与神相遇。虽得吉梦之兆，但世间复杂，是非难明，且天命无常，吉凶祸福，变化莫测。只有坚守儒道，“登孔昊而上下兮，纬群龙之所经。朝贞观而夕化兮，犹喧已而遗形”④，才能割断穷达、寿夭、祸福等人生问题的困惑。此赋是班固年轻时所作。他以儒家仁义为纲纪，赞扬伯夷、叔齐不食周粟的义行和柳下惠的高风，完全是儒家思想精髓的体现，崇儒思想甚为明显。

此时期的七体文学也体现崇儒思想。魏晋文士傅玄在《七谟》序中对七体文的流变进行了概述：

昔枚乘作《七发》，而属文之士，若傅毅、刘广世、崔骃、

---

① ［南朝·宋］范晔撰，李贤等注：《后汉书》，北京：中华书局，1965年，第1330页。
② ［汉］班固撰，颜师古注：《汉书》，北京：中华书局，1962年，第4213页。
③ ［梁］萧统编，李善注：《文选》，北京：中华书局，1977年，第208页。
④ ［汉］班固撰，白静生注：《班兰台集校注》，郑州：中州古籍出版社，2002年，第35—47页。

> 李尤、桓麟、崔琦、刘梁之徒，承其流而作之者纷焉，《七激》《七兴》《七依》《七疑》《七说》《七蠲》《七举》之篇。通儒大才马季长、张平子，亦引其源而广之，马作《七厉》，张造《七辨》……或以恢大道而导幽滞，或以黜瑰纠而托讽咏，扬辉播烈，垂于后世者，凡十有余篇①。

西汉枚乘始作七体，东汉士人继其踵者很多。光武、明、章时期就有傅毅作《七激》，刘广世作《七兴》，崔骃作《七依》。

傅毅字武仲，扶风茂陵人，博学有才。永平年间，针对“显宗求贤不笃，士多隐处”② 的社会状况，作《七激》讽谏。《七激》以徒华公子和玄通子的对话展开。徒华公子托病幽处，游心于玄妙，清思乎黄老，是道家黄老思想的践行者，而玄通子认为君子要积极入世，实现人生价值。玄通子以天下妙音、天下美食、天下骏马、天下至娱、天下至欢之事来劝说徒华公子积极入世。但是，这些天下至美的事物并不能打动徒华公子。玄通子又诱之曰：“汉之盛世，存乎永平，太和协畅，万机穆清。于是群俊学士，云集辟雍。含咏圣术，文质发矇。达牺农之妙旨，照虞夏之典坟。遵孔氏之宪则，投颜闵之高迹。推义穷类，靡不博观。光润嘉美，世宗其言。”③ 玄通子所绘，乃盛世礼乐生辉之景。徒华公子被这一景象吸引，感叹道：“至乎，主得圣道，天基允臧。明哲用思，君子所常。自知沉溺，久蔽不悟，请诵斯语，仰子法度。”④ 由于其文散佚不少，现存的文献资料没有明确

---

①［唐］欧阳询撰，汪绍楹校：《艺文类聚》，上海：上海古籍出版社，1965 年，第 1020 页。

②［南朝·宋］范晔撰，李贤等注：《后汉书》，北京：中华书局，1965 年，第 2613 页。

③［唐］欧阳询撰，汪绍楹校：《艺文类聚》，上海：上海古籍出版社，1965 年，第 1024 页。

④ 同上，第 1024 页。

记载徒华公子入世与否，但是从徒华公子最后的感慨可知，徒华公子应该抛弃黄老思想，转而行儒家入世之途。玄通子和徒华公子的选择是当时社会思想冲突的缩影，徒华公子最后的思想转变也是儒家思想主流地位确立的表现，从中亦可见傅毅崇儒思想。

崔骃《七依》亡佚较多，残存的部分，客描绘了美酒、宴乐、美食等诱惑非有先生，和《七激》结构相同。由于文献不足，不能尽窥全貌。

傅毅和崔骃的七体文皆承枚乘《七发》。挚虞在《文章流别论》中概述《七发》要旨曰："《七发》造于枚乘，借吴楚以为客主，先言出舆入辇蹙痿之损、深宫洞房寒暑之疾、靡漫美色晏安之毒、厚味暖服淫曜之害，宜听世之君子要言妙道，以疏神导体，蠲淹滞之累；既设此辞，以显明去就之路，而后说以声色逸游之乐，其说不入，乃陈圣人辩士讲论之娱，而霍然疾瘳：此因膏粱之常疾以为匡劝，虽有甚泰之辞而不没其讽喻之义也。"① 对比可知，傅毅和崔骃的七体已与枚乘《七发》在思想上有很大不同。枚乘《七发》中吴客讲论成为楚太子病愈的关键，体现了西汉初年的纵横遗风，而傅毅和崔骃的七体则是只有儒家盛世才能打动幽隐处士。《七发》到《七激》的流变，一方面体现了此时儒家思想成为当时最主流的社会思潮，另一方面也说明崇儒成为当时士人的最终选择。

儒家思潮盛行，崇儒成为士人们的选择，他们在对一些日常事物描绘上，也体现了儒家气象。杜笃《书槴赋》："惟书槴之丽容，象君子之淑德，载方矩而履规，加文藻之修饰。能屈伸以和礼，体清净而坐立。承尊者之至意，惟高下而消息。虽转旋而屈桡，时倾斜而反侧。抱六艺而卷舒，敷五经之典式。"② 龚克昌先生说："这是一篇最

---

① ［唐］欧阳询撰，汪绍楹校：《艺文类聚》，上海：上海古籍出版社，1965 年，第 1020 页。

② 同上，第 985 页。

早歌颂书籍装饰的赋。这类赋的出现，当与儒学的兴起，人们对图书的看重有关。”① 书槴，乃承书夹。作者通篇表面上描绘书槴之貌，其实是赞儒家君子之德。由此可知杜笃的崇儒思想。郭丹先生认为：“‘抱六艺而卷舒，敷五经之典式’虽说是承书夹的功用，但表现了作者尊崇儒家传统的文艺观。”②

二、宗经思想

汉武帝自建元元年“表彰六经”后，便把儒家经典作为国家统治的理论依据，而在社会政治的具体实践中，仍儒法杂用。西汉后期的元帝到平帝，才真正实行以经治国。清人皮锡瑞说：“汉崇经术，实能见之施行。武帝罢黜百家，表彰六经，孔教已定于一尊矣。然武帝、宣帝皆好刑名，不专重儒。盖宽饶谓以法律为《诗》《书》，不尽用经术也。元、成以后，刑名渐废。上无异教，下无异学。皇帝诏书，群臣奏议，莫不援引经义，以为据依。”③ 东汉是经学的极盛时代，儒家思想是社会思潮中的主流意识形态，以经治国十分明显。葛兆光先生说：“经典的话语霸权来自它对国家意识形态以及制度、法律、教育的垄断与干预程度。”④ 班固在《汉书·艺文志》中对六经的作用做了简单的概述：“六艺之文：《乐》以和神，仁之表也；《诗》以正言，义之用也；《礼》以明体，明者著见，故无训也；《书》以广听，知之术也；《春秋》以断事，信之符也。五者，盖五常之道，相

① 龚克昌等：《全汉赋评注》，石家庄：花山文艺出版社，2003 年，第 114 页。
② 郭丹：《先秦两汉文论全编》，上海：上海远东出版社，2012 年，第 768 页。
③ ［清］皮锡瑞：《经学历史》，北京：中华书局，1959 年，第 103 页。
④ 葛兆光：《中国思想史》（第一卷），上海：复旦大学出版社，2001 年，第 290 页。

须而备，而《易》为之原。”① 我们在第一章中已经从经学法典化角度探讨了六经在东汉社会政治等方面的功能。经学的标准化在文学观念上同样适用。

宗经思想体现在文学观上，便是依经立义的批评方式。李凯先生在其《儒家元典与中国诗学》一文中对儒家诗话语——依经立义的内涵、原则、具体方式等进行了探讨和阐述，他认为：“经学在其确立其中心地位的过程中给自己的定位就是‘通经致用’。‘经’不只是用来阅读和学习的书面文本，还应该是充当现实生活的治国方略和法律文本……既然在上层建筑的政治层面可以依据‘五经’，那么在意识形态方面也可以依据‘五经’，至于‘诗学’以此为依据，更是自然之事。”② 东汉时期经学极盛，在治国方略上更是以经治国，这一点前文已经阐述。此期内宗经思想体现在文学批评上，就是以儒家经典为审美标准。

依经立义即是以儒家经典作为文学批评的依据，此在对屈原和《离骚》的评价上有所体现。屈原及《离骚》在西汉时期就为士人们津津乐道，如刘安、贾谊、司马迁、董仲舒、扬雄等人都对其进行了评价。东汉时期，屈原和《离骚》仍为士人们批评的焦点。不同的是，东汉士人们在评价屈原及《离骚》时，还对西汉相关的评论及评论者进行批评，如对刘安的《离骚传》和贾谊的批评。班固在《离骚序》一文中，对刘安评屈原及《离骚》进行了再批评，其辞曰：

> 淮南王安叙《离骚传》，以《国风》好色而不淫，《小雅》怨诽而不乱，若《离骚》者，可谓兼之。蝉蜕浊秽之中，浮游尘埃

① ［汉］班固撰，颜师古注：《汉书》，北京：中华书局，1962 年，第 1723 页。
② 李凯：《儒家元典与中国诗学》，北京：中国社会科学出版社，2002 年，第 248 页。

之外，皭然泥而不滓；推此志，虽与日月争光可也。斯论似过其真。又说：五子以失家巷，谓五子胥也。及至羿、浇、少康、贰姚、有娀佚女，皆各以所识有所增损，然犹未得其正也。故博采经书传记本文以为之解。且君子道穷，命矣。故潜龙不见是而无闷。《关雎》哀周道而不伤。蘧瑗持可怀之智，宁武保如愚之性，咸以全命避害，不受世患。故《大雅》曰：既明且哲，以保其身。斯为贵矣。今若屈原，露才扬己，竞乎危国群小之间，以离谗贼。然责数怀王，怨恶椒、兰，愁神苦思，强非其人，忿怼不容，沉江而死，亦贬洁狂狷景行之士。多称昆仑、冥婚宓妃虚无之语，皆非法度之政，经义所载。谓之兼《诗》风雅，而与日月争光，过矣！然其文弘博丽雅，为辞赋宗。后世莫不斟酌其英华，则象其从容。自宋玉、唐勒、景差之徒，汉兴，枚乘、司马相如、刘向、扬雄，骋极文辞，好而悲之，自谓不能及也。虽非明智之器，可谓妙才者也①。

在这篇序言中，班固对三个问题进行了批评：一是批评了淮南王刘安对屈原及《离骚》的评价，认为刘安的评价“似过其真”；二是对屈原的为人提出批评，认为屈原本人狂狷景行的处事方式，违背了《大雅》怨悱而不乱的标准，应该遵从明哲保身的儒家行事标准；三是就《离骚》这部作品而言，班固认为“多称昆仑、冥婚宓妃虚无之语，皆非法度之政，经义所载”，达不到刘安评价的“与日月争光”的高度。不论是反驳刘安还是对屈原和《离骚》的批评，班固完全是以儒家经典为标准。张峰屹先生认为“班固无论肯定屈原‘忠信’品

① ［宋］洪兴祖撰，白化文等点校：《楚辞补注》，北京：中华书局，1983年，第49—50页。

质，还是批评屈原‘狂狷’之行，他所持的理论依据都是儒家的诸如人臣之义、‘明哲保身’、中庸等原则……所有这些，都反映了经学极盛时代，经学思想观念在作家评论乃至文学思想方面的普遍运用”①。

班固对汉武帝的评价也表现了他的宗经思想，辞曰：

汉承百王之弊，高祖拨乱反正，文景务在养民，至于稽古礼文之事，犹多阙焉。孝武初立，卓然罢黜百家，表章《六经》。遂畴咨海内，举其俊茂，与之立功。兴太学，修郊祀，改正朔，定历数，协音律，作诗乐，建封禧，礼百神，绍周后，号令文章，焕焉可述。后嗣得遵洪业，而有三代之风。如武帝之雄材大略，不改文景之恭俭以济斯民，虽《诗》《书》所称何有加焉！②

班固将汉武帝与文、景两帝比较，称颂其雄才大略，但班固对汉武帝的评价标准，却离不开《诗》《书》所称，这也说明了班固的宗经思想。

依经立义不仅表现在文学批评上，还体现在创作中。先看几篇皇帝的诏书：

1. 建武九年，光武帝下诏：

吾微贱之时，娶于阴氏，因将兵征伐，遂各别离。幸得安全，俱脱虎口。以贵人有母仪之美，宜立为后，而固辞弗敢当，列于媵妾。朕嘉其义让，许封诸弟。未及爵土，而遭患逢祸，母子同命，愍伤于怀。《小雅》曰："将恐将惧，惟予与汝。将安将

① 张峰屹：《两汉经学与文学思想》，北京：生活·读书·新知三联书店，2014年，第137页。

② ［汉］班固撰，颜师古注：《汉书》，北京：中华书局，1962年，第212页。

乐，汝转弃予。”风人之戒，可不慎乎？其追爵谥贵人父陆为宣恩哀侯，弟䜣为宣义恭侯，以弟就嗣哀侯后。及尸柩在堂，使太中大夫拜授印绶，如在国列侯礼。魂而有灵，嘉其宠荣！①

2. 建武十三年，光武帝下诏：

长沙王兴、真定王得、河间王邵、中山王茂，皆袭爵为王，不应经义。其以兴为临湘侯，得为真定侯，邵为乐成侯，茂为单父侯②。

3. 建武十九年，光武帝下诏：

《春秋》之义，立子以贵。东海王阳，皇后之子，宜承大统。皇太子强，崇执谦退，愿备藩国。父子之情，重久违之。其以强为东海王，立阳为皇太子，改名庄③。

4. 建初七年，章帝下诏：

《礼》云伯父归宁乃国，《诗》云叔父建尔元子，敬之至也。昔萧相国加以不名，优忠贤也。况兼亲尊者乎！其沛、济南、东平、中山四王，赞皆勿名④。

---

① ［南朝·宋］范晔撰，李贤等注：《后汉书》，北京：中华书局，1965年，第405—406页。
② ［南朝·宋］范晔撰，李贤等注：《后汉书》，北京：中华书局，1965年，第61页。
③ 同上，第71页。
④ 同上，第1439页。

建武九年之光武帝诏书，引用《小雅》之语，作为其追爵谥阴贵人父阴陆为宣恩哀侯，弟阴䜣为宣义恭侯的依据。建武十三年之诏书，光武帝以经义为准则，将刘兴、刘得、刘邵、刘茂等改封为侯。建武十九年之诏书，光武帝依照《春秋》之立子以贵的说法改封刘庄为太子。建初七年之诏书，章帝以《礼》《诗》之义作为宗室王还京师的依据。援引经书一方面作为处理政事的标准，另一方面也成为诏书写作的一种固定模式。

不仅皇帝的诏书如此，士人疏奏也体现了这一特点。郅恽依据《春秋》之义说皇太子："《春秋》之义，母以子贵。太子宜因左右及诸皇子引愆退身，奉养母氏，以明圣教，不背所生。"① 刘强听从了郅恽的建议，数次向光武帝请辞太子之位。

永平十年，樊鯈针对广陵王刘荆欲谋反之事，对明帝言："天下，高皇帝之天下，非陛下之天下也。《春秋》之义，'君亲无将，将而诛之'。是以，周公诛弟，季友鸩兄。臣等以荆属托母弟，陛下留心，故复请之耳。如令陛下子，臣等专诛之矣。"② 明帝不能反驳，只能依照经典之义对广陵王荆处以极刑。

建初五年，章帝认为当时官吏"擅行喜怒，或案不以罪，迫胁无辜，致令自杀者，一岁且多于断狱，甚非为人父母之意也"，继而依照孔子言"刑罚不中，则人无所措手足"③，进行吏治整顿。

此类例子，《后汉书》中尚多，一方面体现出儒家经典至高无上的地位，甚至凌驾于皇权之上，儒家经典成为朝政事务的依据和标准；另一方面体现出诏书、疏奏等散文形成了依经立义的写作模式，

---

① ［南朝·宋］范晔撰，李贤等注：《后汉书》，北京：中华书局，1965 年，第 1032 页。

② ［晋］袁宏撰，李兴和点校：《后汉纪集校》，昆明：云南大学出版社，2008 年，第 122 页。

③ ［南朝·宋］范晔撰，李贤等注：《后汉书》，北京：中华书局，1965 年，第 140 页。

成为通用的创作手法。这无不是宗经文学思想的表现。

东汉前期，在儒家思想的影响下，崇儒宗经是士人们立身行事的指导观念。在文学方面，儒家思想是创作的指导思想，也是评判文学优劣的标准。同时，儒家“通经致用”观念还用来规定文学的作用和意义。整个东汉时期，这种功利的文学观一直适用，而崇儒宗经也一直是文学的指导思想，只是随着政治的变化，功利文学思想发挥出不同的政教作用。

第三节　政教为用、述颂汉德的文学思想

东汉一代，在儒家“通经治用”理念的指导下，崇儒宗经成为文学指导思想，政教为用的文学功用论大行于世。东汉前期，经光武、明、章三帝的不懈努力，政治、经济、文化都得到了极大发展。这一时期，在文学理论方面，倡导政教为用、颂美为主的文学观；在文学创作方面，出现了大量歌颂、赞美的作品。

一、政教为用、颂美为主的文学功用论

东汉社会的尚用观念十分浓厚。傅毅《七激》中玄通子说：“仆闻君子当世而光迹，因时以舒志，必将铭勒功勋，悬著隆高。”[①] 说明当时士人对于现实功名的追求。班固在《答宾戏》中借宾戏主人之口对此也有所议论：“盖闻圣人有一定之论，烈士有不易之分，亦云

① ［唐］欧阳询撰，汪绍楹校：《艺文类聚》，上海：上海古籍出版社，1965年，第1023页。

名而已矣。故太上有立德，其次有立功。夫德不得后身而特盛，功不得背时而独彰，是以圣哲之治，栖栖遑遑，孔席不暖，墨突不黔。由此言之，取舍者昔人之上务，著作者前烈之余事耳。”① 傅毅和班固都受到儒家尚用观念的影响。这种尚用的观念一旦渗透到文学中，便表现为对文学功用论的议论。

东汉前期士人论文学功用，可以分三层。第一层是文学要有用。王充认为“为世用者，百篇无害；不为用者，一章无补。如皆为用，则多者为上，少者为下”②。班固批评司马相如赋“文艳用寡”，所谓“用寡”就是没有多少实际意义。汉明帝也认为司马相如其人“洿行无节”，其文“但有浮华之词，不周于用”③。可见东汉论文总是以有用为主。文学究竟要在哪方面起作用呢？东汉士人认为文学要对社会产生一定的作用，要有现实功用性。

文学的现实功用性表现在哪些方面呢？这正是文学功用的第二层。王充的回答是要有益于教化。辞曰：

> 圣人作经，艺者传记，匡济薄俗，驱民使之归实诚也。案《六略》之书，万三千篇，增善消恶，割截横拓，驱役游慢，期便道善，归正道焉。孔子作《春秋》，周民弊也，故采求毫毛之善，贬纤介之恶，拨乱世，反诸正，人道浃，王道备，所以检押靡薄之俗者，悉具密致。夫防决不备，有水溢之害；纲解不结，有兽失之患。是故周道不弊，则民不文薄，民不文薄，《春秋》

① ［汉］班固撰，白静生注：《班兰台集校注》，郑州：中州古籍出版社，2002 年，第 82 页。

② ［汉］王充撰，张宗祥校注，郑绍昌标点：《论衡校注》，上海：上海古籍出版社，2010 年，第 582 页。

③ ［汉］班固撰，白静生注：《班兰台集校注》，郑州：中州古籍出版社，2002 年，第 70 页。

不作。杨、墨之学，不乱传义，则孟子之传不造。韩国不小弱，法度不坏废，则韩非之书不为。高祖不辨得天下，马上之计未转，则陆贾之语不奏。众事不失实，凡论不坏乱，则桓谭之论不起。故夫贤圣之兴文也，起事不空为，因因不妄作。作有益于化，化有补于正①。

王充对古圣贤作文的原因进行了阐发，认为圣贤著书立说是有感而发的。著书作文一定要有益于教化，有利于社会政治。他还用对比的手法辨明文章社会作用的重要意义，说："文丽而务巨，言眇而趋深，然而不能处定是非，辩然否之实，虽文如锦绣，深如河汉，民不觉知是非之分，无益于弥为崇实之化。"②

班固也认为文学要有益于政治，要发挥教化作用，说："自孔子后，缀文之士众矣，唯孟轲、孙况、董仲舒、司马迁、刘向、扬雄。此数公者，皆博物洽闻，通达古今，其言有补于世。《传》曰'圣人不出，其间必有命世者焉'，岂近是乎?"③ 故他在撰写《汉书》之时，对学问、政务的文章载录颇多。在《两都赋》序中，班固对文学的教化作用阐发得更为具体，认为文学要宣上德，抒下情，云："或曰：'赋者古诗之流也。'昔成康没而颂声寝，王泽竭而诗不作……或以抒下情而通讽喻，或以宣上德而尽忠孝。"④ 班固阐述了赋之功用，要么抒下情而有讽喻功能，要么宣上德而颂赞有加。他还对乐府诗与现实之间的关系进行了阐述，说："自孝武立乐府而采歌谣，于是有

① ［汉］王充撰，张宗祥校注，郑绍昌标点：《论衡校注》，上海：上海古籍出版社，2010年，第568页。

② 同上，第541页。

③ ［汉］班固撰，颜师古注：《汉书》，北京：中华书局，1962年，第1972页。

④ ［汉］班固撰，白静生注：《班兰台集校注》，郑州：中州古籍出版社，2002年，第1页。

代赵之讴，秦楚之风，皆感于哀乐，缘事而发，亦可以观风俗，知薄厚云。”① “春令民毕出在野，冬则毕入于邑。其诗曰：‘四之日举止，同我妇子，馌彼南亩。’又曰：‘十月蟋蟀，入我床下。嗟我妇子，聿为改岁，入此室处。’……男女有不得其所者，因相与歌咏，各言其伤。”颜师古注曰：“怨刺之诗也。”② 这是班固对诗歌功用的阐述。从这个角度考察班固的文学观，他似乎更倾向于“抒下情”。此点也可见之于他对汉赋起源的认识。“赋者古诗之流也”，“聘问歌咏不行于国，学《诗》之士逸在布衣，而贤人失志之赋作矣”③。他认为赋继承了《诗经》的现实性。汉武帝时期乐府诗歌的收集又继承了《诗经》中“风诗”的传统，能起到观风俗、知薄厚的作用。班固对文学的现实性和讽谏意义是十分重视的。

第三层是文学在当世要发挥什么功用。王充认为文学要歌颂功德，他阐述说：

> 受天之文，文人宜遵五经、六艺为文，诸子传书为文，造论著说为文，上书奏记为文，文德之操为文。立五文在世，皆当贤也。造论著说之文，尤宜劳焉。何则？发胸中之思，论世俗之事，非徒讽古经，续故文也。论发胸臆，文成手中，非说经艺之人，所能为也。周、秦之际，诸子并作，皆论他事，不颂主上，无益于国，无补于化。造论之人，颂上恢国，国业传在千载，主德参贰日月，非适诸子书传所能并也④。

---

① ［汉］班固撰，颜师古注：《汉书》，北京：中华书局，1962 年，第 1756 页。

② ［汉］班固撰，白静生注：《班兰台集校注》，郑州：中州古籍出版社，2002 年，第 1123 页。

③ 同上，第 2737 页。

④ ［汉］王充撰，张宗祥校注，郑绍昌标点：《论衡校注》，上海：上海古籍出版社，2010 年，第 411—412 页。

王充首先对文士进行了夸赞，因为这些文士的作品都是付出努力、独抒胸臆而成，是那些只能解释经艺的人望尘莫及的；其次他认为不歌颂国君的作品于教化无益，颂德之篇是必要的，而且最好是歌颂当世之德。王充对颂德之作推崇备至，他在《宣汉》《恢国》两篇中，极力称美汉德。在《宣汉》篇中，他认为孝明帝时期的祥瑞数量五倍于古之帝王，可知汉德耀乎当世。他在《须颂》篇中追溯上古建鸿业之德的帝王都要以颂风天下，但是“孝明之时，众瑞并至，百官臣子，不为少矣，唯班固之徒，称颂国德，可谓誉得其实矣。颂文谲以奇，彰汉德于百代，使帝名如日月，孰与不能言，言之不美善哉？”① 王充认为当时颂文太少，对班固的颂文大加赞赏，肯定了班固的征实文风，甚至为当时颂美章帝之文太少而深感责任重大，说：“班孟坚颂孝明帝，汉家功德，颇可观见。今上即命，未有褒载，《论衡》之人，为此毕精，故有《齐世》《宣汉》《恢国》《验符》。”② 王充甚至以是否颂汉为标准，对儒士进行了区分。他认为不乐于颂汉的儒士是“俗儒”“拘儒”。“国德溢炽，莫有宣褒，使圣国大汉有庸庸之名，咎在俗儒不实论也。……俗儒好长古而短今，言瑞则渥前而薄后。是应实而定之，汉不为少”③，“方今天下太平矣，颂诗乐声，可以作未？传者不知也，故曰拘儒”④。可知，王充对文学要发挥颂德功用的推崇。

在文学的功用问题上，班固则要复杂得多。他对于“抒下情”和“宣上德”两种功用皆取之，主要是由于班固对诗赋文体功用的认识

---

① ［汉］王充撰，张宗祥校注，郑绍昌标点：《论衡校注》，上海：上海古籍出版社，2010年，第406页。

② 同上，第406页。

③ 同上，第407页。

④ 同上，第403页

而造成的。他认为辞赋应该主要用于宣上德。《两都赋》序中说：

至武宣之世，乃崇礼官，考文章，内设金马石渠之署，外兴乐府协律之事，以兴废继绝，润色鸿业，是以众庶悦豫，福应尤盛，白麟、赤雁、芝房、宝鼎之歌，荐于郊庙；神雀、五凤、甘露、黄龙之瑞，以为年纪。故言语侍从之臣，若司马相如、虞丘寿王、东方朔、枚皋、王褒、刘向之属，朝夕论思，日月献纳，而公卿大臣御史大夫倪宽、太常孔臧、大中大夫董仲舒、宗正刘德、太子太傅萧望之等，时时间作，或以抒下情而通讽喻，或以宣上德而尽忠孝，雍容揄扬，著于后嗣，抑亦雅颂之亚也。故孝成之世，论而录之，盖奏御者千有余篇，而后大汉之文章，炳焉与三代同风，且夫道有夷隆，学有粗密，因时而建德者，不以远近易则。故皋陶歌虞，奚斯颂鲁，同见采于孔氏，列于诗书，其义一也。稽之上古则如彼，考之汉室又如此，斯事虽细，然先臣之旧式，国家之遗美，不可阙也①。

班固表达了两层意思：第一，他认为颂德是辞赋的主要功能；第二，颂赋的产生和礼制建设关系紧密。班固认为颂汉德是汉赋主要功能的观点与当时统治者对文学的要求有莫大关联。汉武帝在元光元年的《贤良诏》中就明白说出希望臣下能尽力歌颂先帝之德，辞曰：

朕闻昔在唐虞，画象而民不犯，日月所烛，莫不率俾。周之成康，刑错不用，德及鸟兽，教通四海。海外肃眘，北发渠搜，

① ［汉］班固撰，白静生注：《班兰台集校注》，郑州：中州古籍出版社，2002年，第1页。

> 氐羌徕服。星辰不孛，日月不蚀，山陵不崩，川谷不塞；麟凤在郊薮，河洛出图书。呜虖，何施而臻此与！今朕获奉宗庙，夙兴以求，夜寐以思，若涉渊水，未知所济。猗与伟与！何行而可以章先帝之洪业休德，上参尧舜，下配三王！朕之不敏，不能远德，此子大夫之所睹闻也。贤良明于古今王事之体，受策察问，咸以书对，著之于篇，朕亲览焉①。

武帝在贤良对策中要求臣子列述古往今来的帝王功绩，无疑是引导下属来歌颂今上，此种态度势必成为当时官方文学写作的指导纲领。赋家地位卑微，要想改变生存环境，只有引起武帝重视。歌颂当朝皇帝自然是首选，于是颂赞之赋蜂起。东汉的情形也不例外。永平初年，东平王苍认为“歌所以咏德，舞所以象功”，在祭祀祖宗时，要对祖宗功德进行歌颂。他也因上《光武受命中兴颂》受到明帝嘉奖。可见颂声为明帝所喜。明帝的观念是风向标，所谓“上有所好，下必甚焉”，士人们对颂声的热情创作当然也就顺理成章。永平十七年，明帝在诏书中评价司马迁和司马相如，认为“司马相如洿行无节，但有浮华之词，不周于用。至于病疾而遗忠，主上求取其书，竟得颂述功德，言封禅事，忠臣效也，至是贤迁远矣”②。明帝在诏书中明确对司马相如其人其赋进行了否定，但对司马相如忠于国君和述颂功德之辞却予以肯定。由此可见，班固关于辞赋“宣上德”功用之认识受到当时统治者的影响。

---

① ［汉］班固撰，颜师古注：《汉书》，北京：中华书局，1962年，第160－161页。
② ［汉］班固撰，白静生注：《班兰台集校注》，郑州：中州古籍出版社，2002年，第70页。

二、润色鸿业、颂美汉德的创作主题

光武、明、章时期，经济发展，国力强盛，社会呈现一片欣欣向荣之景。士人们自豪、自信，由衷歌颂和赞美大汉国威、贤明君主和大将军窦宪的征伐之举，故此期的文学创作多表现出润色鸿业、歌功颂德的主题。

（一）颂汉德

东汉文人借助京都城市、祥瑞、帝王巡狩等题材不遗余力地对汉德进行歌颂和赞美。

首先是以京都城市为题材的颂声。由于文献散佚，现存东汉前期的京都赋只有杜笃的《论都赋》、班固的《两都赋》、傅毅的《洛都赋》、崔骃的《反都赋》，其中傅毅的《反都赋》大部分已经散佚，只存“因龙门以畅化，开伊阙以达聪”① 两句，而王景的《金人论》则全佚。杜笃的《论都赋》是东汉京都赋的第一篇，大概作于建武二十九年②。在建都问题上，光武帝早年采取了以洛阳为中心同时兼及长安的政策，这给关东和关中人士带来思想上的波动与情感上的疑惑③。在此背景下，“（杜）笃以关中表里山河，先帝旧京，不宜改营洛邑，乃上奏《论都赋》”④。他在赋中极力铺叙长安的有利因素，力

---

① ［北魏］郦道元撰，陈桥驿注疏：《水经注》，杭州：浙江古籍出版社，2001 年，第 251 页。

② 此赋创作时间暂无定论。刘跃进认为此赋作于建武二十九年左右（《秦汉文学编年史》，刘跃进著，商务印书馆，2006 年，第 375 页）；高一农在《两汉都邑赋述论》中认为此赋作于建武二十四年（《文学遗产》2002 年第 6 期）；高莉在《京都大赋论略》中认为此赋作于建武二十年（《唐都学刊，2004 年第 6 期》）。

③ 参看王德华：《述颂汉德义尚光大——班固〈两都赋〉解读》，《古典文学知识》2009 年第 3 期。

④ ［南朝·宋］范晔撰，李贤等注：《后汉书》，北京：中华书局，1965 年，第 2595 页。

主建都长安，认为长安为西汉旧都，承载着刘氏先烈的丰功伟绩：高祖有开基之功，太宗有受文之业，孝景富国，功传后嗣，孝武深图远意，平匈奴，通西域。大汉在长安的功勋传世十一帝，长达二百多年。长安地势险要，肥沃富饶，是成就霸业、开创新功的不二之选。杜笃在铺叙长安优势的背后，始终有一条主线贯穿其中，即大汉刘氏的丰功伟绩。杜笃还在赋中直接歌颂光武中兴之功，其辞曰：

> 逮及亡新，时汉之衰，偷忍渊囿，篡器慢违，徒以势便，莫能卒危。假之十八，诛自京师。天畀更始，不能引维，慢藏招寇，复致赤眉。海内云扰，诸夏灭微；群龙并战，未知是非。于时圣帝，赫然申威。荷天人之符，兼不世之姿。受命于皇上，获助于灵祇。立号高邑，搴旗四麾。首策之臣，运筹出奇；虓怒之旅，如虎如螭。师之攸向，无不靡披。盖夫燔鱼剸蛇，莫之方斯。大呼山东，响动流沙，要龙渊，首镆铘，命腾太白，亲发狼、弧。南禽公孙，北背强胡，西平陇、冀，东据洛都。乃廓平帝宇，济蒸人于涂炭，成兆庶之亹亹，遂兴复乎大汉①。

全赋以四字句为主，不论是对西汉刘氏功勋的赞美，还是对光武帝刘秀中兴之功的歌颂，无不体现对汉德的盛赞。

继杜笃迁都之论后，士人们围绕迁都之事，作有系列京都之赋，班固《两都赋》为其中之一。班固《两都赋》的写作时间颇有争议，有学者认为是在永平年间，有学者认为是在章帝建初年间②。这里暂

---

① ［南朝·宋］范晔撰，李贤等注：《后汉书》，北京：中华书局，1965年，第2605—2606页。

② 陈君先生认为“将班固《两都赋》系在建初八年（83）更合适一些”。参看陈君：《东汉社会变迁与文学演进》，北京：中国社会科学出版社，2012年，第255—256页。

不讨论其创作时间，只讨论辞赋的内容。在此文的序言中，作者交代了写作缘由和文章大致内容，其辞曰：“忝之上古则如彼，考之汉室又如此。斯事虽细，然先臣之旧式，国家之遗美，不可阙也。臣窃见海内清平，朝廷无事，京师修宫室，浚城隍，起苑囿，以备制度。西土耆老，咸怀怨思，冀上之眷顾，而盛称长安旧制，有陋洛邑之议。故臣作《两都赋》，以极众人之所眩曜，折以今之法度。”班固认为如今汉室国力强盛，按照古诗之义，本应该为之赞颂，再加之光武时期兴起的迁都之论，便由此而创作《两都赋》。由东都与西都的比较，一方面歌颂汉室，另一方面表现东都的制度之美。《西都赋》借西都宾之口盛称长安规模旧制的繁荣，《东都赋》则以东都主人的身份反驳，认为西都长安承载西汉文化底蕴，虽然宫室规模建造完备，但却是高祖的权宜之计，而光武中兴以来，三代圣主在东都洛阳励精图治，建辟雍、修明堂，礼仪制度日趋完备，已经完全超越前代功勋。《东都赋》中东都主人分三层展现东都比西都的优越。第一层以时间的顺序描写了建武开国，初兴礼乐，已备帝王之道，其辞曰：

> 且夫建武之元，天地革命，四海之内，更造夫妇，肇有父子，君臣初建，人伦实始，斯乃虑羲氏之所以基皇德也。分州土，立市朝，作舟车，造器械，斯乃轩辕氏之所以开帝功也。龚行天罚，应天顺人，斯乃汤武之所以昭王业也。迁都改邑，有殷宗中兴之则焉；即土之中，有周成隆平之制焉。不阶尺土一人之柄，同符乎高祖。克己复礼，以奉终始，允恭乎孝文。宪章稽古，封岱勒成，仪炳乎世宗。案《六经》而校德，妙古昔而论

功，仁圣之事既该，帝王之道备矣①。

第二层描写永平之事，主要渲染永平年间灿烂的礼乐文化。其辞曰：

> 至于永平之际，重熙而累洽，盛三雍之上仪，修衮龙之法服，铺鸿藻，信景铄，扬世庙，正予乐，人神之和允洽，群臣之序既肃。乃动大路，遵皇衢，省方巡狩，穷览万国之有无，考声教之所被……于是荐三牺，效五牲，礼神祇，怀百灵，觐明堂，临辟雍，扬缉熙，宣皇风，登灵台，考休征。俯仰乎乾坤，参象乎圣躬，目中夏而布德，瞰四裔而抗棱。……尔乃食举雍彻，太师奏乐。陈金石，布丝竹，钟鼓铿锵，管弦烨煜。抗五声，极六律，歌九功，舞八佾，韶武备，太古毕。四夷间奏，德广所及，伶佅兜离，罔不具集。万乐备，百礼暨，皇欢浃，群臣醉，降烟煴，调元气，然后撞钟告罢，百僚遂退②。

第三层又叙彰节俭，美风俗，盛世乃成。经过东都主人的一番叙述，西都宾黯然失色，屈服东都。东都主人极尽铺叙之能事，层层推进赞美之旨，汉之大德跃然纸上。学者评之曰："不独为《五经》鼓吹，直足以佐大汉之光明，诚千载之杰作也。"③《两都赋》对于东汉的颂美是毫不掩饰的，尤其是对永平年间礼乐文化的颂赞更是将作者

---

① ［汉］班固撰，白静生注：《班兰台集校注》，郑州：中州古籍出版社，2002 年，第 22 页。

② ［汉］班固撰，白静生注：《班兰台集校注》，郑州：中州古籍出版社，2002 年，第 24—28 页。

③ 俞艳庭、踪凡、巩曰国等编撰：《中华大典·文学典·先秦两汉文学分典》，南京：凤凰出版社，2008 年，第 217 页。

对时代的歌颂表露无遗，其对汉德之盛的歌颂不言而喻。

傅毅的《洛都赋》和崔骃的《反都赋》，极尽赞美光武中兴的丰功伟绩以及东都洛阳的快速发展，其中也屡屡提到开创礼乐之盛的情况："近则明堂、辟雍、灵台之列，宗祀扬化，云物是察。"① "兴四郊，建三雍，禅梁父，封岱宗。"② 这都是东都儒家文化兴盛的证明。班固、傅毅、崔骃三人从对东汉重建了儒士理想的社会秩序、实现了自孔子以来儒士的治国愿望入手，歌颂东汉统治者在文化上取得的成绩，是较之物质文明更高级别的大德体现。此时期的京都赋成为颂汉德的重要载体。康达维先生说东汉前期"京都赋表达了对社会及政治秩序的自信……他们有一个共同的愿望，即颂汉"③。

其次是以祥瑞为题材的颂声。在谶纬思想体系中，祥瑞是国家政治繁荣的标志。谶纬思想赋予祥瑞以政治意义，祥瑞自然受到歌颂汉德的士人们的青睐。永平年间的"神雀"事件便是最好的例子。

> 时有神雀集宫殿官府，冠羽有五采色，帝异之……帝敕兰台给笔札，使作《神雀颂》，拜（贾逵）为郎，与班固并校秘书，应对左右④。
>
> （永平）十七年春正月，甘露降于甘陵。……是岁，甘露仍降，树枝内附，芝草生殿前，神雀五色翔集京师⑤。

---

① ［唐］欧阳询撰，汪绍楹校：《艺文类聚》，上海：上海古籍出版社，1965 年，第 1103 页。

② ［唐］欧阳询撰，汪绍楹校：《艺文类聚》，上海：上海古籍出版社，1965 年，第 1103 页。

③ 康达维著，彭行译：《汉颂——论班固〈两都赋〉和同时代的京都赋》，《文史哲》1990 年第 5 期。

④ ［南朝·宋］范晔撰，李贤等注：《后汉书》，北京：中华书局，1965 年，第 1235 页。

⑤ 同上，第 121 页。

从以上两则材料可知，班固等人上《神雀颂》在永平十七年，惜文献散佚，不能一窥这几人的文采风范，只在一些文献中得知一二。《隋书》卷五十八载许善心《神雀颂序》中有关于班固《神雀赋》的内容："班固《神爵》之颂，履武戴文。"① 此处"神爵"即神雀也。汉宣帝元康三年，下诏"前年夏，神爵集雍"。颜师古注曰："晋灼曰：'《汉注》大如鷃爵，黄喉，白颈，黑背，腹斑纹也。'"② 汉宣帝还因此改年号为神爵。从许善心《神雀颂序》中说"履武戴文"四字中可推知，班固必将刘氏的文治武功夸耀到极致。

杜笃《众瑞赋》是为各种兆瑞写的一篇赋，原文散佚较多，只有少量存句："夫千金之裘，非一狐之白。《雅》《颂》之声，非一家之作也。"③ 惜不能知全赋之义。

现存文献中，班固《嘉禾诗》《郊祀灵芝歌》④《白雉诗》《宝鼎诗》为全篇。

永平六年二月，王雒山出宝鼎，庐江太守献之。明帝下诏曰：

> 昔禹收九牧之金，铸鼎以象物，使人知神奸，不逢恶气。遭德则兴，迁于商、周；周德既衰，鼎乃沦亡。祥瑞之降，以应有德。方今政化多僻，何以致兹？《易》曰"鼎象三公"，岂公卿奉职得其理邪？太常其以礿祭之日，陈鼎于庙，以备器用。赐三公帛五十匹，九卿、二千石半之。先帝诏书，禁人上事言圣，而间

---

① ［唐］魏征等：《隋书》，北京：中华书局，1973年，第941页。

② ［汉］班固撰，颜师古注：《汉书》，北京：中华书局，1962年，第258页。

③ ［明］梅鼎祚：《东汉文纪》，《文渊阁四库全书》第1397册，台北：台湾商务印书馆，1986年，第148页。

④ 此诗名多有不同，《先秦汉魏晋南北朝诗》作《论功歌诗》，《太平御览》作《颂论功歌诗灵芝歌》，《诗纪》作《郊祀灵芝歌》，《班兰台集校注》也作《郊祀灵芝歌》，此处按《班兰台集校注》诗名。

者章奏颇多浮词，自今若有过称虚誉，尚书皆宜抑而不省，示不为谄子蚩也①。

明帝诏书中的谦虚之辞显现出政治祥和的得意之色，而班固《宝鼎诗》则是由此事而起。其辞曰：

岳修贡兮川效珍，吐金景兮歊浮云。宝鼎见兮色纷缊，焕其炳兮被龙文。登祖庙兮享圣神，昭灵德兮弥亿年②。

宝鼎不是随便之物，只有在盛世才能出现。一旦出现，则反映出政治的美好和祥和，是大汉天子仁德的最好体现。所以，班固歌颂的不是宝鼎本身，而是宝鼎所承载的政治意义。学者评之："言岳川修贡效珍，吐比金景，上干浮云，盖未出鼎时，先有此征应也。鼎既见，果然气色非常，光明焕柄，龙文毕备，信稀世之宝也。于是登庙以享其先祖，永昭灵德于万世也。"③

再看班固《郊祀灵芝歌》《嘉禾诗》《白雉诗》等诗：

因露寝兮产灵芝，象三德兮瑞应图。延寿命兮光此都，配上帝兮象太微，参日月兮扬光辉④。

后土化育兮四时行，修灵液养兮元气覆。冬同云兮春霡霂，

① ［南朝·宋］范晔撰，李贤等注：《后汉书》，北京：中华书局，1965年，第109页。

② ［汉］班固撰，白静生注：《班兰台集校注》，郑州：中州古籍出版社，2002年版，第34页。

③ 转引自俞艳庭、踪凡、巩曰国等编撰：《中华大典·文学典·先秦两汉文学分典四》，南京：凤凰出版社，2008年，第219页。

④ ［汉］班固撰，白静生注：《班兰台集校注》，郑州：中州古籍出版社，2002年，第116页。

膏泽洽兮殖嘉谷[①]。

启灵篇兮披瑞图，获白雉兮效素乌。嘉祥阜兮集皇都，发皓羽兮奋翘英，容洁朗兮于纯精。彰皇德兮侔周成，永延长兮膺天庆[②]。

以上三诗皆对祥瑞之物的来源以及祥瑞的功用进行了简单地描写，而主要意旨在于揭示这些祥瑞背后的政治意义，即只有太平盛世才能有此祥瑞，颂美汉德旨意明显。

第三是帝王巡狩的题材。东汉诸帝多有巡狩经历，光武巡狩 5 次，明帝 3 次，和帝、安帝均有 1 次。章帝巡狩时间最长，从建初七年一直持续到章和元年，完成了对南、东、北、西四方的巡狩。巡狩是章帝时期的大事。关于章帝巡狩的目的，学者多有不同观点。王德华先生以为这是为了继续推行光武、明帝时期建都洛邑的政治决策，他认为："汉章帝继立，在建都问题上继续推行明帝政策，有两个方面的体现……二是继此之后，汉章帝不断地亲身实践，这就是汉章帝之世的具有践履儒学意义的四方巡狩。"[③] 陈君先生认为章帝巡狩是为了配合礼制复兴运动，是礼乐建设中的一部分，其政治目的是"以宣声教，考同遐迩，解释结怨"[④]。章帝于元和元年先后诏班固等人商议礼制建设事宜，最终诏令曹褒撰礼仪制度，而章帝建初末至章和年间是全国上下一次大的礼乐建设时期。陈君先生论述有一定道理，但是章帝在建初七年就开始西巡狩，这时期，章帝的礼制建设还没有开始。

---

① ［宋］李昉：《太平御览》，北京：中华书局，1960 年，第 1 页下。

② ［汉］班固撰，白静生注：《班兰台集校注》，郑州：中州古籍出版社，2002 年，第 34 页。

③ 参看王德华：《述颂汉德义尚光大——班固〈两都赋〉解读》，《古典文学知识》2009 年第 3 期。

④ 参看陈君：《东汉社会变迁与文学演进》，北京：中国社会科学出版社，2012 年，第 255—256 页。

章帝时期的巡狩活动为文人的文学创作提供了新的创作题材，其中崔骃、班固和杨终是这次巡狩主题的写作健将。崔骃字亭伯，涿郡安平人，崔篆孙，少游太学，与班固、傅毅齐名。和帝初，车骑将军窦宪辟为府掾，进主簿，后因多次冒犯窦宪，受到窦宪排挤。“元和中，肃宗始修古礼，巡狩方岳。骃上《四巡颂》以称汉德，辞甚典美。”① 杨终字子山，蜀郡成都人，少为郡小吏，研习《春秋》。永平中，征诣兰台，拜校书郎。建初中，诣白虎观，后坐事徙北地。元和中，被释放归故郡。杨终写此事的作品已经散佚，只有《后汉书》中“帝东巡狩，凤皇黄龙并集，终赞颂嘉瑞，上述祖宗鸿业，凡十五章，奏上，诏贳还故郡”② 的记录。

元和元年，章帝南巡，崔骃、班固作《南巡颂》。崔骃《南巡颂》并序云：

建初九年，秋谷始登，犹斯加时，举先王之大礼，假于章陵。遂南巡楚路，临江川以望衡山，顾九嶷，叹虞舜之风。是时庶绩咸熙，罔可黜陟。

惟林蒸之鸿德，允天覆而无遗，壮云行之博惠，淑雨施于庶黎③。

班固《南巡颂》云：

惟汉再受命，系叶十一。协景和，则天经，郊高宗，光十

---

① ［南朝·宋］范晔撰，李贤等注：《后汉书》，北京：中华书局，1965 年，第 1718 页。
② 同上，第 1600—1601 页。
③ ［明］梅鼎祚：《东汉文纪》，《文渊阁四库全书》第 1397 册，台北：台湾商务印书馆，1986 年，第 221 页。

幽，通神明。既禘祖于西都，又将祫于南庭。是时圣上运天官之法驾，建日月之旃旌①。

崔骃在《南巡颂》中铺叙了皇家祭祀的场面和章陵一带优美的田园风光，两种不同的场面交相辉映，无不显示一片祥和之景。班固的《南巡颂》主要描述了章帝祭祀的场面，和崔骃的《南巡颂》有异曲同工之妙。

元和二年，章帝开始东巡。崔骃、班固作《东巡颂》。崔骃《东巡颂》先叙述了章帝的功德，接着写章帝依照故礼进行东巡，幸泰山，柴告岱宗的举动，最后用铺张、夸张的描写了东巡之盛状。杨终上颂篇，“帝东巡狩，凤皇黄龙并集，终赞颂嘉瑞，上述祖宗鸿业，凡十五章，奏上。”② 丁鸿上《奏东巡瑞应》云：“臣闻古之帝王，统治天下，五载巡狩，至于岱宗，柴祭于天，望秩山川，协时月正日，同斗斛权衡，使人不争。陛下尊履蒸蒸，奉承弘业，祀五帝于明堂，配以光武，二祖四宗，咸有告祀。瞻望太山，嘉泽降澍，柴祭之日，白气上升，与燎烟合，黄鹄群翔，所谓神人以和，答响之休符也。”③

上述士人写作巡狩之文的目的是“以称汉德”“颂述”“赞颂嘉瑞”“述祖宗鸿业”，其颂汉之意非常明显。同时还要注意一个关键点，在章帝每一次巡狩时都有祥瑞相应，“瞻望太山，嘉泽降澍，柴祭之日，白气上升，与燎烟合，黄鹄群翔”，“凤皇黄龙并集”，“明神屡应，休徽仍降”，可见每次巡狩都有上天预兆。颂神仍是颂人，神

① ［汉］班固撰，白静生注：《班兰台集校注》，郑州：中州古籍出版社，2002 年，第 94—95 页。

② ［南朝·宋］范晔撰，李贤等注：《后汉书》，北京：中华书局，1965 年，第 1600—1601 页。

③ ［汉］刘珍等撰，吴树平校注：《东观汉记校注》，北京：中华书局，2008 年，第 649 页。

人相和。

此时期，不仅本朝士人歌颂汉德，远夷也慕政而来，颂汉德以示诚挚。《后汉书》曰："永平中，益州刺史梁国朱辅，好立功名，慷慨有大略。在州数岁，宣示汉德，威怀远夷。自汶山以西，前世所不至，正朔所未加。白狼、槃木、唐菆等百余国，户百三十余万，口六百万以上，举种奉贡，称为臣仆。"① 白狼王唐菆作诗三章，歌颂汉德。其辞曰：

> 《远夷乐德歌》：大汉是治，与天合意。吏译平端，不从我来。闻风向化，所见奇异。多赐缯布，甘美酒食。昌乐肉飞，屈申悉备。蛮夷贫薄，无所报嗣。愿主长寿，子孙昌炽。
>
> 《远夷慕德歌》：蛮夷所处，日入之部。慕义向化，归日出主。圣德深恩，与人富厚。冬多霜雪，夏多和雨。寒温时适，部人多有。涉危历险，不远万里。去俗归德，心归慈母。
>
> 《远夷怀德歌》：荒服之外，土地硗埆。食肉衣皮，不见盐谷。吏译传风，大汉安乐。携负归仁，触冒险狭。高山岐峻，缘崖磻石。木薄发家，百宿到洛。父子同赐，怀抱匹帛。传告种人，长愿臣仆②。

上面三首诗歌主要赞美大汉对远夷的王德广泽，继而为汉德的昌盛歌之，颂之，咏之。

（二）颂明主

经过光武、明、章三帝的治理，东汉王朝的发展达到顶峰，受到

① ［南朝·宋］范晔撰，李贤等注：《后汉书》，北京：中华书局，1965 年，第 2854 页。
② 逯钦立：《先秦汉魏晋南北朝诗》，北京：中华书局，1983 年，第 164—165 页。

当朝士人热烈追捧和赞颂，如刘苍的《光武受命中兴颂》。此颂已佚，但从颂名可推出是对光武帝中兴之德的赞美和歌颂。刘苍还有《武德舞歌诗》一首，其辞曰：

> 于穆世庙，肃雍显清，俊乂翼翼，秉文之成。越序上帝，骏奔来宁，建立三雍，封禅泰山，章明图谶，放唐之文。休矣惟德，罔射协同，本支百世，永保厥功①。

该诗全用四言，歌颂光武帝的中兴大业，建三雍、封泰山、明图谶，开创万世功业。

章帝时，傅毅作《显宗颂》，现存四句。据《后汉书》记载："建初中……（傅）毅追美孝明皇帝功德最盛，而庙颂未立，乃依《清庙》作《显宗颂》十篇奏之。"② 可见傅毅也是对明帝的伟大功勋进行赞美和怀念的。学者论之曰："傅毅《显宗颂》，文与周颂相似，而杂以风雅之意。"③ 崔骃有《明帝颂》，其辞曰："帝乃负扆，执冐覆圭，运斗杓以酬酢，酌酒旗之玉卮。"④ 从辞意上来看仍是对明帝文治的嘉美。

班固在《汉书·高帝纪》后为高祖作颂，叙其功绩，其辞曰："汉帝本系，出自唐帝。降及于周，在秦作刘。涉魏而东，遂为丰公。"⑤ 寥寥数句，述大汉刘氏之祖与圣人同源，给予汉高祖刘邦高度赞颂。

---

① ［汉］刘珍等撰，吴树平校注：《东观汉记校注》，北京：中华书局，2008年，第165页。

② ［南朝·宋］范晔撰，李贤等注：《后汉书》，北京：中华书局，1965年，第2613页。

③ ［宋］李昉等：《太平御览》，北京：中华书局，1960年，第1617页。

④ ［唐］欧阳询撰，汪绍楹校：《艺文类聚》，上海：上海古籍出版社，1965年，第1260页。

⑤ ［汉］班固撰，颜师古注：《汉书》，北京：中华书局，1962年，第81页。

在明主的带领下，大汉步入了政治清明、繁荣昌盛的局面。明主就是大汉国威的象征，歌颂明主实乃颂汉。

（三）颂窦宪征伐之功

和帝初年，大将军窦宪对匈奴和西羌作战，北伐和西征遂成为文学创作的主题。

光武帝建武二十七年至和帝永元元年（51—89），北匈奴或因“惧予见伐”，或因欲与汉合市，多次遣使求和亲，东汉王朝也出于“冀其交通，不复为寇”的目的，与北匈奴保持了时断时续的通使、合市关系。这种关系于和帝永元元年被打破。永元元年冬十月乙亥，侍中窦宪带军攻伐北匈奴，班固、崔骃、傅毅为其僚属①，皆为其北征作颂，其中，班固《北征颂》最佳。此文描述战场惨烈如近在眼前，胜利的喜悦与自豪让人身临其境。崔骃与傅毅之文流于常俗，赞颂之语未达真心。

“（永元元年）夏六月，车骑将军窦宪出鸡鹿塞，度辽将军邓鸿出稒杨塞，南单于出满夷谷，与北匈奴战于稽落山，大破之，追至私渠北鞮海。窦宪遂登燕然山，刻石勒功而还。”② 班固作《封燕然山铭》纪汉威德，其辞曰：“铄王师兮征荒裔，剿凶虐兮截海外，夐其邈兮亘地界，封神丘兮建隆碣，熙帝载兮振万世。”③ 此铭只有5句，窦宪北征的伟大事业完全淹没在高唱的凯歌中，然其序却记录了北征之举的过程和伟大意义。在序言中，班固先是介绍了征伐北匈奴的缘由以及北征的军队构成，接着正面描写了战争场面，“遂凌高阙，下鸡

① “永元元年，车骑将军窦宪复请毅为主记室，崔骃为主簿。及宪迁大将军，复以毅为司马，班固为中护军。宪府文章之盛，冠于当世。”［南朝・宋］范晔撰，李贤等注：《后汉书》，北京：中华书局，1965年，第2613页。

② ［南朝・宋］范晔撰，李贤等注：《后汉书》，北京：中华书局，1965年，第168页。

③ ［汉］班固撰，白静生注：《班兰台集校注》，郑州：中州古籍出版社，2002年，第96页。

鹿，经碛卤，绝大漠，斩温禺以衅鼓，血尸逐以染锷。然后四校横徂，星流彗扫，萧条万里，野无遗寇。于是域灭区殚，反旆而旋，考传验图，究览其山川”。场面震撼惨烈，动人心绪，是东汉文学中不可多得的战争描绘。惨烈的战争过后，是来之不易且功载千秋的胜利。“将上以摅高文之宿愤，光祖宗之玄灵，下以安固后嗣，恢拓境宇，振大汉之天声。兹可谓一劳而永逸，暂费而永宁也。”①

班固的《封燕然山铭》风格典雅，语气凝重，呼喊出时代最强音，战争胜利的自豪感力透纸背。尤其是最后一句“熙帝载兮振万世”更是道出了这次战争胜利的重要意义。匈奴是两汉边境上的复杂问题，西汉对匈奴用事多次，光武、明章时期因为兵力不强与北匈奴南北遥对多年，北匈奴一直是汉代的心腹大患。班固认为这次战争的胜利能够一劳永逸地解决北匈奴的问题，是前无古人之壮举和盛事。学者赞之“文法顿挫，气雄势壮”②“颇雄杰陵厉”③“能尽以约，所以为大手”④。

永元二年秋七月，窦宪征讨西羌，出屯凉州，班固、傅毅、崔骃均从其西征。傅毅作《西征颂》、崔骃作《大将军西征颂》反映了窦宪西平羌乱的武功。崔骃《大将军西征颂》云：“于是袭孟秋而西征，跨雍梁而远踪，陟陇阻之峻城，升天梯以高翔。旗旐翼如游风，羽毛纷其覆云，金光皓以夺日，武鼓铿而雷震。”⑤ 作者采用夸饰的手法描写了征战路途险阻和军旅强盛。傅毅《西征颂》云：“愠昆夷之匪

---

① ［汉］班固撰，白静生注：《班兰台集校注》，郑州：中州古籍出版社，2002 年，第 96 页。

② 转引自俞艳庭、踪凡、巩曰国等编撰：《中华大典·文学典·先秦两汉文学分典四》，南京：凤凰出版社，2008 年，第 221 页。

③ 同上。

④ ［清］何焯：《义门读书记》，北京：中华书局，1987 年，第 872 页。

⑤ ［唐］欧阳询撰；汪绍楹校：《艺文类聚》，上海：上海古籍出版社，1965 年，第 1068 页。案：《艺文类聚》作《大将军西征赋》。

协，咸矫口于戎事。干戈动而复戢，天将祚而隆化。”[①] 仍是对窦宪西征的赞颂。

征伐颂文直接褒扬的是率领征伐的将军窦宪，更重要的是要对征伐事件背后之人——皇帝的极力赞美。如傅毅《西征颂》云：“干戈动而复戢，天将祚而隆化。”[②]《北征颂》云：“逮汉祖之龙兴，荷天符而用师。……奉圣皇之明策，奋无前之严锋。”[③] 这些都是在赞美功臣英勇善战之余，把战争的胜利最终归功于皇帝的明政及皇恩的浩荡。这是在礼乐精神下歌颂帝王功德的一个显著特征。由此可见，征伐大捷，不仅仅取决于战场的士兵厮杀格斗和将领的指挥，更在于命将之人——皇帝的恩德，因此，征伐颂最终歌颂的对象仍须上升到当朝天子，所以，仍然是歌颂汉德的范畴。

值得注意的是班固的《窦将军北征颂》和《封燕然山铭》（并序）。虽也颂汉德，但是在叙写之时，真情实感，与当时一般颂赞文章不同，是东汉不可多得的描写战争的作品。

除借助不同载体颂汉外，士人还直接以“汉颂”为名，表达对大汉国威的自信和赞美，如班固、杜抚、曹朔等人。《论衡·宣汉》记载：“观杜抚、班固等所上《汉颂》，颂功德符瑞，汪涉深广，滂沛无量，逾唐、虞，入皇域。”[④] 又《后汉书》记载：“又有曹朔，不知何许人，作《汉颂》四篇。”[⑤] 杜抚、曹朔两人《汉颂》，今已不存，不能尽知其义。据王充对颂文的叙述：“颂文谲以奇，彰汉德于百代，

① ［宋］李昉等：《太平御览》，北京：中华书局，1960 年，第 1617 页。

② ［宋］李昉等：《太平御览》，北京：中华书局，1960 年。

③ ［唐］欧阳询撰：汪绍楹校：《艺文类聚》，上海：上海古籍出版社，1965 年，第 1073 页。

④ ［汉］王充撰，张宗祥校注，郑绍昌标点：《论衡校注》，上海：上海古籍出版社，2010 年，第 390 页。

⑤ ［南朝·宋］范晔撰，李贤等注：《后汉书》，北京：中华书局，1965 年，第 2617 页。

使帝名如日月，孰与不能言，言之不美善哉?”① 可知，杜抚、曹朔《汉颂》中不乏对“大汉气象”的描绘。

光武、明、章时期，经济复苏，朝纲制度完善，礼乐文化繁荣。士人们在享受时代所带来的愉悦之时，也将西汉时期形成的浓厚的颂赞文化发扬开来。士人们主张文学要宣上德，歌颂大汉国威；在创作中借助京城都市、祥瑞、征伐之举对大汉之德、贤明君主进行热烈的歌颂和赞美，很好地诠释了政教为用、述颂汉德的文学功用。

三、政教为用、述颂汉德文学思想的形成

润色鸿业、颂美汉德的文学功用观和创作主题应与当时礼制建设和“天人感应”思想有密切关系。

（一）礼制建设和颂美文学的关系

文学之颂美主题的出现，与此时期如火如荼的礼制建设有很大的关系。在儒家思想中，礼乐建设最为重要，班固说：“《六经》之道同归，而《礼》《乐》之用为急。治身者斯须忘礼，则暴嫚入之矣；为国者一朝失礼，则荒乱及之矣。人函天地阴阳之气，有喜怒哀乐之情。天禀其性而不能节也，圣人能为之节而不能绝也。故象天地而制礼乐，所以通神明，立人伦，正情性，节万事者也。”② 《白虎通义》中说：“故乐所以荡涤，反其邪恶也。礼所以防淫泆，节其侈靡也。”同时又言，“天平乃制礼作乐何？夫礼乐所以防奢淫。天下人民饥寒，何乐之乎？功成作乐，治定礼制”③。在光武、明、章时期，制作礼

① ［汉］王充撰，张宗祥校注，郑绍昌标点：《论衡校注》，上海：上海古籍出版社，2010年，第406页。

② ［汉］班固撰，颜师古注：《汉书》，北京：中华书局，1962年，第1027页。

③ 陈立著，吴则虞点校：《白虎通疏证》，北京：中华书局，1994年，第98页。

乐成为当时礼学家们的共同追求，如张纯张奋父子、曹充曹褒父子。制礼作乐更是太平之世的帝王彰显功德、建立制度的载体，故光武、明、章时期的礼制建设尤为突出，三代皇帝共同将东汉礼制建设推向了新的高度。

光武时期是东汉礼制建设的草创阶段，有即位典礼、郊祀礼、宗庙礼、封禅礼和乡饮酒礼；明帝主要是五郊之礼、上陵礼和籍田礼。东汉时期的礼仪制度多是光武帝制定和施行的，明帝继承并发扬了光武帝制礼作乐的方针，更多的是对光武未尽事宜进行补充和完善。明帝时期，东汉主要礼乐制度已经完成。章帝表现出比光武帝制礼作乐更浓厚的兴趣。他在元和二年下诏，希望能制作礼乐以应图谶。章帝制礼的热情得到了曹褒的回应，他依准旧典，杂以五经谶记之文，撰次天子至于庶人，冠婚吉凶终始制度，共一百五十篇。章帝君臣的制礼行为都和谶纬息息相关。章帝为了验证图谶“十一兴”之说而制礼，而曹褒的整个礼仪系统皆杂以谶记而成。

当时的礼制建设也确实为维持东汉秩序产生了积极作用，对此，徐天麟在《东汉会要序》中说：“窃惟炎运中兴，礼乐庶事，视西都为加详，建官置兵，以节约而向简。虽建武改制，事归台阁，中世失权，政移戚宦，然犹足以绵延二百年之祚，比隆于高、文、武、宣者，以纲纪法度犹有可以凭藉扶持者也。”① 东汉制礼活动促进了礼仪的社会化，上自天子，下至民间儒生，皆注重以礼乐教化民众。在上者，如明帝行尊师礼，营造了整个社会普遍的尊师重教氛围，上陵之礼宣扬了儒家孝道；在地方，一些官员和民间儒生在打理政务、教授生徒的同时注重进行礼仪教化。如秦彭为山阳太守，“崇好儒雅，

① ［宋］徐天麟：《东汉会要》，上海：上海古籍出版社，2006 年，第 1 页。

敦明庠序。每春秋飨射，辄修升降揖让之仪”①。鲍德为南阳太守，“乃修起横舍，备俎豆黻冕，行礼奏乐。又尊飨国老，宴会诸儒。百姓观者，莫不劝服”②。鲁恭在为中牟令的时候，大行教化，致使虫不犯境、化及鸟兽、竖子有仁心，受到皇帝的嘉奖。伏湛在战乱中受到光武帝的重用，尽管在战乱之中，仍然不忘教化，任职之处，不废乡饮酒礼。经过上下努力，儒家礼制的伦常实践带来了东汉时期社会风化的淳美。梁启超说：“（光武帝刘秀）尊崇节义，敦厉名实，以‘经明行修’四字，为进退士类之标准。故东汉二百年间，而孔子之所谓‘儒行’者，渐渍社会，浸成风俗。至其末造，朝政昏浊，国事日非，而党锢之流，独行之辈，依仁蹈义，舍命不渝，风雨如晦，鸡鸣不已，让爵让产，史不绝书，或千里以急朋友之难，或连轸以犯时主之威。论者谓三代以下，风俗之美，莫尚于东京，非过言也。”③

东汉礼制建设不仅促使东汉社会风俗淳美，也对颂美文学起到了催生作用。制礼作乐不仅要以上风下，还要颂美祖宗，以和神灵。祭祀之时还要遵从不相沿袭，各明其功的原则。在颂美祖宗的前提和背景下，颂美文学就出现了。“高皇帝受命诛暴，元元各得其所，万国咸熙，作《武德》之舞。孝文皇帝躬行节俭，除诽谤，去肉刑，泽施四海，孝景皇帝制《昭德》之舞。”④ 东平王刘苍表达了宗庙之舞乐颂美之传统，可知宗庙之礼与颂美文学的关系。东汉时期也不能例外。光武帝崩，明帝即位，东平王苍以为：“光武皇帝受命中兴，拨乱反正，武畅方外，震服百蛮，戎狄奉贡，宇内治平，登封告成，修

① ［南朝·宋］范晔撰，李贤等注：《后汉书》，北京：中华书局，1965年，第2467页。
② 同上，第1023页。
③ 梁启超：《论中国学术思想变迁之大势》，上海：上海古籍出版社，2001年，第67页。
④ ［汉］刘珍等撰，吴树平校注：《东观汉记校注》，北京：中华书局，2008年，第164页。

建三雍，肃穆典祀，功德巍巍，比隆前代。以兵平乱，武功盛大。歌所以咏德，舞所以象功，世祖庙乐名宜曰《大武》之舞。”① 刘苍进《武德舞歌诗》对光武帝辉煌一生进行了总结，其颂美意义明显可见。

此时的宗庙之乐和前代的宗庙颂乐有很大不同。此时谶纬思想流行，而谶纬思想中关于受命符命、受命祥瑞等神秘虚妄思想势必会进入乐舞之中，彰显帝王天授，更具有说服力，所以在歌颂祖宗之时，便多用受命符命和祥瑞之典。这首先表现为班彪《王命论》利用谶纬中汉高祖的“赤帝之符”、感神而生以及五星之聚来证明汉为尧后的政权合法性，作为刘邦后代的刘秀理所应当地成为中兴之主。持相同观点的还有苏竟。他在《与刘龚书》中表示了相同的意见。这虽然是两汉之际割据集团为争取合法性的一种手段，但显得更为合理和具有说服力。光武、明、章时期出现的颂汉之作，无不如此。其次是在京都赋中表现明显，因为京都赋中更多表现祖宗功业。如杜笃在《论都赋》中写道：

> 天命有圣，托之大汉。大汉开基，高祖有勋，斩白蛇，屯黑云，聚五星于东井，提干将而呵暴秦。蹈沧海，跨昆仑，奋彗光，埽项军，遂济人难，荡涤于泗、沂……于时圣帝，赫然申威。荷天人之符，兼不世之姿。受命于皇上，获助于灵祇。立号高邑，搴旗四麾。首策之臣，运筹出奇；虓怒之旅，如虎如螭。师之攸向，无不靡披。盖夫燔鱼剸蛇，莫之方斯。大呼山东，响动流沙，要龙渊，首镆铘，命腾太白，亲发狼、弧②。

① ［汉］刘珍等撰，吴树平校注：《东观汉记校注》，北京：中华书局，2008 年，第 164 页。

② ［南朝·宋］范晔撰，李贤等注：《后汉书》，北京：中华书局，1965 年，第 2598—2606 页。

杜笃用汉高祖的赤帝之符、刘秀为帝的谶记来说明刘汉王室的天定性。这是京都赋中歌颂刘汉王朝的开始，此后写作京都赋的傅毅、班固、张衡等人，无不利用受命符命和祥瑞来歌颂刘汉王室的功业。

礼制建设不仅催生出颂美文学，其本身还成为颂美文学中歌颂的对象。灿烂的礼制建设是儒家思想醇厚的标志，井然的伦理秩序是儒士经生们的理想之国。《两都赋》中的东都主人之所以能让炫极一时的西都老人自愧不如，是因为东都的灿烂的礼制法度。傅毅在《洛都赋》中也对东都洛阳的法度进行了赞颂。《七激》中玄通公子对徒华公子的说辞之中，灿烂的礼乐制度战胜了世间之最好的美食、音乐、骏马等，成为世间最妙之物。无论傅毅出于什么目的而作此文，他对礼乐文化由衷的赞美和向往是不变的。

礼乐制度建设“防淫泆，节其侈靡”的功用也表现在赋中。此期京都赋中均表现明显，尤以班固的《两都赋》为代表。《两都赋》之《东都赋》的第三部分叙彰节俭，美风俗，盛世乃成：

> 去后宫之丽饰，损乘舆之服御，抑工商之淫业，兴农桑之上务。遂令海内弃末而反本，背伪而归真。女修织纴，男务耕耘，器用陶匏，服尚素玄，耻纤靡而不服，贱奇丽而不珍，捐金于山，沉珠于渊。于是百姓涤瑕荡秽、而镜至清，形神寂寞，耳目弗营，嗜欲之源灭，廉耻之心生，莫不优游而自得，玉润而金声①。

班固一方面歌颂东汉时期的礼制建设，另一方面是发挥礼制建设

① ［汉］班固撰，白静生注：《班兰台集校注》，郑州：中州古籍出版社，2002 年，第 29 页。

之节其侈靡的作用。班固在本篇中强化了颂美主题，而防奢靡目的就显得弱了。不得不提的还有张衡的《二京赋》。《二京赋》仿《两都赋》而作，所以结构完全承自《两都赋》，但《二京赋》中讽谏成分更多，真正履行了以礼制防奢靡的作用。

（二）“天人感应”思想对颂美主题文学的催生

除礼制建设对颂美文学的催生作用外，东汉流行的“天人感应”思想也对颂美文学有催生作用。谶纬思想认为上天与人事息息相关，天上星辰或自然界的物候变化能预言人事变化，人事的变化也对天上星辰或自然界的物候产生影响。“人君政治休明，贤良悉用，阴阳以和，风雨以时，黄云缤纷于列宿之间。”[①]“世惑臣谋，虹舒照。”[②]上天和人事之间的关系为“天人同度，正法相授，天垂文象，人行其事，谓之教。教之为言效也，上为下效，道之始也”[③]。所以，当政通人和之时，祥瑞便频频出现。《白虎通义·封禅篇》对此表述得更为具体：“天下太平，符瑞所以来至者，以为王者承天统理，调和阴阳，阴阳和，万物序，休气充塞，故符瑞并臻，皆应德而至。德至天，则斗极明，日月光，甘露降。德至地，则嘉禾生，蓂荚起，秬鬯出，太平感。德至文表，则景星见，五纬顺轨。德至草木，则朱草生，木连理。德至鸟兽，则凤皇翔，鸾鸟舞，麒麟臻，白虎到，狐九尾，白雉降，白鹿见，白乌下。德至山陵，则景云出，芝实茂，陵出黑丹，阜出莲莆，山出器车，泽出神鼎。德至渊泉，则黄龙见，醴泉涌，河出龙图，洛出龟书，江出大贝，海出明珠。”[④]在此种思想影

① （日）安居香山、中村璋八辑：《纬书集成》，石家庄：河北人民出版社，1994年，第659页。

② 同上，第660页。

③ 同上，第620页。

④ 陈立著，吴则虞点校：《白虎通疏证》，北京：中华书局，1994年，第283—285页。

响之下，当祥瑞征兆屡屡出现之时便被视为政治清明的象征。谶纬文献记载：“周公还政于成王，凤凰来仪，成王援琴而歌曰：‘凤凰翔兮于紫庭，予何德兮以感灵。赖先王兮恩泽臻，于胥乐兮民以宁。’”① 政通人和之时，祥瑞下来，援琴而歌以赞其德，故崔骃《四巡颂表》说：“臣闻阳气发而鸧鹒鸣，秋风厉而蟋蟀吟，气之动也。唐、虞之世，樵夫牧竖，击辕中《韶》，感于和也。臣不知手足之动音声，敢献颂云。”② 他认为颂声是感于气和而发，气和之世乃太平盛世，颂文应是盛世之音。王充在《论衡》中极力陈述祥瑞的到来是政治清明之象征，要尽力歌颂汉德。“孝明时虽无凤皇，亦致麟、甘露、醴泉、神雀、白雉、紫芝、嘉禾、金出鼎见，离木复合。五帝、三王，经传所载瑞应，莫盛孝明。”③ 王充认为明帝时期已经出现大德之政，甚至超过前代，更应该对时代进行歌颂。在这种思想影响下，只要祥瑞出现，有必要也值得对其歌颂。东汉光武、明、章时期祥瑞从未断绝：建武十二年，黄龙见于东阿；建武十七年，有五凤凰见于堙川郏县；中元元年，京师醴泉涌出；永平六年，有宝鼎现；永平十一年，巢湖出黄金；永平十七年春正月甘露降于甘陵，芝草生殿前，神雀五色翔集京师；章帝时，凤凰见百三十九，麒麟五十二，白虎二十九，黄龙三十四，神雀、白燕频现；和帝前后符瑞八十一。在政治清明、祥瑞出现的刺激下，颂美文学便产生了。永平中，神雀现，兰台文人献《神雀赋》；永平六年二月，王雒山出宝鼎，班固作《宝鼎诗》；永平十一年，巢湖出黄金，庐江太守以献，时麒麟、白雉、醴泉、嘉禾

① （日）安居香山、中村璋八辑：《纬书集成》，石家庄：河北人民出版社，1994 年，第 417 页。

② ［宋］李昉等：《太平御览》，北京：中华书局，1960 年，第 2648 页。

③ ［汉］王充撰，张宗祥校注，郑绍昌标点：《论衡校注》，上海：上海古籍出版社，2010 年，第 389 页。

所在出焉，故班固作《嘉禾诗》《汉颂论功歌诗灵芝歌》《白雉诗》。由此可知，祥瑞对颂美文学出现的助推作用。

第四节 推崇弘博典雅

东汉统治者基本承续西汉的文化和制度，故在文化上总体保持着一定的延续性。前文讨论了士人们恭肃自信的心态，恭肃表现在文学观念上便是对统治者的屈从，自信则表现在与西汉辞人恣肆张扬、具有“赋家之心，苞括宇宙”类似的自信从容。故东汉士人在文学审美思想上便一如既往地追求弘博美。

班彪赞赏司马迁《史记》的弘博，他论道：

> 太史令司马迁采《左氏》《国语》，删《世本》《战国策》，据楚、汉列国时事，上自黄帝，下讫获麟，作本纪、世家、列传、书、表凡百三十篇，而十篇缺焉。迁之所记，从汉元至武以绝，则其功也。……若迁之著作，采获古今，贯穿经传，至广博也①。

班彪认为《史记》记叙时间之长，内容之广，都是非常值得赞赏的。虽然班彪对司马迁《史记》在学术思想、是非评判、议论深广等方面颇有异议，但对《史记》的广博特点甚为推崇，甚至对司马迁因广采资料而造成详略不当的缺憾表示理解，他说：“一人之精，文重思烦，故其书刊落不尽，尚有盈辞，多不齐一。”②

---

① [南朝·宋]范晔撰，李贤等注：《后汉书》，北京：中华书局，1965年，第1325—1327页。

② 同上，第1327页。

班固在《司马迁传赞》中说：

司马迁据《左氏》《国语》，采《世本》《战国策》，述《楚汉春秋》，接其后事，讫于大汉。其言秦汉，详矣。至于采经摭传，分散数家之事，甚多疏略，或有抵梧。亦其涉猎者广博，贯穿经传，驰骋古今，上下数千载间，斯以勤矣①。

班固持相同观点，认为《史记》虽有疏漏之处，但是其广博无人能及。

班固对文章弘博的推崇还表现在他对《离骚》的评论上。“然其文弘博丽雅，为辞赋宗。后世莫不斟酌其英华，则象其从容。”② 班固评价司马相如之赋：“文艳用寡，子虚乌有，寓言淫丽，托风终始，多识博物，有可观采，蔚为辞宗，赋颂之首。”③ 他认为司马相如的赋有讽喻，且多识博物，为赋颂之首，于是在《汉书》中收录了司马相如《子虚赋》《喻蜀文》《谏猎疏》《宜春宫赋》《大人赋》等无关经术政治的文章，从此可知班固对弘博文章的推崇。

东汉文士对于弘博文风的追求不仅体现在文学批评上，还体现在京都赋的创作上。萧统《文选》收录赋作十九卷，京都赋即占六卷，收录比例达到31％，足见京都赋在梁前文学中的重要地位。从现存文献看，西汉扬雄《蜀都赋》首创京都大赋，由于描写的是地方性城市，故对东汉京都赋影响较小。东汉初期的京都赋在内容和风格上都逐渐形成了特定样式，并走向辉煌。京都赋表现出追求弘博的审美特征，就形式而言，汉大赋通常是鸿篇巨制，内容宏大，而京都赋更是

① ［汉］班固撰，颜师古注：《汉书》，北京：中华书局，1962年，第2737页。
② ［宋］洪兴祖撰，白化文等点校：《楚辞补注》，北京：中华书局，1983年，第50页。
③ ［汉］班固撰，颜师古注：《汉书》，北京：中华书局，1962年，第4255页。

其中翘楚。杜笃《论都赋》2200 多字，班固《两都赋》有 4300 多字，张衡《二京赋》更是多达 7700 多字。其次京都赋表现了丰富的物象场景。杜笃在《论都赋》中记述了光武帝建武十八年迁都洛邑的事情，用铺排的手法描述了从汉高祖建都长安后十一代建立的不朽功勋，还铺写了长安的肥沃富饶和有利地势，最后以“天下新定”为由，认为不必迁都至洛邑。辞曰：

> 故创业于高祖，嗣传于孝惠，德隆于太宗，财衍于孝景，威盛于圣武，政行于宣、元，侈极于成、哀，祚缺于孝平。传世十一，历载三百，德衰而复盈，道微而复章，皆莫能迁于雍州，而背于咸阳。宫室寝庙，山陵相望，高显弘丽，可思可荣……滨据南山，带以泾、渭，号曰陆海，蠢生万类……厄塞四临，西被陇、蜀，南通汉中，北据谷口……东综沧海，西纲流沙，朔南暨声，诸夏是和。城池百尺，厄塞要害。关梁之险，多所衿带。一卒举礧，千夫沉滞，一人奋戟，三军沮败。地势便利，介胄剽悍，可与守近，利以攻远。士卒易保，人不肉袒……斯固帝王之渊囿，而守国之利器也①。

该赋以纪实为主，论证有力，文采斐然。《习学记言》认为：“杜笃《论都赋》，于相如、扬雄之外，别出思致，语峻而洁，意切而明，节短势险，无蔓衍之病，词赋之杰。”②

班固在《两都赋》中描写了长安的地理形势、建设宏丽及市内的繁荣富庶、士人名流及朝廷政策、物产交通、苑囿宫殿的建筑群及象

---

① ［南朝·宋］范晔撰，李贤等注：《后汉书》，北京：中华书局，1965 年，第 2600—2604 页。

② ［宋］叶适：《习学记言》，北京：中华书局，1977 年，第 368 页。

征意义、宫人姿态、百官宫署、狩猎盛况、天子的游乐巡幸等。他的描写尽量追求时空的完整性，显示出描写对象宏伟的气势。刘熙载在《艺概·赋概》中说："赋兼叙列二法：列者，一左一右，横义也；叙者，一先一后，竖义也。"①《两都赋》显示出明显的空间的完整性，同时体现出兼顾东西南北中，上下左右方正对称的静态图案美，而方正正是中国古代对大美的基本审美要求之一。

东汉文士还追求典雅风格。"（永平）十五年春……帝以所作《光武本纪》示苍，苍因上《光武受命中兴颂》。帝甚善之，以其文典雅，特令校书郎贾逵为之训诂。"②《东观汉记》所载略有不同，"上甚善之，以问校书郎，此与谁等，皆言类相如、扬雄，前代史岑比之"③。从现存文献看，《光武受命中兴颂》已经散佚了，但是从题目我们仍然可以推知是对光武帝受命中兴、完成统一大业的赞美和歌颂。明帝对《光武受命中兴颂》的内容和风格，都非常肯定。汉明帝专门以典雅之文示于众人且褒奖之，可知明帝对文学风格的要求为典雅。班固也推崇典雅的艺术风格。他虽对屈原和《离骚》有批判之义，但同时认为《离骚》"其文弘博丽雅，为辞赋宗"。对司马相如辞赋的评价也体现了他对典雅文学风格的推崇，他说"相如封禅，靡而不典"④。可见当时对文学典雅风格的追求是一种时尚。

汉武以后，以儒术立国的政策促成了依经立义的文学写作模式。文士们在文学创作中引经据典，逐渐形成了典雅的艺术风格。刘勰指

① ［清］刘熙载撰，刘立人、陈文和点校：《刘熙载集》，上海：华东师范大学出版社，1993年，第62—63页。

② ［南朝·宋］范晔撰，李贤等注：《后汉书》，北京：中华书局，1965年，第1436页。

③ ［汉］刘珍等撰，吴树平校注：《东观汉记校注》，北京：中华书局，2008年，第242页。

④ ［南朝·宋］范晔撰，李贤等注：《后汉书》，北京：中华书局，1965年，第1375页。

出“武帝崇儒，选言弘奥，策封三王，文同训典；劝戒渊雅，垂范后代”①。光武、明、章之时的诏书中多引用六经之语，体现了典雅特色。正如陈忠所言：“臣伏惟古者帝王有所号令，言必弘雅，辞必温丽，垂于后世，列于典经。”② 刘勰还指出“明帝崇学，雅诏间出”③，光武、明、章之时的皇帝诏令具有典雅之风，推及文士，其作品也是如此。

文学创作中对典雅的审美追求主要体现在对儒家经典的引用以及儒家人物典故的运用。《文心雕龙·体性篇》云：“典雅者，熔式经诰，方轨儒门者也。”④《才略篇》又云：“然自卿、渊以前，多俊才而不课学；雄、向以后，颇引书以助文。”⑤ 可以说汉代文学引据儒家经典的增多，是与学术思想儒家化趋势吻合且同步的。东汉时期引据儒家经典的做法更加流行，“中兴之后，群才稍改前辙，华实所附，斟酌经辞，盖历政讲聚，故渐靡儒风者也”⑥。斟酌经辞是东汉文学创作手法中最明显、最能体现经学对文学渗透，也是最能表现文章典雅风格的一种创作手法。

在东汉，不论是政论文章，还是文学作品，都善于引用儒家经典。在文学作品中斟酌经辞的情况分为两种：一是直接引用五经之辞，一是化用五经之义。先说直接引用五经之辞的情况。根据严可均辑《全后汉文》，皇帝诏令、大臣上疏等都有引用儒家经典的例子。其中直接引用《诗经》为多，列举部分如下：

---

① ［梁］刘勰撰，范文澜注：《文心雕龙注》，北京：人民文学出版社，1958 年，第 359 页。

② ［南朝·宋］范晔撰，李贤等注：《后汉书》，北京：中华书局，1965 年，第 1537 页。

③ ［梁］刘勰撰，范文澜注：《文心雕龙注》，北京：人民文学出版社，1958 年，第 359 页。

④ 同上，第 505 页。

⑤ 同上，第 699—700 页。

⑥ 同上，第 673 页。

章帝《以赵熹为太傅牟融为太尉诏》引用《大雅·凫鹥》“不愆不忘，率由旧章”。《下诏告平陵令丞》引用《大雅·荡》“无言不雠，无德不报”。

东平王苍在《上书谏猎》中引《大雅·荡》“抑抑威仪，惟德之隅。敬慎威仪，惟民之则”。《上言明德皇后在世祖庙坐位》引《大雅·灵台》“昭兹来许，绳其祖武”。

伏湛《上疏谏征彭宠》引《大雅·思奇》“帝谓文王，询尔仇方，同尔弟兄，以尔钩援，与尔临冲，以伐崇庸”。

张纯《奏宜封禅》引《大雅·灵台》“受天之祜，四方来贺”。

窦融《封皇子议》引《鲁颂·泮水》“大启尔宇，为周室辅”。

朱博《诣阙上书理马援》引《小雅·巷伯》“取彼谗人，投畀豺虎。豺虎不食，投畀有北。有北不受，投畀有昊”。

杜林《请徙张步降兵疏》引《周颂·昊天有成命》“畏天之威，于时保之”。

马融《延光四年日蚀上书》引《小雅·十月》“日月告凶，不用其行。四国无政，不用其良”。

樊准《因水旱灾异上疏》引《春秋谷梁传》“五谷不登，谓之大侵。大侵之礼，百官备而不制，群臣祷而不祠”。

其次是间接引用或化用经典，这主要体现在辞赋创作中。据金鑫统计，班固《两都赋》中引《诗》25 次，引《书》9 次，引《礼》2 次，引《易》5 次，引《春秋》6 次；张衡《二京赋》引《诗》42 次，引《书》14 次，引《礼》5 次，引《易》4 次，引《春秋》14 次①。陈君先生更将傅毅《迪志诗》中引用或化用经典的地方一一列举出来，特转录于此，以资证明：

① 金鑫：《京都赋引〈诗〉用〈诗〉的经学色彩》，《安顺学院学报》2012 年第 3 期。

咨尔庶士，迨时斯勖。《论语·尧曰》：“尧曰：‘咨！尔舜！天之历数在尔躬。’”《诗经·周南·摽有梅》：“求我庶士。迨其吉兮。”日月逾迈，岂云旋复！《尚书·秦誓》：“我心之忧，日月逾迈，若弗云来。”哀我经营，旅力靡及。《诗经·小雅·北山》：“旅力方刚，经营四方。”在兹弱冠，靡所庶立。《礼记·曲礼》：“二十曰弱，冠。”于赫我祖，显于殷国。《诗经·商颂·那》：“于赫汤孙，穆穆厥声。”二迹阿衡，克光其则。《诗经·商颂·长发》：“实维阿衡，实左右商王。”武丁兴商，伊宗皇士。《诗经·大雅·文王》：“思皇多士，生此王国。”爰作股肱，万邦是纪。《尚书·说命》：“股肱惟人，良臣惟贤。”《诗经·小雅·六月》：“文武吉甫，万邦为宪。”奕世载德，迄我显考。《周易·需卦》：“德积载。”保膺淑懿，缵修其道。汉之中叶，俊乂式序。《尚书·皋陶谟》：“九德咸事，俊乂在官。”秩彼殷宗，光此勋绪。伊余小子，秽陋靡逮。《诗经·邶风·谷风》：“不念昔者，伊余来塈”惧我世烈，自兹以坠。谁能革浊，清我濯溉？《诗经·大雅·桑柔》：“谁能执热，逝不以濯。”谁能昭暗，启我童昧？先人有训，我讯我诰。训我嘉务，诲我博学。爰率朋友，寻此旧则，契阔夙夜，庶不懈忒。《诗经·邶风·击鼓》：“死生契阔，与子成说。”《诗经·大雅·烝民》：“夙夜匪解，以事一人。”秩秩大猷，纪纲庶式。《诗经·小雅·巧言》：“秩秩大猷，圣人莫之。”《尚书·五子之歌》：“今失厥道，乱其纲纪，乃底灭亡。”匪勤匪昭，匪壹匪测。农夫不怠，越有黍稷。《尚书·盘庚》：“若农服田力啬，乃亦有秋。……惰农自安，不昏作劳。不服田亩，越其罔有黍稷。”谁能云作，考之居息？《诗经·小雅·北山》：“或燕燕居息，或尽瘁国事。”二事败业，多疾我力。如彼遵衢，则罔所

> 极。《诗经·郑风·遵大路》："遵大路兮，掺执子之袪兮。"《诗经·卫风·氓》："士也罔极，二三其德。"二志靡成，聿劳我心。如彼兼听，则溷于音。于戏君子，无恒自逸。《诗经·小雅·十月之交》："天命不彻，我不敢效我友自逸。"徂年如流，鲜兹暇日。行迈屡税，胡能有迄。《诗经·王风·黍离》："行迈靡靡，中心摇摇。"密勿朝夕，聿同始卒。《诗经·商颂·那》："温恭朝夕，执事有恪。"①

傅毅《迪志诗》几乎句句化用儒家经典。窥一斑而知全豹，傅毅如此，其他士人文章的情况也可想象了。

政论散文中的引经现象也很普遍。清人谭宗浚以王充《论衡》为例分析说：

> 史称充不为章句之学，疑其于训诂必无所解。今观是书所引，则经学宏深，迥非后人所及。如引《康诰》云："冒闻于上帝，帝休，天乃大命文王。"以"冒"字属下为句，则与赵岐《孟子注》合。"我旧云孩子。""刻子"作"孩子"，则与今文《尚书》合。谓康王德缺于朝，故诗作，则与《鲁诗》说合。引《尚书大传》曰："烟氛郊社不修，山川不祀，风雨不时，霜雪不降，责于天公。臣杀主，蘖多杀宗，五品不训，责于人公。城郭不缮，沟渠不修，水泉不隆，水为民害，责于地公。"则与《韩诗外传》之说合②。

---

① 陈君：《东汉社会变迁与文学演进》，北京：中国社会科学出版社，2012年，第184—185页。

② 黄晖：《论衡校释》，北京：中华书局，1990年，第1247—1248页。

谭宗浚旨在说明王充是一个博通经学之人。当代学者也对《论衡》之引书进行了研究，如岳宗伟对《论衡》引书做了非常细致的考论，得出的结论如下：“《论语》170余条；《尚书》经传83条（今文三家《尚书》51条、《尚书大传》12条、《古文尚书》20条）；《春秋》经传80条（《左传》54条、《公羊传》24条、《穀梁传》2条）；《礼》经传72条（《周礼》3条、《仪礼》3条、《逸礼》1条、《礼记》44条、《大戴礼》21条）；《易》经传43条（《易经》16条、《易传》24条、京房《易传》3条）；《诗》经传30条。”①

总之，这一时期，由于经学文化的繁荣，士人们在崇儒宗经的指导思想下，依经立义成为文学创作风尚，甚至成为一种散文写作范式。当然，典雅风格的衡量并不是以引用经术的多少为标准，但因为经学自身的典雅厚重也促成了文章的典雅风格。

第五节　追求真实

东汉一朝，经学的现实致用观决定了统治者和士人都反对浮华、崇尚真实。东汉士人对文学真实性的追求首先是从反对浮华之人开始的。章帝建初五年，有日食，章帝下诏曰：“公卿已下，其举直言极谏，能指朕过失者各一人，遣诣公车，将亲览问焉。其以岩穴为先，勿取浮华。”② 章帝要求不能选择沽名钓誉之人。其次反对儒生说经浮华。大儒鲁丕在与黄香论经之时说：“臣闻说经者，传先师之言，非从己出，不得相让；相让则道不明，若规矩权衡之不可枉也。难者

① 岳宗伟：《〈论衡〉引书研究》，上海：复旦大学博士论文，2006年，第39页。

② ［晋］袁宏撰，李兴和点校：《后汉纪集校》，昆明：云南大学出版社，2008年，第139页。

必明其据，说者务立其义，浮华无用之言不陈于前。”① 顺帝时期，儒学逐渐式微，虽然太学生增多，但是“章句渐疏，而多以浮华相尚，儒者之风盖衰矣”②。最后是文学上出现反对浮华的主张。永平十七年，明帝诏问班固：“司马相如洿行无节，但有浮华之词，不周于用。”③ 这表明明帝反对浮华之辞。

班固主张“崇实”风格。首先，班固的《汉书》比较真实地反映了西汉230年间的丰富复杂的历史内容。史书中所引材料和事实都极力遵循“实录”的原则。这种“实录”原则从对司马迁及《史记》的评价中也可看出。《汉书·司马迁传》有载：“然自刘向、扬雄博极群书，皆称迁有良史之材，服其善序事理，辨而不华，质而不俚，其文直，其事核，不虚美，不隐恶，故谓之实录。”④ 班固对司马迁修史的“实录”手法是持肯定和赞赏态度的。其次，在评价汉赋时，他要求辞赋引事真实可信，反对虚诞浮夸。在《两都赋》中，班固通过对西都宾和东都主人的对话，批评了司马相如和扬雄辞赋的虚假失真，云：

> 主人曰：“复位，今将喻子五篇之诗。”宾既卒业，乃称曰：“美哉乎此诗！义正乎杨雄，事实乎相如。”⑤（李贤注曰：“杨雄作《长杨》《羽猎赋》，司马相如作《子虚》《上林赋》，并文虽藻丽，其事迂诞，不如主人之言义正事实也。”）

---

① ［南朝·宋］范晔撰，李贤等注：《后汉书》，北京：中华书局，1965年，第884页。
② 同上，第2547页。
③ ［汉］班固撰，白静生注：《班兰台集校注》，郑州：中州古籍出版社，2002年，第70页。
④ ［汉］班固撰，颜师古注：《汉书》，北京：中华书局，1962年，第2738页。
⑤ ［南朝·宋］范晔撰，李贤等注：《后汉书》，北京：中华书局，1965年，第1371页。

班固还在《典引序》中批判了扬雄辞赋的不真实。“扬雄《美新》，典而亡实。”李贤注曰：“体虽典则，而其事虚伪，谓王莽事不实”①。可见班固对真实的追求。

此外，在评价屈原及《离骚》时，班固认为《离骚》“多称昆仑、冥婚宓妃虚无之语，皆非法度之政，经义所载。谓之兼《诗》风雅，而与日月争光，过矣!”② 班固反对《离骚》中引用神话传说，认为是虚无之语，不是经义所载。

此时期的文学创作也体现出实录的特点。首先是京都赋的写作皆非为文而文，凭空立论，而是围绕建武年间迁都之论集中展开的。自杜笃作《论都赋》主张迁都长安开始，接着有班固《两都赋》、崔骃《反都赋》、傅毅《洛都赋》《反都赋》，反对迁都长安，主张定都洛阳。建初七年，王景“乃作《金人论》，颂洛邑之美，天人之符，文有可采”③。系列京都赋的创作都是围绕迁都的真实事情而进行的文学创作，并非如司马相如似的虚说。就辞赋的内容来看，杜笃、班固等人也力求真实。许结先生认为，（班固）“对西都的夸饰渲染，虽词采飞扬，情义飘动，或空灵妙语，神思超逸，但终不脱离对以建章宫为主体建筑群的刻画描摹。”④

虽然士人们受经学现实致用思想的影响而追求真实，但实际作品却呈现出客观而神秘虚妄的风格。所谓“客观”，这是以我们现在的眼光来评价的，而非当时士人的主观追求。形成神秘虚妄审美风格的主要原因是谶纬神学对文学创作的参与介入。就当时人来说，除了少部分人较为理性外，大都对谶纬思想笃信不疑，他们并没有认为那是

① ［南朝·宋］范晔撰，李贤等注：《后汉书》，北京：中华书局，1965年，第1375页。
② ［宋］洪兴祖撰，白化文等点校：《楚辞补注》，北京：中华书局，1983年，第49页。
③ ［南朝·宋］范晔撰，李贤等注：《后汉书》，北京：中华书局，1965年，第2466页。
④ 许结：《汉代文学思想史》，北京：人民文学出版社，2010年，第242页。

神秘而虚妄的。

按照前文所述，颂美文学主要包括对明主、汉德、窦宪征伐之功的颂美，但是归根结底是对汉德的颂美。对明主、汉德的颂美多借助了受命之王的符命和受命祥瑞，兹将京都赋中引用谶纬的语句列举如下：

> 大汉开基，高祖有勋，斩白蛇，屯黑云，聚五星于东井，提干将而呵暴秦……于时圣帝，赫然申威。荷天人之符，兼不世之姿。受命于皇上，获助于灵祇①。（杜笃《论都赋》）
>
> 惟汉元之运会，世祖受命而弭乱，体神武之圣姿，握天人之契赞。挥电旗于四野，拂宇宙之残难。受皇号于高邑，修兹都之城馆②。（傅毅《洛都赋》）
>
> 建武龙兴，奋旅西驱。虏赤眉，讨高胡，斩铜马，破骨都。收翡翠之驾，据天下之图。上圣受命，将昭其烈。潜龙初九，真人乃发。上贯紫宫，徘徊天阙。握狼狐，蹈参伐。陶以乾坤，始分日月③。（崔骃《反都赋》）
>
> 及至大汉受命而都之也，仰寤东井之精，俯协《河图》之灵，奉春建策，留侯演成，天人合应，以发皇明，乃眷西顾，实惟作京④。（班固《西都赋》）
>
> 于是圣皇乃握乾符，阐坤珍，披皇图，稽帝文。赫尔发愤，

---

① ［南朝·宋］范晔撰，李贤等注：《后汉书》，北京：中华书局，1965年，第2598—2606页。

② ［唐］欧阳询撰，汪绍楹校：《艺文类聚》，上海：上海古籍出版社，1965年，第1103页。

③ 同上，第1102页。

④ ［汉］班固撰，白静生注：《班兰台集校注》，郑州：中州古籍出版社，2002年，第4页。

应若兴云。霆发昆阳，凭怒雷震。遂超大河，跨北岳，立号高邑，建都河洛①。（班固《东都赋》）

受命之王的符命和祥瑞本是十分神秘缥缈的东西，士人们用这些来作为明主身上的光环，其本意是说明明主之德乃天授，以此增强文章的说服力和感染力。殊不知以今人的眼光来看，这就是神秘虚妄的政治审美。

如前文所述，此时期还有以赞美祥瑞为主题的颂赞之文。祥瑞是由于明君施德政，上天感人和而出现的，是政通人和的标志。前文所谈到的光武、明、章时期出现的便是这种祥瑞。以祥瑞为载体的颂美作品包括已经亡佚的《神雀赋》、亡佚大半的《众瑞赋》以及留存下来的班固的《郊祀灵芝诗》等。以班固《郊祀灵芝歌》为例，其辞曰："因露寝兮产灵芝，象三德瑞应图，延寿命兮光此都。配上帝兮象太微，参日月兮扬光辉。"② 诗歌表达了灵芝背后的政治意义，灵芝的产生象征着美好德政的出现，可以与日月同辉。灵芝本是实在之物，但在天人感应思想的影响下，灵芝被赋予了新的政治意义。所以表面是写灵芝，其实是对汉德的歌颂。这种比附是牵强的，也是虚妄的。正如研究者所言："这种神学思想，在班固那里，已成为文艺批评和创作的一个重要的指导思想和原则了。"③

此期出现的巡狩文学同样如此，原因有二：首先，作品的产生是因为帝王巡狩途中出现祥瑞而催生了士人的创作兴趣，但是他们又并未将写作的落脚点落到祥瑞上，而更多关注巡狩。班固在《东巡颂

① ［汉］班固撰，白静生注：《班兰台集校注》，郑州：中州古籍出版社，2002 年，第 21 页。

② 同上，第 116 页。

③ 施昌东：《汉代美学思想述评》，北京：中华书局，1981 年，第 120 页。

序》中交代得很清楚："窃见巡狩岱宗，柴望山虞，宗祀明堂；上稽帝尧，中述世宗，遵奉世祖，礼仪备具，动自圣心。是以明神屡应，休征乃降，不胜狂简之情，谨上《岱宗颂》一篇。"① 这是因"明神屡应，休征乃降"而作颂，颂巡狩之事，其辞曰："曰若稽古，在汉迪哲，聿修厥德，宪章丕烈。翻六龙，较五辂，齐百僚，陶质素，命南重以司历，厥中月之六辰，备天官之列卫，盛舆服而东巡。"② 皇帝巡狩古已有之，但是巡狩途中祥瑞屡降则是汉德荣盛之兆，故而作颂。表面上是以巡狩为题，其实是在歌颂美好的政治，而这美好的政治是上天给予预兆的。

由于谶纬神学的影响，作家不从自然物的实体而是从神秘的方面去感受自然物，自然物成为上天意志的体现和帝王威风的装饰，也富含政治的含义。士人对汉德的歌颂直接表现为对天地的歌颂，故在文学中对天意的叙写吞噬了对人的情感的抒发，表现出一种政治的虚妄审美。这种虚妄的政治审美正是东汉士人在文学上表现内敛的原因，他们总是在天、神的权威下思索和探寻，不能以己心之来创作。一旦士人冲破了天神的束缚，以己心写物，这也就预示着一种新的文学思想的出现。

士人们主观上追求文学的真实性，但天人感应思想的虚妄性却导致文学真实的矛盾性和有限性。这一点连张衡在文学中也有所体现。张衡不仅是一位文学家，更是一名科学家，他具有科学的理性，但又相信灾异谴告之说。这种真实的矛盾性该如何解释呢？徐复观先生分析说：

在汉代，伦理道德中最大的问题，为大一统的专制政治中的

① ［汉］班固撰，白静生注：《班兰台集校注》，郑州：中州古籍出版社，2002年，第93—94页。

② 同上，第94页。

> 皇帝的行为问题。当时流行的天人感应之说，主要是说由皇帝的行为而与天发生感应，终于得到或吉或凶，为祸为福的结果，在骨子里面，依然是由统治者的行为所招致的结果；这中间只加上由天的意志而来的灾异，以作为凶或祸的结果的预报，让人臣有讲话的机会，让人君有改变行为的时间。这种出于人伦道德对行为善恶的要求，无所谓科学不科学。若谓天人感应之说不可信，由政治行为以决定政治结果，这是政治、社会中的真实，而不能不加以肯定①。

我认为这样来解释东汉时期的灾异谴告学说更具有圆通性和说服力，因之，班固他们并不是不知道谶纬思想存在虚妄性，甚至如张衡还极力反对谶纬，认为“诚以实事难形，而虚伪不穷也”②，但是他们却对天人感应学说深信不疑，因为他们从伦理上相信那是真实的，这也便是上文所说的颂美文中呈现的虚妄审美是客观性的，而并非主观追求。从今人的眼光看，他们对事件、言辞等真实追求是建立在虚妄思想之上的，故他们追求的文学真实就大打折扣了。许结先生对此论述道：“在儒士文化下，文学以征实求致用是其主要特征之一。但是由于经学本身的谶纬化而导致的儒学神学化，又使文学的征实作用往往寄附在虚妄的神体神喻上，这也就在本体论的意义上消弭了文学征实的真美精神。”③

王充也追求文学真实性。如徐复观先生言，王充的学术思想体现出重知识不重伦理道德的特点，故此导致了他在真实的追求上沿着不同道路前进。王充的学术思想受到后世学者的高度赞美。谢夷吾推荐

① 徐复观：《两汉思想史》，台北：台湾学生书局，1984 年，第 584 页。
② ［南朝·宋］范晔撰，李贤等注：《后汉书》，北京：中华书局，1965 年，第 1912 页。
③ 许结：《汉代文学思想史》，北京：人民文学出版社，2010 年，第 245 页。

王充时说："充之天才，非学所加。虽前世孟轲、孙卿，近汉扬雄、刘向、司马迁不能过也。"①"王充、王符、仲长统三家文，皆东京之佼佼者……王充《论衡》独抒己见，思力绝人，虽时有激而近僻者，然不掩其卓诣。故不独蔡中郎、刘子玄深重其书，即韩退之性有三品之说，亦承藉于其《本性篇》也。"② 章炳麟认为："作为《论衡》，趣以正虚妄，审向背，怀疑之论分析百端，有所发擿不避上圣，汉得一人焉。"③ 从这些赞美之辞中，也可看出后世学者对王充反时代虚妄的理性思考和勇气推崇备至。

王充生于光武帝建武三年，卒于汉和帝永元中，主要的学术活动在明、章时期，曾到太学受业，师事扶风班彪，好博览，不守章句。王充的学术背景是融通经学、儒生之教。永平二年，他观天子临辟雍而作《六儒论》，此文已经亡佚，不能知晓其内容，大概也是论述儒家思想的文章。王充也遵循了儒家"学而优则仕"的人生选择，积极入世，但是仕途多有不顺，在其《论衡·自纪》篇中多有这样的论述，最终只能"屏居教授，潜思写作"④。

王充的文学思想主要体现在《论衡》一书中。《论衡》成书非一时，大概起于永平末年而成于章帝建初年间⑤，刘跃进先生认为《论衡》作于永平二年，完成于章和二年⑥。《论衡》写作的原因主要是

---

① ［南朝·宋］范晔撰，李贤等注：《后汉书》，北京：中华书局，1965 年，第 1630 页。案：此为李贤注语。

② ［清］刘熙载撰，刘立人、陈文和点校：《刘熙载集》，上海：华东师范大学出版社，1993 年，第 62—63 页。

③ 章太炎撰，刘凌、孔繁荣编校：《章太炎学术论著》，杭州：浙江人民出版社，1998 年，第 89 页。

④ ［南朝·宋］范晔撰，李贤等注：《后汉书》，北京：中华书局，1965 年，第 1629 页。

⑤ 钟肇鹏以为《论衡》大部分成于建初之年，然最后定稿直至章和之时，全书创作将近三十年。钟肇鹏：《王充年谱》，济南：齐鲁书社，1983 年。

⑥ 刘跃进：《秦汉文学编年史》，北京：商务印书馆，2006 年，第 435 页。

“疾虚妄”。“充好论说，始若诡异，终有理实。以为俗儒守文，多失其真，乃闭门潜思，绝庆吊之礼，户牖墙壁各置刀笔，著《论衡》八十五篇，二十余万言，释物类同异，正时俗嫌疑。”[①]《论衡·龙虚篇》言：“世无愚智贤不肖，皆谓之然。如实考之，虚妄言也。”[②]《雷虚篇》谓：“世无愚智，莫谓不然。推人道以论之，虚妄之言也。”[③]《佚文篇》曰：“《论衡》篇以十数，亦一言也，曰：‘疾虚妄’。”[④] 上述材料说明当时社会中虚妄之语甚多，王充作《论衡》就是要矫正这一现象。王充《论衡》在当时并未为世人所知，在东汉末年才被逐渐知晓。“充所作《论衡》，中土未有传者，蔡邕入吴始得之。恒秘玩以为谈助，其后王朗为会稽太守，又得其书，及还许下，时人称其才进。或曰，不见异人，当得异书。问之，果以《论衡》之益，由是遂见传焉”[⑤]。王充之后的东汉学者引述中也罕见其踪迹，可见《论衡》一书到东汉末年才开始传播，并且受到士人们的追捧。

《论衡》一书的主旨是“疾虚妄”，故王充认为要以“实诚”之意进行创作，对事情进行真实的描写，他在《超奇篇》中说：“文由胸中而出，心以文为表。观见其文，奇伟俶傥，可谓得论也。由此言之，繁文之人，人之杰也。有根株于下，有荣叶于上；有实核于内，有皮壳于外。文墨辞说，士之荣叶皮壳也。实诚在胸臆，文墨著竹帛，外内表里，自相副称，意奋而笔纵，故文见而实露也。人之有文也，犹禽之有毛也。毛有五色，皆生于体。苟有文无实，是则五色之

① [南朝·宋] 范晔撰，李贤等注：《后汉书》，北京：中华书局，1965 年，第 1629 页。

② [汉] 王充撰，张宗祥校注，郑绍昌标点：《论衡校注》，上海：上海古籍出版社，2010 年，第 129 页。

③ 同上，第 134 页。

④ 同上，第 413 页。

⑤ [南朝·宋] 范晔撰，李贤等注：《后汉书》，北京：中华书局，1965 年，第 1629 页。案：此为李贤注之语。

禽，毛妄生也。”[①] 王充认为文学创作不仅要体现实诚，还要在情理上体现真美。《书解篇》曰：“《易》曰：‘圣人之情见乎辞。’出口为言，集札为文，文辞施设，实情敷烈。”[②] 这和班固等人追求真实契合，但又有明显的不同。

其一，破除天人感应的虚妄思想。班固虽然追求真实，但是天人感应思想浓厚。王充则不同，他破除了天人感应的束缚。“世谓古人君贤则道德施行，施行则功成治安；人君不肖则道德顿废，顿废则功败治乱。”[③] 这是当时普遍流行的观点，而王充则认为：“国之危殆灾害，系于上天，贤君之德，不能消却。”[④] 随后列举周宣王、尧、汤为证，虽为贤仁之人，但是仍然遭到了灾害。他认为：“兴昌非德所能成，然则衰废非德所能败也。”[⑤] 他对日食现象也进行了讨论，说：“食有常数，不在政治。百变千灾，皆同一状，未必人君政教所致。”[⑥] 而天人感应思想认为日食为《春秋》之至谴，汉明帝因此而下罪己诏。王充认为“人皆知富饶居安乐者命禄厚，而不知国安治化行者历数吉也”[⑦]。虽然王充又陷入了命定论中，但是就当时来说，他推翻天人感应说是需要极大勇气的。在《论衡·自然篇》中，他认为“天尊贵高大，安能撰为灾变以谴告人”[⑧]，抨击了灾异谴告学说。王充还在《谴告篇》《变动篇》等文中就自然与政治关系进行了论述。

其二，在创作中要求真实，反对夸饰。王充以商纣王“牛饮者三

---

① ［汉］王充撰，张宗祥校注，郑绍昌标点：《论衡校注》，上海：上海古籍出版社，2010年，第280页。

② 同上，第555页。

③ 同上，第360页。

④ 同上，第361页。

⑤ 同上。

⑥ 同上，第363页。

⑦ 同上，第361页。

⑧ 同上，第370页。

千人，为长夜之饮”的事情为例，他认为和纣王一起娱乐者必定是朝臣，而且官阶还不小，在朝堂中大臣的数量不会有三千人，所以传之三千人不是真实的。书传中谓三千人，并不一定表示是三千人，一个不多，一个不少，而是以夸张的手法形容商纣王奢靡之极。从此例即可看出王充是反对艺术夸张的。王充又举“町町若荆轲之间”之事，认为秦始皇虽然残暴，但是对于诛杀荆轲九族，已经在一里的范围之内了，再说一里则是虚妄之语，这也是反对夸张之说。王充认为夸张和比喻导致经书失去了真实。“说家以为譬喻增饰，使事失正是，诚而不存；曲折失意，使伪说传而不绝。造说之传，失之久矣。后生精者，苟欲明经，不原实，而原之者，亦校古随旧，重是之文，以为说证。经之传不可从，五经皆多失实之说。”① 王充反对夸饰和比喻，这和班固不一样。班固追求事情的真实，但并没有表示反对夸张修辞。这从他的《两都赋》中一些数字的运用中可以看出。“盖以强干弱枝，隆上都而观万国也。封畿之内，厥土千里，卓荦诸夏，兼其所有……其中乃有九真之麟，大宛之马，黄支之犀，条枝之鸟，逾昆仑，越巨海，殊方异类，至于三万里……张千门而立万户”②。王充反对夸饰和比喻等文学修辞，受到后世学者的批评。故就文学自身内部规律的发展来看，桓谭的观念就较之要先进得多。

其三，在创作上要求真实情感的表达。他在《论衡·超奇篇》中说道：“精诚由中，故其文语感动人深。是故鲁连飞书，燕将自杀；邹阳上疏，梁孝开牢。书疏文义，夺于肝心，非徒博览者所能造，习

① ［汉］王充撰，张宗祥校注，郑绍昌标点：《论衡校注》，上海：上海古籍出版社，2010年，第554页。

② ［汉］班固撰，白静生注：《班兰台集校注》，郑州：中州古籍出版社，2002年，第6—14页。

熟者所能为也。”① 他认为只有具有真情的作品才能感动他人。他又说：“实诚在胸臆，文墨著竹帛，外内表里，自相副称，意奋而笔纵，故文见而实露也。”“夫鸿儒希有，而文人比然，将相长吏，安可不贵？岂徒用其才力，游文于牒牍哉？”② 王充已经注意到真情的巨大感染力，这是文学真实观念上的巨大进步。他反对矫揉造作之情，说：“饰面者皆欲为好，而运目者希；文音者皆欲为悲，而惊耳者寡。”③

其四，对汉赋的批判。王充说：“孝武皇帝好仙，司马长卿献《大人赋》，上乃飘飘有凌云之气。孝成皇帝好广宫室，扬子云上《甘泉赋》，妙称神怪，若曰非人力所能为，鬼神力乃可成。皇帝不觉，为之不止。长卿之赋，如言仙无实效，子云之颂，言奢有害，孝武岂有迁迁之气者，孝成岂有不觉之惑哉？”④ 因为司马相如和扬雄的赋作没有真实的描写，所以迷惑了皇帝。王充对汉赋的批判与扬雄有同有异，相同在两人都对大赋进行了批判，但不同的是王充批判的是夸饰的创作手法，而扬雄批判的是无用性。关于大赋的创作手法，班固与王充也有截然不同的看法。班固评论司马相如赋：“文艳用寡，子虚乌有，寓言淫丽，托风终始，多识博物，有可观彩，蔚为辞宗，赋颂之首。”⑤ 班固认为虽然子虚乌有，但还是具有讽谏意味，能广博见闻。较之华美文采的重要性，班固对虚妄之事则采取了非常宽容的态度。

从以上论述可知，在光武、明、章时期，在经世致用思想的影响

---

① ［汉］王充撰，张宗祥校注，郑绍昌标点：《论衡校注》，上海：上海古籍出版社，2010年，第281页。

② 同上，第280、282页。

③ 同上，第284页。

④ 同上，第297页。

⑤ ［汉］班固撰，颜师古注：《汉书》，北京：中华书局，1962年，第4255页。

下，士人们都追求文学的真实性。班固的真实停留在描写事情的真实上，虽然他还未走出虚妄世风的笼罩，因此，他的文学创作是虚妄思想下的真实。王充则比班固要严厉得多，并且破除了天人感应的虚妄思想。虽然他在反对虚妄、崇尚真实上不免笼统和苛刻一些，但这是东汉时期神秘虚妄思想下最缺少的东西。相较而言，王充是值得高度赞扬的。

小　结

“光武明章之治”是东汉政治的巅峰，召开了标志“思想一致时代”的白虎观会议，是儒家思想最为浓厚的时期；形成了兰台文人集团和“窦宪幕府文章”两大群体，出现了《汉书》《两都赋》《典引》等作品，是文学发展的高峰时期。在此背景下，东汉前期的文学思想呈现出丰富多样的特点。

经过光武、明、章三帝的大力提倡，士人们以崇尚儒学，遵奉儒家经典为政治事务、社会生活的标准。在文学方面，士人们选择儒家文艺观作为文艺批评和文学创作的标准，按照“依经立义”的批评原则和方法，在对司马迁和《史记》、屈原及《离骚》的批评中，形成了崇儒宗经的指导思想，并在政论散文中形成了“依经立义”的写作模式。在创作方面，文士们有感于国富民强、人民安居乐业的社会现状，借助京都城市、祥瑞、帝王巡狩等载体，对汉德进行歌颂，形成了润色鸿业、颂美汉德的创作主题。通经致用的现实功用论和崇儒宗经的指导思想要求士人们在阐发诗赋本质特点时，遵循儒家诗学的“美刺”论。士人结合社会政治背景，要求文学要有益于政治，要对汉德、明主进行歌颂和赞美。

光武、明、章时期的士人，一方面深刻感受皇帝的政治高压，另一方面积极践行儒家伦理的德行要求，逐渐形成了恭肃自信拘敛的心态。在此心态影响下，文士们对文学审美提出了要求，即崇尚弘博、典雅、真实。恢弘巨制《汉书》以及以《两都赋》为代表的辞赋创作较好地诠释了他们对弘博的追求，同时“依经立义”的写作模式导致文学创作中多引用儒家经典或者化用经典，形成典雅的风格。通经致用的功用观要求士人们在文学创作中追求真实，但是谶纬神学的虚妄审美又客观上导致了真实审美的消弭。王充作为反对谶纬神学的巨擘，他极力破除天人感应的虚妄思想，追求真实文学风格，是对当时谶纬虚妄审美的最好反击。

第四章 东汉中期的文学思想

【和帝永元四年（92）到桓帝延熹二年（159）】

永元元年，和帝即位，光武、明、章时期的辉煌逐渐落幕。大将军窦宪的幕府文学似乎是辉煌时期的余晖，点缀着东汉文学。故本书将永元前四年文学划归到东汉前期。从永元四年窦宪被诛开始，东汉社会进入了一个新的阶段，是为东汉中期。此期的政治呈现出与东汉前期迥然不同的风貌，皇权衰弱，外戚和宦官交替专权；儒学虽仍是社会的主流思想，但已经历了两次衰微与振兴。在此意识形态和政治背景下，士人心态和行为处事发生了变化，一方面，他们激愤地高举节义之旗，发挥屈骚之义，批判奸恶，匡济世事；另一方面，他们内心对儒家大一统思想产生怀疑，主动寻找精神自由。社会政治环境的变化和士人心态的转变促进了文学思想发生转变，颂美文学逐渐式微，讽谏批判文学随运而生，成为主流。同时，追慕玄远自然、抒发个体情性的文学思想也出现了，这是一种新的文学思想，是冲破天人感应政治神学的第一步。在创作上，此期出现了与班固《两都赋》媲美的《二京赋》。《二京赋》虽为《两都赋》的模拟之作，但立意与《两都赋》多有不同，体现了文学思想的发展和变化。随着儒家思想的式微，大赋不再具有优势，张衡开创的抒情小赋得到较大发展。这是辞赋发展史上的一次革命，也是东汉中期文学思想转变的形式表现。

第一节　政治变化与士人愤郁心态

侯外庐先生在《中国思想通史》中对东汉中后期的政治进行了准确而形象的描述，他说："汉末统治阶级之间的派系纠纷，表现出一幅极为错综复杂的图画。在宫闱之内，后妃贵人与后妃贵人之间，有着深刻的争宠争权的矛盾。从而，外戚与外戚之间，也展开了激烈的斗争。同时，奉承天子与后妃颜色的宦官们与乳母宫婢们，也各自依附着主子，而结成互相矛盾的奴才集团。从这里再延展开来，纠纷的触须，卷上朝廷的三公九卿，卷上地方的牧守令长，卷上统率戎行的将帅校尉，甚至学中的生徒，岩穴的处士，也都与这种纠纷勾联起来，而互相结成了势不相下的集团，倾挤陷害，明争暗斗，无所不至。"① 这一幅权利争斗图从和帝时就开始了，及至汉末则愈演愈烈。士人作为参与权利角逐的一方，政治的变化必然导致其心态发生深刻的变化。

一

东汉中期政治上最大的特点就是外戚和宦官擅权。从光武建国之

① 侯外庐、赵纪彬、杜国庠：《中国思想通史》（第二卷），北京：人民出版社，第332页。

初，外戚就是一个敏感的话题。余英时先生《士与中国文化》“东汉政权之建立与士族大姓之关系”一节中详细阐述了光武帝政权建立的深层原因，认为：“光武帝政权的建立实以士族大姓为其社会基础。光武集团之所以能在群雄并起的形势下获得最后的胜利，除了刘秀个人的身世，及其所处的客观环境较为有利外，他和士族大姓之间取得了更大的协调，显然是最主要的原因之一。”① 反观东汉外戚，哪一个不是跟随光武帝建立功勋的豪门大族呢？光武帝刘秀第一任皇后郭氏出自北方豪族，第二任皇后阴氏来自南阳豪族。明帝皇后马氏是功臣马援之女，章帝窦后是河西豪族窦融之孙女，和帝皇后是功臣邓禹之孙女，乃至顺帝梁后也是西北梁氏之后。据学者统计，“（东汉）全部十七个皇后中竟有7人出自马、窦、邓、梁这四大家族……至于出自四大家族的贵人有多少就难以统计了，不过其数量应该比皇后多是肯定的”②。皇权与外戚势力，就好比跷跷板的两端，你上我下，我上你下，所以刘秀统一政权建立以后，朝堂中的政治就主要表现在刘姓皇族与豪族之间的平衡和斗争上。光武、明帝有感于王莽轻易篡汉的经验教训，采取恩威并重的方式，把豪门士族权利掌控在可控范围之内，小心翼翼地维护着政治平衡。建武年间，蔡茂针对董宣和湖阳公主一事向光武帝提出禁制贵戚的建议，立即被光武帝采用③。光武帝在政法上也从不偏袒外戚，这在朱浮的《上疏言州牧奏宜下三府覆案》一文中有所体现：“陛下清明履约，率礼无违，自宗室诸王、外家后亲，皆奉遵绳墨，无党势之名。至或乘牛车，齐于编人。斯固法令整齐，下无作威者也。”④ 光武帝对外戚豪族的限制也取得了明显

① 余英时：《士与中国文化》，上海：上海人民出版社，2013年，第242页。
② 马彪：《秦汉豪族社会研究》，北京：中国书店，2002年，第125页。
③ ［南朝·宋］范晔撰，李贤等注：《后汉书》，北京：中华书局，1965年，第907页。
④ 同上，第1143页。

的成效，阴、郭两家外戚，位不过九卿，并且其亲属的势力远不及西汉外戚之家。明帝即位之后，在严苛的政治下，更是对外戚大加防备，“（明帝）向使因设外戚之禁，编著《甲令》”①。第五伦概括明帝时期外戚势力情况为：“其后梁、窦之家，互有非法，明帝即位，竟多诛之。自是洛中无复权戚，书记请托一皆断绝。”② 不仅光武、明帝对外戚严加打压，就连外戚的核心人物——皇后、太后也严格地贯彻这一政策，如光烈阴皇后、明德马皇后等。《后汉书》记载：“近代光烈皇后，虽友爱天至，而卒使阴就归国，徙废阴兴宾客。”③ 建初元年，章帝欲封爵诸舅，（马）太后不听，上《辞封舅氏诏》《报章帝重封诸舅诏》等，拒绝为马氏谋福利，故永平年间，马廖、马防、马光位不过郎，权势比较薄弱。总之，东汉前期，皇权鼎盛，刘氏宗族集团与外戚集团维持着相对和谐平稳的关系。

章帝时期情况有所改变。正如袁山松所述，章帝“弘裕有余，明断不足，闺房谗惑，外戚擅宠”④。这一点可从对待马氏、窦氏的态度上看出。马氏为章帝舅氏，宠幸日隆。“防兄弟贵盛，奴婢各千人已上，资产巨亿，皆买京师膏腴美田，又大起第观，连阁临道，弥亘街路，多聚声乐，曲度比诸郊庙。宾客奔凑，四方毕至，京兆杜笃之徒数百人，常为食客，居门下。刺史、守、令多出其家。岁时赈给乡闾，故人莫不周洽。”⑤ 马氏的盛况已然如此，而章帝也仅仅表现出不喜，对马氏稍稍打压。章帝对于窦氏则更加宽容。建初三年，窦宪宠幸日隆，抢夺沁水公主的田地。章帝大怒，下诏切责窦宪，曰：

---

① ［南朝·宋］范晔撰，李贤等注：《后汉书》，北京：中华书局，1965年，第400页。

② 同上，第1398页。

③ 同上。

④ ［晋］袁山松：《袁山松后汉书》，周天游辑注《八家后汉书辑注》，上海：上海古籍出版社，1986年，第623页。

⑤ ［南朝·宋］范晔撰，李贤等注：《后汉书》，北京：中华书局，1965年，第857页。

"深思前过，夺主田园时，何用愈赵高指鹿为马？久念使人惊怖。昔永平中，常令阴党、阴博、邓叠三人更相纠察，故诸豪戚莫敢犯法者，而诏书切切，犹以舅氏田宅为言。今贵主尚见枉夺，何况小人哉！国家弃宪如孤雏腐鼠耳。"① 诏书中显示章帝为窦宪权力滋长非常愤怒，即便如此，章帝也只是疏远了窦宪，并未罪罚之，甚至还在病榻前委以重任。章帝对窦氏外戚的宽厚，打破了皇族与豪族的平衡，故在章帝去世之后，和帝年幼即位，窦氏外戚权力则自然地凌驾于皇权之上，由此开始了东汉外戚专政的先河。章帝对外戚的宽容受到诸多历史学家批评，徐天麟认为"外戚强盛，自兹开始"②。王夫之对章帝批评甚重："于母氏，柔也；于诸父昆弟，柔也；于床闼，柔也；于戚里，柔也；于臣民，柔也；于罪罟，柔也；虽于忠直之士，柔也；亦无异于以柔待顽馋者也。柄下移而外戚宦寺怙恩以逞，和、安二帝无成帝之淫昏，而汉终不振，章帝之失，岂在元帝下哉？"③

和帝幼年即位，窦太后临朝，为窦宪兄弟专权提供了条件。但在窦氏权利鼎盛滔天之际，和帝借助宦官力量，趁窦宪谋反之机诛杀了窦氏。虽然东汉历史上的第一个专权外戚在皇帝和宦官的联合打击下失败了，但这又开启了东汉历史上宦官封侯的先例，也开启了东汉宦官擅权的先例。不知是出于宦官个人原因还是其他，和帝在位的十多年里，政治仍过得去。可惜和帝二十七岁时就去世了，留下了幼小的殇帝，不久殇帝也夭折了。邓太后只能在宗室中找到安帝，开始了第二次太后临朝。邓太后在临朝期间也表现得可圈可点，如崇尚节俭、复兴儒学等，邓氏家族也成为东汉历史上少有的豪门大族，"邓氏自

---

① ［南朝·宋］范晔撰，李贤等注：《后汉书》，北京：中华书局，1965年，第812页。
② ［宋］徐天麟：《东汉会要》，上海：上海古籍出版社，2006年，第349页。
③ ［清］王夫之撰，舒士彦点校：《读通鉴论》，北京：中华书局，2013年，第166页。

中兴后，累世宠贵，凡侯者二十九人，公二人，大将军以下十三人，中二千石十四人，列校二十二人，州牧、郡守四十八人，其余侍中、将、大夫、郎、谒者不可胜数，东京莫与为比”①。

邓太后逝世之后，安帝亲政。安帝把好不容易得来的权力似乎又下放给了曾经陪他走过艰难时光的乳母、宦官以及母族耿氏和皇后外戚阎氏。正如王夫之论曰：“东汉立三公而无实，权移于尚书……天子不躬亲，而旁挠之者，非外戚则宦寺也……上移于大将军，而仅以宠外戚；下移于内阁，而实以授宦寺。”②

经过一番折腾而即位的顺帝，并没有吸取前代的经验教训，也没有听取士大夫的建议，一如既往地宠信乳母、宦官和外戚。值得一提的是，顺帝到桓帝延熹二年之间，外戚和宦官的势力有短暂的变化。在顺帝即位之初，分封有拥立之功的宦官，宦官权力膨胀。梁皇后之父性格软弱，不能决断，对宦官多有拉拢和讨好之意，他曾要求儿子多和宦官交往。但即便如此，宦官也没有放弃构陷他的机会，好在顺帝并未相信。梁商于永和六年去世，性格残暴的梁冀被封为大将军之后，外戚势力渐渐盖过了宦官的势力。桓帝时期，梁冀更以拥立之功享有更多的权利，直到延熹二年，桓帝实在忍无可忍，联合宦官，诛灭了梁氏外戚势力，开始了东汉的第二次宦官专权时代。

二

皇权归于外戚、宦官、宫婢，给东汉的政治造成了很大的危害，使得光武、明、章时期的清明政治不复存在，这具体表现在以下几个

---

① ［南朝·宋］范晔撰，李贤等注：《后汉书》，北京：中华书局，1965年，第619页。

② ［清］王夫之撰，舒士彦点校：《读通鉴论》，北京：中华书局，2013年，第189页。

方面：

（一）外戚、宦官操控皇帝的废立甚至生死　安帝为邓氏所立。安帝不是和帝的嫡子，本没有登基大统的资格，但和帝驾崩，接位的殇帝也早夭，邓氏只能在刘氏宗室中寻找适合继承皇位的肃宗之孙刘祜。“延平元年八月，殇帝崩，太后与兄车骑将军邓骘定策禁中。是夜，使骘持节，以王青盖车迎帝。”① 顺帝的即位要曲折复杂得多。顺帝于永宁元年被立为太子，延光三年，被安帝乳母王圣、大长秋江京、中常侍樊丰构陷，废为济阴王。北乡侯薨，闫显及江京等人密不发丧。十一月，中黄门孙程等十九人，共斩江京等，迎济阴王于德阳殿西钟下。参与顺帝即位的不仅有外戚，还有宦官。可以说，济阴王的即位是外戚、宦官、士人以及乳母等势力的较量。质帝更是外戚擅权的牺牲品。安帝子刘炳即帝位后两年驾崩，在梁氏外戚的帮助下，肃宗玄孙刘缵即帝位，谁知年仅八岁的质帝表现出了超龄的聪明，竟公然声称梁冀为跋扈将军，梁冀在本初元年闰月甲申鸩弑质帝。质帝崩时年仅九岁。梁冀亲手扶植了质帝，但是也亲手杀害了质帝。梁氏擅权的程度以及扶植皇帝的初衷可想而知。桓帝也是由外戚扶植起来的。根据桓帝被扶植的时间，不得不怀疑梁冀扶植桓帝的阴谋了。“本初元年，梁太后征帝到夏门亭，将妻以女弟。会质帝崩，太后遂与兄大将军冀定策禁中。”② 当质帝还在位时，梁氏兄妹就已经看好了桓帝，将太后之妹嫁于桓帝，如果没有将之立为储君的打算，又怎么会将妹妹嫁给他呢？似乎桓帝也欣然接受这一安排，于是就有了令人咂舌的梁冀弑君事件。

（二）豪权奢靡无度，引发士人怨怼　光武帝统治时期，多次颁

① ［南朝·宋］范晔撰，李贤等注：《后汉书》，北京：中华书局，1965年，第203页。
② 同上，第287页。

发诏令，下令全国上下厉行节俭之风，以身示范提倡薄葬，制作寿陵，要求“制地不过二三顷，无为山陵，陂池裁令流水而已”①。明帝再次重申光武帝的薄葬政策，马皇后更是“躬虑节俭，事从简约”。崇尚节俭是儒家经义的要求，也是东汉治国的基本政策之一。外戚专权之后，罔顾节俭之义，大肆搜罗奇珍异宝，大兴土木，劳民伤财。如窦宪兄弟“四家竞修第宅，穷极工匠”②。范晔在《后汉书》中不遗余力地描绘梁冀与其妻孙寿的豪邸：

> 堂寝皆有阴阳奥室，连房洞户。柱壁雕镂，加以铜漆；窗牖皆有绮疏青琐，图以云气仙灵。台阁周通，更相临望；飞梁石蹬，陵跨水道。金玉珠玑，异方珍怪，充积臧室。远致汗血名马。又广开园囿，采土筑山，十里九坂，以像二崤，深林绝涧，有若自然，奇禽驯兽，飞走其间。冀寿共乘辇车，张羽盖，饰以金银，游观第内，多从倡伎，鸣钟吹管，酣讴竟路。或连继日夜，以骋娱恣。客到门不得通，皆请谢门者，门者累千金。又多拓林苑，禁同王家，西至弘农，东界荥阳，南极鲁阳，北达河、淇，包含山薮，远带丘荒，周旋封域，殆将千里。又起菟苑于河南城西，经亘数十里，发属县卒徒，缮修楼观，数年乃成③。

梁冀的腐化生活尚不啻如此。元熹二年，梁冀被诛杀，查收三十余万万钱，能减天下税租之半。反观安、顺时期的社会状况，人民贫困潦倒，甚至出现了“人相食”的惨剧。两相对照，外戚宦官的奢靡不得不让人产生怨怒情绪。

---

① ［南朝·宋］范晔撰，李贤等注：《后汉书》，北京：中华书局，1965年，第78页。
② 同上，第816页。
③ 同上，第1181—1182页。

（三）请托之风造成选举不实，士人仕进受阻　光武帝建国以来，拓展了士人的仕进渠道，不再局限于四科，增加了敦朴、有道、贤能、直言、独行、高节、质直、清白、敦厚之属。虽然渠道拓宽了，但也随即出现了“权门贵仕，请谒繁兴”① 的现象。随着外戚和宦官豪权大肆扩充宾客势力，请托风气愈演愈烈。明帝马皇后的兄弟马防、马廖等贵盛于时，“宾客奔凑，四方毕至，京兆杜笃之徒数百人，常为食客，居门下。刺史、守、令多出其家”②。桓帝即位后，“增大将军（梁冀）府举高弟茂才，官属倍于三公”③，就连梁冀的监奴秦宫都权势滔天。豪权把握官职，一些阿附权贵的无行之徒窃居官位，正常的选举制度如同虚设。和、安之后，外戚和宦官结党成风，占据要职，士人仕进越发困难。士人纷纷揭露这种现象，杨秉上疏道：“内外吏职，多非其人，自顷所征，皆特拜不试，致盗贼纵恣，怨讼纷错。旧典，中臣子弟不得居位秉势，而今枝叶宾客布列职署，或年少庸人，典据守宰，上下忿怨，四方愁毒。”④ 李固说：“左右党进者，日有迁拜，守死善道者，滞涸穷路。”⑤ 王符也在《潜夫论》中说：“群僚举士者，或以顽鲁应茂才，以舛逆应至孝，以贪饕应廉吏，以狡猾应方正，以谀谄应直言，以轻薄应敦厚，以空虚应有道，以嚚暗应明经，以残酷应宽博，以怯弱应武猛，以愚顽应治剧，名实不相副，求贡不相称。”⑥

（四）豪权只求私利，不顾国家安危　太后临朝，外戚飞扬跋扈，

---

① ［南朝·宋］范晔撰，李贤等注：《后汉书》，北京：中华书局，1965 年，第 2042 页。
② 同上，第 857 页。
③ 同上，第 1179 页。
④ 同上，第 1772 页。
⑤ 同上，第 2078 页。
⑥ ［汉］王符撰，汪继培笺，彭铎校正：《潜夫论笺校正》，北京：中华书局，1985 年，第 68 页。

权力滔天。和帝初年，窦宪出征匈奴，取得胜利，彰显了大汉天威，窦宪也因此达到了权力的顶峰。殊不知，这场战争仅仅是因为窦宪逃避罪责而采取的行为。章和二年，章帝崩，窦宪因惧怕邓叠被太后看重，分其宫省之权，于是杀害邓叠，且嫁祸于齐殇王之子。后来东窗事发，窦宪自求击匈奴以赎死罪。虽然很多人反对攻打匈奴，如任隗、何敞等人，但是窦宪仍然坚持。暂不说这次战争的意义，单就从战争的缘起来讲，众多军士的流血牺牲仅仅是为了满足某一个人——窦宪的愿望①。如果不是窦太后护短和窦宪权力滔天，也许这次北征就不会发生。和帝当时作为只有十岁的小孩，面对这样的局面，又能怎样呢？

梁冀在定立质帝和桓帝之时，也是为了自己的地位和财富，并未考虑朝廷的发展需要。冲帝驾崩之后，李固与梁冀商议，说："今当立帝，宜择长年高明有德，任亲政事者，愿将军审详大计，察周、霍之立文、宣，戒邓、阎之利幼弱。"② 梁冀并未听从，而是拥立质帝。当质帝被他杀害之后，李固、胡广等人认为清河王明德著闻，宜立为嗣，梁冀却听从曹腾的建议，最后定立了桓帝，又一次置国家安危于不顾。讽刺的是，梁冀最后还是被他一手拥立的桓帝诛杀了。

（五）外戚宦官闭塞言路、士人丧失话语权　东汉中期，朝政极不稳定，宦官和外戚交替专权，士人的地位、风尚、仕进状况都发生了很大的变化。他们已经没有了光武、明、章时期的辉煌成绩，在朝廷中的地位也大大降低，逐渐丧失话语权。和帝初年，窦宪北征匈奴，耗费过大，任隗、袁安等人力谏，"鲠言直议，无所回隐"③，没

---

① 参看（英）崔瑞德著，鲁惟一编，杨品泉等译：《剑桥中国秦汉史》，北京：中国社会科学出版社，1992年，第318页。

② ［南朝·宋］范晔撰，李贤等注：《后汉书》，北京：中华书局，1965年，第2083页。

③ 同上，第754页。

有起到任何效果。安帝时期，杨震多次直谏，不得见用，因赵腾求情一事而受到牵连，最后饮毒酒而死。死时慨叹："死者士之常分。吾蒙恩居上位，疾奸臣狡猾而不能诛，恶嬖女倾乱而不能禁，何面目复见日月！身死之日，以杂木为棺，布单被裁足盖形，勿归冢次，勿设祭祠。"① 顺帝时期，此种情况并未得到改善，据《后汉书》记载："时顺帝新立，大臣懈怠，朝多阙政，（左）雄数言事，其辞深切……帝感其言，申下有司，考其真伪……而宦竖擅权，终不能用。"② 当然，这样的例子还很多。原来在朝廷之中占据主要话语权的士人们此时一部分选择沉默，一部分人因刚直谏净而付出了生命的代价。在此背景下，居于庙堂之高的士人们已经没有了光武、明、章时期的自豪感和满足感，更多的是对政治的无奈与伤痛。

三

皇权的衰弱和士人们艰难的生存处境使得他们的人生选择也变得复杂多样。一部分士人始终站在匡济社会的立场上与外戚宦官做斗争。郅寿讥刺窦宪，被窦宪逼迫自杀；乐恢不满窦宪兄弟的权势，坚决不与窦宪兄弟交往，后因上疏弹劾窦瑰，被迫饮毒自杀；朱穆多次劝谏梁冀，立志铲除宦官，后悲愤交加，发病而死。此类士人颇多，如韩陵、周荣、杨震、张纲、李固、王龚等人，他们是东汉士人的杰出代表。还有一部分士大夫韬晦自保，固位取宠，放弃自己的社会政治责任。和帝时身居太傅、录尚书事的邓彪畏惧外戚窦宪之威，"在

---

① ［南朝·宋］范晔撰，李贤等注：《后汉书》，北京：中华书局，1965年，第1766—1767页。

② 同上，第2015—2019页。

位修身而已，不能有所匡正”[①]。阳嘉年间，郎顗上疏说：“今三公皆令色足恭，外厉内荏，以虚事上，无佐国之实。”[②] 历四帝、在公台三十余年的胡广，“温柔谨素，常逊言恭色”，“无謇直之风”，被调侃为“万事不理问伯始，天下中庸有胡公”[③]。马融吸取讥谏外戚邓氏遭禁锢的教训，复出后为保富贵而替梁冀起草奏疏，诬陷李固，并作《梁大将军西第颂》谄媚梁冀。令灵帝大加赞赏的黄琼面对来势汹汹的宦官势力，表示无能为力而称病不朝。面对外戚、宦官专权，士大夫多采取明哲保身之术，“公卿以下，类多拱默，以树恩为贤，尽节为愚，至相戒曰：‘白璧不可为，容容多后福。’”[④] 还有一部分士人不再对仕途感兴趣，或屡征不至，如南阳冯良、汝南周燮；或身在廊庙而心慕自然，如张衡。

政治变化必然导致士人心态转变。士人从对汉室的盲目崇拜逐渐转向理性思考。安帝即位后，邓太后善于笼络人心，文化曾经一度繁荣，但上天似乎并不眷顾邓太后，其执政时期是东汉历史上发生自然灾害最多的时期。据统计，“汉安帝的 19 年共发生地震 22 次、水灾 19 次、旱蝗 15 次，平均每年接近 3 次，不仅如此，地震和水灾涉及面甚广，地震四次，受灾的州郡国累计达 385 个；水灾 17 次，受灾的州郡国累计达 344 个。”[⑤] 如此频繁和危害严重的自然灾害导致社会凋敝，盗贼四起，民不聊生。统治者为维护统治，到处寻找能够预测吉凶、天灾的能人异士。此时的士人也从明、章时期神人祥和的气氛中清醒过来，开始寻找治国方略和解决问题的根本方法，体现出士

---

① ［南朝·宋］范晔撰，李贤等注：《后汉书》，北京：中华书局，1965 年，第 1496 页。
② 同上，第 1059 页。
③ 同上，第 1510 页。
④ 同上，第 2015 页。
⑤ 谢仲礼：《东汉时期的灾异与朝政》，《中国社会科学院研究生院学报》2002 年第 2 期。

人们理智。因为理智，他们更加愤郁。窦宪虽然在北征之事上取得了巨大的成功，但是窦氏权倾一时的现实为士人所不满。早在肃宗时期，郑弘在病重之时就大声斥责窦宪曰：“窦宪之奸恶，贯天达地，毒流八荒，虐闻四极，海内疑惑，贤愚疾恶。宪何术以迷主上？”① 乐恢不与窦环交通，大声疾呼“吾何忍素餐立人之朝乎？”② 周荣更是坚定地说“纵为窦氏所害，诚所甘心”，并交代妻子，“若卒遇飞祸，无得殡殓，冀以区区腐身觉悟朝廷”③。邓太后把持朝政，士人因奋起直谏邓太后归政安帝而被追杀。当李固出于社稷考虑，坚持立清河王为帝而遭到胡广等人的背叛之时，李固责问：“公等受主厚禄，颠而不扶，倾覆大事，后之良史，岂有所私？固身已矣，于义得矣，夫复何言！”④ 种种事实无不表现了士人愤郁的心态。

第二节　坚守儒家传统文学观

东汉中期，社会政治发生了巨大变化，经学逐渐式微。一方面，官方采取措施，振兴儒学；另一方面，士人因多从明、章时期过来，崇儒宗经思想仍然根深蒂固。所以，这一时期的士人仍然受儒家思想和谶纬思想影响，表现出对儒家传统诗教观的坚守。

① ［晋］袁宏撰，李兴和点校：《后汉纪集校》，昆明：云南大学出版社，2008 年，第 155 页。

② ［南朝·宋］范晔撰，李贤等注：《后汉书》，北京：中华书局，1965 年，第 1478 页。

③ 同上，第 1537 页。

④ 同上，第 2087 页。

一、儒学的式微与振兴

章帝建初四年的白虎观会议是一次统一经学、统一思想的会议，标志着经学发展高潮时代的到来。高潮时代往往也是渐趋式微的开始。随着章帝去世与和帝即位，高度繁荣的政治文化落幕，儒家思潮也渐趋回落。面对此景，刘氏王朝并没有弃之不顾，而是积极采取措施，振兴儒学，上至皇室帝学和宫学，下到郡学庠序，都积极提倡儒学。为此，儒学在顺帝、质帝时期还出现少有的繁荣景象。

经学教育始终是帝学的主要内容。和帝十岁即位时，窦宪作为章帝钦定的辅政大臣，对和帝的教育问题十分用心。他上疏皇太后，欲令（桓）郁、（刘）方为和帝教授经学。窦宪显然遵从了以经学为主的帝王教育传统。安帝十余岁，“能通《诗》《论》，笃学乐古”①。顺帝即位，桓焉授经禁中、赵典侍讲禁中。桓焉、赵典均为大儒，顺帝由他们教授，则可知顺帝的经学修养程度。桓帝初，桓彬为议郎，入禁中侍讲；杨秉为任城相，以明《尚书》召入侍讲。帝学决定了上层统治者的思想标准和国家政策的指导思想，以经学教育为主的和、安、顺、桓时期的帝学教育，决定了儒家思想仍然是刘氏王朝赖以发展的主要思想。在其指导下，郡国之学、私学等教育系统仍然以经学教授为主，儒家经典的研习仍然是士人们利禄之业的基础。

刘氏皇族不仅自身加强经学学习，还在政治事务和社会生活中大力营造崇儒氛围，加强对儒学的振兴。和帝即位，深受外戚窦宪的掣肘，经过多方努力，终于在永元四年剪灭窦宪势力。但经过窦宪外戚势力的一番折腾，和帝时期的政治已经没有了章帝时期的辉煌。不仅

① ［南朝·宋］范晔撰，李贤等注：《后汉书》，北京：中华书局，1965年，第204页。

如此，儒学衰微之势也越来越明显。和帝效仿光武、明、章三帝，亲自参加经学讲论，以促进经学的发展。“和帝因朝会，召见诸儒，（鲁）丕与侍中贾逵、尚书令黄香等相难数事，帝善丕说，罢朝，特赐冠帻履袜衣一袭。”① 和帝还对儒士官员进行补充，永元十三年，“（和帝）幸东观，览书林，阅篇籍，博选术艺之士以充其官”②。和帝的政策并没有根本改变儒学渐趋衰微的现状。和帝驾崩，邓太后临朝，儒学衰微的趋势愈来愈明显。殇帝延平元年，尚敏上疏兴广学校，他认为：“自顷以来，《五经》颇废，后进之士趣于文俗，宿儒旧学无与传业。由是俗吏繁炽，儒生寡少，其在京师，不务经学，竞于人事，争于货贿。太学之中不闻谈论之声，黉序之下不睹讲说之士。”③ 同年，樊准对此现象也痛心疾首，在《上疏请兴儒学》中说：“今学者盖少，远方尤甚。博士倚席不讲，儒者竞论浮丽，忘謇謇之忠，习谚谚之辞。文吏则去法律而学诋欺，锐锥刀之锋，断刑辟之重，德陋俗薄，以致苛刻。”④ 有鉴于此，邓太后采取振兴儒学的措施，严格选择博士官，多次举方正、敦朴、仁贤之士。不仅如此，邓太后还大有光大儒学之势。永初二年，朝堂之上进行了一次国家政策方向的争辩。“俗儒世士，以为文德可兴，武功宜废，遂寝蒐狩之礼，息战陈之法”⑤，马融为此作《广成颂》。邓太后复兴儒学的政策得到了很好的推广，鲍德为南阳太守时大兴儒学，受到张衡和崔瑗的好评。邓太后还加强宫廷中的经学教育，“（元初四年）又诏中官近臣于

---

① ［南朝·宋］范晔撰，李贤等注：《后汉书》，北京：中华书局，1965年，第884页。
② 同上，第188页。
③ ［晋］袁宏撰，李兴和点校：《后汉纪集校》，昆明：云南大学出版社，2008年，第189页。
④ ［南朝·宋］范晔撰，李贤等注：《后汉书》，北京：中华书局，1965年，第1126页。
⑤ 同上，第1954页。

东观受读经传，以教授宫人，左右习诵，朝夕济济”①。“元初六年，(邓）太后诏征和帝弟济北、河间王子男女五岁以上四十余人，又邓氏近亲子孙三十余人，并为开邸第，教学经书，躬自监视。”② 邓太后临朝期间儒学发展呈欣欣向荣之势。建光元年，邓太后去世，安帝亲政。安帝似乎并没有将儒学的繁荣作为他为政的要务，欣欣向荣的儒学复兴趋势也很快消歇了，儒学的发展再次衰微，甚至比和帝时期更甚，“自安帝览政，薄于艺文，博士倚席不讲，朋徒相视怠散，学舍颓敝，鞠为园蔬，牧儿荛竖，至于薪刈其下”③。

顺帝即位之后，随着阳嘉新政的展开，儒学复兴再次被提上日程。永建六年，翟酺上疏建议修缮太学，他说：“光武初兴，愍其荒废，起太学博士舍、内外讲堂，诸生横巷，为海内所集。明帝时辟雍始成，欲毁太学，太尉赵熹以为太学、辟雍皆宜兼存，故并传至今。而顷者颓废，至为园采刍牧之处。宜更修缮，诱进后学。”④ 顺帝听从翟酺建议，修缮太学，开拓房屋，建二百四十房，千八百五十室。质帝时，再次扩充太学。本初元年四月，令郡国举明经，五十岁至七十岁者至太学，六百石者子弟亦至太学受经，博士弟子达到三万余人，创两汉历史新高。

由于统治者的大力支持和提倡，儒学表面上呈现繁荣之势，但是细观儒学发展的实际情况，儒学是否真正繁荣让人产生怀疑。东汉中期，统治者对儒学进行了两次振兴：一次在邓太后时期，一次在顺帝时期。儒学也同样经历了两次衰败：一是和帝时期，一是安帝亲政时期。结合这段时期的政治情况来看，正是皇权最为衰弱的时期，永元

① ［南朝·宋］范晔撰，李贤等注：《后汉书》，北京：中华书局，1965 年，第 424 页。
② 同上，第 428 页。
③ 同上，第 2547 页。
④ 同上，第 1606 页。

初年窦宪擅权而朝野震栗，安帝因委纵阿母和宦官而朝臣哗然。在这个特殊的时期，儒学都出现了相同的情况，这说明儒士的关注焦点发生了变化。东汉的儒生希望通过对经学的研习而达到进入仕途的目的。从世俗层面上可以认为经学研习是利禄之途，但是从精神层面上来说，儒生最为关注的是实现匡国救世的美好愿望。所以，儒生的终极关注是政治。在光武、明、章时期，儒生以经术显而出名，讲论经术成为他们最为热衷之事。当政治出现危难之时，儒士们则不再关注经术的讲论，而是对政治大加谈论，所以出现了“倚席不讲，儒者竞论浮丽，忘謇謇之忠，习谖谖之辞”的情况。我们也可以说，光武兴儒学，修太学，聚众讲论是东汉中后期谈论风气的先驱，顺、桓时期太学生多次参与朝政是聚众讲论的变体和余绪。

自和帝以下到桓帝延熹年间，儒生们因政治变迁，遂将眼光投向政治，忽略对经术的研习。统治者为改变这一情况，积极地振兴儒学。这样的反复循环的结果：一是儒学仍然是社会的主流思潮。“自东汉之初，下自灵帝，虽然期间儒学有盛衰之变，但皇帝以儒学为吏民精神支柱的立场，未尝有所变化。”① 二是儒士出现分化，一类儒士继续明、章儒士的志向，皓首穷经，积极研习经术。周举于讲会之际，述其毕生之志：“若命终之日，桐棺足以周身，外椁足以周棺，敛形悬封，濯衣幅巾。编二尺四寸简，写《尧典》一篇，并刀笔各一，以置棺前，示不忘圣道。”② 甚至多有儒士融通《五经》，如马融“博通经籍”③，“才高博洽，为世通儒”④；井丹“少受业太学，通

① 陈松青：《先秦两汉儒学与文学》，长沙：湖南师范大学出版社，2004年，第350页。
② ［南朝·宋］范晔撰，李贤等注：《后汉书》，北京：中华书局，1965年，第1311页。
③ 同上，第1972页。
④ 同上，第1953页。

《五经》”，被誉为“五经纷纶井大春”[①]；刘淑“学明《五经》”[②]；许慎“少博学经籍……撰《五经异义》[③]”；蔡玄“学通《五经》”[④] 等。另一类儒士成为政治谈纵之士。他们虽不以经学著述为业，但是以儒家的纲常理论为标准谈论政治得失，意存匡政救世、维护正义之高远志向，对违背儒家君臣之义的外戚和宦官擅权怒目相向。

二、儒家文学观的坚守

如上所述，此期儒家思想始终保持着主流地位，经学仍然是评判社会一切事务的标准。不论是皓首穷经的经生还是舌如莲花的纵谈之士，他们对儒家思想都是深信不疑的，故士人们在文学观念上表现出对儒家传统文艺观的固执坚守。

（一）士人们对崇儒宗经指导思想的坚守　王逸便是固执坚守崇儒宗经文学指导思想的代表。王逸字叔师，南郡宜城人。安帝元初中为校书郎，顺帝时为侍中，著《楚辞章句》。

他的文学观多表现在《楚辞章句》之中。在《楚辞章句叙》中，王逸针对班固评论屈原及《离骚》进行了批评，并以经学政治功用论武装楚辞，使之成为具有标准性质的经典之作。其辞曰：

> 今若屈原，膺忠贞之质，体清洁之性，直若砥矢，言若丹青，进不隐其谋，退不顾其命，此诚绝世之行，俊彦之英也。而班固谓之“露才扬己”，“竞于群小之中，怨恨怀王，讥刺椒、

---

① ［南朝·宋］范晔撰，李贤等注：《后汉书》，北京：中华书局，1965年，第2764页。
② 同上，第2190页。
③ 同上，第2588页。
④ 同上，第2588页。

兰，苟欲求进，强非其人，不见容纳，忿恚自沉”，是亏其高明，而损其清洁者也。昔伯夷、叔齐让国守分，不食周粟，遂饿而死，岂可复谓有求于世而怨望哉。且诗人怨主刺上曰：“呜呼！小子，未知臧否，匪面命之，言提其耳！”风谏之语，于斯为切。然仲尼论之，以为大雅。引此比彼，屈原之词，优游婉顺，宁以其君不智之故，欲提携其耳乎！而论者以为“露才扬己”“怨刺其上”“强非其人”，殆失厥中矣①。

首先是对屈原其人的评价。王逸和班固有截然不同的论调。王逸认为屈原立身行事，处处体现儒家所提倡的刚直忠贞，并非如班固所言违背中庸之道，表现“狂狷”。虽然班固和王逸对于屈原沉身问题看法不同，但不论是刚直忠贞，还是露才扬己，两人都从儒家对士的要求出发进行评判，充分体现了班固和王逸的崇儒思想。

其次是对《离骚》的评价。班固对《离骚》赞誉有加，但又说：“多称昆仑、冥婚宓妃虚无之语，皆非法度之政，经义所载。谓之兼《诗》风雅，而与日月争光，过矣!”② 班固对《离骚》中的一些神话传说表示不赞同，因为这不符合经义。王逸持不同的看法，他认为：

夫《离骚》之文，依托《五经》以立义焉：“帝高阳之苗裔”，则“厥初生民，时惟姜嫄”也；“纫秋兰以为佩”，则“将翱将翔，佩玉琼琚”也；“夕揽洲之宿莽”，则《易》“潜龙勿用”也；“驷玉虬而乘鹥”，则“时乘六龙以御天”也；“就重华而陈词”，则《尚书》咎繇之谋谟也；“登昆仑而涉流沙”，则《禹贡》

---

① ［宋］洪兴祖撰，白化文等点校：《楚辞补注》，北京：中华书局，1983 年，第 48—49 页。

② 同上，第 49—50 页。

之敷土也。故智弥盛者其言博，才益多者其识远①。

王逸认为《离骚》中的神话传说是符合经义的，并举例证明认为《离骚》完全是依托《五经》而立义。王逸、班固两人的观点虽然矛盾，但他们争论的焦点都是《离骚》是否符合经义。这说明王逸和班固一样，对《离骚》的批评仍是以依经立义为标准的。这非常有力地说明了他们对于儒家思想的崇尚以及对儒家经典重要地位的认可。即便是到南朝时期，刘勰仍以此为评判标准，其辞曰：

昔汉武爱《骚》，而淮南作传，以为国风好色而不淫，小雅怨诽而不乱。若《离骚》者，可谓兼之。蝉蜕秽浊之中，浮游尘埃之外，皭然涅而不缁，虽与日月争光可也。班固以为露才扬己，忿怼沉江；羿浇二姚，与左氏不合；昆仑悬圃，非经义所载；然其文辞丽雅，为词赋之宗，虽非明哲，可谓妙才。王逸以为诗人提耳，屈原婉顺，离骚之文，依经立义：驷虬乘翳，则时乘六龙；昆仑流沙，则禹贡敷土：名儒辞赋，莫不拟其仪表，所谓金相玉质，百世无匹者也。及汉宣嗟叹，以为皆合经术；扬雄讽味，亦言体同诗雅。四家举以方经，而孟坚谓不合传；褒贬任声，抑扬过实，可谓鉴而弗精，玩而未核者也②。

现代学者多批评王逸将《离骚》比附儒家经典，认为王逸“把《离骚》的许多题材、用语和儒家经典一一对照，貌似比较研究，实

① ［宋］洪兴祖撰，白化文等点校：《楚辞补注》，北京：中华书局，1983年，第49页。
② ［梁］刘勰撰，范文澜注：《文心雕龙注》，北京：人民文学出版社，1958年，第45—46页。

是牵强比附……这实际上贬低了屈原作品的艺术精神和独创特色。”①如学者所言，王逸用《离骚》附会儒家经义有牵强之处，但是这也正好证明了王逸对儒家文艺思想的固执坚守。张峰屹先生也认为：“王逸直接拿《楚辞》和《诗经》对照，硬性牵和比附，以坐实《楚辞》中某句或某章就是《诗经》中某章某篇的意思……（王逸）在阐释《离骚》的过程中贯穿的，是经学的思想观念。”②

王逸的宗经思想还表现在《楚辞章句》的体例上。张峰屹先生认为王逸采用经学解经的主要形式之一的章句体注释《楚辞》，还仿照《诗序》作《楚辞》各篇的序文③。王逸用经学的解经方式来注释《楚辞》恰好反映出经学在当时士人心中已然根深蒂固。熊良智先生认为“王逸用‘章句’之体撰述《楚辞》，用儒家经学思想和经学方法解读《楚辞》，体现的正是汉代主流意识的学术传统”④。从王逸对屈原和《离骚》的评价以及拟作来看，可知王逸对其由衷地喜欢和推崇。

王逸的宗经思想和他的崇儒思想是一致的。他在《折武论》中说：“苞含六艺，游览百家，用道德为弓弩，仁义为铠甲。”⑤ 从现存短短的四句之中，似乎可以读出王逸的志向，即是游于艺文，处身行事以儒家思想作为指导。王逸对崇儒宗经文艺观的坚守可见一斑。

从士人对儒家思想的态度也可推测出士人对崇儒宗经思想的坚守，如张衡和崔瑗。《后汉书·鲍永传》载：“时郡学久废，（鲍）德

① 王运熙、顾易生主编，顾易生、蒋凡著：《中国文学批评史》，上海：上海古籍出版社，1995 年，第 644 页。

② 张峰屹：《两汉经学与文学思想》，北京：生活·读书·新知三联书店，2014 年，第 147、148 页。

③ 参看张峰屹：《两汉经学与文学思想》，北京：生活·读书·新知三联书店，2014 年，第 141—145 页。

④ 熊良智：《楚辞的艺术形态及其传播研究》，北京：商务印书馆，2016 年，第 279 页。

⑤ [明] 梅鼎祚：《东汉文纪》，《文渊阁四库全书》第 1397 册，台北：台湾商务印书馆，1986 年，第 307 页。

乃修起横舍，备俎豆黻冕，行礼奏乐。又尊飨国老，宴会诸儒。百姓观者，莫不劝服。”① 这是邓太后广兴文治在地方上的余绪。张衡为此写下《南阳文学儒林书赞》，文中高度赞扬鲍德兴儒学的举动，从侧面体现了张衡崇儒的思想。崔瑗也创作《南阳文学颂》以赞其事：

> 昔圣人制礼作乐也，将以统天理物，经国序民，立均出度，因其利而利之，俾不失其性也。故观礼则体敬，听乐则心和，然后知反其性而正其身焉。取律于天以和声，采言于圣以成谋，以和邦国，以谐万民，以序宾旅，以悦远人，其观威仪省祸福也。出言视听，于是乎取之。
>
> 民生如何，导以礼乐。乃修礼官，奋其羽籥。我国既淳，我俗既敦。神乐民别，嘉生乃繁。无言不酬，其德宜光。先民既没，赖兹旧章。我礼既经，我乐既馨。三事不叙，莫识其形②。

崔瑗字子玉，崔骃之子，明天官、历数、《京房易传》，受到儒士尊敬。他在《南阳文学颂》及序言中极言对儒家礼乐功用的赞同和褒扬，明显体现了崇儒的文艺观。

朱穆从矫正风俗的角度展现其对崇儒文艺观的坚守。儒家淳厚风俗是儒家礼乐制度的外在体现。章帝时期，第五伦鉴于光武、明帝时期俗吏苛刻，乃上疏褒称盛美，以劝风德。顺帝时期，政治更为混乱，请托成风，构陷经常，儒家盛赞的风俗之美已然遭到严重破坏。朱穆感时浇薄，倡导慕尚敦笃，作《崇厚论》和《绝交论》以矫时弊，其崇儒文艺观也就不言而喻了。

---

① ［南朝·宋］范晔撰，李贤等注：《后汉书》，北京：中华书局，1965年，第1023页。

② ［唐］欧阳询撰，汪绍楹校：《艺文类聚》，上海：上海古籍出版社，1965年，第636页。

因为儒家思想仍然是士人们心目中的不二之选，所以崇儒宗经的指导思想仍然是文学创作的主流思想，这是士人们一直坚持的理念。

（二）对文学颂美功用论的坚守　李尤和张衡早期是继承文学颂美观的巨匠。李尤，字伯仁，广汉雒人。永元中，召诣东观，拜兰台令史，“和帝时，侍中贾逵荐尤有相如、扬雄之风，诏诣东观，受诏作赋，拜兰台令史”①。《后汉书集解》引“惠栋曰：《华阳国志》云：明帝诏作东观、辟雍、德阳诸观赋铭、怀戎赋、百二十铭，著《政事论》七篇。帝善之”②。据《后汉书·文苑·李尤传》载：“顺帝立，迁乐安相，年八十三卒。”③ 据此，李尤生于光武帝建武二十年。明帝时期，李尤只有十多岁至二十几岁。当然，才华横溢之人在二十岁左右能创作出数量多、质量高的作品也还是很有可能的，如班固二十岁左右就已经在文学创作上崭露头角。既然李尤能够在明帝时期创作出这些作品，那么，他在当时应该是非常出名的，但是明帝时期的文坛上却不见李尤的身影，更不说地位了，故《后汉书集解》中“明帝”是错误的，应该是“和帝”时期。李尤在《函谷关赋》中述函谷关历先秦、汉武、光武、明帝四个时期的变迁，重点歌颂明帝以后的函谷关。函谷关不仅地势险峻，更是万国朝会的见证，“襟要约之险固兮，制关楗以擒非”④，“会万国之玉帛，徕百蛮之贡琛。冠盖纷其云合，车马动而雷奔”⑤。此赋主要歌颂大汉盛世受万国朝会的繁荣景象。李尤还作有《东观赋》，东观是章帝、和帝时期的藏书之所，藏书丰富，被誉为“老氏臧室，道家蓬莱山”，该赋称：“东观文艺，

---

① ［南朝·宋］范晔撰，李贤等注：《后汉书》，北京：中华书局，1965年，第2616页。
② ［清］王先谦：《后汉书集解》，北京：中华书局影印，1984年，第914页下。
③ ［南朝·宋］范晔撰，李贤等注：《后汉书》，北京：中华书局，1965年，第2616页。
④ ［明］张溥：《汉魏六朝百三家集》，《文津阁四库全书》第471册，商务印书馆，1965年，第365页。
⑤ 同上，第365页。

孽孽洋洋”。李尤还有《辟雍赋》《德阳殿赋》《平乐观赋》等，都是歌颂大汉文治武功的兴盛之貌，是颂汉思想的余绪。

早年的张衡是儒家文艺观的践行者。大概于永初六年为南阳主簿时，他写下《南都赋》，以娴熟华美的文笔对南阳进行了热情的礼赞。赋中一方面极言南阳山川秀美、物产丰富、生活安定，另一方面追溯历史，歌颂刘汉江山的兴盛。辞曰：“高祖阶其涂，光武揽其英。是以关门反距，汉德久长……皇祖止焉，光武起焉。据彼河洛，统四海焉。本枝百世，位天子焉。永世克孝，怀桑梓焉。”[①] 此赋旨在为刘汉王朝唱赞歌。

安帝亲政以来，效仿前帝，进行巡狩。刘珍作《东巡颂》，马融上《东巡颂》，这是章帝巡狩颂文的余音，也是士人对儒家颂美文学功用的坚守。

虽然此期士人继承了传统颂美文学功用观，并创作了一批颂美作品，但作品数量较之光武、明、章时期少很多；就创作风格来看，已无前期的恢宏与自信，显得境界狭小、气格卑弱。就连《南都赋》这样不可多得的名篇，在赋末也暗含讽喻意味，不再是全盘的颂美之辞[②]。这表明儒家文艺思想中的颂美文学思想已经开始式微，不再是此时期的主流文学思想。

第三节 政教为用、讽谏批判的文学思想

东汉中期，士人在儒家思想的影响下，虽然表现出对儒家“颂

---

① ［汉］张衡撰，张震泽校注：《张衡诗文集校注》，上海：上海古籍出版社，2009年，第190—193页。

② 龚克昌等：《全汉赋评注》，石家庄：花山文艺出版社，2003年，第399页。

美”思想的坚守，但是毕竟社会政治背景发生了巨大的变化。在致用文艺观的指导下，儒家文艺观内部发生了新变，更倾向于“美刺”两端之“刺”的一端了，出现了政教为用、讽谏批判的文学思想。

一、政教为用、力主讽谏的文学功用论

政教为用、讽谏批判首先表现在文学观念上。儒家文艺观认为文学的功用有两种，一种是颂美，一种是讽谏，即所谓汉儒论诗，不过美刺两端。汉赋在承担讽谏功能时，常有偏颇。“雄以为赋者，将以风也，必推类而言，极丽靡之辞，闳侈巨衍，竞于使人不能加也，既乃归之于正，然览者已过矣。往时武帝好神仙，相如上《大人赋》，欲以风，帝反缥缥有陵云之志。由是言之，赋劝而不止，明矣。”①明帝时期，班固、王充等人明确表示赋虽然要承担颂美和讽谏的功能，但主要承担的是颂美的功能，于是乎明、章时期，洋洋洒洒的颂汉之作可长达4000多字。和、安之后，随着政治的变迁和士人生存环境的恶化，颂美之辞虽也偶有出现，但士人更多的是将眼光指向了赋的讽谏功能。

王逸主张文学要有讽谏功能。他在《楚辞章句叙》中对屈原作《离骚》的创作意旨有很明确的表述：“而屈原履忠被谮，忧悲愁思，独依诗人之义而作《离骚》，上以讽谏，下以自慰。”② 他在楚辞各章的序言中也多挖掘其中的讽谏意味：

屈原执履忠贞而被谗衺，忧心烦乱，不知所诉，乃作《离骚

① ［汉］班固撰，颜师古注：《汉书》，北京：中华书局，1962年，第3575页。
② ［宋］洪兴祖撰，白化文等点校：《楚辞补注》，北京：中华书局，1983年，第48页。

经》。离，别也。骚，愁也。经，径也。言已放逐离别，中心愁思，犹依道径，以风谏君也①。（《离骚》之旨）

屈原放逐，窜伏其域，怀忧苦毒，愁思沸郁。出见俗人祭祀之礼，歌舞之乐，其词鄙陋。因为作《九歌》之曲，上陈事神之敬，下见己之冤结，托之以风谏②。（《九章》之旨）

言哀惜怀王，与己信约，而复背之也。古者君臣将共为治，必以信誓相约，然后言乃从而身以亲也。盖刺怀王有始而无终也③。（《惜誓》之旨）

故愤然大招其魂，盛称楚国之乐，崇怀、襄之德，以比三王，能任用贤，公卿明察，能荐举人，宜辅佐之，以兴至治，因以讽谏，达己之志也④。（《大招》之旨）

屈原怀忠贞之性，而被谗邪，伤君暗蔽，国将危亡，乃援天地之数，列人形之要，而作《九歌》《九章》之颂，以讽谏怀王。明己所言，与天地合度，可履而行也⑤。（《九辨》之旨）

外陈四方之恶，内崇楚国之美，以讽谏怀王，冀其觉悟而远之也。⑥（《招魂》之旨）

首先，王逸对《离骚经》的“经”字的训诂表现了文学讽谏功用主张，他认为：“经，径也。言已放逐离别，忠心愁思，犹依道径，以风谏君也。”王逸认为屈原创作《离骚》的目的是讽谏君王；其次，王逸认为屈原其他作品以及宋玉作品的也多为讽谏；第三，王逸对《楚辞》的解

① ［宋］洪兴祖撰，白化文等点校：《楚辞补注》，北京：中华书局，1983年，第2页。
② 同上，第55页。
③ 同上，第227页。
④ 同上，第216页。
⑤ 同上，第182页。
⑥ 同上，第197页。

读代表了他的文学观。从《离骚》部分诗句，他看到了《离骚》的讽谏功能，如“结微情以陈词兮，矫以遗夫美人”，王逸注曰：“结续妙思，作辞赋也……举与怀王，使览照也。”① 又如“不毕辞而赴渊兮，惜壅君之不识”，王逸注曰：“陈言未终，遂自投也……哀上愚蔽，心不照也。”②

政治的急剧变化，其他士人创作中不由自主地选择了文学的讽谏功能，如前述张衡、崔瑗等人，兹不赘。

二、维护皇权、力主批判的创作主题

政教为用、讽谏批判的文学思想主要体现在此期的政论散文中。不同政治时期，士人批判的对象不同：一是对窦氏的批判和讽谏。早在章帝元和三年，郑弘《疾笃上书》就对窦宪进行了批判，认为：“窦宪之奸恶，贯天达地，毒流八荒，虐闻四极，海内疑惑，贤愚疾恶……愿陛下为尧、舜之君，诛四凶之罪，以素厌人鬼愤结之望。”③ 郑弘对窦宪的批判可谓句句怨愤、字字见血。郑弘的上疏并没有对窦宪产生多大的影响，却是批判窦宪的先声。

随着窦宪势力增大，窦宪僚属崔骃对其进行讽谏。永元元年，窦氏集团的权利可谓达到顶峰。窦宪征伐回朝，南单于从漠北赠送窦宪古鼎，其傍铭文曰：“仲山甫鼎，其万年子子孙孙永保用。”④ 崔骃为此作《仲山甫鼎铭》，辞曰：“鼎耳革，其行塞，雉膏不食。方雨亏悔，终吉有福。足胜其任，公餗乃珍。于高斯危，在满戒溢。可以永

① ［宋］洪兴祖撰，白化文等点校：《楚辞补注》，北京：中华书局，1983年，第137页。
② 同上，第153页。
③ ［晋］袁宏撰，李兴和点校：《后汉纪集校》，昆明：云南大学出版社，2008年，第155页。
④ ［南朝·宋］范晔撰，李贤等注：《后汉书》，北京：中华书局，1965年，第817页。

年，天之大律。”① 崔骃借《周易·鼎卦》之辞来提醒和劝诫窦宪，希望他居安思危，能戒骄傲。崔骃此举并未被窦宪重视，于是他又作《献书诫窦宪》，中云：

> 昔冯野王以外戚居位，称为贤臣；近阴卫尉克己复礼，终受多福……汉兴以后，迄于哀、平，外家二十，保族全身，四人而已。《书》曰：“鉴于有殷。”可不慎哉！窦氏之兴，肇自孝文。二君以淳淑守道，成名先日；安丰以佐命著德，显自中兴。内以忠诚自固，外以法度自守，卒享祚国，垂祉于今。夫谦德之光，《周易》所美；满溢之位，道家所戒。故君子福大而愈惧，爵隆而愈恭。远察近览，俯仰有则，铭诸几杖，刻诸盘杅。矜矜业业，无殆无荒。如此，则百福是荷，庆流无穷矣②。

崔骃以光武时期冯衍因结交外戚阴氏而被光武抛弃的事件为例，还以西汉历史上外戚保全者少的历史教训警诫窦宪，希望窦氏能审时度势，以保太平。全文情真意切，让人哀叹。《两汉鸿文》卷十五评之曰：“忠爱之情激切之意，堪与刘更生《谏外家封事》并传不朽。”③《古文评论》评之曰：“忠告之意，敦迫于众，故见之书牍，婉恻而周详。宪不知戒，愚孰甚焉。”④ 崔骃的真心实意和忠勇直谏并没有得到窦宪的理解和赞赏，反而使窦宪日益疏远他。崔骃以窦宪

---

① ［唐］欧阳询撰，汪绍楹校：《艺文类聚》，上海：上海古籍出版社，1965 年，第 1254 页。

② ［南朝·宋］范晔撰，李贤等注：《后汉书》，北京：中华书局，1965 年，第 1720—1721 页。

③ 转引自俞艳庭、踪凡、巩曰国等编撰：《中华大典·文学典·先秦两汉文学分典》，南京：凤凰出版社，2008 年，第 324 页。

④ 同上。

主簿的身份对他进行劝诫，言辞甚为温婉。其他士人对窦宪及窦氏成员则给予了严厉的批判，如何敞云：

> 陛下履晏晏之姿，匈奴无逆节之罪，汉朝无可惭之耻，而盛春东作，兴动大役，元元怨恨，咸怀不悦。而猥复为卫尉笃、奉车都尉景缮修馆第，弥街绝里。臣虽斗筲之人，诚窃怀怪，以为笃、景亲近贵臣，当为百僚表仪。今众军在道，朝廷焦唇，百姓愁苦，县官无用，而遽起大第，崇饰玩好，非所以垂令德，示无穷也①。
>
> 今逾年无几，大礼未终，卒然中改，兄弟专朝。宪秉三军之重，笃、景总宫卫之权，而虐用百姓，奢侈僭逼，诛戮无罪，肆心自快。今者论议凶凶，咸谓叔段、州吁复生于汉②。

何敞之言辞旨切直，为窦宪所怨，被迁为济南王太傅。

乐恢也批判窦宪："今诸舅执政，外戚盈朝，非所以宁王室，示天下也。"他认为外戚专权对社会最大的伤害就是"君臣失序"，可谓一针见血③。第五伦说："然诸出入贵戚者，类多瑕衅禁锢之人，尤少守约安贫之节，士大夫无志之徒更相贩卖，云集其门。众煦飘山，聚蚊成雷，盖骄佚所从生也。三辅论议者，至云以贵戚废锢，当复以贵戚浣濯之，犹解酲当以酒也。诐险趣势之徒，诚不可亲近。"④ 第五伦对当时窦宪宾客盛况予以抨击，外戚宾客之盛导致请托成风、构

---

① ［南朝·宋］范晔撰，李贤等注：《后汉书》，北京：中华书局，1965 年，第 1484 页。
② 同上，第 1485 页。
③ ［晋］袁宏撰，李兴和点校：《后汉纪集校》，昆明：云南大学出版社，2008 年，第 163 页。
④ ［南朝·宋］范晔撰，李贤等注：《后汉书》，北京：中华书局，1965 年，第 1400—1401 页。

陷经常的局面。窦宪以及窦氏成员却并没有因此而收敛，终致倾覆。永元四年，和帝幸北宫，以窦宪企图弑逆的罪名，“诏收捕宪党射声校尉郭璜，璜子侍中举，卫尉邓叠，叠弟步兵校尉磊，皆下狱死。使谒者仆射收宪大将军印绶，遣宪及弟笃、景就国，到皆自杀”①。即便如此，周纡仍对窦环进行了批判，“夏阳侯环，本出轻薄，志在邪辟，学无经术，而妄构讲舍，外招儒徒，实会奸桀。轻忽天威，侮慢王室，又造作巡狩封禅之书，惑众不道，当伏诛戮，而主者营私，不为国计”②。可见当时士人对外戚窦宪的深恶痛绝。

二是对安、顺两帝乳母等人的批评。首先是安帝乳母及其女伯荣。安帝虽然于永初元年登基即位，但因年龄太小，邓太后临朝处政。邓太后在位 20 年，抵御外侵、赈济灾民、广兴文治，取得了一定的成绩，为当时人所称颂。但这对安帝来说，却不是好事。按理，安帝弱冠即该亲政，但太后拒不归政，安帝只能做闲散之人。永宁二年，邓太后崩，安帝始亲政。安帝亲政之后并未开始革除积弊，而是专信乳母王圣与宦官周丰等人，内宠始横。杨震批评王圣等人曰：“阿母王圣出自贱微，得遭千载，奉养圣躬。虽有推燥居湿之勤，前后赏惠，过报劳苦，而无厌之心，不知纪极，外交属托，扰乱天下，损辱清朝，尘点日月。”请求安帝“宜速出阿母，令居外舍，断绝伯荣，莫使往来，令恩德两隆，上下俱美”③。杨震上疏未能阻止王圣母女骄奢擅权。后来，伯荣嫁于刘瑰为妻，刘瑰得以袭爵。杨震又上疏，认为刘瑰“无他功行，但以配阿母女，一时之间，既位侍中，又至封侯，不稽旧制，不合经义，行人喧哗，百姓不安”④。又安帝于

---

① ［南朝·宋］范晔撰，李贤等注：《后汉书》，北京：中华书局，1965 年，第 173 页。
② 同上，第 2495 页。
③ 同上，第 1761 页。
④ 同上，第 1762 页。

延光年间为乳母王圣修建府邸，杨震看穿樊丰等人，谏之曰：

> 伏见诏书为阿母兴起津城门内第舍，合两为一，连里竟街，雕修缮饰，穷极巧伎。今盛夏土王，而攻山采石，其大匠左校别部将作合数十处，转相迫促，为费巨亿。周广、谢恽兄弟，与国无肺腑枝叶之属，依倚近幸奸佞之人，与樊丰、王永等分威共权，属托州郡，倾动大臣。宰司辟召，承望旨意，招来海内贪污之人，受其货赂，至有臧锢弃世之徒复得显用。白黑溷淆，清浊同源，天下欢哗，咸曰财货上流，为朝结讥①。

杨震数谏均未起到任何作用，反而激起了王圣等人的报复、愤怨心理。延光三年，王圣诬陷杨震“邓氏故吏，有恚恨之心”②，杨震被迫害致死。

即位后的顺帝并没有吸取安帝乳母乱政的教训，反而大封乳母宋娥等人。左雄上疏谏顺帝：“案尚书故事，无乳母爵邑之制，唯先帝时阿母王圣为野王君。圣造生谗贼废立之祸，生为天下所咀嚼，死为海内所欢快……今阿母躬蹈约俭，以身率下，群僚蒸庶，莫不向风，而与王圣并同爵号，惧违本操，失其常愿。”③ 左雄迫于形势，主文谲谏，也不失为另外一种抗争的方式。

三是对梁冀外戚以及宦官等人的批判。宦官以有拥立之功为顺帝日见宠信，张纲上疏顺帝，认为：“顷者以来，不遵旧典，无功小人皆有官爵，富之骄之而复害之，非爱人重器，承天顺道者也。”④ 希

---

① ［南朝·宋］范晔撰，李贤等注：《后汉书》，北京：中华书局，1965年，第1764页。
② 同上，第1766页。
③ 同上，第2021页。
④ 同上，第1817页。

望顺帝能够割舍左右。王龚深疾宦官专权，上书极言其宦官祸政的危害，请求顺帝放斥宦官。宦官恐惧，诬奏王龚，无所不用其极，李固作《奏记梁商理王龚》以营救之。后梁商去世，梁冀成为顺帝依仗的外戚，其势如日中天，大肆残害士人。士人们将矛头对准了梁冀。张纲弹劾梁冀，对其罪行进行直接而严厉的挞伐，辞曰：

> 大将军冀，河南尹不疑，蒙外戚之援，荷国厚恩，以刍荛之资，居阿衡之任，不能敷扬五教，翼赞日月，而专为封豕长蛇，肆其贪叨，甘心好货，纵恣无底，多树谄谀，以害忠良①。

十九岁的袁著也上疏批判梁冀说：

> 今大将军位极功成，可为至戒，宜遵悬车之礼，高枕颐神。传曰："木实繁者，披枝害心。"若不抑损权盛，将无以全其身矣②。

建和元年，桓帝登基，以定策功大封梁氏子弟和宦官卫侯，杜乔上疏："大将军梁冀兄弟，奸邪倾动天下，皆有正卯之恶，未被两观之诛，而横见式叙，各受封爵，天下惆怅，人神共愤。"③"今梁氏一门，宦者微孽，并带无功之绂，裂劳臣之土，其为乖滥，胡可胜言！"④

---

① ［南朝·宋］范晔撰，李贤等注：《后汉书》，北京：中华书局，1965年，第1817页。
② 同上，第1184页。
③ ［晋］袁宏撰，李兴和点校，《后汉纪集校》，昆明：云南大学出版社，2008年，第249页。
④ ［南朝·宋］范晔撰，李贤等注：《后汉书》，北京：中华书局，1965年，第2092页。

政论散文和政治最为接近，是反映社会政治的镜子。这一时期的政论散文不再以婉谏为主，而是多用直谏，不再局限在“主文谲谏”的中和之美中，言辞激烈、切直，表达了强烈的批判精神。

政教为用、讽谏批判的文学思想还表现在辞赋创作中。永元年间，张衡感于“时天下承平日久，自王侯以下，莫不逾侈。衡乃拟班固《两都》，作《二京赋》，因以讽谏。精思傅会，十年乃成。”① 张衡作《二京赋》的主要目的是对社会奢侈风气的讽谏。全赋分为《西京赋》和《东京赋》两篇，凭虚公子首先力陈西京富丽，其宫苑楼台、都邑商市、天子游猎无不体现奢靡。赋中用西汉外戚的豪奢生活暗示奢靡之恶果。安处公子听后议论说：

> 周姬之末，不能厥政，政用多僻，始于宫邻，卒于金虎。嬴氏搏翼，择肉西邑。是时也，七雄并争，竞相高以奢丽。楚筑章华于前，赵建丛台于后。秦政利觜长距，终得擅场，思专其侈，以莫己若。乃构阿房，起甘泉，结云阁，冠南山，征税尽，人力殚。然后收以太半之赋，威以参夷之刑。其遇民也，若薙氏之芟草，既蕴崇之，又行火焉。惵惵黔首，岂徒跼高天、蹐厚地而已哉！②

然后不疾不徐地道出东京尚节俭、重礼乐，肃穆泱泱之美。最后凭虚公子良久乃言：“若仆所闻，华而不实。先生之言，信而有征。鄙夫寡识，而今而后，乃知大汉之德馨，咸在于此。昔长恨《三坟》《五典》既泯，仰不睹炎帝帝魁之美，得闻先生之余论，则大庭氏何

---

① ［南朝·宋］范晔撰，李贤等注：《后汉书》，北京：中华书局，1965 年，第 1897 页。

② ［汉］张衡撰，张震泽校注：《张衡诗文集校注》，上海：上海古籍出版社，2009 年，第 94 页。

以尚兹！”[①] 张衡通过对长安、洛阳两都对比，讽刺意味浓厚。他认为：“故相如壮《上林》之观，扬雄骋《羽猎》之辞，虽系以隤墙填堑，乱以收置解罘，卒无补于风规，祇以昭其愆尤。”[②] 张衡在《东京赋》中运用议论加强人物的辩论，讽喻功能突出。正如学者所言：“单是结尾的议论，就如同一篇政论文……强烈的论辩性是此前的散体赋中所没有的。”[③] 清代何焯评价说：“孟坚意主和平，平子多含讽刺。看其两赋开合处，用意深婉……讽刺即在颂扬之内，一篇归宿在此。”[④] 孙执升评之云：“意主于美俭刺奢，故前篇盛举荒靡，专以外凭险阻为苟安之计，后篇胪陈典礼，务以内修政事为立国之基，以彼衡此，自然迥别。”[⑤]

史岑的《出师颂》也具有强烈的讽喻意味。永初元年夏，凉部叛羌使西州摇荡。邓后遣兄车骑将军邓隲率兵平叛，汉军损失惨重，屡战屡败，次年冬天邓隲无功而返，但仍然受到邓后的赏赐。邓后令史岑作《出师颂》，文饰其功。其辞云：

> 茫茫上天，降祚有汉。兆基开业，人神攸赞。五曜霄映，素灵夜欢。皇运来授，万宝增焕。历纪十二，天命中易。西零不顺，东夷遘逆。乃命上将，授以雄戟。桓桓上将，实天所启。允文允武，明诗悦礼。宪章百揆，为世作楷。昔在孟津，惟师尚父。素旄一麾，浑一区宇。苍生更始，朔风变楚。薄伐猃狁，至

---

① ［汉］张衡撰，张震泽校注：《张衡诗文集校注》，上海：上海古籍出版社，2009年，第166页。

② 同上，第164页。

③ 尚学锋：《中国散文通史（两汉卷）》，合肥：安徽教育出版社，2012年，第180页。

④ ［梁］萧统编，于光华评注：《评注昭明文选》，扫叶山房石印本，1923年，第10页。

⑤ 转引自费振刚、仇仲谦、刘南平：《全汉赋校注》，广州：广东教育出版社，2005年，第724页。

于太原。诗人歌之，犹叹其艰。况我将军，穷城极边。鼓无停响，旗不暂褰。泽沾遐荒，功铭鼎铉。我出我师，于彼西疆。天子饯我，路车乘黄。言念伯舅，恩深渭阳。介圭既削，列壤酬勋。今我将军，启土上郡。传子传孙，显显令问①。

此文虽名曰颂，但全文无任何喜悦之情，特别是对战争的结果无一字叙述。比较班固的《窦将军北征颂》，此文讽刺意味彰显。清代学者何焯评论道："文虽曰颂，其实刺也。隲先败冀西，再败平襄，辱国数奔，议弃凉州，称引古烈所以愧之。太后临朝，不加之罪，反迎拜为大将军，失政刑矣。末又深著天子笃念渭阳，使自知其非，据而思所以，善其后也。"②

马融的《广成颂》也体现了讽谏之意。《后汉书》载："是时邓太后临朝，隲兄弟辅政。而俗儒世士，以为文德可兴，武功宜废，遂寝蒐狩之礼，息战阵之法，故猾贼从横，乘此无备。融乃感激，以为文武之道，圣贤不坠，无才之用，无或可废。元初二年，上《广成颂》以讽谏。"③ 此赋多有模仿扬雄《羽猎赋》的痕迹，虽极力铺张羽猎之盛况，但是字里行间表现出对现实的不满，真心希望邓太后还政于安帝，讽谏意味浓厚。西晋挚虞评论说："马融《广成》《上林》之属，纯为今赋之体，而谓之颂，失之远矣。"④ 这说明《广成颂》远离颂声的初衷，已经不再是"颂"体了。

讽谏意味并不只表现在赋颂之间，崔琦的《外戚箴》中也表现了

---

① ［梁］萧统编，李善注：《文选》，北京：中华书局，1977 年，第 661—662 页。

② 转引自俞艳庭、踪凡、巩曰国等编撰：《中华大典·文学典·先秦两汉文学分典》，南京：凤凰出版社，2008 年，第 413 页。

③ ［南朝·宋］范晔撰，李贤等注：《后汉书》，北京：中华书局，1965 年，第 1954 页。

④ ［宋］李昉等：《太平御览》，北京：中华书局，1960 年，第 2647 页上。

非常浓厚的讽谏意味。崔琦字子玮，涿郡安平人，崔瑗同宗，擅长作文。梁冀为河南尹时，“行多不轨，琦数引古今成败以戒之。冀不能受，乃作《外戚箴》。”其辞曰：

赫赫外戚，华宠煌煌。昔在帝舜，德隆英、皇。周兴三母，有莘崇汤。宣王晏起，姜后脱簪。齐桓好乐，卫姬不音。皆辅主以礼，扶君以仁，达才进善，以义济身。爰暨末叶，渐已颓亏。贯鱼不叙，九御差池。晋国之难，祸起于丽。惟家之索，牝鸡之晨。专权擅爱，显己蔽人。陵长间旧，圮剥至亲。并后匹嫡，淫女毙陈。匪贤是上，番为司徒。荷爵负乘，采食名都。诗人是刺，德用不怃。暴辛惑妇，拒谏自孤。蝠蛇其心，纵毒不辜。诸父是杀，孕子是刳。天怒地忿，人谋鬼图。甲子昧爽，身首分离。初为天子，后为人螭。非但耽色，母后尤然。不相率以礼，而竞奖以权。先笑后号，卒以辱残。家国泯绝，宗庙烧燔。末嬉丧夏，褒姒毙周，妲己亡殷，赵灵沙丘。戚姬人豕，吕宗以败。陈后作巫，卒死于外。霍欲鸩子，身乃罹废。故曰：无谓我贵，天将尔摧；无恃常好，色有歇微；无怙常幸，爱有陵迟；无曰我能，天人尔违。患生不德，福有慎机。日不常中，月盈有亏。履道者固，杖势者危。微臣司戚，敢告在斯①。

箴是东汉时期比较流行的一种文体。挚虞《文章流别论》中说：“扬雄依《虞箴》，作十二州十二《官箴》，而传于世，不具九官。崔

① ［南朝·宋］范晔撰，李贤等注：《后汉书》，北京：中华书局，1965年，第2619—2622页。

氏累世弥缝其阙。胡公又以次其首目而为之解，署曰《百官箴》。"[①]东汉时期的"箴"主要是官箴，崔氏父子及胡广是主要作者。陆机在《文赋》中认为"铭博约而温润，箴顿挫而清壮。"李善注曰："博约，谓事博文约也。铭以题勒示后，故博约温润；箴以讥刺得失，故顿挫清壮。"[②]箴的主要特点是讥刺得失，风格要顿挫清壮。崔琦的《外戚箴》对外戚进行讽谏，显然发挥了箴的目的和功用。文中以史鉴今，对外戚的发展、外戚的暴行以及对国祚的影响进行了叙写，最后借历史上下场悲惨的外戚为例，告诫梁冀。言辞恳切，针针见血，但是梁冀并不以为然。崔琦"以言不从，失意，复作《白鹄赋》以为风。"[③]《白鹄赋》辞已经亡佚，不能得知其内容，从梁冀大怒，在崔琦已解印绶去后还三番两次捕杀他的反应来看，可猜测《白鹄赋》言辞更加激烈。

三、政教为用、讽谏批判文学思想的形成

导致政教为用、讽谏批判文学思想出现的原因有二。第一是皇权衰弱，权归外戚和宦官，导致"君臣失序"的政治局面。这种政治局面是维护儒家"君君、臣臣、父父、子子"正常秩序的儒士所不能接受的；外戚和宦官权力坐大，破例封侯拜相，破坏了祖宗训典，也非经义所载，这是以儒家经典和圣人之言为标准的儒士所不赞同的；外戚和宦官专权导致了儒士阶层仕途堵塞，地位丢失，这是儒士们更加不能容忍的；外戚和宦官专权破坏政体，人民怨声载道，这也是拥有

① ［明］梅鼎祚：《西晋文纪》，《文渊阁四库全书》第1398册，台北：台湾商务印书馆，1986年，第288页。

② ［梁］萧统编，李善注：《文选》，北京：中华书局，1977年，第241页。

③ ［南朝·宋］范晔撰，李贤等注：《后汉书》，北京：中华书局，1965年，第2622页。

浓厚的民本思想的儒士所不许的。种种原因加剧了士大夫对儒家圣道、儒家经典权威的维护，争取既得利益，匡民救世，故批判之声不绝于耳。

第二是天人感应之灾异谴告思想的推动。在上章中，我们讨论了天人感应之祥瑞对颂美文学的催生作用。其实，灾异谴告思想也对批判文学产生了深刻的影响。在讨论其影响之前，我们要先讨论一下谶纬思想中的文学观念。现存的谶纬文献中有关文学理论的表述有：

诗者，持也，以手维持，则承负之义，谓以手承下而抱负之。

在于敦厚之教，自持其心，讽刺之道，可以扶持邦家者也。

诗者，天地之心，君德之祖，百福之宗，万物之户也。

颂者，王道太平，成功立而作也。

上以风化下，下以风刺上，主文而谲谏，言之者无罪，闻之者足以戒。

治世之音，温以裕，其政平。乱世之音，怨以怒，其政乖。诗道然。

人主不正，应门失守，故歌关雎以感之。宋均注曰："应门，听政之处也。言不以政事为务，则有宣淫之心。关雎乐而不淫，思得贤人，与之共化修应门之政也。"

关雎知原，冀得贤妃、正八嫔。注曰："嫔，妇也，八妇正于内，则可以化四方也。"

《四牡》，草木萌生，发春近气，役动下民。

不能宣德，天下瓦解。①

上述材料从不同层面上解释了诗乐的功用。首先是“诗者，持也”，即是依照儒家温柔敦厚的原则，坚守善良本性，诗可以持人情性。三百之蔽，义归无邪。持心以刺即以内心情感对政治进行讽谏和颂美，是关乎家国的大事。这是对《诗经》总体功用的看法。其次是对《诗经》的内容进行论述。“《关雎》知原，冀得贤妃，正八嫔”，认为《关雎》之意在教化四方。最后，还给诗划定了一个范围，要在“敦厚之教”中进行“谲谏”，即达到言之者无罪而闻之者足以戒。这些都表现了谶纬诗学中的政治致用观。

这一点，还可以从谶纬文献对礼乐的论述中得到证明：

乐贵和睦微妙，故圣人尽心以作之。

乐者，非谓金石之声、管弦之鸣，谓阴阳和顺也。

以雅治人，风成于颂。

作乐，所以防隆满、节喜盛也。

乐听其声，和以音，考以俗，验以物类。

圣人作乐，不以为娱乐，以观得失之节。故不取备于一人，必须八能之上。

先王作制，所以节百事②。

上述材料论述了圣人为歌颂先祖而作乐，同时通过作乐来节百

① （日）安居香山、中村璋八辑：《纬书集成》，石家庄：河北人民出版社，1994 年，第 464、464、464、465、466、466、857、471、477、722 页。

② （日）安居香山、中村璋八辑：《纬书集成》，石家庄：河北人民出版社，1994 年，第 985、482、543、548、557、557、558 页。

事、防隆满、节喜盛、考风俗，从而达到观得失、顺阴阳的政治效果。诗乐的功用无不和现实政治相关，文学致用观与儒家诗教的美刺文艺观相契合。谶纬所叙政治为天所授，这就更增添了颂美、讽谏文学的说服性。所以当祥瑞频现时，颂美文学也被催生了。相应的，灾异出现则是社会批判文学的催化剂。

根据《后汉书》中的《天文志》和《五行志》，东汉被视为灾异的情况有近50种，其中有天文现象，如日食、蔽星等，有地质灾害，如地震、山崩、地陷等，有气候性灾害，如大雨、淫雨、干旱、大风等，有病虫灾害，如蝗虫、螟虫、牛疫等，还有如服妖、射妖、龙蛇孽等。据学者统计："东汉196年中，共发生日食86次、地震59次、水灾84次、旱灾蝗灾69次，计301次。汉明帝和汉章帝期间是风调雨顺的31年，这期间共发生地震1次、水灾2次、旱蝗之灾14次，平均每53个月出现1次。这些灾异又多发在中后期，如汉安帝的19年有地震22次、水灾17次、旱蝗15次，平均每年接近3次；不仅如此，危害性还很大，地震22次，受灾的州郡国累计达385个；水灾17次，受灾的'州郡国'累计达344个。"①

当灾异发生之时，上至统治者，下至儒士经生，都将此现象看做是政治的一种反馈。当出现灾异之时，统治者寻找对策以弥补政治上的过失，其对应的措施大概有以下几种：一是皇帝下诏罪己；二是罢免三公，如永初元年太尉徐防就是东汉历史上第一位因灾异被罢免的三公；三是下诏救灾。据统计，《后汉书》诸帝纪中共记载皇帝诏书251份，其中涉及灾异的共97份，占总数的38.6％，尤其在汉和帝、顺帝、桓帝期间，这个比例更高，分别为50％、60％强和70％弱。统治者下诏救灾之时，主要采用了理冤狱、荐人才、求直言、肃纲

① 谢仲礼：《东汉时期的灾异与朝政》，《中国社会科学院研究生院学报》2002年第2期。

纪、存孤寡等方法来应对上天的不满。

前文已述及东汉思想之基础是经谶合流。士人既对谶纬了然于胸，当然对于灾异谴告也就运用娴熟。士人援图纬以说灾异，如谢弼在建宁二年上封事云："臣闻和气应于有德，妖异生乎失政。上天告谴，则王者思其愆；政道或亏，则奸臣当其罚。夫蛇者，阴气所生；鳞者，甲兵之符也。"① 郎𫖮云："王者则天之象，因时之序，宜开发德号，爵贤命士，流宽大之泽，垂仁厚之德，顺助元气，含养庶类。如此，则天文昭烂，星辰显列，五纬循轨，四时和睦。不则太阳不光，天地溷浊，时气错逆，霾雾蔽日。"② 延熹九年，李膺等人因为党事下狱，陈蕃云："昔春秋之末，周德衰微，数十年间无复灾眚者，天所弃也。天之于汉，悢悢无已。故殷勤示变，以悟陛下。"李贤注："《春秋感精符》曰：'鲁哀公政乱，绝无日食，天不谴告也。'"③ 另一方面是以灾异谴告直言陈事，批判政治。如左雄："孝安皇帝封江京、王圣等，遂致地震之异。永建二年，封阴谋之功，又有日食之变。数术之士，咸归咎于封爵。"④ 左雄将地震发生的原因归于安帝对乳母王圣的封赏上，通过这种方式来批判安帝放纵乳母权力的扩大。阳嘉三年，河南、三辅大旱，周举在策问中非常尖锐地指出当时政治的弊端："陛下处唐虞之位，未行尧舜之政，近废文帝、光武之法，而循亡秦奢侈之欲，内积怨女，外有旷夫。今皇嗣不兴，东宫未立，伤和逆理，断绝人伦之所致也。非但陛下行此而已，竖宦之人，亦复虚以形势，威侮良家，取女闭之，至有白首殁无配偶，逆于天

---

① ［南朝·宋］范晔撰，李贤等注：《后汉书》，北京：中华书局，1965年，第1858页。
② 同上，第1071页。
③ 同上，第2166、2167页。
④ 同上，第2021页。

心。”[①] 又如杨震在京师地震之后，上疏安帝曰：“亲近幸臣，未崇断金，骄溢逾法，多请徒士，盛修第舍，卖弄威福。道路欢哗，众所闻见。地动之变，近在城郭，殆为此发。”[②] 就连最具科学理性、反对谶纬学说的张衡也免不了运用灾异谴告来评论时政。阳嘉二年发生地震，张衡上顺帝封事，分析地震发生原因：“又前年京师地震土裂，裂者威分，震者人扰也。……天鉴孔明，虽疏不失。灾异示人，前后数矣，而未见所革，以复往悔。”[③] 作为当时科学的先锋，张衡对地震的产生都这样分析，可见当时灾异谴告学说之深入人心。

第四节　抒写个体情性

一、发愤抒情文学观的回归

刘师培先生在《南北文学不同论》中说：“盖东汉士人，咸生北土，且当此之时，士崇儒术，纵横之学，屏绝不观，《骚经》之文，治者鲜矣。故所作之文，偏于记事析理，而骋辞抒情之作，嗣响无人。”[④] 从现存文献来看，东汉前期班彪创作《北征赋》、班固作《幽通赋》、曹大家作《东征赋》、傅毅作《七激》，中期崔骃作《七依》、王逸作《九思》，所以，东汉《离骚》传承并不是似刘师培所说的

---

① ［南朝·宋］范晔撰，李贤等注：《后汉书》，北京：中华书局，1965年，第2025页。

② 同上，第1765页。

③ ［汉］张衡撰，张震泽校注：《张衡诗文集校注》，上海：上海古籍出版社，2009年，第352页。

④ 刘师培：《南北文学不同论》，《刘师培辛亥前文选》，北京：生活·读书·新知三联书店，1998年，第403页。

“嗣响无人”，但刘师培却也点明了王逸之前的东汉士人不热衷效仿《离骚》而骋辞抒怀之现状。他分析原因是当时士人咸生北土且崇尚儒术。此说甚合事实。但笔者认为不仅如此，其还受到政治现实的影响。班固对屈原及《离骚》前后态度的转变便是最好的证明。他在《离骚赞序》中对屈原及《离骚》推崇备至，认为：

> 屈原以忠信见疑，忧愁幽思而作《离骚》。离，犹遭也。骚，忧也。明己遭忧作辞也。是时周室已灭，七国并争。屈原痛君不明，信用群小，国将危亡，忠诚之情，怀不能已，故作《离骚》。上陈尧、舜、禹、汤、文王之法，下言羿、浇、桀、纣之失，以风。怀王终不觉寤，信反间之说，西朝于秦。秦人拘之，客死不还。至于襄王，复用谗言，逐屈原。在野又作《九章》赋以风谏，卒不见纳。不忍浊世，自投汨罗。原死之后，秦果灭楚。其辞为众贤所悼悲，故传于后①。

这篇赞序丝毫不见对屈原及《离骚》的批判之辞，甚至还能从中体味到班固对屈原无限惋惜之情。但他在《离骚序》中就表现了与之相反的观念，尤其是对屈原其人，其辞曰：“今若屈原，露才扬己，竞乎危国群小之间，以离谗贼。然责数怀王，怨恶椒、兰，愁神苦思，强非其人，忿怼不容，沉江而死，亦贬洁狂狷景行之士。多称昆仑、冥婚宓妃虚无之语，皆非法度之政，经义所载。谓之兼《诗》风雅，而与日月争光，过矣!”② 比较这两种观点，前者认为屈原是忠诚之情，后者认为屈原违反了明哲保身的行事原则，为何会出现这种

① ［宋］洪兴祖撰，白化文等点校：《楚辞补注》，北京：中华书局，1983年，第51页。
② 同上，第49—50页。

矛盾呢？对照班固的《奏记东平王苍》，也许可推测这其中的转变。他在文中写道："昔卞和献宝，以离断趾，灵均纳忠，终于沉身。而和氏之璧，千载垂光，屈子之篇，万世归善。愿将军隆照微之明，信日昃之听，少屈威神，咨嗟下问，令尘埃之中，永无荆山汨罗之恨。"① 班固认为"灵均纳忠，终于沉身""屈子之篇，万世归善"，对屈原全无批判之意，可以认为此篇与《离骚赞序》作于同一时期。《奏记东平王苍》作于中元二年左右，当时班固还没有入朝为官。永平五年，班固被明帝诏为兰台令史，以官家身份撰史难免不带上官方正统色彩，自然要维护统治者尊严和地位，从而批评士人的狂狷之举。这在对屈原和对贾谊的评价上也有所体现。在《离骚序》中班固认为屈原"露才扬己，责数怀王"，因为其狂狷，所以沉身。班固对贾谊的评价一反刘向之评价，辞曰：

> 刘向称："贾谊言三代与秦治乱之意，其论甚美，通达国体，虽古之伊、管未能远过也。使时见用，功化必盛。为庸臣所害，甚可悼痛。"追观孝文玄默躬行以移风俗，谊之所陈略施行矣。及欲改定制度，以汉为土德，色上黄，数用五，及欲试属国，施五饵三表以系单于，其术固以疏矣。谊亦天年早终，虽不至公卿，未为不遇也②。

班固反对刘向的观点，力陈汉文帝对于贾谊的礼遇。他认为汉文帝并不是没有发现贾谊的才能，贾谊的有些观点之所以没有被采纳，是贾谊本身的观点有疏漏之处。这和评屈原的角度相同，即从士人本

① ［汉］班固撰，白静生注：《班兰台集校注》，郑州：中州古籍出版社，2002年，第58页。

② ［汉］班固撰，颜师古注：《汉书》，北京：中华书局，1962年，第2265页。

身查找原因，而非楚王和汉帝之过。

班固不赞同刘安、刘向的观点以及批评屈原的矛盾性，都与班固修撰国史的身份相关。结合明帝对于他的种种暗示，班固不得不屈从于政治，妥协于明帝。推及开来，士人们同样面临着光武、明帝时期的高压政治和客观上的太平盛世，以抒发情志的骚经传统显然就不能繁荣开来。

东汉前期《楚辞》传统难以为继的现象，说明了东汉光武、明、章时期抒写个人情感文学创作的缺失。王逸此刻将发愤抒情文学观的高举具有重要的意义和作用。

此外，王逸在为楚辞作序之时，不仅对屈原讽谏的创作意旨进行了阐发，同时还意识到屈原在文中的情志抒发。他在《楚辞章句叙》中说："屈原履忠被谮，忧悲愁思，独依诗人之义而作《离骚》，上以讽谏，下以自慰。遭时暗乱，不见省纳，不胜愤懑，遂复作《九歌》以下凡二十五篇。"① 他认为愁思愤懑之情是催生创作的源泉。不仅如此，王逸对屈原其他作品的创作动机也进行了细究。

> 屈原执履忠贞而被谗邪，忧心烦乱，不知所诉，乃作《离骚经》。
>
> 怀忧苦毒，愁思沸郁。出见俗人祭祀之礼，歌舞之乐，其词鄙陋。因为作《九歌》之曲，上陈事神之敬，下见己之冤结，托之以风谏。
>
> 屈原放逐，忧心愁悴……因书其壁，何而问之，以渫愤懑，舒泻愁思。楚人哀惜屈原，因共论述。
>
> 屈原履方直之行，不容于世。上为谗佞所谮毁，下为俗人所

① ［宋］洪兴祖撰，白化文等点校：《楚辞补注》，北京：中华书局，1983年，第48页。

困极，章皇山泽，无所告诉。乃深惟元一，修执恬漠。思欲济世，则意中愤然，文采铺发，遂叙妙思，托配仙人，与俱游戏，周历天地，无所不到。然犹怀念楚国，思慕旧故。忠信之笃，仁义之厚也①。

综观以上叙述，王逸认为屈原作文以情出发，抒发愁思。他还认为从宋玉开始，文士们已经受到屈原作品中愁思的巨大影响了。如“宋玉者，屈原弟子也。闵惜其师，忠而放逐，故作《九辩》以述其志。至于汉兴，刘向、王褒之徒，咸悲其文，依而作词，故号为‘楚词’”②，“《九怀》者，谏议大夫王褒之所作也。怀者，思也，言屈原虽见放逐，犹思念其君，忧国倾危而不能忘也。褒读屈原之文，嘉其温雅，藻采敷衍，执握金玉，委之污渎，遭世溷浊，莫之能识。追而愍之，故作《九怀》，以裨其词。”③

“闵惜”“怜哀”“悲”“愍”，这些表达感情色彩的词语，充分说明了王逸对作者创作心理的准确把握。他自己也是因为“读《楚辞》而愍伤屈原，故为之作解”，创作《九思》等文，更是因其“与屈原同土共国，悼伤之情与凡有异”。王逸对屈原愁思的同感与理解，证明了王逸对于情感抒发的高度赞同。他对楚辞作者创作情感的挖掘与强调，对文学创作主体的充分肯定与尊重，反映了那个时代创作主体个性意识的觉醒。

两汉之际兴起的述志赋，便多有对个人情感的抒发。崔篆的《慰志赋》叙写自己事于王莽新朝的悔意和不得已，表达自己的志向，情

① ［宋］洪兴祖撰，白化文等点校：《楚辞补注》，北京：中华书局，1983年，第2、55、85、163页。

② ［宋］洪兴祖撰，白化文等点校：《楚辞补注》，北京：中华书局，1983年，第182页。

③ 同上，第268—269页。

真意切。冯衍的《显志赋》对时命的哀叹，对丧子之痛的苦楚，对自身命运的伤怀，让人唏嘘。班彪在《北征赋》中也有对时命的哀叹，游子悲乡，命运多艰的苦痛，也是真情流露。但是这种抒发情感的传统并没有延续下去，虽然班固等人也创作了述志之赋，如《幽通赋》，但其创作主旨却发生了很大的变化，虽也有对自身命运多舛的哀叹，但立意更多的是坚守儒道。东汉中期，不仅王逸高举抒发个人之情，张衡、马融等人在创作实践上也不约而同地抒发个人情感。与王逸不同的是，他们更多是寻找解脱之道，张衡主要表现出对精神自由的向往，马融则借助外界事物以达解忧的目的。

二、追慕玄静自然的思想倾向

东汉中期，在崇儒宗经、服务政教的文学思想之下，还存在追慕玄静自然的思想倾向，这是士人儒家理想遭遇困难挫折而心向老庄的表现。此种创作倾向在光武、明、章时期十分沉寂，在安、顺时期有扩大趋势，体现了崇儒宗经文学指导思想的弱化。

东汉时期最早体现追慕玄静自然思想的是冯衍。在第一章中我们已经讨论了冯衍在两汉之际风云变幻之时的游说辩士之才，那时的他才华横溢，自信满满。但是因为站错队伍而导致仕途不顺，“永以立功得赎罪，遂任用之，而衍独见黜”①。冯衍为曲阳令，屡有治绩，但是遭到馋毁，不被封赏，未见任用。学者感叹道：“豪杰名士终身不遇者，东汉有冯衍、虞翻。”② 的确，冯衍的政治抱负，在一次次失败中被消磨。建武六年，冯衍向光武帝上书陈八事，得以召见。这

① ［南朝·宋］范晔撰，李贤等注：《后汉书》，北京：中华书局，1965 年，第 976 页。

② 转引自俞艳庭、踪凡、巩曰国等编撰：《中华大典·文学典·先秦两汉文学分典》，南京：凤凰出版社，2008 年，第 100 页。

本是一个极好的开端，但因令狐略等人从中作梗，冯衍再次被排挤，又一次失去了面见光武帝的机会，冯衍进入核心集团的愿望落空。后来，冯衍与阴氏外戚亲近，为诸王所聘请，但是好景不长，由于光武帝限制外戚，冯衍不得不再一次置身于风口浪尖，西归故郡避祸，闭门自保。建武末，仍然不甘心的冯衍再次上疏自陈，向光武帝血泪申诉自己被排挤的无奈以及生活的日益艰辛，可惜光武帝仍不为所动，冯衍退而作《显志赋》。

《显志赋》大概作于建武三十一年，冯衍已经五十岁。他在序言中说："风兴云蒸，一龙一蛇，与道翱翔，与时变化，夫岂守一节哉？用之则行，舍之则藏，进退无主，屈申无常。故曰：'有法无法，因时为业，有度无度，与物趣舍。"① 这是冯衍的人生处世哲学，他认为君子品行可贵可贱，根据情况可随时调整自己的选择。接着说明虽然致力于治世之策，但是久为小官，得不到重用，自伤不遇。"顾尝好俶傥之策，时莫能听用其谋，喟然长叹，自伤不遭。"② 不仅家境贫困如此，又遭丧子之痛，"去而归家，复羁旅于州郡，身愈据职，家弥穷困，卒离饥寒之灾，有丧元子之祸"③。在征途中，冯衍感叹家族昔时的荣耀与现在的萧条，"每念祖考，著盛德于前，垂鸿烈于后，遭时之祸，坟墓芜秽，春秋蒸尝，昭穆无列"，于是做出选择，"年衰岁暮，悼无成功，将西田牧肥饶之野，殖生产，修孝道，营宗庙，广祭祀。然后阖门讲习道德，观览乎孔老之论，庶几乎松乔之福"④。

冯衍在征途中感怀，为现实庸俗邪恶、世人迷失其间而悲。他坚

① ［南朝·宋］范晔撰，李贤等注：《后汉书》，北京：中华书局，1965年，第985页。
② 同上，第985页。
③ 同上，第985页。
④ 同上，第986—987页。

定自守，领会大德玄妙，守定志向不再更改。这是对自己人生的剖析，表明自己在现实世界从未与黑暗同流合污，总是保持着高尚的节操。但即便如此，还是遭受了丧子之痛。天命为何这样，一时间悲伤、迷惑不已。悲伤儿子早丧，诚善之人遭此重创，追问天道不公。这段话写得荡气回肠，且幽怨丛生。在悲痛和无奈之下，他决定回归自然，体会老聃之玄静，辞曰："游精神于大宅兮，抗玄妙之常操；处清静以养志兮，实吾心之所乐。……诵古今以散思兮，览圣贤以自镇；嘉孔丘之知命兮，大老聃之贵玄；德与道其孰宝兮？名与身其孰亲？陂山谷而闲处兮，守寂寞而存神。夫庄周之钓鱼兮，辞卿相之显位；于陵子之灌园兮，似至人之仿佛。"① 冯衍在《杨节赋序》中也表达了这样的想法，"冯子耕于骊山之阿，渭水之阴，废吊问之礼，绝游宦之路，眇然有超物之心，无偶俗之志"②。

冯衍在悲观和失望中，想找心灵深处的宁静港湾，便有着隐居避世的想法。他追求一种自由超脱的生活，让自己在读书论学、观览山川、考究往古中寄意寓心，充满自得之乐。但是当他在贫贱之时，常常慨叹曰："衍少事名贤，经历显位，怀金垂紫，揭节奉使，不求苟得，常有陵云之志。三公之贵，千金之富，不得其愿，不概于怀。贫而不衰，贱而不恨，年虽疲曳，犹庶几名贤之风。修道德于幽冥之路，以终身名，为后世法。"③ 冯衍自得之乐的背后是内心深处积极用世的潜在追求和安处虚静的自我平衡和说服的真相。

如果说冯衍是无奈选择的话，那么，到和、安帝以后，士人们追求玄静便是内心真实的期待了。如崔瑗在《座右铭》中的自我表述：

---

① ［南朝·宋］范晔撰，李贤等注：《后汉书》，北京：中华书局，1965年，第1001页。
② ［唐］徐坚等：《初学记》，北京：中华书局，1962年，第135页。
③ ［南朝·宋］范晔撰，李贤等注：《后汉书》，北京：中华书局，1965年，第1003页。

无道人之短，无说己之长。施人慎勿念，受施慎勿忘。世誉不足慕，唯仁为纪纲。隐心而后动，谤议庸何伤。无使名过实，守愚圣所臧。在涅贵不淄，暧暧内含光。柔弱生之徒，老氏诫刚强①。

这是糅合了儒家的仁义之美与道家的朴拙之美，告诫自己在乱世之中，只有清静自守才能保全自己和维护儒生尊严。崔瑗在《遗葛龚佩铭》中也表现了这一点，“慷慨愤激，动肠伤气。久生百疾，历年不遂。俯览斯佩，柔韦是贵”②。崔瑗劝诫葛龚要“柔韦”，也正是清静的表现。崔瑗族人崔琦也有此思想倾向。崔琦“少游学京师，以文章博通称，初举孝廉，为郎，河南尹梁冀闻其才，请与交”③。面对梁冀的恶行，崔琦上《外戚箴》以谏，又作《四皓颂》。《四皓颂》已亡佚，但是其序流传下来，仍能看出一二内容。其辞曰：

昔有南山四皓者，盖角里先生、绮里季、夏黄公、东园公是也。秦世道灭德消，坑黜儒术，于是乃退而作歌曰：“漠漠商洛，深谷逶迤。晔晔紫芝，可以疗饥。皇虞邈远，吾将安归？驷马高盖，其忧甚大。富贵而畏人，不如贫贱而轻世。”④

据《汉书》记载：“汉兴有园公、绮里季、夏黄公、角里先生，此四人者，当秦之世，避而入商洛深山，以待天下之定也。自高祖闻而召之，不至。其后吕后用留侯计，使皇太子卑辞束帛致礼，安车迎

① ［梁］萧统编，李善注：《文选》，北京：中华书局，1977年，第770页。
② ［唐］欧阳询撰，汪绍楹校：《艺文类聚》，上海：上海古籍出版社，1965年，第1068页。
③ ［南朝·宋］范晔撰，李贤等注：《后汉书》，北京：中华书局，1965年，第2619页。
④ ［明］梅鼎祚：《东汉文纪》，《文渊阁四库全书》第1397册，台北：台湾商务印书馆，1986年，第307页。

而致之。四人既至，从太子见，高祖客而敬焉，太子得以为重，遂用自安。”颜师古注曰：“四皓称号，本起于此，更无姓名可称知。此盖隐居之人，匿迹远害，不自标显，秘其氏族，故史传无得而详。”①崔琦对这四人作颂，可知其对隐逸的向往和羡慕。这些士人追慕隐逸生活绝非如冯衍一样是无奈之举，而是自觉的追寻。

最能体现追慕玄静自然倾向转变的是张衡。张衡字平子，南阳西鄂人。年少善文，游三辅，入洛阳，观太学，遂通五经贯六艺。从容淡静，不好交接俗人。和帝永元年间，举孝廉不行；连辟公府不就。在和帝永元十二年左右，也即张衡二十四岁左右，张衡为南阳太守鲍德的主簿，开始入仕。虽然张衡年轻时被征不就，但这并不表示他对政治不感兴趣。据孙文青先生考证，张衡十九岁时作《七辨》，二十岁时作《二京赋》②。《七辩》中寄托了作者的美政理想，表明了有意功名之志。而《二京赋》的创作动机就更表明了张衡的治世思想。《二京赋》中所表现出来的天地人和谐的政治理想和积极的讽谏意识，相当全面地再现了张衡早年所秉承的儒家思想传统。张衡《二京赋》作成之后，由于鲍德官职变动，张衡在家读书三年，屡征不就。三十四岁拜郎中，先后在尚书侍郎和太史令等并不高的职位间徘徊。在这十多年时间中，他制造各种精巧器械、参议汉家礼义、研究天文历法，在科学方面取得了很大的成就。

永建元年，49岁的张衡作《应间》，这是张衡思想变化的分水岭。在文中，张衡不再虔诚地表达儒家进取思想，“孔甲且不足慕，焉称殷彭及周聃?”③“庶前训之可钻，聊朝隐乎柱史，且韫椟以待

① ［汉］班固撰，颜师古注：《汉书》，北京：中华书局，1962年，第3056页。

② 孙文青：《张衡年谱》，北京：商务印书馆，1956年，第34、48页。

③ ［汉］张衡撰，张震泽校注：《张衡诗文集校注》，上海：上海古籍出版社，2009年，第290页。

价，踵颜氏以行止”①，表现出安于清虚的心志。在这一点上，张衡和班固不同。班固在《幽通赋》和《答宾戏》中虽然也表现出对幽静清虚的接受，但是他在接受中是伴随着对儒家思想和文艺的热爱，并认为只有坚持儒道才能实现价值。班固将儒学神圣化了。张衡则表达了他对科学研究的坚持以及不愿意阿附权贵以求高升的志向。他在文中还表达了对明哲保身的思想选择：“夫玄龙，迎夏则陵云而奋鳞，乐时也；涉冬则淈泥而潜蟠，避害也。”② 在此思想指导下，晚年的张衡的思想变化更大。他在 58 岁到 62 岁之间所作的《思玄赋》《髑髅赋》《冢赋》和《归田赋》，都是其内心追求精神自由，思想归向老庄的体现。

先看《思玄赋》。李善解释张衡作《思玄赋》的背景说：“顺、和二帝之时，国政稍微，专恣内竖。平子欲言政事，又为阉竖所谗蔽，意不得志。欲游六合之外，势既不能，义又不可，但思其玄远之道而赋之，以申其志耳。”③ 该赋序也说：“衡常思图身之事，以为吉凶倚伏，幽微难明，乃作《思玄赋》，以宣寄情志。”④ 张衡仿效屈原远游四方的方式来放逐自己困倦的精神。赋中时刻流露出对古代圣贤道德的坚持，并且最终也落于儒家圣贤道德修养之上。“文章焕以粲烂兮，美纷纭以从风。御六艺之珍驾兮，游道德之平林。结典籍而为罟兮，驱儒墨而为禽。玩阴阳之变化兮，咏《雅》《颂》之徽音。”⑤ 作者在四方玄游中，精神驰骋令人神往。张衡对精神自由的追寻，并没有停

---

① ［汉］张衡撰，张震泽校注：《张衡诗文集校注》，上海：上海古籍出版社，2009 年，第 294 页。

② ［汉］张衡撰，张震泽校注：《张衡诗文集校注》，上海：上海古籍出版社，2009 年，第 282 页。

③ ［梁］萧统编，李善注：《文选》，北京：中华书局，1977 年，第 213 页。

④ ［汉］张衡撰，张震泽校注：《张衡诗文集校注》，上海：上海古籍出版社，2009 年，第 195 页。

⑤ 同上，2009 年，第 237 页。

下来，又作《骷髅赋》《冢赋》。孙文青先生认为两篇辞赋作于永和二年，也就是张衡六十岁的时候，此时，张衡正为河间相。此篇内容仿庄子寓言，在文中张平子偶遇髑髅，愿复原安葬之，但是髑髅认为“死为休息，生为役劳”①，并与之讨论生死的问题。“离朱不能见，子野不能听。尧舜不能赏，桀纣不能刑。虎豹不能害，剑戟不能伤。与阴阳同其流，与元气合其朴。以造化为父母，以天地为床褥。以雷电为鼓扇，以日月为灯烛。以云汉为川池，以星宿为珠玉。合体自然，无情无欲。澄之不清，浑之不浊。不行而至，不疾而速。”② 二十句极言人死之后精神不受任何的限制和束缚。张衡借此寓言表达了对官场、荣位的厌恶。如何才能达到逍遥之境呢？张衡在此赋中却没有回答。永和三年，张衡对此有了结果，于是作《归田赋》。在赋中，张衡写出了因时事艰辛而“谅天道之微昧，追渔父以同嬉。超尘埃以遐逝，与世事乎长辞”③。表达了隐居思想。接着描绘了一幅自然闲适的生活图景：“于是仲春令月，时和气清。原隰郁茂，百草滋荣。王雎鼓翼，鸧鹒哀鸣；交颈颉颃，关关嘤嘤。于焉逍遥，聊以娱情。”④ 这个场面似乎又和《温泉赋》中的情景有些相似：“阳春之月，百草萋萋……控汤谷于瀛洲兮，濯日月乎中营。荫高山之北延，处幽屏以闲清。”⑤ 但是经过 43 年的宦海沉浮，心境又岂能完全一样！综观张衡一生，他从来没有隐居过，笔下描写的远离世俗尘埃的田园风景是内心期许的，体现出他用儒道互补来调和自己内心的愁思与苦闷，故用“追慕”二字。

① ［汉］张衡撰，张震泽校注：《张衡诗文集校注》，上海：上海古籍出版社，2009 年，第 248 页。

② 同上。

③ 同上，第 242 页。

④ 同上，第 243 页。

⑤ 同上，第 15—16 页。

追求儒道互补、追慕自然的还有马融。马融的思想非常矛盾，他因忤逆邓太后滞留官场十年，后替梁冀诬陷李固，说明他并非刚烈正直之士。马融在生活中不拘儒节："（马融）达生任性，不拘儒者之节。居宇器服，多存侈饰。常坐高堂，施绛纱帐，前授生徒，后列女乐。"① 并且为人傲慢矛盾。后人评价马融多有讥讽之语："扶风伯马融，髡徒秽士，糟粕陋儒。党附梁冀，害忠良而不顾；自比毛遂，甘轻贱而不羞。既失于西第之作颂，何补于东观之校书。高堂绛帐，沉酣女乐，逞豪门骄奢之风，破纯儒壮士之矩。……即是观之，则众丑备于一身，五经为之扫地，后世乃以其空言目为经师，使侑坐于孔子之庭，臣不知其何说也。"② 马融在仕途坎坷之际也不免生发追慕自然的想法这在他给友人谢伯世的书信中表现得非常明显，其辞云："愦愦愁思，犹不解怀。思在竹间，放狗逐麇。晚秋涉冬，大苍出笼。黄棘下菟，毛以干葵。以送余日，兹乐而已。"③ 马融认为只有放心在田园自然之中，才能缓解他心中的愁思。这是作者追求精神解脱的体现。

从冯衍到张衡，追慕玄静自然的思想倾向由被动转向主动，这种转变主要是因政治变化导致士人融通儒道思想而引起的。

首先，道家思想一直在东汉社会思想中潜存。光武立朝，以儒学作为治国方略，但他对黄老思想并不排斥，甚至在某些方面还可以说是提倡的。光武帝本身谨厚柔和。起事之初，光武以其谨厚形象安抚众人，回答众人要以柔道治国，这充分体现了光武帝在有黄老思想的

---

① ［南朝·宋］范晔撰，李贤等注：《后汉书》，北京：中华书局，1965年，第1972页。

② 转引自俞艳庭、踪凡、巩曰国等编撰：《中华大典·文学典·先秦两汉文学分典》，南京：凤凰出版社，第390页。

③ ［唐］欧阳询撰，汪绍楹校：《艺文类聚》，上海：上海古籍出版社，1965年，第1588页。

治国理念[①]。光武帝实际治国之策也确如此，《汉书》记载："初，光武长于民间，颇达情伪，见稼穑艰难，百姓病害，至天下已定，务用安静，解王莽之繁密，还汉世之轻法。"[②]

明帝时期，虽然政法严苛，但黄老思想也隐现其中。"（任）隗字仲和，少好黄老，清静寡欲，所得奉秩，常以赈恤宗族，收养孤寡。显宗闻之，擢奉朝请，迁羽林左监、虎贲中郎将，又迁长水校尉。肃宗即位，雅相敬爱，数称其行，以为将作大匠……和帝即位，大将军窦宪秉权，专作威福，内外朝臣莫不震慑。时宪击匈奴，国用劳费，隗奏议征宪还，前后十上。"[③] 明帝永平年间，楚王英晚年喜黄老，还学浮屠斋戒祭祀，"八年，诏令天下死罪皆入缣赎。英遣郎中令奉黄缣白纨三十匹诣国相曰：'托在蕃辅，过恶累积，欢喜大恩，奉送缣帛，以赎愆罪。'国相以闻。诏报曰：'楚王诵黄老之微言，尚浮屠之仁祠，洁斋三月，与神为誓，何嫌何疑，当有悔吝？'"[④] 可见在永平年间，统治阶级是不反对崇尚黄老的。郭贺在永平四年至七年之间为河南尹，以清静治政受到明帝的嘉奖，也可证明皇帝并不否定黄老思想。

章帝时期也是如此，元和二年，章帝下诏："夫俗吏矫饰外貌，似是而非，揆之人事则悦耳，论之阴阳则伤化，朕甚厌之，甚苦之。安静之吏，悃愊无华，日计不足，月计有余。如襄城令刘方，吏人同声谓之不烦，虽未有它异，斯亦殆近之矣。"[⑤] 章帝对安静之吏刘方的表彰表明了对黄老思想的赞同。但这只能证明东汉前期的统治者对

---

① "帝闻之，大笑曰：'吾理天下，亦欲以柔道行之。'"［南朝·宋］范晔撰，李贤等注：《后汉书》，北京：中华书局，1965 年，第 68 页。

② ［南朝·宋］范晔撰，李贤等注：《后汉书》，北京：中华书局，1965 年，第 2457 页。

③ 同上，第 753—754 页。

④ 同上，第 1428 页。

⑤ 同上，第 148 页。

黄老思想不排斥，远没有达到对儒家思想的欣赏和推崇的那种程度。

以上例子证明东汉虽然以儒学立国，但是在政治上并不排斥黄老思想。士人一方面积极加强经学研习，积极进取，另一方面，在治政方略上付诸无为的实践。黄老思想虽然主要关注政治问题，但是也能由政治问题引发对社会文化问题和人生问题的探讨。在道家思想的支配下，在社会政治达到一定切合点时，儒士们也就逐渐改变人生的选择。

其次，在政治的催化下，儒家思想中明哲保身观念和道家清虚自守观念相互融合。儒家主导积极入世，但就现实情况来看，积极的入世精神并不能全都带来顺利的仕途。为了平衡这种矛盾，他们以“有道”和“无道”来调整自己的处世态度。其实儒家本身就有进取和退隐两种人生选择。儒家经典关于此类论述颇多，如：

> 子谓颜渊曰：“用之则行，舍之则藏，唯我与尔有是夫!”
>
> 子曰：“笃信好学，守死善道。危邦不入，乱邦不居。天下有道则见，无道则隐。”
>
> 子曰：“君子哉！蘧伯玉。邦有道，则仕；邦无道，则可卷而怀之。”
>
> 古之人，得志，泽加于民；不得志，修身见于世。穷则独善其身，达则兼善天下①。

随着政治的发展，儒家思想的进一步社会化和融通化，儒家宣扬的行藏之论包含两方面的意思，一是大道不行，远居避祸。西汉末年，王莽篡权以及战火纷飞，士人们纷纷远走朝廷，隐居避祸便是对

① ［宋］朱熹：《四书章句集注》，北京：中华书局，1983年，第95、106、163、351页。

这种思想的躬行。二是士人们在遭遇仕途阻碍后的选择。士人的仕进之路不由士人自身控制而取决于统治者的好恶，因此士人的仕进之路不总是顺畅通达，多出现不遇之苦。如何调和呢？于是士人将眼光投向独善其身，远游以疗伤。董仲舒在《士不遇赋》中表达了“若伍员与屈原兮，固亦无所复顾。亦不能同彼数子兮，将远游而终慕”的志向，扬雄更是将儒家的隐退说得明白透彻。他在《自序传》中说：“以为君子得时则大行，不得时则龙蛇。”① 东汉光武、明、章之时，班氏父子等人提倡明哲保身思想并躬身实践。

虽然儒家和道家在“清虚自守”上有相似之处，但也有很大的区别。以班固为例，他在明哲保身思想下幽静自守，但是他以坚守儒家美德和游于儒家经典作为安身立命的支点，这和道家的闲远自然有很大区别。和、安以后，这种情况有所改变，其中政治是主要因素。士人对于儒家圣德的追求总是发生在政治清明之际，然而当政治黑暗，前途瞬息万变不可预知之时，士人们对于仕或隐就不再执着，变得可隐可仕。和、安以后的政治背正加速了士人此种心态的形成。和、安时期外戚、宦官等势力膨胀，自然灾害频繁，民不聊生，朝政日益荒乱，卖官鬻爵常有。据记载：“三公以国用不足，奏令吏人入钱谷，得为关内侯、虎贲羽林郎、五大夫、官府吏、缇骑、营士各有差。”② 皇帝尚且如此，外戚与宦官更是任人唯亲，操纵铨举，造成士人正常的仕途受阻。“自和安之后，世务游宦，当途者更相荐引。”③ 士人在进入仕途之前就出现了分化，大多数士人有浓厚的兴趣积极入世，而一部分士人则失去了进入朝廷的热情和积极性，进也可，出也可。如（杨）震少好学，受《欧阳尚书》于太常桓郁，明经博览，无不穷究。

① ［汉］班固撰，颜师古注：《汉书》，北京：中华书局，1962年，第3515页。
② ［南朝·宋］范晔撰，李贤等注：《后汉书》，北京：中华书局，1965年，第213页。
③ 同上，第1630页。

诸儒为之语曰："关西孔子杨伯起。"常客居于湖，不答州郡礼命数十年，众人谓之晚暮，而震志愈笃。后有冠雀衔三鳣鱼，飞集讲堂前，都讲取鱼进曰："蛇鳣者，卿大夫服之象也。数三者，法三台也。先生自此升矣"。年五十，乃始仕州郡[①]。李充，"太守鲁平请署功曹，不就。平怒，乃援充以捐沟中，因谪署县都亭长。不得已，起亲职役。后和帝公车征，不行。延平中，诏公卿、中二千石各举隐士大儒，务取高行，以劝后进，特征充为博士"[②]。张衡"虽才高于世而无骄尚之情，常从容淡静，不好交接俗人。永元中，举孝廉不行，连辟公府不就"[③]。黄琼初以父任为太子舍人辞病不就，遭父忧服阕，五府俱辟，连年不应[④]。士人仕进心境的变化，体现出对儒家思想的怀疑。当儒家思想被怀疑的时候，士人内心就自然转向了道家的闲远自然倾向了。

追慕玄静自然的思想倾向在东汉末年表现得更为明显。这是士人逐渐脱离天、神和儒家伦理道德束缚的第一步，是士人关注个人情感走向的开始，是随后形成的非功利、主缘情文学思想的前奏。

小　结

东汉中期社会政治巨变，皇权衰弱，儒家思想逐渐式微。为改变这一现状，统治者积极采取措施，推行儒学复兴。因此期的士人多是

① ［南朝·宋］范晔撰，李贤等注：《后汉书》，北京：中华书局，1965年，第1759—1760页。

② 同上，第2685页。

③ 同上，第1897页。

④ 同上，第2032页。

出生于明、章时期，接受浓厚的经学教育，故崇儒宗经的思想仍根深蒂固。

文学评价方面，士人们仍然固执地坚守崇儒宗经的指导思想。如王逸就班固对屈原和《离骚》的评价提出不同的看法，但是仍然从“依经立义”的角度进行批评。士人对儒家文学观的坚守还表现在对文学功用论的坚守。儒家文艺观对文学功用要求“美刺”。东汉中期由于政治环境的变化，士人认为文学功用则主要体现在“刺”的方面，从而形成政教为用、讽谏批判的文学思想。

由于政治环境的变化，士人们的生存状态受到外戚和宦官的严重威胁。士人的眼光逐渐从关注匡民救世转向对自身人生意义的思索。表现在文学创作中，以张衡、马融等人为例，他们面对坎坷的仕途生活和压抑的精神，希望能放飞精神，寻找心灵的净土，形成了追慕玄静自然的思想倾向，这体现了文学思想的转变。

第五章　东汉后期的文学思想

【桓帝延熹二年（159）至献帝建安元年（196）】

从桓帝延熹二年诛灭外戚梁冀到献帝建安元年，称为东汉后期。这一时期，擅权的主体由外戚变为宦官，外戚成了反宦的组织者和领导者。由于宦官较之外戚更为士人所不容，士人与宦官的矛盾更为尖锐。宦官在与士人们激烈的斗争中，利用皇权制造了针对士人的党锢之祸，长达二十年之久的党锢之祸给早已对政权萌生去意的士人当头一棒。士人不再唯入世为务，不再恪守儒家纲常，而是致力于冲破儒家礼教的束缚，注重对自身个性的发展。他们不再对家国大业表现热情，儒家道义的承担若隐若现，对社会政治的关注也只剩下批判和忧国忧民。他们更多的是关注自然，抒发日常生活中的真情。于是出现非功利、主缘情的文学创作倾向，文学思想为之一变。

社会急剧变革的时代，新的文学思想总是与旧有的文学思想相冲突。非功利、主缘情的文学思想就与旧有的儒家功利文学思想产生对抗。随着建安时代的到来，旧有的文学思想随着王朝的没落被新文学思想取代，成就了受中国文人高度评价的建安风骨。东汉后期，非功利、主缘情的文学思想在士人创作实际中已有表现，但在文学理论上还没有做好充分的准备，这是该时期文学思想激荡的一大主要原因。直到魏晋时期曹丕才从实践中总结出“文气”说和“无用之用”论，从而实现了文学理论对文学创作的指导。

东汉前、中期，儒家思想和谶纬思想始终把文学禁锢在经学和政治所编制的怪圈中，文学成为经学的附庸。事物总是遵循自身发展规律，文学仍然前行。东汉前期的帝王虽没有承认文学创作应有的地位和价值，但仍大加提倡，只是这种提倡是有附加条件的，那就是要为政教服务。士人们也逐渐认识到文学对于他们的意义，他们把游于艺文抬高到了实现自身价值的次选择，这无疑是对文学地位的一次大认同。尽管如此，文学创作仍然是士人们生活中聊以自慰或者为统治者消遣的工具。爱好广泛且喜好独特的汉灵帝改变了这一状况，他在以经取士外开辟了一条以辞赋文艺取士的小道，成就了鸿都门学。文学创作的地位被统治者抬高了。这是后来曹丕“盖文章，经国之大业，不朽之盛事”的前奏。至此，东汉重文倾向画上了一个完美的句号。

第一节　非功利、主缘情文学思想

两汉之际，很多大儒不仕王莽新朝，幽居教授，为刘汉王室守节。其动机被蔡邕之六世祖蔡勋一语道破：“吾策名汉室，死归其正。昔曾子不受季孙之赐，况可事二姓哉?”① 卓茂、鲍宣等人俱不仕新莽政权。光武起事之时便对这种节义的思想大加赞赏，并对这些节义士人多加征召和礼遇。刘秀此举可谓非常明智，一方面他以西汉正统政权延续自居，获得更多士人的认同；另一方面利用通经大儒的学术

① ［南朝·宋］范晔撰，李贤等注：《后汉书》，北京：中华书局，1965年，第1979页。

能力和名望，为儒家思想的复兴作准备。统一政权之后，儒学的复兴更把这种尚名世风推向顶端。士人们在经术的穷究、孝义的践行、节义的表现上多积累名望，以期能得到推赏，从而进入仕途。光武、明、章时期的政治清明可赞，士人名望积累方式以经术和孝行为主。和、安以后，士人得名的方式大大转变。经义和孝行之名已经退居二线，更多的是节义之名。节义最大的表现就是维护皇权。故在外戚和宦官专权之时，士人们对外戚和宦官的激烈反对则是节义思想的具体表现。随着士人与外戚之间、士人与宦官之间长久而又激烈的对抗，这种节义之名便在士人中获得了更大的舆论支持和崇尚。这种崇尚甚至超过了对官禄的追求，此从“登龙门”事件中就可看出①。士人节义思想的强化虽然从儒家思想中来，但又大大超越了儒家的君家尊严和威信，于是党锢之祸发生了。表面上，党锢之祸是宦官对于士人激烈行为的反击，其实是儒家尊君思想对士人价值取向转变的一次拨乱反正，也是皇权政治话语权对平民基层话语权的一次打击。第一次党锢之祸并没有将士人的价值给扭转过来，反而激发了士人对于节义的狂热崇拜。第二次党锢之祸来势汹汹，时间持久。这一次党锢之祸达到了对士人价值观拨乱的目的，却没有达到反正的效果。士人们沉寂下来了，对于外部世界的变化不再表现出热情，而是关注个人的日常生活。对文艺的追求自来就有，儒家作乐以风其下，虽然作乐承载着重要的政治功能，但是并不否认儒家对于文艺的追求，只是要求文艺要符合雅正标准。当士人们关注个人的日常生活之时，文艺追求就表现出与儒经雅正不同的世俗化倾向，如对书法的过分关注等等。在对文艺世俗化的追求中，士人们由对政治的关注转向对世俗生活的情感

① “是时朝廷日乱，纲纪颓阤，膺独持风裁，以声名自高。士有被其容接者，名为登龙门。”[南朝·宋] 范晔撰，李贤等注：《后汉书》，北京：中华书局，1965年，第2195页。

感知，于是文学创作中的情感表现体现出日常生活化和通俗化。这种日常生活化和通俗化的感情抒写是非功利的，非功利、主缘情的文学思想出现了。建安文学正是在这种文学思想上取得更辉煌的发展，可以说，东汉后期出现的非功利、主缘情文学思想是建安文学的前奏。

一、士人的政治疏离与内生心理

汉室中兴的原因复杂多样，其中一个重要的原因是士人们“思汉”心切。随着大一统政权的建立，儒家思想根植于士人血脉之中，士人们心目中对于“汉为尧后”的正统地位毫无疑义。他们恪守儒家入世的社会价值取向，履行孔子对士人的人格要求。“士不可以不弘毅，任重而道远。仁以为己任，不亦重乎？死而后已，不亦远乎？”① 士人为刘汉王朝卖力称赞，从西汉皇室到东汉皇室，从游猎到京都，无不体现出士人们对于刘汉政权的遵从和拥护，无不显现出士人对于政治的热烈追求。

和、安时期，外戚、宦官、内宠交相弄权，对士人打击很大。窦宪虽开东汉外戚专权之先声，却只持续了四年即被和帝剪灭。邓太后广兴文治，期间也有归政之争，邓氏外戚虽有势大之嫌，表面仍不失为士人赞美之时代。安帝亲政以后，多用内宠和阉人，士人因之直言忠谏。顺帝即位，招揽天下英豪，兴明政，征隐士，然而顺帝并没有实现再次中兴的宏愿，后期多委纵宦官，天下失望。冲、质时期，“（梁）太后夙夜勤劳，推心杖贤，委任太尉李固等，拔用忠良，务崇节俭。其贪叨罪慝，多见诛废。分兵讨伐，群寇消夷。故海内肃然，

① ［宋］朱熹：《四书章句集注》，北京：中华书局，1983 年，第 82 页。

宗庙以宁。"[1] 李固为天下士人敬仰，梁太后一切委仗李固，为天下士人带来希望。随后李固被梁冀构陷、杀害，士人再次陷入深深的失望和惧怕中，士人隐逸倾向越来越强烈。延熹二年，不可一世的梁冀为桓帝诛杀，士人翕然称之。故此，士人们总是在翘首盼望刘汉中兴的那一天，总是怀揣着对刘汉政权的眷恋，虽然这其中失望多于希望，但毕竟是在希冀着。

在希冀之余，士人也逐渐从追求政治的狂热中冷静下来。他们仔细审视自身的处境，曾经引以为自豪和安身立命的君臣纲纪已经被外戚和宦官破坏殆尽。他们不仅不能在政治中实现自身的价值，而且时常有生命不保的担心。于是乎，他们与政治若即若离。如杨震一开始便表现出对政治的疏离，但是终于经受不住诱惑，随即入朝为官；又如刘淑，他"少学明《五经》，遂隐居，立精舍讲授，诸生常数百人。州郡礼请，五府连辟，并不就。永兴二年，司徒种暠举淑贤良方正，辞以疾"[2]。刘淑作为刘氏宗室，本应对刘汉鞠躬尽瘁，发扬祖先鸿业，但是他选择了远离政权。苏章"少博学，能属文。安帝时，举贤良方正，对策高第，为议郎。数陈得失，其言甚直……换为并州刺史，以摧折权豪，忤旨，坐免。隐身乡里，不交当世。后征为河南尹，不就"[3]。张衡"常从容淡静，不好交接俗人。永元中，举孝廉不行，连辟公府不就"[4]。崔骃因窦宪不容，遂不之官而归，永元四年，卒于家。从上述诸例可以看出，士人们与政治若即若离，时隐时仕，隐则独善其身，清虚固守，自娱诗书；仕则匡济天下，履行士大夫辅君为政的职责。他们在这种儒道的交互中实现人生的价值。一场

---

① ［南朝·宋］范晔撰，李贤等注：《后汉书》，北京：中华书局，1965年，第440页。
② 同上，第2190页。
③ 同上，第1107页。
④ 同上，第1897页。

无情的党锢之祸，将士人们对政治的热情、若即若离的状态浇灭殆尽。

延熹二年，梁冀被诛，天下欣然。然而桓帝俱封宦官五侯，政治再起波澜。如果说顺帝时外戚和宦官还能相互制衡的话，那么在梁冀被诛灭之后，宦官的势力则得到空前的膨胀。面对来势汹汹的宦官势力，太尉黄琼称病不朝，不与宦官正面冲突。但危难之时，总有正直义士挺身而出。李云直接将斗争的矛头对准了桓帝，上谏说："孔子曰：'帝者，谛也。'今官位错乱，小人谄进，财货公行，政化日损，尺一拜用不经御省。是帝欲不谛乎？"① 桓帝震怒，收系李云。杜众愿求同死，更加激怒了桓帝。桓帝不顾大臣求情，赐死李云和杜众。这是汉末反对宦官及皇帝悲壮的先声，此后反对宦官之声不绝。

宦官擅权对朝政危害甚大，正如范晔所说：

> 若夫高冠长剑，纡朱怀金者，布满宫闱；苴茅分虎，南面臣人者，盖以十数。府署第馆，棋列于都鄙；子弟支附，过半于州国。南金、和宝、冰纨、雾縠之积，盈仞珍藏；嫱媛、侍儿、歌童、舞女之玩，充备绮室。狗马饰雕文，土木被缇绣。皆剥割萌黎，竞恣奢欲。构害明贤，专树党类。其有更相援引，希附权强者，皆腐身熏子，以自衔达。同敝相济，故其徒有繁，败国蠹政之事，不可单书。②

桓帝时期，宦官五侯专横更甚，天下为之语曰："左回天，具独坐，徐卧虎，唐两堕。"③ 宦官的种种劣迹为士人所不齿，所以士人

① ［南朝·宋］范晔撰，李贤等注：《后汉书》，北京：中华书局，1965年，第1852页。
② 同上，第2510页。
③ 同上，第2521页。

和宦官之间势不两立。上至朝堂、下至郡县形成了一致的反宦风气。黄浮大义疾呼“徐宣国贼，今日杀之，明日坐死，足以瞑目也”[①]。韩演、皇甫规、朱穆、杨秉、谢弼、陈蕃、朱寓、李膺、范滂等人，对宦官或奏劾之，或收捕之。宦官亦深疾士人。太学生中以反宦为话题的纵谈之风更加盛行，并聚众为反宦士人鸣不平。一时间，宦官与士人之间剑拔弩张、水火不容。宦官与桓帝亲近，借李膺捕杀张成之事，构陷李膺。“天子震怒，班下郡国，逮捕党人，布告天下，使同忿疾，遂收执膺等。其辞所连及陈寔之徒二百余人”[②]，好在时间不长便结束了。

第一次党锢之祸后，士人们并未因此退缩。陈蕃的慷慨陈词更激起了儒生反对宦官的雄心与斗志。他在为李膺奔走之时，上疏桓帝：“伏见前司隶校尉李膺、太仆杜密、太尉掾范滂等，正身无玷，死心社稷。以忠忤旨，横加考案，或禁锢闭隔，或死徙非所。杜塞天下之口，聋盲一世之人，与秦焚书坑儒，何以为异？昔武王克殷，表闾封墓，今陛下临政，先诛忠贤。遇善何薄？待恶何优？”[③] 三个反问句铿锵有力，愤激难平。犀利的言辞早已不复有儒家提倡的温柔敦厚。此时，士人的谈论之风更甚，“自是正直废放，邪枉炽结，海内希风之流，遂共相标榜”[④]，并为天下名士评出三君、八俊、八顾、八厨、八元、八凯，太学生甚至编为歌谣广泛流传，如“天下模楷李元礼，天下英秀王叔茂，天下良辅杜周甫……”[⑤] 追求名士之风气更为浓厚。李膺独守风裁，以声名自高，士有被其容接者，名为“登龙门”。

---

① [南朝·宋] 范晔撰，李贤等注：《后汉书》，北京：中华书局，1965 年，第 2522 页。
② 同上，第 2187 页。
③ 同上，第 2166 页。
④ 同上，第 2187 页。
⑤ 逯钦立：《先秦汉魏晋南北朝诗》，北京：中华书局，1983 年，第 222 页。

第一次党锢解禁之后，范滂离开京师，道路迎者数千人，足可见当时反宦名士在天下的号召力。第一次党锢虽然只有短短的一年，但是，却大大地改变了士人对朝廷的认识，“天下士大夫皆高尚其（李膺）道，而污秽朝廷”①。

灵帝即位之后，陈蕃和窦武组织了一次诛宦事件，这是汉末反宦的高潮，可惜没有成功。诛宦事件的失败导致宦官对于士人仕进道路的全部封堵，只有阿附宦官的人才有机会，这无疑使士人对朝廷更加失望，以致海内共怨。陈、窦诛宦虽然失败，但是也给宦者造成极大的恐慌。为了防止此类事件再次发生，曹节等人酝酿了第二次党锢事件。建宁二年，“督邮张俭因举奏（侯）览贪侈奢纵，前后请夺人宅三百八十一所，田百一十八顷。起立第宅十有六区，皆有高楼池苑，堂阁相望，饰以绮画丹漆之属，制度重深，僭类宫省。又豫作寿冢，石椁双阙，高庑百尺，破人居室，发掘坟墓。虏夺良人，妻略妇子，及诸罪衅，请诛之”②。因为侯览的阻挠，其疏奏并未上达皇帝。张俭遂破览家，籍没赀财，具奏其罪状。宦官侯览使人诬告张俭结党谋反，曹节趁机上奏搜捕党人，党锢之祸再起，此为第二次党锢之祸。李膺、杜密、范滂等百余人俱被处死，其他因陷害、牵连者六七百人，分别被流放、禁锢或处死。又熹平五年，永昌太守曹鸾上疏大讼党人……于是诏州郡更考党人门生故吏父子兄弟，党锢之祸更甚。光和二年，党锢自从祖以下，皆得解释。中平元年，因黄巾张角起，天下党人乃被放归。自此，始于甘陵、汝南，成于李膺、张俭的党锢之祸才得到平息。二十多年间，海内涂炭，天下善士多有被迫害。

第二次党锢之祸呈扩大之势，曹节诬陷桓彬酒党之事，便是其

① ［南朝·宋］范晔撰，李贤等注：《后汉书》，北京：中华书局，1965年，第2195页。
② 同上，第2523页。

证。据《后汉书》记载："彬少与蔡邕齐名。初举孝廉，拜尚书郎。时中常侍曹节女婿冯方亦为郎，彬厉志操，与左丞刘歆、右丞杜希同好交善，未尝与方共酒食之会，方深怨之，遂章言彬等为酒党。事下尚书令刘猛，猛雅善彬等，不举正其事，节大怒，劾奏猛，以为阿党，请收下诏狱，在朝者为之寒心，猛意气自若，旬日得出，免官禁锢。"① 可见当时宦官借党锢之名迫害士人的种种恶行。"党锢的年代，宦官的亲朋故旧都在京师内外遍布要津，因而构成了一个广大的势力网络……不论用什么谋划来诋毁和摧折他们，他们总是得以死灰复燃。反之，只要他们想搞垮某人，他们又几乎能得逞其志。"② 党锢之祸和宦官得势给士人们带来严重的心理伤害，儒家所鼓吹的纲常礼教在士人心中逐渐失去神圣的地位。党锢之祸促使士人发生分类，一类士人彻底放弃了儒家温柔敦厚的说教，变得更加具有批判性，在文学中毫无保留、毫不压制地宣泄自己的情绪，如赵壹等。另外一类是更加坚定地选择道家，如郭林宗、姜肱、魏桓等人。两类士人的共同点是对政治失去信心，对政治的依附感已经降到最低，对儒家思想由笃信而怀疑。以申屠蟠为例，黄琼卒后，四方名豪到帐下者有六七千人，申屠蟠与其中一人颇为投机。最后临别之时，那人对申屠蟠说："君非聘则征，如是相见于上京矣。"申屠蟠勃然作色道："始吾以子为可与言也，何意乃相拘教乐贵之徒邪?"③ 因振手而去，不复与言。由此可见，申屠蟠不只自己表现出对政权的疏离，甚至对亲近政治之人都不愿结交。又如荀爽曾致书李膺，欲令屈节以全乱世。辞曰：

① ［南朝·宋］范晔撰，李贤等注：《后汉书》，北京：中华书局，1965年，第1261页。

② （英）崔瑞德，鲁惟一编，杨品泉等译：《剑桥中国秦汉史》，北京：中国社会科学出版社，1992年，第351页。

③ ［南朝·宋］范晔撰，李贤等注：《后汉书》，北京：中华书局，1965年，第1752页。

久废过庭，不闻善诱，陟岵瞻望，惟日为岁。知以直道不容于时，悦山乐水，家于阳城。道近路夷，当即聘问，无状婴疾，阙于所仰。顷闻上帝震怒，贬黜鼎臣，人鬼同谋，以为天子当贞观二五，利见大人，不谓夷之初旦，明而未融，虹蜺扬辉，弃和取同。方今天地气闭，大人休否，智者见险，投以远害。虽匮人望，内合私愿。想甚欣然，不为恨也。愿怡神无事，偃息衡门，任其飞沉，与时抑扬①。

荀爽劝诫李膺，认为在当世复杂黑暗的社会环境中，保身全命才是第一要务。荀爽的选择是当时大多数士人的生活选择，他们对政治极其冷淡，更加关注个人发展。

葛兆光先生说："（党锢之祸）对于当时的知识阶层的影响究竟有多大，我们当然无法统计，但有一点可以肯定的是，一方面它给知识阶层的理想主义带来了阴影，并使知识与权力抗衡的想象彻底破灭，从而引出个体生存为中心的思路；一方面它使一批士大夫厌恶了群体认同互相标榜的方式，转而寻求一种更个人性的独立与自由的精神境界。"② 士人外在追求的失败导致他们更加追求自己的内心，他们不再热衷于表达对社会、政治的看法，而是将目光转向日常生活。这种全新的态度和班固立足儒家思想、立足大一统社会思想是完全不同的；这种态度和张衡玄游天地、企慕自然有相通之处，但又有不同，张衡是身在庙廊而追求精神自由，以求解脱，而此时的士人则是追求真性情，还归作为人的本真。

① ［南朝·宋］范晔撰，李贤等注：《后汉书》，北京：中华书局，1965年，第2195—2196页。

② 葛兆光：《中国思想史》，上海：复旦大学出版社，1998年，第315页。

二、文艺的世俗化倾向

汉末士人对仕途既无热忱，遂将目光转向日常生活，热心追求不同于儒家雅正的世俗文艺。其中，对书法艺术的喜爱即是突出现象。当然，将书法当作世俗文艺也许不完全正确。这里只是想以新兴的、民间的艺术作为对象，说明此期内文人不再仅仅局限于传统的诗文赋创作和欣赏，也不再把文学艺术当作经邦治世的根据，而是把其他艺术作为关注的新对象。

狂士赵壹在《非草书》一文中对世之崇尚张生草书的现象进行了批判。从他的批判中，我们可以感知当时士人的文艺追求和思想的转变。文中说："余郡士有梁孔达、姜孟颖者，皆当世之彦哲也，然慕张生之草书，过于希颜、孔焉。孔达写书以示孟颖，皆口诵其文，手楷其篇，无怠倦焉。于是后生之徒，竞慕二贤，守令作篇，人撰一卷，以为秘玩。余惧其背经而趋俗，此非所以弘道兴世也。"① 这一段话讲述一个现象，即士人对草书的喜爱已经达到了痴迷的境地了，他们或无倦怠地进行临摹，或以之为秘玩。后世学者对这种现象概括道：

> 东汉末，旧京长安以西地区出现了以张芝为代表的一批草书专家，他们执著痴迷地专攻草书，既有领袖人物，又有许多追随者和继承者，延续了一个多世纪，并有着明显的地域性和一致的艺术追求，这是书法史上出现的第一个流派②。

---

① ［明］梅鼎祚：《东汉文纪》，《文渊阁四库全书》第1397册，台北：台湾商务印书馆，1986年，第565页。

② 华人德：《中国书法史》（两汉卷），南京：江苏教育出版社，1999年，第186页。

显然，专精草书的西州书家并不是赵壹倾慕的对象，而是批判的对象。赵壹对此批判的理由竟是“背经而趋俗”“非所以弘道兴世”。他的标准正是儒家的匡国济世思想和雅俗分流的观念。士人们与传统的儒家要求背道而驰，正说明了他们对政治的疏离与不关心。赵壹用功利的思想对喜爱草书之人进行批判，认为：“且草书之人，盖技艺之细耳。乡邑不以此较能，朝廷不以此科吏，博士不以此讲试，四科不以此求备，征聘不问此意，考绩不课此字。徒善字既不达于政，而拙草亦无损于治。推斯言之，岂不细哉！夫务内者必阙外，志小者必忽大。俯而扪虱，不暇见地。地仰而观虮，不暇见天，天地至大而不见者，方锐精于虮虱，乃不暇焉。”殊不知此种批判更加衬托出喜爱草书之人对书法艺术非功利的追求。

赵壹的批判标准与他长期坚持的思想一致。在《穷鸟赋》和《刺世疾邪赋》中，他同样表达了对政治的批判，而这种批判正是出于“依正道于邪说”以达到“尊主致平”的目的。赵壹所批判的正是这段时期所盛行的。人们在日常生活中寻找到了新的乐趣，体验了从未体验过的惬意。蔡邕便是最好的证明。蔡邕书法技艺高超，他在篆书和草书的写法上极力追求美的表现，云：“远而望之，若鸿鹄群游，络绎迁延；迫而视之，端际不可得见，指㧑不可胜原。研桑不能数其诘屈，离娄不能睹其隙间，般倕揖让而辞巧，籀诵拱手而韬翰。”①“奋笔轻举，离而不绝。纤波浓点，错落其间。若钟簴设张，庭燎飞烟。崭岩崔嵯，高下属连。似崇台重宇，增云冠山。远而望之，若飞龙在天；近而察之，心乱目眩。奇姿谲诞，不可胜原。”② 蔡邕对书

① ［汉］蔡邕撰，邓安生编：《蔡邕集编年校注》，石家庄：河北教育出版社，2002年，第509页。

② ［汉］蔡邕：《蔡中郎集》，嘉靖二十七年序任城杨贤刊本。本文《草势》，严可均认为案此篇当是衙恒作，本集有之，姑不删。邓安生不录此文。

法艺术美的追求，恐怕要被赵壹批判吧！

士人的爱好不仅表现在对书法艺术的追求，还表现在其他艺术上。胡旭先生对汉魏文人文艺好尚进行了统计，兹借用此表来说明当时文艺的世俗化倾向①。

姓　名	音　乐	舞　蹈	书　法	绘　画	棋　类	珍　玩
枚　乘	●					
司马相如	●					
王　褒	●					
刘　玄	●					
刘　向	●				●	●
傅　毅	●	●				●
班　固						●
崔　瑗			●			
张　衡	●	●		●		
马　融	●	●	●	●	●	●
侯　谨	●					
王延寿				●		
蔡　邕	●	●	●	●	●	●
张　纮	●		●			●
孔　融	●		●		●	
杨　修			●	●		
陈　琳						●
徐　干						●
刘　桢						●
繁　钦	●	●				
王　粲	●	●	●		●	●

① 胡旭：《汉魏文学嬗变研究》，厦门：厦门大学出版社，2004年，第277页。

胡旭先生列表的标准是："表中胪列的主要是著名文人而通才艺者，有才艺而文学上不著名者，一概不录。"① 因为文献散佚，上述所列只是一个小小的缩影。据此表，我们不难看出，东汉末年士人对于世俗文艺的爱好明显超过前期和中期。这正是东汉末年士人远离政治尘嚣，追求自我的最好证明，同时也表现出士人审美风尚的变化。既然士人在文艺的追求上都有较强的世俗化倾向，那么他们的情感表达还会主要以匡国济世的功利化来表达吗？答案是否定的。

三、缘情文学观的发展

（一）

情，人之欲也。情感是每个人天生具有的东西。在古代文学理论中，诗与情的关系一直被人关注。《尚书·尧典》云"诗言志，歌咏言，声依永，律和声。"② 庄子也强调诗与志之间的关系，说"诗以道志"③。那么，"志"是什么呢？郑玄认为"心意所趣向"④，孔颖达说"在己为情，情动为志，情志一也"⑤。所以诗言志就是人的心灵世界的呈现。但是要述什么"志"呢？按照先秦时期人们的理解，"志"主要指的是政治上的抱负，我们可以从《论语》中看出"志"的内涵：

---

① 胡旭：《汉魏文学嬗变研究》，厦门：厦门大学出版社，2004 年，第 278 页。

② ［汉］孔安国撰，孔颖达疏：《尚书正义》，阮元校刻：《十三经注疏》，上海：上海古籍出版社，1997 年，第 131 页中下。

③ ［战国］庄周：《庄子集释》，郭庆藩辑，北京：中国书店，1988 年，第 590 页。

④ ［汉］郑氏注，孔颖达疏：《礼记正义》，上海：上海古籍出版社，1997 年，第 1521 页中。

⑤ ［春秋］左丘明撰，杜预注，孔颖达正义：《春秋左传正义》，阮元校刻：《十三经注疏》，上海：上海古籍出版社，1997 年，第 2108 页下。

颜渊、季路侍。子曰："盍各言尔志?"子路曰："愿车马、衣轻裘，与朋友共。敝之而无憾。"颜渊曰："愿无伐善，无施劳。"子路曰："愿闻子之志!"子曰："老者安之，朋友信之，少者怀之。"①

三人都是从齐家、治国、平天下的角度来说明他们心中之志。战国时代，百家争鸣，出现了庄子的逍遥思想。庄子远离政治，他所说的"志"即是人的思想情感。在远离儒家思想的南方，屈原也因忠而被谤，愁思不能自抑，发愤抒情，以言其志。屈原的"志"也是政治理想和抱负，当然其中也不乏愁思怨情。

汉儒在总结先秦文学理论时，在诗、志关系中又加入了"情"的观念。一方面说："诗者，志之所之也，在心为志，发言为诗。情动于中而形于言，言之不足故嗟叹之，嗟叹之不足故永歌之，永歌之不足，不知手之舞之，足之蹈之也。情发于声，声成文谓之音。治世之音安以乐，其政和；乱世之音怨以怒，其政乖；亡国之音哀以思，其民困。故正得失、动天地，感鬼神，莫近乎诗。"② 另一方面又说："吟咏性情，以风其上，达于事变而怀其旧俗者也。故变风，发乎情，止乎礼义。发乎情，民之性也；止乎礼义，先王之泽也。"③《韩诗外传》也阐明了情与礼之间的关系：

人有六情，目欲视好色，耳欲听宫商，鼻欲嗅芬香，口欲嗜甘旨，其身体四肢欲安而不作，衣欲被文绣而轻暖。此六者，民

① ［宋］朱熹：《论语集注》，《四书章句集注》，北京：中华书局，1983年，第82页。

② ［汉］毛亨撰，郑玄笺：《毛诗正义》卷一之一，阮元校刻：《十三经注疏》，上海：上海古籍出版社，1997年，第269页下—270上。

③ 同上，第271页上—272上。

之六情也。失之则乱，从之则穆。故圣王之教其民也，必因其情而节之以礼，必从其欲而制之以义。义简而备，礼易而法，去情不远，故民之从命也速[①]。

汉儒认为喜怒哀乐之情感是人与生俱来的，抒发情感是顺民之性。诗歌以抒情的方式来述志，但是情感的抒发要符合一定的标准，不能太过激动，要让统治者能够接受。故屈原心中浓烈的情感宣泄，成为汉儒批判的主要对象。

汉武帝时期，董仲舒紧密结合儒家和现实政治，创造性地实现了儒学官方化、正统化。他对于情礼之间的关系有更深刻的说明："故君子非礼而不言，非礼而不动。好色而无礼则流，饮食而无礼则争，流争则乱，夫礼，体情而防乱者也。民之情，不能制其欲，使之度礼。目视正色，耳听正声，口食正味，身行正道，非夺之情也，所以安其情也。"[②] 他认为情要在礼义的规范之内。

东汉班固批评屈原，认为："今若屈原，露才扬己，竞乎危国群小之间，以离谗贼。然责数怀王，怨恶椒、兰，愁神苦思，强非其人，忿怼不容，沉江而死，亦贬洁狂狷景行之士。"[③] 他认为屈原没有把握好温柔敦厚的度，超出了礼的范围，是狂狷之士。后来王逸反驳班固，说："而班固谓之'露才扬己'，'竞于群小之中，怨恨怀王，讥刺椒、兰，苟欲求进，强非其人，不见容纳，忿恚自沉'。是亏其高明，而损其清洁者也。昔伯夷、叔齐让国守分，不食周粟，遂饿而死，岂可复谓有求于世而怨望哉。且诗人怨主刺上曰：'呜呼！小子，

① 屈守元笺疏：《韩诗外传笺疏》，成都：巴蜀书社，1996 年，第 474 页。
② 苏舆著，钟哲点校：《春秋繁露义证》，北京：中华书局，1992 年，第 469—470 页。
③ ［宋］洪兴祖撰，白化文等点校：《楚辞补注》，北京：中华书局，1983 年，第 49 页。

未知臧否，匪面命之，言提其耳！’风谏之语，于斯为切。”① 王逸以《诗经》之讽谏与屈原浓烈的怨愤之情相比较，认为屈原的怨愤还没有《诗经》表现的强烈，没有违背温柔敦厚的原则。虽然王逸进行了反驳，但是我们仍然可以看出王逸的标准是儒家礼义的标准。

中国古代文学理论中不缺乏缘情的观念，这种情可以是对政治的怨怼，可以是个人不得志时的愁思与苦闷。一般来说，士大夫更多是对政治的情感抒发，是一种更小范围的情感抒发。按照儒家的规定，情感的抒发还要在“温柔敦厚”“止乎礼义”的规范之下。明、章时期的傅毅注意到人的情感分类。他在《舞赋》序言中对此进行了阐述，其辞曰：

> 楚襄王既游云梦，使宋玉赋高唐之事。将置酒宴饮，谓宋玉曰：“寡人欲觞群臣，何以娱之？”玉曰：“臣闻歌以咏言，舞以尽意。是以论其诗不如听其声，听其声不如察其形。《激楚》《结风》《阳阿》之舞，材人之穷观，天下之至妙。噫，可以进乎？”王曰：“如其郑何？”玉曰：“小大殊用，郑雅异宜，弛张之度，圣哲所施。是以乐记干戚之容，雅美蹲蹲之舞，礼设三爵之制，颂有‘醉归’之歌。夫《咸池》《六英》，所以陈清庙、协神人也，郑卫之乐，所以娱密坐，接欢欣也。余日怡荡，非以风民也，其何害哉？”王曰：“试为寡人赋之。”玉曰：“唯唯。”②

傅毅在文中假借楚襄王和宋玉的问答，表达自己对舞蹈的看法。他认为雅颂之乐关乎政治，而郑卫之乐则关乎日常生活，两者可以分

---

① ［宋］洪兴祖撰，白化文等点校：《楚辞补注》，北京：中华书局，1983年，第48页。
② ［梁］萧统编，李善注：《文选》，北京：中华书局，1977年，第246—249页。

离开来。虽然傅毅这里直接谈及的是音乐，但古代诗乐舞合一，其中自然也体现出对文学的态度。首先，傅毅认为人的情感中有部分是对政治生活而言的，情感的抒发也主要是在针对政治生活，要么是赞赏，要么是忧虑，而在日常生活中，情感则表现出对日常生活的细腻感触。傅毅对于雅颂和郑卫之乐的区分，则间接表现了其文学功用的看法，文学一方面可以为政教所用，一方面可以娱情。就这一点来说，傅毅推动了文学的独立。傅毅对乐舞等文艺的看法在当时具有超前性，但这种思想并没有产生很大的影响，安帝的朝堂上仍然存在反郑卫之音的论调，政教生活仍然是士人生活的主体。儒家的礼教之防一旦被突破，情感的表达便不偏执于政教情感的抒发，内涵将会丰富很多，而表达的方式也会多种多样，但是这些都需要一个契机，需要一个冲破礼教限制的契机。

（二）

东汉和、安时期，君臣失序，儒家君臣纲纪破坏严重，用于规范人们思想行为的礼义变得缥缈而不堪一击。情感抒发冲破礼教限制的契机到来了，主要体现在士人不再谨守儒家的礼仪制度，出现许多狷狂、通脱之士，如戴良、范滂、赵壹、仲长统等。

戴良是不拘礼节的代表。他“少诞节，母喜驴鸣，良常学之以娱乐焉。及母卒，兄伯鸾居庐啜粥，非礼不行，良独食肉饮酒，哀至乃哭，而二人俱有毁容。或问良曰：‘子之居丧，礼乎？’良曰：‘然。礼所以制情佚也，情苟不佚，何礼之论！夫食旨不甘，故致毁容之实。若味不存口，食之可也。’论者不能夺之。”戴良才高八斗，多有惊世骇俗之言论。同郡谢季孝问曰：“子自视天下孰可为比？”良曰：“我若仲尼长东鲁，大禹出西羌，独步天下，谁与为偶！’”① 戴良母亲去世，

① ［南朝·宋］范晔撰，李贤等注：《后汉书》，北京：中华书局，1965年，第2773页。

作为儿子的他并没有按照儒家要求的礼节居丧，这并不表示戴良没有悲痛之情，相反，戴良对母亲是非常孝顺的，这充分体现出戴良对于礼节的突破。他自比古之贤人的说法也充分彰显出他浓厚的个体意识。

范滂字孟博，汝南征羌人。“时冀州饥荒，盗贼群起，乃以滂为清诏使，案察之。滂登车揽辔，慨然有澄清天下之志。及至州境，守令自知臧污，望风解印绶去。其所举奏，莫不厌塞众议。迁光禄勋主事。时陈蕃为光禄勋，滂执公仪诣蕃，蕃不止之，滂怀恨，投版弃官而去。郭林宗闻而让蕃曰：‘若范孟博者，岂宜以公礼格之？今成其去就之名，得无自取不优之议也？’”① 范滂因为陈蕃受其公仪，乃弃官而去。范滂此举说明，在他的心目中陈蕃对他的看重超过官禄，同时也说明范滂对礼的轻视。

据《后汉书·文苑传》记载：赵壹恃才倨傲，为乡党所摈。“光和元年，举郡上计到京师。是时司徒袁逢受计，计吏数百人皆拜伏庭中，莫敢仰视，壹独长揖而已。逢望而异之，令左右往让之，曰：‘下郡计吏而揖三公，何也？’对曰：‘昔郦食其长揖汉王，今揖三公，何遽怪哉？’逢则敛衽下堂，执其手，延置上坐。”② 赵壹对礼义的轻视可见一斑。赵壹虽然表现出对礼义的轻视，但其思想中仍有儒家经学观念，如《刺世疾邪赋》中表现出他的强烈的社会批判思想。由此可见，当时冲破礼教束缚已成为一种时尚。

仲长统高调宣扬他对儒家礼义的背叛。他说：“寄愁天上，埋忧地下。叛散《五经》，灭弃《风》《雅》，百家杂碎，请用从火。”③

东汉末年的狂狷士人对于儒家礼义已不再如前期儒生那般战战兢

---

① ［南朝·宋］范晔撰，李贤等注：《后汉书》，北京：中华书局，1965年，第2203—2204页。

② 同上，第2632页。

③ 同上，第1646页。

兢地遵从，而是生生割开了自由达生的口子。在他们的影响下，东汉末年儒家礼义的闸门就这样被推开了，礼对人的束缚就这样被慢慢被解开了。

儒家礼防在日常生活中表现最突出的莫过于对男女感情的束缚。东汉社会中多有夫妻相敬如宾的记录，如张湛“矜严好礼，动止有则，居处幽室，必自修整，虽遇妻子，若严君焉”，李贤注曰：“《周易·家人卦》曰：‘家人有严君焉，父母之谓也。’”① 张湛见自己妻子如见父母般严肃，全无夫妻之间的乐趣和恩爱，可见张湛对于儒家礼教的呆板遵从。仇览“虽在宴居，必以礼自整。妻子有过，辄免冠自责。妻子庭谢，俟览冠，乃敢升堂。家人莫见喜怒声色之异”②。仇览知礼进退在当时为世人所赞，但是在这规规矩矩的背后，却又少了人之本性。正如学者所说：“这种止乎礼义的进退，相敬如宾的厮守，禁锢了真情的迸发，导致了东汉早期歌颂恋情的作品很少。”③ 东汉末年，蔡邕以《青衣赋》《协和婚赋》《协初赋》在文学方面冲开儒家礼义之防。蔡邕的《青衣赋》描写美好爱情。青衣是指地位低微的女子，作者没有因为青衣地位低微而产生排斥，体现了蔡邕对礼教束缚的挣脱。作者首先对青衣的美貌和聪慧进行了描写，辞曰：“金生沙砾，珠出蚌泥。叹兹窈窕，产于卑微。盼倩淑丽，皓齿蛾眉。玄发光润，领如蝤蛴。纵横接发，叶如低葵。修长冉冉，硕人其颀。绮袖丹裳，蹑蹈丝扉。盘跚蹴蹀，坐起昂低。和畅善笑，动扬朱唇。都冶妩媚，卓跞多姿。精慧小心，趋事如飞。中馈裁割，莫能双追。”④ 接

---

① ［南朝·宋］范晔撰，李贤等注：《后汉书》，北京：中华书局，1965年，第928页。
② 同上，第2481页。
③ 聂济冬：《东汉士风与文人文学》，济南：山东大学出版社，2011年，第171页。
④ ［汉］蔡邕撰，邓安生编：《蔡邕集编年校注》，石家庄：河北教育出版社，2002年，第147页。

着描写了青衣的品德："关雎之洁，不蹈邪非。察其所履，世之鲜希。宜作夫人，为众女师。"面对这样美好的女子，爱慕和思念油然而生："矇冒矇冒，思不可排。停停沟侧，嗷嗷青衣。我思远逝，尔思来追。明月昭昭，当我户扉。条风狎猎，吹予床帷。河上逍遥，徙倚庭阶。南瞻井柳，仰察斗机。非彼牛女，隔于河维。思尔念尔，惄焉且饥。"① 赋中对女子的爱慕和思念，发自肺腑，已经跨越了道德礼教的束缚，是人们心灵深处最柔软情性的体现。当然，打破根深蒂固的儒家礼仪的阻力是非常大的。张超针对《青衣赋》作《诮青衣赋》。诮，责备也。张超责备什么呢？张超在赋的第一部分写道："彼何人斯，悦此艳资？丽辞美誉，雅词斐斐。文则可嘉，志鄙意微。凤兮凤兮，何德之衰。"② 张超谓蔡邕作此赋，文采出众，但是立意有违道德。张超从三个方面进行了责备，第一个方面蔡邕的"青衣"地位低下，犹如棘茨、棘泥；第二方面指专宠女子是丧国丧家之由；第三则是无媒婚姻犹如无主之国家，没有名分之家庭。张超笔下的婚姻观完全是儒家礼制下的婚姻关系，用关雎之德来衡量女子，人的感情抒发是受制于礼制的。张超责备的焦点，正是蔡邕突破儒家礼教藩篱的勇敢之处，也是文学缘情的尝试。蔡邕不仅写了美好的爱情以突破儒家礼教的藩篱，还写了夫妻之中的闺房之情。《协和婚赋》《协初赋》两篇皆是描写婚姻的辞赋，文中既描写了婚姻的场面，更是以细致的笔触，从远近的角度雕琢了新娘的美貌："立若碧山亭亭竖，动若翡翠奋其羽。众色燎照，视之无主。面若明月，辉似朝日，色若莲葩，肌

① ［汉］蔡邕撰，邓安生编：《蔡邕集编年校注》，石家庄：河北教育出版社，2002年，第147页。

② ［唐］欧阳询撰，汪绍楹校：《艺文类聚》，上海：上海古籍出版社，1965年，第636页。

如凝蜜。”① 从留下的残言片语中还可窥见有男女欢爱画面，可谓大胆露骨。钱锺书先生认为蔡邕为淫媟始作俑者②，其“钗脱”景象是后世绮艳诗词常套。我认为蔡邕笔下的描写不同于后世宫体诗对女性咏物化的描写。在宫体诗中，诗人几乎没有或者很少有感情融入其中，多数是将女性视如没有思想之物体进行精雕细琢，而此赋不一样，在赋的开篇，作者即点出了赞颂了男女之间美好爱情的基调，“惟情性之至好，欢莫备乎夫妇。受精灵于造化，固神明之所使”③。可知作者此赋是将最美好的男女爱情融入对女性美好的赞美之中。

（三）

与蔡邕大胆抒发男女感情相呼应，文坛也涌现不少歌咏朋友之情、夫妻深情、父母儿女亲情的作品。

1. 朋友之情　东汉时期十分盛行游学之风。光武帝曾经游学京师，阴识在刘演起事间也正游学长安。光武建东汉基业以后，提倡儒学，尊敬大儒，游学出现高峰。《后汉书》记载：“自光武中年以后，干戈稍戢，专事经学，自是其风世笃焉。其服儒衣，称先王，游庠序，聚横塾者，盖布之于邦域矣。若乃经生所处，不远万里之路，精庐暂建，赢粮动有千百，其耆名高义开门受徒者，编牒不下万人，皆专相传祖，莫或讹杂。至有分争王庭，树朋私里，繁其章条，穿求崖穴，以合一家之说。”④ 东汉一朝，私学兴盛，前文已有论述。官学和私学的兴盛，士之游学情况可见一斑。有研究者总结东汉前期的游学特点，认为游学呈现“学不分官私”“人不分老幼”

① ［汉］蔡邕撰，邓安生编：《蔡邕集编年校注》，石家庄：河北教育出版社，2002年，第441页。

② 钱锺书：《管锥编》，北京：生活·读书·新知三联书店，2001年，第1017、1018页。

③ ［汉］蔡邕撰，邓安生编：《蔡邕集编年校注》，石家庄：河北教育出版社，2002年，第441页。

④ ［南朝·宋］范晔撰，李贤等注：《后汉书》，北京：中华书局，1965年，第2588页。

“地不分南北”的特点①。士人大规模的游学风气不可避免地促进了他们的交游。

和帝时期，蔡伦发明造纸术，由于轻便易于携带，纸的出现大大方便了人们之间的交往。一时之间，交往书信数量急剧增长。书信中多承载着士人之间的朋友之情。如马融《与窦伯向书》：“孟陵奴来，赐书，见手迹，欢喜何量，次于面也。书虽两纸，纸八行，行七字，七八五十六字，百一十二言耳。”② 窦伯向即窦章，马融收到窦章的书信之时，将书信中的字数和版式都牢记在心，两人的深情厚谊跃然纸上。又如《与谢伯世书》“愦愦愁思，犹不解怀。思在竹间，放狗逐麋，晚秋涉冬，大苍出笼，黄棘下菟，茎以干葵，以送余日，兹乐而已”③，在当时险恶的政治环境下，马融将强悍的外表剖开，展现心底最轻柔的软弱，足可见谢伯世是马融最为知心的朋友。东汉后期，张奂和延笃的书信较多，延笃“少从颍川唐溪典受《左氏传》……又从马融受业，博通经传及百家之言，能著文章，有名京师”④。张奂字然明，敦煌酒泉人，“少游三辅，师事太尉朱宠，学《欧阳尚书》”⑤。延笃与张奂感情甚好，两人互有书信往来。张奂有《与延笃书》一文，辞曰：

唯别三年，无一日之忘。京师禁急，不敢相闻。岂不怀归？畏此简书。年老气衰，智尽谋索，每有所处，违宜失便。北为儿

① 参看聂济冬：《东汉士风与文人文学》，济南：山东大学出版社，2011年，第3—19页。

② ［唐］欧阳询撰：汪绍楹校：《艺文类聚》，上海：上海古籍出版社，1965年，第560页。

③ 同上，第1588页。

④ ［南朝·宋］范晔撰，李贤等注：《后汉书》，北京：中华书局，1965年，第2103页。

⑤ 同上，第2138页。

车所雠，中为马循所困，直欲入三泉之下，复镇之以大石。厄乎此时也！且太阴之地，冰厚三尺，木皮三寸，风寒惨冽，剥脱伤骨。但此自非老惫者所堪，而复加之以师旅，因之以饥馑，众艰聚集，不可一二而言也。聋盲日甚，气力浸衰，神邪当复相见者，从此辞矣！①

此信描写了作者暮年在艰苦环境下对友人的思念，感人至深。延笃答之曰："惟别三年，梦想言念，何日有违。伯英来，惠书盈四纸，读之三复，喜不可言。"② 此书信和马融写与窦章的书信，有异曲同工之妙，形象表达了两人的至交深情。延笃还与其友李文德有书信往来，他在《与李文德书》说：

夫道之将废，所谓命也。……且吾自束修已来，为人臣不陷于不忠，为人子不陷于不孝，上交不谄，下交不黩，从此而殁，下见先君远祖，可不惭赧。如此而不以善止者，恐如教羿射者也。慎勿迷其本，弃其生也③。

据《后汉书》记载："太守李文德素善于笃，时在京师，谓公卿曰：'延叔坚有王佐之才，奈何屈千里之足乎？'欲令引进之。笃闻，乃为书止文德。"④ 延笃在信中表达了委运自然、独善其身的人生态度。这是对张衡等归隐田园、亲近自然的愿望的发展。他的志行与文

① ［唐］欧阳询撰，汪绍楹校：《艺文类聚》，上海：上海古籍出版社，1965 年，第 533 页。

② 同上，第 560 页。

③ ［南朝·宋］范晔撰，李贤等注：《后汉书》，北京：中华书局，1965 年，第 2106 页。

④ 同上，第 2106 页。

章在《与高彪书》中也有体现。“今兹以《五经》为鼎簠，书传为俎笾，祖述尧、舜，宪章文、武，未暇蚌也。宜勿以为念。”① 张奂在与宋季文的书信中也表达了自己的志向：“揽手迹，知遂遵南山之志，继四贤之踪，时止则止，时行则行，其道光明。奂以鄙固，少复道训，于今五十载矣。”② 桓帝末，陈蕃免太傅，荀爽恐李膺再次遭祸，劝说李膺保身全命。他在《贻李膺书》中劝说的真情，不仅让人深感两人感情深厚，而且更能体会两人在精神层面的惺惺相惜。

2. 夫妻之情　东汉夫妻文章应答最有影响者莫过于秦嘉夫妇。《柳亭诗话》卷二七《如循环》评之曰：“伉俪之笃者，莫如徐淑、秦嘉，往还赠答，何其悱恻缠绵耶。”③ 秦嘉字士会，陇西人。桓帝时仕郡上计，入洛，除黄门郎，病卒于津乡亭。其《赠妇诗》的序言云：“嘉为郡上掾，其妻徐淑，寝疾还家，不获面别，赠诗云尔。”④ 可知这首诗歌是他即将赴京之际，遣车迎妻，而徐淑因病不能返回面别时所作。即将远行，却不能和妻子告别，诗云：

人生譬朝露，居世多屯蹇。忧艰常早至，欢会常苦晚。念当奉时役，去尔日遥远。遣车迎子还，空往复空返。省书情凄怆，临食不能饭。独坐空房中，谁与相劝勉。长夜不能眠，伏枕独展转。忧来如寻环，匪席不可卷⑤。

---

① ［宋］李昉等：《太平御览》，北京：中华书局，1960年，第4182页。

② ［唐］欧阳询撰，汪绍楹校：《艺文类聚》，上海：上海古籍出版社，1965年，第666页。

③ 转引自俞艳庭、踪凡、巩曰国等编撰：《中华大典·文学典·先秦两汉文学分典》，南京：凤凰出版社，第489页。

④ ［梁］徐陵编，吴兆宜注，程琰删补，穆克宏点校：《玉台新咏笺注》，北京：中华书局，1985年，第30页。

⑤ 同上。

“情凄怆”“不能眠”“独展转”等字眼将秦嘉深爱妻子的款款深情表现得淋漓尽致。正因如此，真挚的感情才显得弥足珍贵。因思念成灾，秦嘉想要前往徐淑处面叙款曲，但因交通不便等原因未能成行，于是秦嘉写下了第二首，辞曰：

皇灵无私亲，为善荷天禄。伤我与尔身，少小罹茕独。既得结大义，欢乐若不足。念当远离别，思念叙款曲。河广无舟梁，道近隔丘陆。临路怀惆怅，中驾正踯躅。浮云起高山，悲风激深谷。良马不回鞍，轻车不转毂。针药可屡进，愁思难为数。贞士笃终始，恩义可不属①。

在启程赴京时，秦嘉写下了第三首诗：

肃肃仆夫征，锵锵扬和铃。清晨当引迈，束带待鸡鸣。顾看空室中，仿佛想姿形。一别怀万恨，起坐为不宁。何用叙我心？遗思致款诚。宝钗可耀首，明镜可鉴形。芳香去垢秽，素琴有清声。诗人感木瓜，乃欲答瑶琼。愧彼赠我厚，惭此往物轻。虽知未足报，贵用叙我情②。

诗中写诗人感觉妻子就在身边，但却空无一人，不禁悲从中来。于是以礼物赠遗徐淑，遥寄款诚。秦嘉有《赠妇诗》，其妻子也有一首《答秦嘉诗》，辞云：

① ［梁］徐陵编，吴兆宜注，程琰删补，穆克宏点校：《玉台新咏笺注》，北京：中华书局，1985 年，第 30—31 页。
② 同上，第 31 页。

妾身兮不令，婴疾兮来归。沉滞兮家门，历时兮不差。旷废兮侍觐，情敬兮有违。君今兮奉命，远适兮京师。悠悠兮离别，无因兮叙怀。瞻望兮踊跃，伫立兮徘徊。思君兮感结，梦想兮容晖。君发兮引迈，去我兮日乖。恨无兮羽翼，高飞兮相追。长吟兮永叹，泪下兮沾衣①。

徐淑在诗中叙述了秦嘉被征入京离开之前，两人未能会面的无奈。秦嘉远到京师，诗人恨不得自己有双翅膀，能马上飞到秦嘉身边，以解思念之苦。诗中的眷念之意、悬望之情溢于言表。

秦嘉在组诗中抒发对其妻的爱恋及与妻别离时的悲伤。这是秦嘉以男性的角度叙写夫妻爱情。徐淑则以女性的视角寄于游子相思之情，两人遥相呼应，感情真挚，无限慨想之情尽在不言中，是东汉后期人们至情至性文学回归的最好诠释。

秦嘉与徐淑两人的应答之作不只诗歌，还有四封书信。秦嘉的《与妻徐淑书》《重报妻书》，徐淑的《答夫秦嘉书》和《又报嘉书》都是写得缠满悱恻，尤其是两人的互赠之物更添生活气息。

秦嘉赠徐淑有："并致宝钗一双，价值千金；龙虎组履一緉；好香四种，各一斤；素琴一张，常所自弹也。明镜可以鉴形，宝钗可以耀首，芳香可以馥身去秽，麝香可以辟恶气，素琴可以娱耳。"② 徐淑回赠秦嘉之物有："今奉旄牛尾拂一枚，可以拂尘垢；越布手巾二枚，严器中物几具；金错碗一枚，可以盛书水；琉璃碗一枚，可以服药酒。"两人的互赠之物小到布袜之类，可见两人夫妻情深。正如骆

---

① ［梁］徐陵编，吴兆宜注，程炎删补，穆克宏点校：《玉台新咏笺注》，北京：中华书局，1999年，第32页。

② ［唐］欧阳询撰，汪绍楹校：《艺文类聚》，上海：上海古籍出版社，1965年，第571页。

玉明先生所说："夫妇以诗相赠，并有意识地使其在社会中流传（否则不会保存下来），这种现象及这种作品，都是过去所未有过的。""这种日常性内容和通俗化表现，显然也是汉代诗歌中新鲜的东西。这表明诗歌的抒情内涵的扩大。"①

叙写男女爱情在《古诗十九首》中也可看见。《古诗十九首》中承续了秦嘉夫妇的爱情主题。诗中的男主角和秦嘉一样，离开家乡，离开妻子。故《古诗十九首》中多有游子之歌和思妇之词。袁行霈先生在《中国文学史》中说："抒发游子的羁旅情怀和思妇闺愁是它的基本内容。二者相互补充，围绕着同一个主题，是一个问题的两个方面。"② 如《明月何皎皎》"客行虽云乐，不如早旋归"③；《客从远方来》"客从远方来，遗我一端绮"④；《孟冬寒气至》"客从远方来，遗我一书札"⑤；《凛凛岁云暮》"凉风率已厉，游子寒无衣"⑥；《庭中有奇树》"此物何足贵，但感别经时"⑦；《冉冉孤竹生》"思君令人老，轩车来何迟"⑧；《涉江采芙蓉》"采之欲遗谁，所思在远道"⑨；《去者日以疏》"思还故里闾，欲归道无因"⑩；《迢迢牵牛星》"迢迢牵牛星，皎皎河汉女。纤纤擢素手，札札弄机杼。终日不成章，泣涕零如雨。河汉清且浅，相去复几许。盈盈一水间，脉脉不得语"⑪。

3. 父母亲情　父母子女之情最令人感动。在郦炎短短二十八年

① 章培恒、骆玉明：《中国文学史》，上海：复旦大学出版社，1996年，第278页。
② 袁行霈：《中国文学史》，北京：高等教育出版社，1999年，第272页。
③ [梁]萧统编，李善注：《文选》，北京：中华书局，1977年，第412页。
④ 同上。
⑤ 同上。
⑥ 同上。
⑦ [梁]萧统编，李善注：《文选》，北京：中华书局，1977年，第411页。
⑧ [梁]萧统编，李善注：《文选》，北京：中华书局，1977年，第410页。
⑨ 同上，第410页。
⑩ [梁]萧统编，李善注：《文选》，北京：中华书局，1977年，第411页。
⑪ [梁]萧统编，李善注：《文选》，北京：中华书局，1977年，第411页。

的人生中，为后人留下了读之落泪的好文，抒写了人性之最真挚的深情。郦炎字文胜，范阳人，郦食其之后，能文擅乐，有论辩之才。郦炎下狱的缘由是母亲去世导致郦炎风病突发，其妻因受惊吓难产而死。熹平六年，郦炎遂死狱中①。在神志清醒之际，郦炎为父亲、母亲、儿女各留下书信。其中，他对母亲的挂念让人落泪。“无怀忧，怀忧何为？无增悲，增悲何施？寒必厚衣，无炎，谁为母厚衣；暑必轻服，无炎，谁为母轻服？弃炎无念，此常厚衣，不尤不怨，此常轻服矣。”② 当此时郦炎之母已经去世，致其神思恍惚，但是在恍惚之间发至孝之语，更让人动容。他又对其子留信说：“嗟哉！邈之遗孤，其名曰止戈，汝长自为之。宁咨尔止戈，汝未有所识，吾谓汝有所识，其先见汝耳。汝未有所闻，吾犹谓汝耳有所闻，而告汝。人之丧也，非父则母，非昆则弟，非姊则妹。人之孤也，龀齿其少矣。汝之孤也，曾未满两旬。汝无自以为微弱，物有微弱于汝者，乃其长而繁焉。后稷弃之寒冰、隘巷矣，汝比之犹逸焉。於菟之在虎乳极矣，汝比之犹易焉。”③ 郦炎对其子的挂念虽然絮絮叨叨，却正体现了一个即将离开人世的父亲对儿子事无巨细的担忧。此文情感宣泄力透纸背，又岂是东汉初年京都驰骋之文能够比拟的！

除开这些日常生活之情，士人还对人生进行了理性的思考，对生活时代的灰暗和人生命价值的实现感到无力而且愤怒。《古诗十九首》中多表现了这样的感情。首先是游子怀才不遇之感和愤懑之情。士人怀才不遇是一个永恒的主题，西汉开始出现“士不遇”主题。东汉时期，由于士人心中不遇的愤懑被儒家思想中“达则兼济天下，穷则独

---

① ［南朝·宋］范晔撰，李贤等注：《后汉书》，北京：中华书局，1965年，第2047页。

② ［宋］章樵注：《古文苑》，《文渊阁四库全书》第1332册，上海：上海古籍出版社，1987年，第656页。

③ 同上，第657页。

善其身”和儒道融通的观念给消融掉了，士人怀才不遇之时，可以转向以诗书自娱，寻求道家的安静，如冯衍、梁竦、延笃等人。到了东汉后期，士不遇主题的文学创作又有抬头。因为外戚和宦官对士人的迫害，使士人们不得不奋起反抗。温和的反抗不再是士人们的选择，他们对不遇发出更加激动的呐喊，在乱世中生发匡国救世的豪迈情怀。《古诗十九首》本就是游学、游宦的士人所作，他们游学、游宦的目的就是立志入世，故在诗歌中表达了不遇的愤懑之情。如《东城高且长》“荡涤放情志，何为自结束”①；《西北有高楼》“不惜歌者苦，但伤知音稀，愿为双鸣鹤，奋翅起高飞”②。

其次是对人生渺茫无常的感叹。东汉中后期日益荒乱的政治，尤其是党锢之祸给士人们的心理的冲击很大。士人感觉生命朝不保夕，转瞬即逝，加之中后期道家思想的盛行，人们更加意识到生命的可贵。党锢之祸之后，社会上出现了一股隐居避世的高潮，游学、游宦的游子们没有放弃自己入世的人生理想，但是在遇到挫折之时，不免生出及时行乐之念。如《生年不满百》：“昼短苦夜长，何不秉烛游，为乐当及时，何能待来兹。”③ 有的则看破生命无常，主张享受富贵，如《驱车上东门》：“浩浩阴阳移，年命如朝露。人生忽如寄，寿无金石固……不如饮美酒，被服纨与素。”④ 有的主张追求名利，如《回车驾言迈》“奄忽随物化，荣名以为宝”⑤；《今日良宴会》“人生寄一世，奄忽若飙尘。何不策高足，先据要路津”⑥；《青青陵上柏》“驱

① [梁]萧统编，李善注：《文选》，北京：中华书局，1977年，第411页。
② 同上，第410页。
③ 同上，第412页。
④ 同上，第411页。
⑤ 同上，第411页。
⑥ 同上，第410页。

车策驽马，游戏宛与洛”[①]。

《古诗十九首》是东汉抒情文学发展的最高峰。元人陈绎在《诗谱》中说：“《古诗十九首》情真、景真、事真、意真，澄至清，发至情。”[②] 许结先生认为它是人生情感的大曝光[③]。至此，汉末的非功利、主缘情文学思想在实际创作中形成了。这种新文学思想的出现是对儒家功利文学思想的一种冲击，是人性在文学中的自然体现，是建安文学思想的前奏。

第二节　功利与非功利文学思想的交互激荡

东汉后期，政治及世风急剧变革，非功利、主缘情文学思想逐渐形成。新文学思想的形成总是在与旧有文学思想的争斗中逐渐完善的。新旧文学思想在争斗的过程中，体现出文学思想的交互性。这种交互性表现在两方面：一方面是士人文学思想呈现矛盾性，另一方面是旧的文学思想仍大有市场。东汉后期，新旧文学思想的交互使东汉末文学思想产生了剧烈激荡。这是文学挣脱经学束缚，走向自觉时代的自然表现，也是儒家思想式微下不可避免的问题。

一、个人文学思想的矛盾性

东汉末年，文学创作领域已经呈现出非功利、主缘情的文学思

① ［梁］萧统编，李善注：《文选》，北京：中华书局，1977年，第409页。

② ［元］陈绎曾：《诗谱》，丁福保辑：《历代诗话续编》，北京：中华书局，1983年，第627页。

③ 许结：《汉代文学思想史》，北京：人民文学出版社，2010年，第379页。

想，但是文学理论却明显滞后，仍旧停留在儒家传统的诗教观中。东汉后期，文学创作实际和文学理论的发展不平衡在一些文士身上表现得非常明显，如蔡邕、仲长统等人。

蔡邕是东汉末年文学的领军人物，其文学思想具有代表性。蔡邕字伯喈，陈留圉人，生于汉顺帝阳嘉元年，死于汉献帝初平三年，享年 60 岁。他曾经前后两次入仕，第一次是在灵帝建宁三年，时年 38 岁。这一年灵帝因黄巾战乱而大赦党人，蔡邕受乔玄推荐而进入朝廷，在朝一共九年。第二次是在献帝中平六年，因董卓胁迫而进入朝廷。这一年，宦官势力已被袁绍诛尽，国家即将进入割据状态，混乱自是不言而喻。蔡邕这次在朝四年左右。蔡邕第一次有机会进入仕途是延熹二年，时年 27 岁。建宁三年以前蔡邕隐居在家，光和元年至中平六年，蔡邕被迫在外流亡十二年。蔡邕命运多舛，一生勤于创作，文学创作数量为当时之首①，据《后汉书》记载，他“所著诗、赋、碑、诔、铭、赞、连珠、箴、吊、论议、《独断》《劝学》《释诲》《叙乐》《女训》《篆艺》、祝文、章表、书记，凡百四篇，传于世”②。

蔡邕的文学思想具有矛盾性，主要表现在他的文学观与文学创作的实际不一致。首先看蔡邕的赋论。熹平六年，蔡邕针对鸿都门学，阐述了自己对辞赋的看法，其辞曰：

> 臣闻古者取士，必使诸侯岁贡。孝武之世，郡举孝廉，又有贤良、文学之选，于是名臣辈出，文武并兴。汉之得人，数路而

① “与东汉的 90 多位大小文士相比较，无论在形式的多样化方面，还是在数量的膨胀化方面，他的作品都是其他文人无法攀比的。”（日）冈村繁著，王琳、牛月明译：《从蔡邕看东汉末期的文学趋势》，《阴山学刊》（社会科学版）1994 年第 3 期。

② ［南朝·宋］范晔撰，李贤等注：《后汉书》，北京：中华书局，1965 年，第 2007 页。

已。夫书画辞赋，才之小者，匡国理政，未有其能。陛下即位之初，先涉经术，听政余日，观省篇章，聊以游意，当代博弈，非以教化取士之本。而诸生竞利，作者鼎沸。其高者颇引经训风喻之言；下则连偶俗语，有类俳优；或窃成文，虚冒名氏。臣每受诏于盛化门，差次录第。其未及者，亦复随辈皆见拜擢。既加之恩，难复收改，但守俸禄，于义已弘，不可复使理人及仕州郡。昔孝宣会诸儒于石渠，章帝集学士于白虎，通经释义，其事优大，文武之道，所宜从之。若乃小能小善，虽有可观，孔子以为“致远则泥”，君子故当志其大者①。

综观蔡邕之意，他对辞赋创作持轻视态度。但在实际创作中，他却对辞赋创作用力最勤。费正刚先生《全汉赋校注》收入蔡邕的辞赋共19篇：《霖雨赋》《述行赋》《青衣赋》《汉津赋》《协和婚赋》《协初赋》《笔赋》《弹棋赋》《圆扇赋》《伤故栗赋》《蝉赋》《玄表赋》《检逸赋》《短人赋》《瞽师赋》《琴赋》《静情赋》《吊屈原文》和《释诲》。前17篇，直接以赋名篇，没有任何异议。费正刚先生将《释诲》也收归其中，故笔者也视之为辞赋。《吊屈原文》因与贾谊的《吊屈原文》为同题之作，亦按传统进入赋类。蔡邕的赋作数量在整个东汉一朝都算是比较多的。

蔡邕在理论和创作上的不一致还表现在对书画辞赋上。在熹平六年的奏疏中，蔡邕批评书画辞赋不是匡国救世的根本，但是他却在书法、辞赋、音乐等艺术活动中表现卓越。蔡邕的音乐水平很高，延熹二年，蔡邕因擅长音律而被宦官征召，可见当时蔡邕的音

① 蔡邕此文与张衡《论贡举疏》雷同。从流传情况和内容等多方考证，此文应是蔡邕之文。［南朝·宋］范晔撰，李贤等注：《后汉书》，北京：中华书局，1965年，第1996—1997页。

乐水平已经是全国闻名了。据《后汉书》记载：“初，邕在陈留也，其邻人有以酒食召邕者，比往而酒以酣焉。客有弹琴于屏，邕至门试潜听之，曰：‘憘！以乐召我而有杀心，何也？’遂反。将命者告主人曰：‘蔡君向来，至门而去。’邕素为邦乡所宗，主人遽自追而问其故，邕具以告，莫不怃然。弹琴者曰：‘我向鼓弦，见螳螂方向鸣蝉，蝉将去而未飞，螳螂为之一前一却。吾心耸然，惟恐螳螂之失之也，此岂为杀心而形于声者乎？’邕莞然而笑曰：‘此足以当之矣。’”① 蔡邕能从琴音中听出弹琴之人的心情，具备这样能力的人首先应是一个善操音律的高手。蔡邕不仅擅弹琴，而且还能分辨制琴材料的优劣，他能仅凭嗅觉就分辨出木质优劣而做出焦尾琴。不仅如此，蔡邕还擅书法，熹平石经便是蔡邕“自书于碑，使工镌立于太学门外”的作品②。他在《篆势》《隶势》中表达了对书法技艺的追求。综观蔡邕，辞赋、音乐、书法俱妙，艺术才能全面，这些正是鸿都门学中人的看家本领。他反对鸿都门学，某种程度上也是对他自身艺术追求的否定。

蔡邕一方面提倡儒家文艺观，另一方面又对儒家礼制有突破，追求真情抒发。蔡邕反对鸿都门学的一个重要理由是鸿都门学中的作家经学修养参差不齐。“其高者颇引经训风喻之言；下则连偶俗语，有类俳优；或窃成文，虚冒名氏。”③ 从这句话中，我们可以看出蔡邕轻视辞赋创作，却也还是给辞赋创作分出了三六九等，最高等是能够引经据典、具有讽喻之效的赋作，最下等则是连偶俗语之辞。蔡邕对鸿都门学辞赋的分类体现出他的文艺思想仍然以儒家经学为主，这在

---

① ［南朝·宋］范晔撰，李贤等注：《后汉书》，北京：中华书局，1965 年，第 2004—2005 页。

② 同上，第 1990 页。

③ 同上，第 1996 页。

他的《霖雨赋》和《述行赋》中也有体现。《述行赋》作于延熹二年。蔡邕在序言中交代，因为善于鼓琴，他被炙手可热的宦官欣赏，于是说动皇帝征召蔡邕到京。蔡邕的祖上尚义崇孝，其六世祖蔡勋不仕王莽新室，名重当时，父亲蔡棱也被谥为“贞定公”①。有如此的身世及家学传承，蔡邕对被宦官征召如鲠在喉。他认为因鼓琴而被征召，本身就是对尊严的严重践踏，就如同东汉前期光武帝召桓谭鼓琴而宋弘强烈反对一样，宋弘认为“吾所以荐子者，欲令辅国家以道德也，而今数进郑声以乱《雅》《颂》，非忠正者也”②。桓谭因光武帝鼓琴而被认为非忠正者，何况蔡邕因为鼓琴被宦者所征呢？蔡邕无可奈何的愤懑之情，溢于言表。

在赋序中，蔡邕还交代了当时的政治背景：“是时梁冀新诛，而徐璜、左悺等五侯擅贵于其处。又起显阳苑于城西，人徒冻饿，不得其命者甚众。白马令李云以直言死，鸿胪陈君以救云抵罪。”③ 延熹二年，外戚梁冀被诛除，天下士人欣欣，希图汉室中兴，但此时宦官被封侯，朝廷混乱更甚。宦官权利贪恣，入朝为官的蔡邕对自己前途没有信心，只有前途未卜的担心和痛楚，所以在《述行赋》中和《霖雨赋》中流露出伤悲。“瞻玄云之晻晻兮，听长霤之淋淋。中宵夜而叹息，起饰带而抚琴。”④ “余有行于京洛兮，遘淫雨之经时。涂迍邅其蹇连兮，潦污滞而为灾。乘马蟠而不进兮，心郁伊而愤思。”⑤ 蔡邕在秋雨淫淫、道路泥泞的受诏途中，心中的愤懑和绵绵秋雨融为一体，天气的阴暗即心情阴霾的表现，更是作者对时政混乱的忧心。在

① ［南朝·宋］范晔撰，李贤等注：《后汉书》，北京：中华书局，1965年，第1980页。
② 同上，第904页。
③ ［汉］蔡邕撰，邓安生编：《蔡邕集编年校注》，石家庄：河北教育出版社，2002年，第31页。
④ 同上，第30页。
⑤ 同上，第31页。

赋中，蔡邕还控诉了统治阶级的残暴和奢侈，对人民生活的苦痛的同情。该赋具有强烈的讽刺意义，表现了鲜明的政治关怀。“皇家赫而天居兮，万方徂而并集。贵宠扇以弥炽兮，佥守利而不戢。前车覆而未远兮，后乘驱而竞及。穷变巧于台榭兮，民露处而寝湿。消嘉谷于禽兽兮，下糠秕而无粒。弘宽裕于便辟兮，纠忠谏其侵急。怀伊、吕而黜逐兮，道无因而获入。唐虞眇其既远兮，常俗生于积习。周道鞠为茂草兮，哀正路之日涩。”①

蔡邕由崇儒而形成的刚正思想还体现在他对朱穆、杨赐等人的态度上。朱穆先为梁冀所辟，但多次劝谏梁冀要以正辅上，以身示范，拨正朝廷邪风之气，开创中兴之业。可惜梁冀非但没有听从建议，反而变本加厉，奢靡残暴、擅权弄权。朱穆不仅对梁冀多加劝谏，还愤激宦官擅权，对宦官怀有一种近乎仇雠的态度，终致发病而亡。蔡邕对朱穆的行为深表赞赏，辞曰：

> 益州府君自始事至没身，忠言不辍乎口，忠谋不已乎心，其在帝室，正身危行，言如砥矢，策合神明，蹇蹇之谏，文章具存，奉上忠矣。其在部臣，匡救善导，出自一心，疑不我听者，果有踬覆不测之祸，谋诲忠矣。爰牧冀州，时值凶荒，劳心苦思，勤恤度事，诛䶊贪暴，纠戢贵党，虽则强御，当官能行，夫岂淫刑，将有利也。发墓盗柩，议而不罪，夫岂漏奸，察以情也。抚下忠矣。位在牧伯，职据纳言，秉权食禄，实有年数，而居无畜好，财货不益旧，粝食布衾，概谓之精丽。昔鲁季孙行父卒，宰比家器，无衣帛之妾，无食粟之马，君子曰：“相三君矣，

① ［汉］蔡邕撰，邓安生编：《蔡邕集编年校注》，石家庄：河北教育出版社，2002年，第32页。

而无私积，可不谓忠乎?①

蔡邕认为朱穆忠言劝谏帝王、梁冀，强烈打击宦官，被谥“忠文子”，当之无愧。蔡邕对杨赐表示深深的赞赏：“当官而行，不为义疚，疾是苛政，益固其守。厨无宿肉，器不镂雕。夙丧嫔俪，妾不嬖御。可谓立身无过之地，正直清俭该备者矣。昔仲尼有垂三戒，而公克焉。故能匡朝尽直，献可去奸，忠侔前后，声塞宇宙。”② 蔡邕对朱穆、杨秉等人的赞美，体现了他的儒家道德观念。他的儒家评判标准或许是多数人认他为“老学究”的原因。

具有保守儒家思想观念的蔡邕，却写出了惊世骇俗的反映男女之情的《协和婚赋》《协初赋》等赋。前文已经分析过了，此不赘。鲁迅先生说蔡邕“并非单单的老学究，也是有血性的人”③，这句话非常中肯地指出了蔡邕的矛盾性。

汉末的社会批判思潮依然体现了文学思想的交互性。王符的《潜夫论》是批判思潮兴起的早期代表著作。王符字节信，安定临泾人也，少好学，有志操。“自和、安之后，世务游宦，当涂者更相荐引，而符独耿介不同于俗，以此遂不得升进。志意蕴愤，乃隐居著书三十余篇，以讥当时失得。”④ 从王符的写作动机看，主要是批判当时社会现状，但是他的评判标准则多是以经学为标准的。首先，他对儒道和六经表达了高度的认可。他在《赞学》篇中说：

---

① ［汉］蔡邕撰，邓安生编：《蔡邕集编年校注》，石家庄：河北教育出版社，2002年，第77—78页。

② 同上，第97页。

③ 鲁迅：《且介亭杂文二集·题未定草》，《鲁迅全集》（第六册）北京：人民文学出版社，1981年，第422页。

④ ［南朝·宋］范晔撰，李贤等注：《后汉书》，北京：中华书局，1965年，第1630页。

> 虽有至圣，不生而知；虽有至材，不生而能……若此言之而信，则人不可以不就师矣。夫此十一君，皆上圣也，犹待学问，其智乃博，其德乃硕，而况于凡人乎……是故工欲善其事，必先利其器；士欲宣其义，必先读其书……而况君子敦贞之质，察敏之才，摄之以良朋，教之以明师，文之以《礼》《乐》导之以《诗》《书》，赞之以《周易》，明之以《春秋》，其不有济乎？……是故索物于夜室者，莫良于火；索道于当世者，莫良于典。典者，经也。先圣之所制；先圣得道之精者以行其身，欲贤人自勉以入于道。故圣人之制经以遗后贤也，譬犹巧倕之为规矩准绳以遗后工也①。

王符认为儒家经典就像规矩准绳一般对后世起着标准的作用，君子必须学习六艺经典。他对儒家经典的推崇是其崇儒宗经文艺思想的基础。

其次，王符对文学的现实功用有所论述。“虽有尧、舜之美，必考于《周颂》；虽有桀、纣之恶，必讥于《板》《荡》。”② 他认为《诗经》是现实社会的反映，其功用是颂德讽谏。结合他的生活现实，他显然更偏重文学的讽谏功能。在《潜夫论·班禄》篇中，王符阐述得更加具体：“忽养贤而《鹿鸣》思，背宗族而《采蘩》怨，履亩税而《硕鼠》作，赋敛重而谭告通，班禄颇而《倾甫》刺，行人定而《绵蛮》讽，故遂耗乱衰弱。”③ 王符创作《潜夫论》的动机也体现了他的文学功用观。据《后汉书》记载，王符不满当时请托成风、察举不

---

① ［汉］王符撰，汪继培笺，彭铎校正：《潜夫论笺校正》，北京：中华书局，1985年，第1—11页。

② 同上，第74页。

③ 同上，第168页。

明之风气而幽隐著述，以指讦时政。

王符对日益奢靡的社会现象给予了严厉的批判。辞曰：

> 今民奢衣服，侈饮食，事口舌，而习调欺，以相诈给，比肩是也。或以谋奸合任为业，或以游敖博弈为事；或丁夫世不传犁锄，怀丸挟弹，携手遨游。或取好土作丸卖之，于弹外不可以御寇，内不足以禁鼠。
>
> 今夫性恶之人，居家不孝悌，出入不恭敬，轻薄慢傲，凶悍无辨，明以威侮侵利为行，以贼残酷虐为贤，故数陷王法者，此乃民之贼，下愚极恶之人也。①

以此观之，王符对当时之世的批判之言说明他的文学思想带有很强的批判色彩，他的批判之语仍不出儒家诗教的“美刺”功能。辞曰：

> 是以天地交泰，阴阳和平，民无奸慝，机衡不倾，德气流布而颂声作也。其后忽养贤而《鹿鸣》思，背宗族而《采蘩》怨，履亩税而《硕鼠》作，赋敛重而谭告通，班禄颇而《倾甫》刺，行人定而《绵蛮》讽，故遂耗乱衰弱②。

不仅如此，王符对批判的程度也是有所要求的。他认为：

> 夫教训者，所以遂道术而崇德义也。今学问之士，好语虚无

---

① ［汉］王符撰，汪继培笺，彭铎校正：《潜夫论笺校正》，北京：中华书局，1985年，第123、182页。

② 同上，第166—168页。

之事，争著雕丽之文，以求见异于世，品人鲜识，从而高之，此伤道德之实，而惑矇夫之大者也。诗赋者，所以颂善丑之德，泄哀乐之情也，故温雅以广文，兴喻以尽意。今赋颂之徒，苟为饶辩屈蹇之辞，竞陈诬罔无然之事，以索见怪于世，愚夫戆士，从而奇之，此悖孩童之思，而长不诚之言者也①。

王符认为当今文辞应该“温雅以广文，兴喻以尽意”，要维护在止乎礼义的限制之中。实际上，王符犀利直接的批判之语完全超出了温柔敦厚的原则，体现出王符文学思想的矛盾性。

仲长统也处于这种矛盾之中。他批判帝王奢侈无度：

今为宫室者，崇台数十层，长阶十百仞，延袤临浮云，上树九大旗，珠玉翡翠以为饰。连帏为城，构帐为宫。起台榭则高数十百尺，壁带加珠玉之物，木土被绨锦之饰。不见夫之女子成市于宫中；未曾御之妇人生幽于山陵②。

对社会现状的批判：

豪人之室，连栋数百，膏田满野，奴婢千群，徒附万计。船车贾贩，周于四方，废居积贮，满于都城，琦赂宝货，巨室不能容；马牛羊豕，山谷不能受。妖童美妾，填乎绮室；倡讴妓乐，列乎深堂。宾客待见而不敢去，车骑交错而不敢进。三牲之肉，

---

① ［汉］王符撰，汪继培笺，彭铎校正：《潜夫论笺校正》，北京：中华书局，1985年，第19页。

② ［汉］仲长统撰，孙启治校注：《昌言校注》，北京：中华书局，2012年，第362页。

臭而不可食；清醇之酎，败而不可饮①。

仲长统对社会的批判是非常激烈的。他的《见志诗》也是一样，其辞曰："飞鸟遗迹，蝉蜕亡壳。腾蛇弃鳞，神龙丧角。至人能变，达士拔俗。乘云无辔，骋风无足。垂露成帏，张霄成幄。沆瀣当餐，九阳代烛。恒星艳珠，朝霞润玉。六合之内，恣心所欲。人事可遗，何为局促？""百虑何为，至要在我。寄愁天上，埋忧地下。叛散《五经》，灭弃《风》《雅》。百家杂碎，请用从火。抗志山栖，游心海左。元气为舟，微风为柂。敖翔太清，纵意容冶。"② 诗中任情达性，超脱于世俗之礼的个人形象跃然纸上。不仅如此，仲长统还宣扬大胆抛弃儒家思想。在《乐志论》中，他表达了怡情山水的美好愿望，辞曰：

使居有良田广宅，背山临流，沟池环币，竹木周布，场圃筑前，果园树后。舟车足以代步涉之艰，使令足以息四体之役。养亲有兼珍之膳，妻孥无苦身之劳。良朋萃止，则陈酒肴以娱之；嘉时吉日，则亨羔豚以奉之。蹰躇畦苑，游戏平林，濯清水，追凉风，钓游鲤，弋高鸿。讽于舞雩之下，咏归高堂之上。安神闺房，思老氏之玄虚；呼吸精和，求至人之仿佛。与达者数子，论道讲书，俯仰二仪，错综人物。弹《南风》之雅操，发清商之妙曲。逍遥一世之上，睥睨天地之间。不受当时之责，永保性命之期。如是，则可以陵霄汉，出宇宙之外矣。岂羡夫入帝王之

① ［汉］仲长统撰，孙启治校注：《昌言校注》，北京：中华书局，2012年，第265页。
② ［南朝·宋］范晔撰，李贤等注：《后汉书》，北京：中华书局，1965年，第1645—1646页。

门哉！[①]

仲长统表达了保身全命的道家追求和怡情山水的审美意趣。即便这样，仲长统却仍在情礼之间徘徊，在道德仁义之下处身行事。"情无所止，礼为之俭；欲无所齐，法为之防。越礼宜贬，逾法宜刑，先王之所以纪纲人物也。若不制此二者，人情之纵横驰骋，谁能度其所极者哉？表正则影直，范端则器良，行之于上，禁之于下，非元首之教也"[②]。

二、传统诗学教化观

东汉后期，儒家思想式微，士人从对经学的繁琐解释和崇拜中清醒过来，开始关注自身。尽管如此，仍然有众多士人对经学有着孜孜不倦的追求，在经学教化的轨道上前进，郑玄就是其中的代表。

郑玄字康成，北海高密人，喜爱读书，拜原兖州刺史第五元先为师，学习《京氏易》《公羊春秋》《三统历》《九章算术》。后从东郡张恭祖研习《周礼》《礼记》《春秋传》《韩诗》《古文尚书》《孝经》《论语》。几十年间，求学于多位通人和隐逸大儒。学者评价他："以广博学识融合汉代今古文之争的经学文化之集大成的殿军。"[③] 郑玄注《周易》《尚书》《毛诗》《仪礼》《礼记》《论语》《孝经》《尚书大传》《中候》《乾象历》，又著《天文七政论》《鲁礼禘祫义》《六艺论》《毛诗谱》《驳许慎五经异义》《答临孝存周礼难》，凡百余万言。质于辞训，通人颇讥其繁。至于经传，洽孰称为纯儒，齐鲁间宗之。郑玄融

① ［南朝·宋］范晔撰，李贤等注：《后汉书》，北京：中华书局，1965 年，第 1644 页。
② ［汉］仲长统撰，孙启治校注：《昌言校注》，北京：中华书局，2012 年，第 353 页。
③ 许结：《汉代文学思想史》，北京：人民文学出版社，2010 年，第 367 页。

通多家，著书丰富，其诗学是汉代诗学的总结。他的文学思想集中反映在其所撰的《诗谱》之中。

郑玄融通多家经学，其诗学表现出会通的精神。学者认为郑玄的诗学会通表现出交互性和综合性的特点①。他兼采四家诗说撰《三礼注》，以《毛诗》为主兼取三家诗以撰《毛诗传笺》。他以孟子“知人论世”和“以意逆志”的方法，在《诗谱》中明时代之限、定地理位置、说正变之义。比较《毛诗序》和《诗谱序》，郑玄明显按照历史发展的顺序展现诗学的发展历程。郑玄的诗教思想传承居多，他说：“诗者，弦歌讽喻之声也。自书契之兴，朴略尚质，面称不为谄，目谏不为谤。君臣之接如朋友然，在于恳诚而已。斯道稍衰，奸伪以生，上下相犯。及其制礼，尊君卑臣，君道刚严，臣道柔顺，于是箴谏者希，情志不通，故作诗者以诵其美而讥其过。”“诗者，承也。政善则下民承而赞咏之，政恶则讽刺之”②。此种观点继承了《毛诗序》的“治世之音安以乐，其政和；乱世之音怨以怒，其政乖”“下以风刺上，上以风化下，主文而谲谏”③，与班固的“周道始缺，怨刺之诗起”④ 的观点一脉相承。虽然他的诗学观与汉初的诗学有些区别，但整体上仍然是在经学的范围之内。此种诗学观在东汉后期仍然是新文学思想需要挣脱的枷锁。

郑玄的文艺观还体现在他对诗六艺的诠释上，其辞曰：

> 赋之言铺，直铺陈今之政教善恶。比，见今之失，不敢斥

---

① 许结：《汉代文学思想史》，北京：人民文学出版社，2010 年，第 367 页。

② ［汉］毛亨传，郑玄笺：《毛诗正义》卷一，阮元校刻：《十三经注疏》，上海：上海古籍出版社，1997 年，第 262 页。

③ 同上，第 271 页中。

④ ［汉］班固撰，颜师古注：《汉书》，北京：中华书局，1962 年，第 1042 页。

言，取比类以言之。兴，见今之美，嫌于媚谀，取善事以喻劝之。雅，正也，言今之正者以为后世法。颂之言诵也，容也，诵今之德，广以美之。郑司农云：古而自有风雅颂之名，故延陵季子观乐于鲁，时孔子尚幼，未定《诗》《书》，而曰为之歌《邶》《墉》《卫》，曰是其卫风乎？又为之歌《小雅》《大雅》，又为之歌《颂》。论语曰："吾自卫反鲁，然后乐正，《雅》《颂》各得其所。"时礼乐自诸侯出，颇有谬乱不正，孔子正之。曰比，曰兴。比者，比方于物也；兴者，托事于物①。

郑玄分别对赋、比、兴、风、雅、颂进行了解释，阐发诗歌创作与现实之间的关系。其中，对赋、比、兴的阐释，皆针对君上而言，赋之铺陈政教善恶、比之斥言今之失、兴之喻劝而颂美，都侧重于政教内容。郑玄的诗学思想从政治教化的立场出发，"正是汉儒文论思想的烙印"②。

郑玄是融合今文经学和古文经学的集大成者，不管其注疏如何会通，他的文学思想的基础总是在经学致用观上。尽管他在游于艺文的自守中度过一生，他心中的儒家思想仍是第一指导，所以，他的文学思想的核心仍是儒家诗教观。

综上，东汉末新的文学思想与旧的观念相互激荡，成为此时期文学思想发展的一个重要特点。

---

① ［汉］郑玄注，贾公彦疏：《周礼注疏》，阮元校刻：《十三经注疏》，上海：上海古籍出版社，1997年，第796页上。

② 郭丹：《先秦两汉文论全编》，上海：上海远东出版社，2012年，第817页。

第三节　鸿都门学的意义

灵帝时期，鸿都门学的建立引发了一次文艺论争。此次文艺论争是东汉重文思想的总结，也是魏晋时期文学勃发的先导。

范晔《后汉书》首开《文苑传》，一方面盖因范晔生活之时代的重文风气使然，另一方面盖为东汉文学兴盛所致。有学者论曰："《后汉书》创立《文苑传》，所列凡二十二人，类皆载其诗赋于传中。盖文至东京而弥盛，有毕力为文章而他无可表见者。故特立此传。必载诗赋者，于以见一时之习尚，而文苑非虚名也。"① 就两汉文学创作实际而论，东汉盛于西汉。东汉文学之兴盛，是上至皇帝，下至士人共同重视和努力的结果。

一

所谓上行下效，在封建集权的社会中，统治者的一言一行都会对社会风气产生极大影响。东汉之世亦然。光武帝建武前期，虽然战火的硝烟暂时消弭了人们的创作热情和对文艺的喜好，但是光武帝仍然表达出对文学之喜好。建武中，扶阳侯韩歆闻光武帝读隗嚣与公孙述书，直言曰："亡国之君皆有才，桀纣亦有才。"② 光武帝大怒。从此事可见光武帝对于文学的喜好。光武帝阅读隗嚣和公孙述的往来书信无可厚非，但是为什么引起韩歆如此大的反感呢？或许是光武帝多次

① ［清］阮福：《文笔考》，北京：中华书局，1985 年，第 14 页。
② ［南朝·宋］范晔撰，李贤等注：《后汉书》，北京：中华书局，1965 年，第 902 页。

将这些书信拿出来阅读并对书信的文采加以评论，认为隗嚣和公孙述之文多有才气。据载，“隗嚣宾客、掾吏多文学生，每所上事，当世士大夫皆讽诵之，故帝有所辞答，尤加意焉”①。也许光武帝也曾多次羡慕隗嚣和公孙述的“才气”，故而激起韩歆的讥讽。不仅如此，光武帝还将文学的作用发挥到极致。傅干分析了光武帝能够最终取得胜利的原因。他认为：“（刘秀集团中）言语政事、文学之士，咸尽其材，致之宰相。”② 刘勰更是认为：“光武加意于书辞：岂直取美当时，亦敬慎来叶矣。”③ 光武帝对班彪的态度较好地诠释了他对文学之士的喜爱。建武六年，班彪作《王命论》劝说隗嚣失败之后，乃避地河西窦融处，受到窦融礼遇，为之书策汉事。后窦融还京师，“光武问曰：‘所上章奏，谁与参之？’融对曰：‘皆从事班彪所为。’帝雅闻彪材，因召入见，举司隶茂才，拜徐令。”④ 班彪作为一介文士在众多武将功臣中脱颖而出，实为难得。又建武二十年，吴汉薨，光武诏诸儒作诔。当时，正在狱中的杜笃也为吴汉作诔辞。光武帝认为杜笃之诔“辞最高”，于是“赐帛免刑”。再看杜笃所犯之罪，“笃少博学，不修小节，不为乡人所礼。居美阳，与美阳令游，数从请托，不谐，颇相恨。令怒，收笃送京师”⑤。在光武帝的严格政令下，杜笃数从请托，贿赂官员，可谓大罪，然而竟因擅文学而抵罪消过，这对于一向严格的光武帝来说，他是何等欣赏文学！刘勰议论光武曰：“光武中兴，深怀图谶，颇略文华，然杜笃献诔以免刑，班彪参奏以

① ［南朝·宋］范晔撰，李贤等注：《后汉书》，北京：中华书局，1965年，第526页。
② ［唐］欧阳询撰，汪绍楹校：《艺文类聚》，上海：上海古籍出版社，1965年，第190页。
③ ［梁］刘勰撰，范文澜注：《文心雕龙注》，北京：人民文学出版社，1958年，第359页。
④ ［南朝·宋］范晔撰，李贤等注：《后汉书》，北京：中华书局，1965年，第1324页。
⑤ 同上，第2595页。

补令，虽非旁求，亦不遐弃。”① 刘勰用一转折语评论光武帝，并非对光武帝重文倾向的否定，而是对他重文思想的说明。

文献中虽然没有明帝对文学喜爱的明确记载，但是我们从明帝的一些事情中仍可推测一二。王充在《论衡》中说：“故夫贤圣之兴文也，起事不空为，因因不妄作。作有益于化，化有补于正，故汉立兰台之官，校审其书，以考其言。”② 永平五年，明帝征召兰台文人之事可说明明帝对于艺文的重视。这一举动在客观上有利于东汉宫廷御用文人聚居，形成文学集团，有利于文学创作的兴盛。“永平中，神雀群集，孝明诏上《爵颂》。百官颂上，文皆比瓦石，唯班固、贾逵、傅毅、杨终、侯讽五颂金玉，孝明览焉。”③ 此次献赋活动，一方面证明兰台文学集团的集体活动，另一方面也说明明帝对于文学的提倡。王充有言曰：“孝明世好文人，并征兰台之官，文雄会聚。”④ 此次献赋活动是一次“文雄聚会”，客观上刺激了文士们的创作激情。“（永平）十五年春……帝以所作《光武本纪》示苍，苍因上《光武受命中兴颂》。帝甚善之，以其文典雅，特令校书郎贾逵为之训诂。”⑤《东观汉记》所载略有不同，“上甚善之，以问校书郎，此与谁等，皆言类相如、扬雄，前代史岑比之”⑥。当然，《光武受命中兴颂》为东平王刘苍所作，诸儒为表恭敬之意，有对《光武受命中兴颂》夸扬之意，但是明帝以文章示左右之举，颇耐人寻味。虽然可以理解为因刘

① ［梁］刘勰撰，范文澜注：《文心雕龙注》，北京：人民文学出版社，1958 年，第 673 页。

② ［汉］王充撰，张宗祥校注，郑绍昌标点：《论衡校注》，上海：上海古籍出版社，2010 年，第 568 页。

③ 同上，第 410 页。

④ 同上，第 411 页。

⑤ ［南朝·宋］范晔撰，李贤等注：《后汉书》，北京：中华书局，1965 年，第 1436 页。

⑥ ［汉］刘珍等撰，吴树平校注：《东观汉记校注》，北京：中华书局，2008 年，第 242 页。

苍是明帝仰仗而喜欢的兄弟，对他的文章大加赞赏有拉拢之意，但是从另一个角度看，也说明了明帝对文学创作的提倡，故刘勰以为“帝则藩仪，辉光相照矣”①。

范晔《后汉书》中多次提到章帝好文章之事。“肃宗雅好文章，（班）固愈得幸，数入读书禁中，或连日继夜。每行巡狩，辄献上赋颂，朝廷有大议，使难问公卿，辩论于前，赏赐恩宠甚渥。”②“帝雅好文章，自见骃颂后，常嗟叹之。谓侍中窦宪曰：‘卿宁知崔骃乎？’对曰：‘班固数为臣说之，然未见也。’帝曰：‘公爱班固而忽崔骃，此叶公之好龙也。’”③ 上述材料明确提到了章帝对于文章的喜爱。杨终事件更可证明章帝对文学之士的喜爱。蜀郡人杨终坐徙北地，值章帝东巡，“凤皇黄龙并集，终赞颂嘉瑞，上述祖宗鸿业，凡十五章，奏上，诏贯还故郡”④。杨终借助章帝东巡的机会献上赋颂，终被免罪。章帝多次巡狩，崔骃和班固皆上文颂之，章帝认为崔骃的创作才能高于班固。从两人辞赋来看，班固显然用力较弱，只有对每次巡狩事件的简单描述，而崔骃则用铺排的手法描写场面之盛，读之更觉韵味悠长。故章帝认为“（窦宪）爱班固而忽崔骃，此叶公之好龙也”。由此也可知章帝欣赏的审美风格。

统治者的提倡固然推动了文学的发展，但士人们喜好文学的自觉才是文学发展的主要原因。桓谭就充分表达了对文学创作的爱好，“余少时学，好《离骚》，博观他书，辄欲反学”⑤。《后汉书》记载桓

---

① ［梁］刘勰撰，范文澜注：《文心雕龙注》，北京：人民文学出版社，1958 年，第 673 页。

② ［南朝·宋］范晔撰，李贤等注：《后汉书》，北京：中华书局，1965 年，第 1373 页。

③ 同上，第 1718—1719 页。

④ 同上，第 1600—1601 页。

⑤ ［汉］桓谭撰，朱谦之校辑：《新辑本桓谭新论》，北京：中华书局，2009 年，第 51 页。

谭“所著赋、诔、书、奏，凡二十六篇”①。因为对《离骚》和辞赋的喜爱，桓谭尝试了多种文体创作。文学创作的过程是艰难和痛苦的，桓谭充分认识到这一点。桓谭说：“余少时见扬子云之丽文高论，不自量年少新进，猥欲逮及，尝激一事而作小赋，用精思太剧，而立感动致疾病。子云亦言：‘成帝时，赵昭仪方大幸，每上甘泉，诏使作赋，一首始成，卒暴倦卧，梦五藏出地，以手收内之，及觉，大少气，病一年。’”② 刘勰《文心雕龙·神思》对文学创作构思的艰难进行了论述，并以桓谭和扬雄为例，“扬雄辍翰而惊梦，桓谭疾感于苦思”③，足见桓谭在文学创作方面用力之勤。

班固对文学的重视则体现了他对文学本身意义的揭示。章帝即位之后，班固虽更受宠，但是地位不高，位不过郎，“感东方朔、扬雄自论，以不遭苏、张、范、蔡之时，作《宾戏》以自通焉”④。在《答宾戏》一文中，宾首先发难，认为主人有“驰辩如涛波，摛藻如春华”之才，但“乐枕经籍书”⑤，“不能摅首尾，奋翼鳞，振拔污涂，跨腾风云，使见之者影骇，闻之者响震”，无补于世，无利于己。主人回答说战国之时，环境使然，且“功不可虚成，名不可以伪立”，多有士人为名利所累，终不保身，但仍然有士坚守圣道。主人指出，当今之世不同于战国，“方今大汉洒扫群秽，夷险芟荒，廓帝肱，恢皇纲，基隆于羲农，规广于黄唐。其君天下也，炎之如日，威之如神，涵之如海，养之如春。是以六合之内，莫不同源共流，沐浴玄

① ［南朝·宋］范晔撰，李贤等注：《后汉书》，北京：中华书局，1965年，第960页。
② ［汉］桓谭撰，朱谦之校辑：《新辑本桓谭新论》，北京：中华书局，2009年，第51页。
③ ［梁］刘勰撰，范文澜注：《文心雕龙注》，北京：人民文学出版社，1958年，第494页。
④ ［南朝·宋］范晔撰，李贤等注：《后汉书》，北京：中华书局，1965年，第1374页。
⑤ ［汉］班固撰，白静生注：《班兰台集校注》，郑州：中州古籍出版社，2002年，第82页。

德，禀仰太和，枝附叶著，譬犹草木之植山林，鸟鱼之毓川泽”。故不能以战国之价值主张要求当今之士人，“得气者蕃滋，失时者零落，参天地而施化，岂人事之厚薄哉!”进而以“上古士人”为例说明真正的君子不在乎一时间之荣辱，只要去侈心、宏大道就能流芳百世。文章处处表现出班固正统的儒家立场。文末主人还说“走亦不任厕技于彼列，故密尔自娱于斯文”①，表明自己乐此之道的决心。许结先生认为：“这种解嘲答难的文章。一般是寄托士子的牢愁和悲哀以通讽喻之作……班固不然，他虽‘自以二世才术，位不过郎’，寓不平之意，但其文旨归，却在对‘汉德’之鲜明彰扬。”② 诚然，文中已然感觉不到作者失意之时的悲哀，充斥更多的是对盛世的歌颂之感。我们也可以认为作者对在盛世中枕经籍书是感到快乐的，并无多少讽喻之义，而是真有志于此。回顾东汉早期的士人枕经籍书之志，其实还可以用另外一个词语来代替，那就是“游于艺文”。崔篆《慰志赋》中说：“靖潜思于至赜兮，聘六经之奥府。”③ 班彪在避难期间也用“游于艺文”来勉励自己：“夫子固穷，游艺文兮。乐以忘忧，惟圣贤兮。”④ 在两汉之际恶劣的生存环境下，士人游于艺文，在经籍中寻求片刻的安宁，乃是迫不得已的事情。但是班固在盛世中游于经籍之间，则有更深层的意义，这表明士人们重文思想的进一步加强。

重文思想还表现在梁竦身上。梁竦出生世家，为梁统之子、梁松之弟。通经籍，弱冠能教授。永元四年，因梁松事，与弟恭徙九真。“（梁竦）不乐本土，自负其才，郁郁不得意。尝登高远望，叹息言

① ［汉］班固撰，白静生注：《班兰台集校注》，郑州：中州古籍出版社，2002 年，第 82 页。

② 许结：《汉代文学思想史》，北京：人民文学出版社，2010 年，第 280 页。

③ ［南朝·宋］范晔撰，李贤等注：《后汉书》，北京：中华书局，1965 年，第 1706 页。

④ ［梁］萧统编，李善注：《文选》，北京：中华书局，1977 年，第 144 页。

曰：‘大丈夫居世，生当封侯，死当庙食。如其不然，闲居可以养志，诗书足以自娱。州郡之职，徒劳人耳。’”① 梁竦认为诗书自娱是庙堂之外的第二选择，足见他对文学的看重。他也确实做到了这一点，“显宗后诏听还本郡。竦闭门自养，以经籍为娱，著书数篇，名曰《七序》。班固见而称曰：‘孔子著《春秋》而乱臣贼子惧，梁竦作《七序》而窃位素餐者惭。’”②

东汉前三帝对文学的提倡，在一定程度上说明文学在国家政治生活中起着越来越重要的作用。士人对文学的态度是文学地位提升的关键。东汉前期，经籍文学是士人们在乱世之中心灵安宁的净土，是逃避世事的港湾。东汉明、章时期，经籍文学已经成了士人们的安身立命的选择，文学的地位被抬高，似乎只差一步就成为曹丕所谓“经国之大业，不朽之盛世”。龚克昌先生也认为：“前者实可视为后者的先导。”③

二

士人将文学的地位提高到实现人生价值的选择之时，还存在一个问题，即对“文学”二字的理解。自然，东汉时期的文学概念不同于今日文学的概念，但东汉士人们对文学自身规律的探讨和亲身实践则可谓是对纯文学的追求。自汉武帝以儒术立国直至东汉明、章时期，儒家再次成为社会的主流思潮，更加确定了思想的一致。儒家的重功利、尚实用的文艺观一直压抑着文学内部的发展。这一现象在东汉有所突破。文士们不仅在文学理论上更多地关注文学的艺术性，而且也

① ［南朝·宋］范晔撰，李贤等注：《后汉书》，北京：中华书局，1965年，第1172页。
② 同上，第1171页。
③ 龚克昌等：《全汉赋评注》，石家庄：花山文艺出版社，2003年，第311页。

在文学创作中突破文质彬彬的原则，向丽美方向发展。

西汉的扬雄早已注意到文学的特点和规律。他以审美的眼光评价西汉一些赋家的作品，如认为司马相如的赋“弘丽温雅”，屈原之文“过以浮”，相如之赋“过以虚”。这些评价都是从文学自身的特点出发的。扬雄晚年时愈加注重文学的讽谏功用性。他对诗人之赋和辞人之赋的分类就是最好的证明。诗人之赋是重视文学的功用性，而辞人之赋则是文学弱化了政教功能。追求华美，是文学自身的发展。建武年间，桓谭继承扬雄的文艺观，再次高举“丽文”，提倡“新声”，探索文学的内部规律（在第一章中已经介绍了桓谭的重文主张，此不赘述）。明、章时期，士人们依然沿着扬雄的文学观前进，虽然也是以尚用作为评价文学的标准，但却更加表现出重视纯文学的倾向，此在班固身上表现得明显。班固重文倾向表现在两个方面，一是把文学作为一个比较独立的对象进行评价，体现出将人与文分开评价的双重评判标准。班固在评论司马迁及《史记》时，认为司马迁轻儒的思想倾向并不妨碍司马迁成为“良史之材”。班固对屈原及《离骚》的评价也如此，认为屈原为人“露才扬己”，而《离骚》之文却“弘博丽雅，为辞赋宗”。班固对于屈原的评价存在两种标准，即屈原为人狷狂，为文却高妙有才。这种人、文并行的双重评价标准，一方面表现了班固的重文倾向，另一方面还体现了对文学独立性的认识。二是在《汉书》中的选文标准也体现出重文倾向。吴崇明先生详细地耙梳了班固在《汉书》中的引文类型，总结出“《汉书》引录文章数量庞大，首先侧重‘切于世事’之文，其次注重抒情述志之文，其文章体现出‘典雅’‘精约’‘显附’等特点”①。他认为：“《汉书》继承了《史记》的传统，对文学家和文学作品有意识予以特别的重视，努力对文

① 吴崇明：《班固文学思想研究》，上海：上海古籍出版社，2010年，第424页。

学和学术进行区分，使文学作品在史传中占据空前位置。”[①] 所以，不难发现班固抬高文学的地位，其中也含有抬高纯文学地位的意思。

士人们对文学的重视还表现在对文学审美的自觉追求。安帝永初元年，陈忠在推荐刘恺时对人才评价说：“臣父宠，前忝司空，伥、迁并为掾属，具知其能。伥能说经书而用心褊狭，迁严毅刚直而薄于艺文。”[②] 安帝永宁年间，陈忠针对当时朝廷现实，“诸郎多文俗吏，鲜有雅才，每为诏文，宣示内外，转相求请，或以不能而专己自由，辞多鄙固”，遂上疏推荐周兴，因为周兴“属文著辞，有可观采”。陈忠还表达了对诏令的看法，认为：“古者帝王有所号令，言必弘雅，辞必温丽，垂于后世，列于典经。故仲尼嘉唐虞之文章，从周室之郁郁。”[③] 陈忠所说的虽然是诏令等应用文体，但是仍不失对文学形式之美的追求。顺帝阳嘉年间，重视文采的倾向更为官方所倡导。顺帝有心中兴汉室，推行左雄的改革。左雄的改革主要集中在选举制度上，他建议：“请自今孝廉年不满四十，不得察举，皆先诣公府，诸生试家法，文吏课笺奏，副之端门，练其虚实，以观异能，以美风俗。”[④] 左雄要求的是诏令制文应该摆脱质木无文的状态。可见当时重视文采已然成为一个时代话题。

东汉士人对文学的探讨不仅表现在文学理论的发展上，还表现在文学创作的突破上。两汉之际出现的檄移之文、游说之辞和劝降之作，很少沾染儒经气息，文中多用四六句，具有较强的骈文倾向，气势纵横。班固在文学创作中自觉地追求了形式美，“《汉书》之论赞，义尚兼符，文辞精美。萧统《文选序》云：‘若其赞论之综辑辞采，

① 吴崇明：《班固文学思想研究》，上海：上海古籍出版社，2010 年，第 375 页。
② ［南朝·宋］范晔撰，李贤等注：《后汉书》，北京：中华书局，1965 年，第 1308 页。
③ 同上，第 1537 页。
④ 同上，第 2020 页。

序述之错比文华，事出于沉思，义归乎翰藻。’说明了史书文学化之程度。”① “班固的辞赋创作与稍后之张衡形成‘班、张并雄’盛况，是嗣响西汉‘马、扬并美’的东汉辞赋高峰。”② 汉章帝之世出现的连珠文体，喻美辞壮，文章弘丽；傅毅在《舞赋》中的华美辞采更是美不胜收；张衡辞赋“藻思绮合，清丽千眠”③，诗歌“艳发”。凡此种种，都是士人自觉对文学的创新，体现了对文学内部规律的探寻。应该说东汉时期士人在文学创作上已经出现了自觉，但以学者对文学自觉的标准来衡量，似乎少了官方对文学地位的提高，而鸿都门学恰好在这方面给出了答案。

三

鸿都门学的建立始于灵帝对经学的统一。蔡邕迁为议郎，“以经籍去圣久远，文字多谬，俗儒穿凿，疑误后学，熹平四年……奏求正定《六经》文字。灵帝许之，邕乃自书册于碑，使工镌刻立于太学门外。于是后儒晚学，咸取正焉。及碑始立，其观视及摹写者，车乘日千余两，填塞街陌。”④ 在此种背景下，灵帝也自造《皇羲篇》五十章。灵帝本意是想诏儒生为之赋文以弘扬圣道，但是最后人越来越多，也越来越杂，“后诸为尺牍及工书鸟篆者，皆加引召，遂至数十人。侍中祭酒乐松、贾护，多引无行趣执之徒，并待制鸿都门下，憙陈方俗闾里小事，帝甚悦之，待以不次之位。又市贾小民，为宣陵孝

① 许结：《汉代文学思想史》，北京：人民文学出版社，2010 年，第 293 页。
② 同上，第 293 页。
③ ［梁］萧统编，李善注：《文选》，北京：中华书局，1977 年，第 241 页。
④ ［南朝 · 宋］范晔撰，李贤等注：《后汉书》，北京：中华书局，1965 年，第 1990 页。

子者，复数十人，悉除为郎中、太子舍人”①。由此，汉灵帝于光和元年二月置鸿都门学，“画孔子及七十二弟子像。其诸生皆敕州郡三公举用辟召，或出为刺史、太守，入为尚书、侍中，乃有封侯赐爵者，士君子皆耻与为列焉。”② 这是鸿都门学的由来。鸿都门学的设立有一关键，那就是侍中祭酒乐松、贾护的迎合。因为他们了解灵帝的喜好，所以迎合灵帝。因此，我们还要了解一下灵帝的喜好。《后汉书》记载：“是岁帝作列肆于后宫，使诸采女贩卖，更相盗窃争斗。帝著商估服，饮宴为乐。又于西园弄狗，著进贤冠，带绶。又驾四驴，帝躬自操辔，驱驰周旋，京师转相放效。”③ 灵帝的纨绔世俗形象跃然纸上。不仅如此，他还是十分贪财：“初开西邸卖官，自关内侯、虎贲、羽林，入钱各有差。私令左右卖公卿，公千万，卿五百万。”④ “而今中尚方敛诸郡之宝，中御府积天下之缯，西园引司农之臧，中厩聚太仆之马，而所输之府，辄有导行之财。”⑤ 对于灵帝此种行为，连宦官都觉不妥，吕强上疏云：“天下之财，莫不生之阴阳，归之陛下。归之陛下，岂有公私?”⑥ 灵帝的爱好完全是世俗之人的喜好。

针对熹平六年灾异频现的状况，灵帝诏群臣各陈政要。诸臣陈事，引发了一场文艺论争。论争一方以汉灵帝为主，另一方是蔡邕、阳球、杨赐等人。蔡邕等人皆反对灵帝设置鸿都门学，但三人反对的角度又同中有异。蔡邕说：

---

① ［南朝·宋］范晔撰，李贤等注：《后汉书》，北京：中华书局，1965 年，第 1991－1992 页。

② 同上，第 1998 页。

③ 同上，第 346 页。

④ 同上，第 342 页。

⑤ 同上，第 2532 页。

⑥ 同上。

臣闻古者取士，必使诸侯岁贡。孝武之世，郡举孝廉，又有贤良、文学之选，于是名臣辈出，文武并兴。汉之得人，数路而已。夫书画辞赋，才之小者，匡国理政，未有其能。陛下即位之初，先涉经术，听政余日，观省篇章，聊以游意，当代博弈，非以教化取士之本。而诸生竞利，作者鼎沸。其高者颇引经训风喻之言；下则连偶俗语，有类俳优；或窃成文，虚冒名氏。臣每受诏于盛化门，差次录第。其未及者，亦复随辈皆见拜擢。既加之恩，难复收改，但守俸禄，于义已弘，不可复使理人及仕州郡。昔孝宣会诸儒于石渠，章帝集学士于白虎，通经释义，其事优大，文武之道，所宜从之。若乃小能小善，虽有可观，孔子以为“致远则泥”，君子故当志其大者①。

从蔡邕之奏，我们可得知以下信息：一是以书画取士不是传统的取士之道；二是书画辞赋之人无匡国救世之才；三是书画辞赋不是匡国救世的根本；四是以经学素养为评判标准，书画辞赋之人水平并不高；五是给以俸禄但不给予州郡官职；六是建议弘扬经学之教化作用，同时书法辞赋有可观之处，但不是孔子所谓的君子之志向。

阳球说：

伏承有诏敕中尚方为鸿都文学乐松、江览等三十二人图象立赞，以劝学者。臣闻《传》曰：“君举必书。书而不法，后嗣何观！”案松、览等皆出于微蔑，斗筲小人，依凭世戚，附托权豪，俯眉承睫，徼进明时。或献赋一篇，或鸟篆盈简，而位升郎中，

① [南朝·宋] 范晔撰，李贤等注：《后汉书》，北京：中华书局，1965年，第1996—1997页。

形图丹青。亦有笔不点牍，辞不辩心，假手请字，妖伪百品，莫不被蒙殊恩，蝉蜕滓浊。是以有识掩口，天下嗟叹。臣闻图象之设，以昭劝戒，欲令人君动鉴得失。未闻竖子小人，诈作文颂，而可妄窃天官，垂象图素者也。今太学、东观足以宣明圣化。愿罢鸿都之选，以消天下之谤①。

阳球的观点有五：一是乐松等人出生低贱，依附豪权；二是他们以书法和辞赋之能而得官；三是这些人中有不实现象；四是前代未有以辞赋文艺而被封官的例子；五是太学东观能够宣明圣化。

杨赐说：

又鸿都门下，招会群小，造作赋说，以虫篆小技见宠于时，如驩兜、共工更相荐说，旬月之间，并各拔擢，乐松处常伯，任芝居纳言。郄俭、梁鹄俱以便辟之性，佞辩之心，各受丰爵不次之宠，而令搢绅之徒委伏畎亩，口诵尧舜之言，身蹈绝俗之行，弃捐沟壑，不见逮及。冠履倒易，陵谷代处，从小人之邪意，顺无知之私欲，不念《板》《荡》之作，虺蜴之诫。殆哉之危，莫过于今②。

杨赐认为：一是以辞赋和书法获取圣宠；二是经学之人反受到压制；三是鸿都门学之人只唯顺从，而无讽谏，不利于朝廷政治。

纵观三人的观点，他们反对的理由主要有三：一是以辞赋取士背离了以经取士的标准，这是两汉尊古思想的体现；二是辞赋无益于政

① ［南朝·宋］范晔撰，李贤等注：《后汉书》，北京：中华书局，1965年，第2499页。
② 同上，第1780页。

治教化，这是从经学的政治教化论来批评的；三是鸿都门学中人存在欺诈等行为。第三点是士大夫对这种现象形式上的批判，一、二点则是两派思想上的对决，是鸿都门学争论的焦点和核心。争论最终以灵帝为代表的鸿都门学取得胜利，新的文学观念战胜了旧有的经学文学观念，这也说明儒家经学不再是官方的唯一支持。前文已经讲述了士人们已经自觉地表现出对经学的疏离，现在官方也放弃了对经学的扶持，可见经学在汉末已经丧失了影响士人的环境了。

灵帝时期的鸿都门学是一起重大的政治事件，历代学者们多有讨论。20 世纪以来的学者认为，鸿都门学是宦官培植的一种社会势力，是其用来对付党人及清流士人的工具。孙明君先生反驳此观点，认为是灵帝时期介于以宦官为代表的浊流势力和以东观士人为主的清流势力之间的第三种势力[①]。那么，鸿都门学中究竟是些什么人呢？按照杨赐的说法，鸿都门学中人的看家本领就是辞赋和书法等世俗文艺，但就流传下来的文献来看，他们的这些看家本领又都远不及蔡邕等人；从政治来说，他们一边附和灵帝，一方面又对时事政治表示关心。所以，可以推测鸿都门学是当时社会中已经疏离经学而推崇世俗文艺之人，类似赵壹笔下的梁孔达、姜孟颖之流。他们已经没有士人以天下为己任的责任担当，但还对生活环境多少有些关注。确如孙明君先生所言，鸿都门学的形成是在清流士人中激进分子已经和朝廷互不信任而转身离去的背景下形成的。可以说，鸿都门学之人在当时社会中只算得上是中流之资。他们没有可以和宦官抗衡的资质，也没有依附宦官的后台。在人才寥寥的熹平年间，灵帝给他们创造了机会，这无疑是这类人群的最大福音。总之，不论灵帝成立鸿都门学的目的是什么，也不论鸿都门学存在时间长短，它对人们的价值取向的影响

---

① 孙明君：《汉魏文学与政治》，北京：商务印书馆，2003 年，第 86 页。

却是巨大的。

灵帝背离祖制，以辞赋取士的意义重大，胡旭先生认为："对以经学取士的传统来说，是一场巨大的冲击。"① 笔者认为，以辞赋取士意义还在于官方第一次把文学与经学并重的观点确定下来。这不仅表明了官方对经学的疏离，还表明了文学可以与经学同等。有学者认为灵帝以辞赋取士是无奈之举，但这无奈之举至少确实刺激了文学的发展。刘师培对汉灵帝及鸿都门学议论如下："汉之灵帝，颇好俳辞，下习其风，宜尚华靡；虽迄魏初，起风未格。"② 不管灵帝是出于政治需要还是自己喜好，他终究打破了传统，创新了取士制度，也算是时代的一种进步吧！我认为因有灵帝打破传统的取士方式，其后才有曹操等人不拘一格选拔人才的做法，也才有曹丕"盖文章，经国之大业，不朽之盛事"的新观点。不得不说，灵帝为东汉重文倾向做了最后的总结，也为建安时期文学高度繁荣的到来做好了准备。

小　结

东汉末年，宦官擅权，士人与宦官之间势同水火。桓、灵时期，宦官为打击士人，策划发动了两次党锢之祸。长达20年的政治打压，士人匡国救世的儒家理想逐渐淡化，处于隐处的道家思想逐渐浮出。政治环境和社会思潮的变化，促进了文学思想的转变。

在外戚和宦官的破坏下，以维护伦理纲常的儒家思想已经千疮百孔。士人对社会政治不再热衷和关注，转向醉心文艺，开始了艺术精

---

① 胡旭：《汉魏文学嬗变研究》，厦门：厦门大学出版社，2004年，第254页。

② 刘师培著，舒芜校点：《中国中古文学史·论文杂记》，北京：人民文学出版社，1959年，第11页。

神的自觉追求。与此同时，士人勇于挣脱严肃的儒家礼教束缚，追求“通脱”的行事方式，不再以经国政事为务，主张抒发个人情感，在文学创作的实际中形成了非功利、主缘情的文学思想。

新的文学思想形成必然经过曲折而复杂的斗争。东汉后期，士人们在文学创作中极力挣脱经学的束缚，在追求艺术精神自觉的过程中，实现了文学技巧、审美的自觉追求，这必然导致新旧两种文学思想相互激荡，如郑玄仍然坚持旧有的保守的崇儒宗经的文学视角，蔡邕在文学创作和文学理论方面表现出的矛盾。

总的说来，东汉文学创作胜于西汉。这不仅有丰富的作品为证，还有史家为文人专门立传。范晔在《后汉书》的撰写中首辟《文苑传》。东汉文学之所以有如此成果，主要是因为东汉诸帝对于文学的提倡以及士人静心“游于艺文”的结果。他们一致表现出重文的倾向。但不可否认的是，这种重文倾向都是在经学限制之下，文学还没有获得完全独立发展的机会。汉灵帝设置鸿都门学打破了这种局面，他第一次以官方的形式把文学与经学并重的观点确定下来，为东汉重文倾向画上了浓墨重彩的句号。

第六章　东汉文学思想的特点和价值

学者对汉代文学思想的价值和特点多有探讨，如敏泽先生认为两汉时期是中国文学思想的定型期，其理由有二：千余年中国文学思想以儒家思想作为自己的基调，是在这一时期确定下来的；文学思想作为主流的政治伦理思想的附庸，同时导致文学作为政治理念的工具和传声筒这样一种思想方法也是在这一时期确定下来的。同时，敏泽先生还认为定型中的中国文学思想具有三个特点，一是汉代文学思想是中国政治伦理思想整肃统一运动的一个组成部分或者说是附庸；二是汉代文学思想表现出一种回归遥承春秋以还儒家文学思想的趋势；三是文学思想的交锋特别激烈①。敏泽先生对汉代文学思想的基本价值和特点进行了深刻地阐述，尽管对汉代文学思想的特点和价值的研究还有很大的研究空间，但他对汉代文学思想的阐述仍不失为比较全面的归纳。当代学者对西汉文学思想在定型阶段中所起的作用也有阐述，如部积意先生在《西汉文学思想研究》中认为“文学并未完全与

---

①　参看敏泽：《中国文学思想史》，长沙：湖南教育出版社，2004年，第209—213页。

政治上、道德上的功利主义割裂开来"[①]，汪耀明先生则从《诗大序》、司马迁发愤著书说以及扬雄明道、征圣、宗经的文学主张对后世的影响三方面阐述了西汉文学思想的重要价值。张峰屹先生认为西汉文学思想是依附于经学之上的[②]。鲜有学者对东汉文学思想的价值进行阐述，因此，本章试图讨论东汉文学思想的特点以及在中国文学思想发展中的价值。

第一节 东汉文学思想的特点

东汉文学思想随着政治变化而发生改变，随着文学的繁荣而丰富。班彪、班固、王充、王逸等人从不同角度提出了极富创造性的文学理论和文学批评，班固、傅毅、王逸、张衡等人以文学创作来体现他们对文学功用以及审美风格的看法。诸家所论虽各有侧重，但是也有相通之处，共同体现了东汉文学思想的特点。

一、强烈的现实性

汪耀明先生认为西汉文学思想具有强烈的现实性[③]。我认为，东汉继承并强化了西汉时期的经学文学思想，东汉文学思想和西汉文学思想有共同的特点，即是强烈的现实性。由于东汉时期经学思想更加

---

① 郜积意：《经典的批判：西汉文学思想研究》，北京：东方出版社，2000 年，第 257 页。

② 张峰屹：《西汉文学思想史》，北京：生活·读书·新知三联书店，2014 年，第 274 页。

③ 汪耀明：《西汉文学思想》，上海：复旦大学出版社，1994 年，第 157—160 页。

强化，经学致用观更显浓厚，表现在文学上，文学思想的强烈现实性更为凸显。同时，东汉士人追求文学真实，更加强化了“现实性”。从文学理论层面上来说，首先，士人对文学功用的认识本身就是建立在文学的现实意义上的。班固、王充认为文学要有用，不论是宣上德还是要抒下情，都是要从现实出发的。王充在《论衡》中说：“故夫贤圣之兴文也，起事不空为，因因不妄作。作有益于化，化有补于正。”① “为世用者，百篇无害；不为用者，一章无补。”② 他认为现实生活是文学的源泉，作家只有在生活的感召下，才能情动于中，有感而发，创作出精彩的作品。王充认为文学“为世用”的当世体现则是歌功颂德，他认为明帝时期的祥瑞现象不少于三代，而当世的歌颂之文甚少，主张创作更多的颂赞之文。班固论汉乐府则完全体现了其文学思想的现实性，他认为汉武帝设立乐府机构以及乐府诗的意义和作用就是了解当世风俗，考察民风，主张文学源于生活。他在《汉书·艺文志》中说：“自孝武立乐府而采歌谣，于是有代赵之讴，秦楚之风，皆感于哀乐，缘事而发，亦可以观风俗，知薄厚云。”③ 他认为汉乐府诗来自现实，是劳动群众自己创作的，其中“感于哀乐，缘事而发”既是劳动群众喜怒哀乐的真实表现，又是作者根据现实生活来描写和反映的；它既要求诗歌所表现的感情是真实的，又要求诗歌所描写的现实是真实的。班固论汉乐府的现实性，发展了《毛诗序》提出的“王道衰，礼义废，政教失，国异政，家殊俗”的现实性。《毛诗序》中所指的现实是王道礼义、政教人伦，即统治阶级的政治制度和意识形态。这里的“诗人”指的是封建士大夫。班固在论述汉乐府

① ［汉］王充撰，张宗祥校注，郑绍昌标点：《论衡校注》，上海：上海古籍出版社，2010年，第568页。

② 同上，第582页。

③ ［汉］班固撰，颜师古注：《汉书》，北京：中华书局，1962年，第1756页。

时所谓的“现实”是指劳动群众生活的痛苦，诗歌的作者是劳动者自己而不是封建士大夫。所以，班固论汉乐府的现实性推进了传统文学与现实理论的发展。不仅如此，班固撰写《汉书》时也引录了许多反映现实生活的作品，如引录《上郡吏民为冯氏兄弟歌》来歌颂贤吏，引录《民为淮南厉王歌》来咏叹兄弟无情，引录童谣《燕燕尾涎涎》来揭示汉代女宠的悲剧人生。这些作品反映出汉代社会的人情冷暖、风俗薄厚，以此来“观风俗，知薄厚”。东汉士人认为文学要有教化功能，要对当世的政治统治有积极作用，他们运用天人感应的思维方式，将自然天象，以文学的表现形式，体现社会现实。如崔骃说：“臣闻阳气发而鸧鹒鸣，秋风厉而蟋蟀吟，气之动也。唐、虞之世，樵夫牧竖，击辕中《韶》，感于和也。臣不知手足之动音声，敢献颂云。”① 崔骃有感当时和谐的自然物候而上《四巡颂》，体现当时政治的祥和。这些颂声也都是社会现实的体现。

前文已经讨论了王逸和班固对屈原及《离骚》的评论。班固、王逸两人观点虽大有不同，甚至王逸对班固还进行了强烈的反驳，但是两人的批评背后都是社会现实的驱使。班固从“明哲保身”的角度来批评屈原，这是国家昌盛、君权浓厚的社会需要，也是汉明帝的意志。王逸对班固的批评进行了强烈反驳，强调人臣以“忠正为高，伏节为贤”，这是皇权衰弱背景下维护皇权的社会现实需要。王符在《潜夫论》中也表现了文学的现实性，他认为“虽有尧、舜之美，必考于《周颂》；虽有桀、纣之恶，必讥于《版》《荡》”②。

东汉士人追求文学的真实也是文学反映社会现实的体现。如光武帝“厌浮语虚辞”，要求作文简洁求实；班固推崇司马迁修史的“实

① ［宋］李昉等：《太平御览》，北京：中华书局，1960 年，第 2648 页。

② ［汉］王符撰，汪继培笺，彭铎校正：《潜夫论笺校正》，北京：中华书局，1985 年，第 74 页。

录”手法，并躬身运用“实录”手法撰写《汉书》，还要求辞赋引事须真实可信，反对虚诞浮夸，并在辞赋创作中进行基于真实的文学修饰；王充力主“疾虚妄”，要求文学创作要体现实诚，在情理上体现真美，批判司马相如、扬雄赋作虚妄失实，迷惑君王，没有起到讽谏效果。光武帝、班固、王充等人追求真实的主张是文学思想强烈现实性的最好诠释。

从文学创作实际来说，东汉时期的政论散文便具有强烈的现实性。在光武建武前期，各集团之间的檄移之文、劝降之辞、游说之语均是针对当时的战争而言；在东汉中后期，士人们讽谏、批判之语全是对外戚、宦官专权的极力批判，体现了强烈的现实性。东汉前期的部分赋、颂、箴也体现了强烈的现实性，如京都赋的系列作品是根据当时光武帝定都长安还是洛阳的政治决策而展开的；史岑的《出师颂》针对当时邓骘出兵虽败仍受到嘉奖而创作的具有讽刺意味的作品；马融的《广成颂》是根据当时朝廷的强文治退武备的政治策略而创作的；崔琦创作《外戚箴》是出于劝谏外戚梁冀的目的，就连东汉前期的颂赞文学也是对当时国力强盛、经济富庶社会现状的歌颂，是对当时社会现实的反映和写照。就东汉后期的政论文而言，王符的《潜夫论》，仲长统的《昌言》等无一不是对当时社会现状进行激烈的批评，显现出强烈的现实性。

综上所述，一方面，班固、王充、王逸、王符等人主张文学反映现实生活，或歌颂当世，教化世人；或讥刺时弊，揭露黑暗，又主张追求真实，体现实诚和真美；另一方面，政论散文、辞赋创作无一不是社会现实的反映，具有强烈的现实性。

二、重视情感抒发

东汉时期，不论是文学理论还是文学创作都重视情感抒发，甚至到东汉中后期，抒情内涵还在逐渐扩大，致使文学思想从“载道”逐渐转向“缘情”。

西汉时期，不论儒家“有情的宇宙观”还是道家“无情的辩证法”都给西汉时期的文学情感特征注入了丰富的内容。“情”是儒家道德伦理的根基，梁漱溟先生说“周孔教化自亦不出于理知，而以情感为其根本”，“孔子学派以敦勉孝悌和一切肫挚之情为其最大特色”①。汉武帝以后，经学逐渐确立其正统地位，人们对文学的情感性有了比较明确的认识，如《礼记·乐记》《诗大序》提倡抒情言志。东汉前期，虽然经学对文学的发展有一定的束缚，但是士人们仍然继续探讨了文学的抒情特点。班固在《汉书·礼乐志》中论道：“夫民有血气心知之性，而无哀乐喜怒之常。应感而动，然后心术形焉。”②班固通过对诗歌的历史性观照，提出其对文学情感的新认识，归纳出了“因声而歌”和“缘事而发”这两种诗歌生成方式，这两种生成方式既解释了乐府诗的基本特征，也体现了乐府诗的情感倾向③。王充在《论衡》一书中不仅极力批判谶纬神学，提倡文学真善美，更是明确提出“情真”的要求。他在《超奇篇》中说道：“精诚由中，故其文语感动人深。是故鲁连飞书，燕将自杀；邹阳上疏，梁孝开牢。书

---

① 梁漱溟：《中国文化要义》，上海：学林出版社，1987 年，第 119 页。

② ［汉］班固撰，颜师古注：《汉书》，中华书局，1962 年，第，1037 页。

③ 参看樊祯祯：《汉代情感思想及其美学意义》，山东师范大学博士论文，2010 年，第 88 页。

疏文义，夺于肝心，非徒博览者所能造，习熟者所能为也。”[①] 他认为只有具有真情的作品才能感动他人。又说“实诚在胸臆，文墨著竹帛，外内表里，自相副称，意奋而笔纵，故文见而实露也”，“夫鸿儒希有，而文人比然，将相长吏，安可不贵？岂徒用其才力，游文于牒牍哉？”[②] 王充已经注意到真情的巨大感染力，这是文学真实观念上的巨大进步。他反对矫揉造作之情，云：“饰面者皆欲为好，而运目者希；文音者皆欲为悲，而惊耳者寡。”[③] 班固、王充都提倡文学的情感特征，要特别理解的是经生提倡的是一种较为狭隘的情感体验，即是社会历史理性的道德情怀。即使是在忧愁困顿中，也表现的是对未能实现儒士匡国救世理想的无奈与悲哀，如崔篆的《慰志赋》、班彪的《北征赋》、冯衍的《慰志赋》等。

东汉中期，王逸高举屈原发愤抒情说，再次将个体情感带入文学中。随着东汉中后期政治形势的变化和士人心态的转变，士人们对于情感的体验冲破了礼的束缚，情感不再局限于儒士的家国情怀，而是将内涵逐渐扩大至日常生活中的点滴感受，包括朋友之情、夫妻之情、父母儿女亲情以及自己在乱世中的消极悲观情怀。这种情感内涵扩大的现象并未进入此时期的文学理论和文学批评中，而是体现在文学创作实际中。东汉中后期由于造纸术的发明，朋友之间的书信往来更加密切，朋友之情在相互往来的书信中得到充分的体现，如马融与窦章、谢伯世的书信往来，张奂和延笃的书信往来等；又如蔡邕笔下作者与青衣之间的男女爱情以及秦嘉与徐淑的夫妻赠诗，无不体现了男女之间的真情流露；再如郦炎笔下的父母儿女亲情，让人动容。

---

① ［汉］王充撰，张宗祥校注，郑绍昌标点：《论衡校注》，上海：上海古籍出版社，2010 年，第 281 页。

② 同上，第 280、282 页。

③ 同上，第 284 页。

总之，东汉文学到中后期，由于政治情势的变化和士人生存状态的转变，儒家思想对士人的束缚慢慢松散，士人在文学创作中不再局限于功利的家国情怀，而是内涵扩大至日常生活的非功利情感体验。东汉后期，情感内涵的扩大是非功利、主缘情文学思想的基础。

三、“文学”概念的渐趋明朗

先秦时期文史哲不分，人们所说的“文”“文学”“文章”皆泛指文化学术。西汉时期，人们用于文学的术语有所转变，用“学”或者“文学”来称学术，用“文”或“文章”来称文辞，略近于现代意义上的文学。这些术语的转变表明西汉士人将文学与学术逐渐区分开来。东汉，士人们继续厘清文学的相关观念，渐有明朗之势。

第一，认识文学的独立性。东汉士人继承发扬了西汉士人对文学的认识，逐步认识到文学的独立性，对之有较为简单的界定。首先，班固以刘歆《七略》为蓝本而撰成的《汉书·艺文志》，其中《诗赋略》表现出对文学独立性的认识。郭绍虞先生认为《诗赋略》在中国文学批评史上影响深远：“一是文学与学术的区分，二是文学本身的分类，三是文集的编定。后世目录家有集部一类，盖即本此。”① 前两个重要影响主要是从文学的独立性以及界定来说的。《汉书·艺文志》虽以《七略》为蓝本，更多地体现了刘歆的文学观，但班固继承了刘歆的观点，这说明班固是赞同刘歆对文学的认识，已经认识到了文学的独立性。班固的《汉书·艺文志》不是对刘歆《七略》的简单因袭，而是将其对文学独立性的认识运用到实际批评中。他在评价屈原及《离骚》时，人、文并行不悖的双重标准便是最好的证明。其

① 郭绍虞：《中国文学批评史》，天津：百花文艺出版社，1999 年，第 47 页。

次，桓谭对“文学”概念进行了简单界定。《新论》记载：“茂陵周智孙曰：‘胡不为赋颂？’余应之曰：‘久为大司空掾，见使兼领众事，典定大议，汲汲不暇，以夜继昼，安能复作赋颂耶？’”① 从中可以看出，桓谭认为赋颂和学术典制文章有分别。朱荣智先生认为：“桓谭之文学观，界阈渐趋明晰，于两汉学者中，最为接近今人所谓之文，此实中国文学理论之新发展。”② 再次，王充对赋颂的推崇。王充在《论衡·佚文篇》中说：“文人宜遵五经六艺为文，诸子传书为文，造论著说为文，上书奏记为文，文德之操为文。立五文在世，皆当贤也。造论著说之文，尤宜劳焉。”③ 王充所谓的“文”包括一切见诸文字的作品，甚至包括人的道德操守，他对造论著说之文备加推崇。造论著说之文为何种之文呢？它不同于五经六艺、诸子传书、上书奏记，而是论发胸臆的繁文丽辞，也即赋颂之文。王充认识到赋颂之文有别于经传之文和奏记之文，这正是对文学独立性的认识。经过班固、桓谭、王充对文学独立性的发掘，文学的概念越来越清晰了。

第二，“文人”概念初步确定。王充在《论衡·佚文篇》中说“文人宜遵五经六艺为文”云云，对“能文之士已经有了一个确定的称呼——‘文人’”④，能传经作传之人为文人，能为辞赋者为文人，能为奏记者也为文人。王充极为推崇能为辞赋者的文人。他在《论衡·超齐篇》中将“文人”进一步具体化，说：

---

① ［汉］桓谭撰，朱谦之校辑：《新辑本桓谭新论》，北京：中华书局，2009 年，第 62 页。

② 朱荣智：《两汉文学理论之研究》，台北：联经出版事业公司，1978 年，第 83 页。

③ ［汉］王充撰，张宗祥校注，郑绍昌标点：《论衡校注》，上海：上海古籍出版社，2010 年，第 411 页。

④ 吕红光：《唐前文体观念的生成与发展》，杭州：浙江大学出版社，2014 年，第 146 页。

> 故夫能说一经者为儒生，博览古今者为通人，采掇传书以上书奏记者为文人，能精思著文、连结篇章者为鸿儒。故儒生过俗人，通人胜儒生，文人逾通人，鸿儒超文人①。

王充认为儒生的大群体是社会的精英所在，通经是士人建立大成就的基础。他认为掌握一经的是儒生，能通多经的是“通人”。显然，由于东汉时期古文经学的发展，能通多经者人数渐增，如桓谭、郑兴、杜林、马融等，而王充本身就能博通众流百家之言。王充认为能博览群书并能从经书中学习到圣贤的治国安邦之策，能够以上书奏记的方式向统治者出谋划策的就是“文人”。他最为推崇的则是“鸿儒”，他认为鸿儒不仅博览群书，体会圣贤之道，还能以创作的形式表现独立的见解。王充对四类儒士的界定有些混淆，但大体是清楚的。通人可以是文人，也可以是鸿儒，比如班固是通人，是文人，也是鸿儒。所以，我们可以认为鸿儒在广泛意义上属于文人。

比较王充对“文人”的界定，“连结篇章”者类似于“造论著说”，也即能造论著说的文人又可以被称之为“鸿儒”。王充在《论衡》中说：“唐勒、宋玉，亦楚文人也，竹帛不纪者，屈原在其上也。”② 从中可知，唐勒、宋玉等人便是文人之属了。由此可知，王充对文章之士的“文人”已经有了明确的界定。

东汉一朝，士人们也自发形成了“文人”群体。范晔在《后汉书》中首辟《文苑传》，为东汉22位文学名士立传，是我国历史上第一部有意识地为“文学家”所立的专传。《文苑传》赞曰：“情志既动，篇辞为贵。抽心呈貌，非雕非蔚。殊状共体，同声异气。言观丽

---

① ［汉］王充撰，张宗祥校注，郑绍昌标点：《论衡校注》，上海：上海古籍出版社，2010年，第278—279页。

② 同上，第283页。

则，永监淫费。”[1] 范晔首创《文苑传》，一方面是因为南朝时期文学繁荣，文学地位进一步提高，文学观念日益明确的文学发展实际使然；另一方面“盖自东京以后，乃有一意从事写作，并专以文章得名之人”[2]。范氏在撰写《后汉书》时多将这些士人的作品罗列出来，兹列举部分如下：

> （桓谭）著书言当世行事二十九篇……所著赋、诔、书奏，凡二十六篇。
>
> （冯衍）所著赋、诔、铭、说、问交、德诰、慎情、书记说、自序、官录说、策五十篇。
>
> （班彪）所著赋、论、书、记、奏事合九篇。[3]
>
> （东平王刘苍）有书、记、赋、颂、七言、别字、歌诗。
>
> （胡广）所著诗、赋、铭、颂、箴、吊及诸解诂，凡二十二篇。
>
> （班固）所著《典引》、《宾戏》、《应讥》、诗、赋、铭、诔、颂、书、文、记、论、议、六言、在者凡四十一篇。
>
> （贾逵）所著经传义诂及论难百余万言，又作诗、颂、诔、书、连珠、酒令凡九篇。
>
> 崔瑗高于文辞，尤善为书、记、箴、铭，所著赋、碑、铭、箴、颂、七苏……凡五十七篇。
>
> （刘睦）作赋、颂数十篇。

---

① ［南朝·宋］范晔撰，李贤等注：《后汉书》，北京：中华书局，1965年，第2658页。

② 张仁青：《中国骈文发展史》，杭州：浙江大学出版社，2009年，第167页。

③ ［南朝·宋］范晔撰，李贤等注：《后汉书》，北京：中华书局，1965年，第961、1003、1329、1441、1511、1386、1240、1724、1724页。

据统计，《后汉书》中记录了张衡、延笃、夏恭、朱穆、崔骃等四十多人的文学创作情况。钱大昭、顾檟三等学者爬梳文献，收集整理东汉士人文集情况，清楚地展现东汉士人的创作情况。《补续汉书艺文志》中东汉 78 人有别集[①]；《补后汉书艺文志》中 73 人有别集，10 人有楚辞类作品[②]。文辞作者的大量涌现、文辞作品的丰硕，皆可视为“文人”群体出现的证据。

东汉士人不仅对文学的独立性已经有了比较明确的认识，对文学内部也有较为明确的分类，还大力推崇并自发从事创作。种种现象表明，东汉时期，“文学”的概念益发明朗，为南北朝时期文学独立成科和文笔之分做了重要的铺垫。

四、推崇丽辞文采

前文第五章已经叙述了东汉时期，上至皇帝下至士人都体现出对文学的爱好，汉灵帝甚至开辟了以辞赋取士的道路，为魏晋文学的高度繁荣创造了条件。东汉士人重视文学还表现在对文学内部规律的探讨上，如桓谭继承扬雄对文章“宏丽温雅”的观点，高举“丽文”，提倡“新声”；班固也对《离骚》“宏博丽雅”的特色推崇备至。“丽”有华丽、美丽和依附之意，从东汉士人的文学批评来看，显然他们更注重文章华美。从文学创作实际来看，注重丽辞偶句便是文章追求华丽的具体方式。刘勰认为“丽辞”即为“支体必双”“事不孤立”“句

---

① ［清］钱大昭：《补续汉书艺文志》，北京：中华书局，1985 年，第 26—32 页。

② ［清］顾檟三：《补后汉书艺文志》，《二十五史补编》上海：开明书店，1936 年，第 138—150 页。

句相衔”“字字相俪”[①]，运用丽辞可使文章“精味兼载”“炳烁聊华”[②]，更显华美。谢无量先生认为“东京文人益多偶俪之辞，班张崔蔡，竞为华赡，盖四六之造端，而又缛于西京者矣”[③]。孙松友在《四六丛话序》中也论道：“西汉之初，追踪三古，而终军奇木白麟之对，儿宽奉觞上寿之辞，胎息微萌，俪形已具，迨乎东汉，更为整瞻，岂识其为四六而造福欤？踵事而增华，自然之势耳。”[④]

光武建武前期的散文中就多体现了骈化倾向，如李熊《复说公孙述》一文丽辞偶句，描述蜀地富庶以及有利地形，是公孙述称王的绝好之地。张仁青先生在《中国骈文发展史》中说：“东汉之朝，兹道愈扇，缔章绘句者如林，咀征含商者成市，名流各展其长，俪体于焉然大备。”[⑤] 王征认为：“两汉之际的游说文，对西汉质朴之文风向六朝骈俪之文风的转变无疑起了推波助澜的作用!”[⑥]

史传散文也体现了骈化趋向。班固《汉书》行文整饬，骈散结合，骈句多于散句，有学者认为：“班固之前，还从来没有哪位作家能在史体著作诸多规范的约束下，将语言的骈俪艺术发挥的如此婀娜多姿，锦绣出彩。”[⑦] 班固对骈文的自如运用和《史记》形成对比，陈天倪说：“《汉书》为整文，上承典、谟、训、诰之遗，下立黄初、典午之则，其流为六朝骈俪，与《史记》对峙。”[⑧]

---

① [梁] 刘勰著，范文澜注：《文心雕龙注》，北京：人民文学出版社，1958 年，第 588 页。

② 同上，第 590 页。

③ 谢无量：《骈文指南》，上海：中华书局，1925 年，第 30 页。

④ [清] 孙梅著：《四六从话》，王水照编：《历代文话》，上海：复旦大学出版社，2007 年，第 4779 页。

⑤ 张仁青：《中国骈文发展史》，杭州：浙江大学出版社，2009 年，第 35 页。

⑥ 王征：《两汉之际游说文论略》，《阴山学刊》2013 年第 4 期。

⑦ 李成林：《〈汉书〉文学研究》，陕西师范大学博士论文，2011 年，第 54 页。

⑧ 蒋伯潜、蒋祖怡著：《骈文与散文》，上海：世界书局，1941 年，第 14 页。

东汉后期，骈文趋向更见明显。如蔡邕的《郭有道碑》和仲长统的《乐志论》。《郭有道碑》辞云：

> 先生讳泰，字林宗，太原界休人也。其先出自有周，王季之穆，有虢叔者，实有懿德，文王咨焉，建国命氏，或谓之郭，即其后也。先生诞应天衷。聪睿明哲，孝友温恭，仁笃柔惠。夫其器量弘深，姿度广大，浩浩焉，汪汪焉，奥乎不可测已。若乃砥节砺行，直道正辞，贞固足以干事，隐括足以矫时。遂考览六籍，探综群纬，周流华夏，游集帝学，救文武之将坠，拯微言之未绝。于时缨绥之徒，绅佩之士，望形表而景附，聆嘉声而响和者，犹百川之归巨海，鳞介之宗龟龙也。尔乃潜隐衡门，收朋勤诲，童蒙赖焉，用祛其蔽。州郡闻德，虚已备礼，莫之能致。群公休之，遂辟司徒掾，又举有道，皆以疾辞。将蹈洪涯之遐迹，绍巢由之绝轨，翔区外以舒翼，超天衢以高峙，禀命不融，享年四十有三，以建宁二年正月乙亥卒。凡我四方同好之人，永怀哀悼，靡所置念，乃相与推先生之德，以图不朽之事，佥以为先民既没，而德音犹存者，亦赖之于见述也，今其如何而阙斯礼？于是建碑表墓，昭铭景行，俾芳烈奋乎百世，令问显于无穷。①

全文只有第一句是散句，其余几乎句句都是成排的骈文，可见此时文章骈化已经很明显了。

仲长统《乐志论》曰：

---

① ［汉］蔡邕：《蔡邕集编年校注》，邓安生编，石家庄：河北教育出版社，2002 年，第 142 页。

使居有良田广宅，背山临流，沟池环匝，竹木周布，场圃筑前，果园树后。舟车足以代步涉之艰，使令足以息四体之役。养亲有兼珍之膳，妻孥无苦身之劳。良朋萃止，则陈酒肴以娱之；嘉时吉日，则烹羔豚以奉之。踯躇畦苑，游戏平林，濯清水，追凉风，钓游鲤，弋高鸿。讽于舞雩之下，咏归高堂之上。安神闺房，思老氏之玄虚；呼吸精和，求至人之仿佛。与达者数子，论道讲书，俯仰二仪，错综人物。弹《南风》之雅操，发清商之妙曲。消摇一世之上，睥睨天地之间。不受当时之责，永保性命之期。如是，则可以陵霄汉，出宇宙之外矣。岂羡夫入帝王之门哉！①

蒋伯潜、蒋祖怡两位先生对这篇文章评价甚高，他们认为："《乐志论》几已具骈文的格律了……不独是通篇的风格全为骈偶，而且逐字按句为相互适当的排对，骈文到了这时候简直可以称为成功了。"②

综上，东汉士人在文学批评中推崇丽辞骈偶，并在实际创作中躬身实践，推进文学的艺术发展，这为东汉文学走向自觉，在艺术审美上做好了准备。

东汉文学思想体现了强烈的现实性，西汉的文学思想虽然也体现了相同的特点，但是由于经学文学思想的强化和政治环境的几经变化，东汉文学表现的现实性更为强烈。东汉文学思想还体现出重视情感抒发的特点。由于东汉继承并强化了经学文学思想，文学中情感的抒发一直存在，但是这种情感仅限于狭隘的家国情怀。东汉中后期，由于政治环境的变化，士人们逐渐跳出家国情怀，扩大了情感内涵，

① ［南朝·宋］范晔撰，李贤等注：《后汉书》，北京：中华书局，1965年，第1644页。
② 蒋伯潜、蒋祖怡著：《骈文与散文》，上海：世界书局，1941年，第15—16页。

抒发日常生活中的朋友之情、夫妻之情、父母儿女亲情。情感内涵的扩大，文学思想，由功利的“诗言志”转变为非功利的“诗缘情”，开启了魏晋时期动情与风骨并存的文学繁荣。东汉文学思想还体现文学观念渐趋明朗的特点，这一点是延续西汉时期士人对文学观念梳理，桓谭、班固等人更加明确地区分了学术与文学，同时还尝试在文学内部进行今天所谓纯文学的探讨；王充进一步推崇作家，提高作家地位，也体现出他对文学的认识。至此，文学的观念似乎呼之欲出。同时，南朝史家范晔撰写了《后汉书·文苑传》，一方面盖因南朝宋时文学繁荣；另一方面，我认为更主要的原因是东汉时期的作家、作品的明朗化为范晔提供了创作的素材。《后汉书》首开的《文苑传》实为东汉文学观念明朗的最好说明，这为魏晋时期纯文学的发展奠定了基础。东汉文学思想还体现了推崇丽辞文采的特点，这一点对于文学的发展至关重要。东汉文学较之西汉更尚骈偶，及至汉末的仲长统成功完成，为曹丕的“诗赋欲丽”论提供了实践证明。

第二节　东汉文学思想的价值

东汉文学思想的价值体现在三个方面：一是东汉文学思想对后世产生深远影响，二是东汉后期的文学创作开始了文学自觉，三是东汉文学思想完成了中国文学思想的定向。

一、东汉文学思想对后世的深远影响

东汉文学思想深受西汉文学思想的影响，但同时又有自身特点和新的发展。东汉士人文学创作体现的文学思想，提出的文学理论以及

文学批评都对后世特别是魏晋南北朝的文学理论和文学批评产生了深远的影响，这是东汉文学思想的价值之一。

1. 桓谭文学思想对后世的影响　桓谭对作家个人才能的独特性有一定的探讨和认识，他说："惟人心之所独晓，父不以禅子，兄不能以教弟也。"① 桓谭的观点被曹丕继承并发挥，主张"文以气为主"，曹丕解释道："气之清浊有体，不可力强而致。譬诸音乐，曲度虽均，节奏同检，至于引气不齐，巧拙有素，虽在父兄，不能以移子弟。"② 可见曹丕的文气说是继承并发扬桓谭观点而来的。桓谭认为创作非常艰难，辞曰：

> 余少时见扬子云丽文高论，不自量年少新进，猥欲逮及，尝激一事而作小赋，用精思太剧，而立感动致疾病。子云亦言："成帝时，赵昭仪方大幸，每上甘泉，诏使作赋，一首始成，卒暴倦卧，梦五藏出地，以手收内之，及觉，大少气，病一年。"③

刘勰在《文心雕龙·神思》中也以桓谭和杨雄等的例子对文学创作构思艰难进行了论述。

2. 班固文学思想对后世的影响　班固是东汉前期卓有成就的历史学家和文学家。学者多研究他的文学思想以及他对后世的影响，如吴崇明先生《班固文学思想研究》一书中最后两章谈论班固文学思想

---

① ［梁］萧统编，李善注：《文选》，北京：中华书局，1977 年，第 720 页。案：此为李善注语。

② 同上。

③ ［汉］桓谭撰，朱谦之校辑：《新辑本桓谭新论》，北京：中华书局，2009 年，第 52 页。

对后世文学创作和批评的影响以及班固在中国文学史上的地位①。吴崇明先生认为班固引《诗》而还原其本义的思路影响了欧阳修、姚际恒、崔述、方玉润。欧阳修阐释《诗》的本义，强调诗的言志抒情传统，继承班固的"采诗"说，和班固的《诗》本义说有直接的传承关系；姚际恒在《诗经通论》中认为汉人说诗，牵强附会，主张因文求意，避免凿空之论。他以《诗》的本义为中心，对每一首诗做出实事求是的解释，这种阐释思路源于班固。崔述和方玉润对《诗》的阐释皆源于班固，都是受到班固开创的《诗》学阐释方法的影响。吴崇明先生还认为班固论乐府诗，提出了"采诗"说和"感于哀乐，缘事而发"的现实主义精神，为唐代"元白""张王"等新乐府诗歌创作树立了榜样，影响了皮日休"正乐府"理论的提出和陆龟蒙诗歌现实主义特色的形成。吴崇明先生认为班固提出赋为"古诗之流"说，影响了魏晋南北朝的赋论，如杨修、皇甫谧、左思、挚虞、刘勰、颜之推等人都主张"赋者，古诗之流"说，强调赋的讽喻功能和教化意义，带有浓厚的经学色彩。到了宋代，士人们对"赋者，古诗之流"的理解趋向多元，但还是未能跳出经学的窠臼。元明清时代，虽也多有发展，但是也多遵从班固的观点。汉代以降，众多学者对"赋者，古诗之流"进行申发，使这一命题成为正统文学思想的组成部分②。

3. 王充文学思想对后世的影响　王充是东汉前期重要的哲学家和文论家，他的文学思想对后世产生了深远的影响。王充关注作家，推崇文儒和鸿儒，体现了他对文学的重视。他认为文学要对社会有用，但是又超越了文学的家国之用，认为文学还有证定真伪的理性之

① 参看吴崇明：《班固文学思想研究》，上海：上海古籍出版社，2010年，第425—534页。

② 此节内容请参看吴崇明：《班固文学思想研究》，上海：上海古籍出版社，2010年，第425—464页。

用、劝善惩恶的伦理作用。王充对文学价值的充分肯定，“可谓发前人之所未发者也”①。他的文学价值论深深地影响了魏晋时期的文学理论和文学批评。曹丕是极力肯定文学价值的，他认为：“盖文章经国之大业，不朽之盛事。”曹丕赋予文学无与伦比的价值，文章的地位空前。可以说，王充和曹丕对后代文学的顺利发展产生了重要的影响。

王充的《论衡》以“疾虚妄”为主旨，反对谶纬神学对理性认识的混淆。他在谈论情感问题时，要求用“实情”道“情实”。王充的情感真实论不仅是当时文学中追求真实的一个方面，也涉及当时情感抒发的文学理论问题。后世发展了王充的情感真实论，如陆机在《文赋》中，将文学创作中的情感提高到核心地位，他认为：

伫中区以玄览，颐情志于典坟。遵四时以叹逝，瞻万物而思纷；悲落叶于劲秋，喜柔条于芳春②。

陆机认为观四时物候变化，都能在情感上有所触动，因而说“诗缘情而绮靡”。陆机所谈情感已经是纯文学的情感了，在王充情感论的基础上又向前推进了一大步了，“但是王充对创作中真实的情感的珍视以及对文章情感的感染力的强调不能不说具有开创之功”③。

4. *后世文论多吸收东汉时期的文学观点*　刘勰的《文心雕龙》是在中国历史上第一部体系完备、理论性强的文学理论著作，是中国

---

① （日）青木正儿著，郑樑生、张仁青译：《中国文学思想史》，台北：台湾开明书店，1977 年，第 39 页。

② ［晋］陆机撰，张少康集释：《文赋集释》，上海：上海古籍出版社，1984 年，第 24 页

③ 王慧玉：《王充文学思想研究》，长沙：岳麓书社，2007 年，第 298 页。

文学批评的巨构。在这部“体大虑周”的巨作中，刘勰多采用东汉的文学观点，如在《正纬》篇中说道：“至于光武之世，笃信斯术，风化所靡，学者比肩，沛献集纬以通经，曹褒撰谶以定礼，乖道谬典，亦已甚矣。”① 这是对东汉谶纬思想盛行的论述。《文心雕龙》吸收桓谭的观点共计 8 条，吸收王充的观点则更多，正如朱荣智先生所说“至于王充影响尤大”。明代公安派袁安道吸收了桓谭、王充的观点，认为“秦、汉而学六经，岂复有秦、汉之文……唯夫代有升降，而法不相沿，各极其变，各穷其趣，所以可贵，原不可以优劣论也”②。袁宏道反对模拟、反对贵古贱今的思想深受桓谭、王充的影响。

二、东汉后期的文学创作开始了文学自觉

文学自觉一直是学者们热衷讨论和争论不休的话题，有学者认为汉代文学是经学的附庸，直到魏晋时期文学才开始独立或者自觉③，这种观点影响较大。另一种观点则好相反，认为文学自觉发生在两汉时期甚至更早④。当然，也有学者并没有从文学自觉的角度探讨汉代文学思想的价值，但是对文学是经学附庸的观念提出了质疑，如陈松青⑤。还有部分学者对两汉文学思想的价值提出了总体看法，如王守雪说“两汉文学思想确立中国文学的基本精神，对于中国文学的整体

① ［梁］刘勰著，范文澜注：《文心雕龙注》，北京：人民文学出版社，1958 年，第 31 页。

② ［明］袁宏道撰，钱伯城笺：《袁宏道集笺校》上海：上海古籍出版社，1981 年，第 188 页。

③ 李文初：《从人的觉醒到“文学自觉”》，《文艺理论研究》1997 年第 2 期。

④ 龚克昌：《汉赋—文学自觉时代的起点》，《文史哲》1988 年第 5 期。

⑤ “认为汉代文学是经学附庸的论调，在学理上隐含了‘汉代学术支配汉代文学发展’的观念，忽视了汉代文学与汉代经学之间融摄、激荡、排拒等种种形态。”陈松青：《先秦两汉儒学与文学》，长沙：湖南师范大学出版社，2004 年，第 350 页。

形态具有决定性的意义”。从文化心灵方面来说，两汉思想不是先秦思想的终结，而是中国传统文化的重新开拓①。敏泽的先生认为汉代文学思想是中国文学思想的定型阶段②。当然，这些观点仍然具有可讨论的空间，首先，关于文学自觉的标准就是一个非常复杂的问题。有学者认为：“所谓文学自觉，其涵义至少包含两方面的内容，一是文学摆脱经学附庸的地位而独立存在；二是按照文学自身的艺术规律进行创作。”③ 张峰屹先生总结西汉文学思想特质，认为衡量文学是否独立或自觉的根本标准是：“文学与政教是否实现分离，文学是否已经不依附于政教而独立成科，而不能仅仅以个别的、零散的现象作为判断的根据。”④ 龚克昌先生认为文学自觉发生在汉武帝时期的司马相如身上，其判定理由一则认为文学艺术的基本特点已得到充分的表现；二是提出了比较系统的文学艺术创作主张⑤。袁行霈先生论及了“文学自觉的标志”，即“文学的自觉是一个相当漫长的过程，它贯穿于整个魏晋南北朝，是经过大约三百年才实现的。所谓文学的自觉有三个标志：第一，文学从广义的学术中分化出来，成为独立的一个门类……第二，对文学的各种体裁有了比较细致的区分，更重要的是对各种体裁的体制和风格特点有了比较明确的认识……第三，对文学的审美特性有了自觉的追求。文学之所以成为文学，离不开审美的特性。所谓文学的自觉，最重要的或者说最终还是表现在对审美特性的自觉追求上。”⑥ 其实，认真审视文学自觉的标准，笔者发现李文

① 王守雪：《两汉文论新释——以徐复观两汉思想史论为基础》，北京：中国社会科学出版社，2011 年，第 257 页。
② 敏泽主编：《中国文学思想史》，长沙：湖南教育出版社，2004 年，第 150 页。
③ 李文初：《从人的觉醒到“文学自觉”》，《文艺理论研究》1997 年第 2 期。
④ 张峰屹：《西汉文学思想史》，天津：南开大学出版社，2001 年，第 274—275 页。
⑤ 龚克昌：《汉赋——文学自觉时代的起点》，《文史哲》1988 年第 5 期。
⑥ 袁行霈：《中国文学史》（二），北京：高等教育出版社，1999 年，第 4—5 页。

初先生和龚克昌先生的主要区别在于文学是否摆脱了经学的束缚。龚克昌先生认为这一点显然是多余的，因为文学自觉时代的新儒家经学才刚刚起步，根本还没有成为社会的最主流思想，文学还没有和政教发生非常紧密的联系。所以在龚克昌先生看来，文学自觉时代主要从文学自身发展规律来探讨。但是事实上从汉武帝时期直到汉末，儒家经学逐渐成为社会的主流思潮，并对文学产生了非常重要的影响。所以，在本书中，我更倾向于李文初、袁行霈等学者判定文学自觉的标准，即是文学是否与政教相脱离以及文学自身的发展规律。

李文初先生认为文学本身以及文学理论批评都未曾挣脱经学的束缚，奉命文学、帮闲文学乃是文学发展的主流，作家缺乏创作的独立自主精神，艺术上的追求和新变被视为离经叛道。笔者虽然赞同他对文学自觉标准的认识，但却不赞同他对汉代文学思想的描述。因为李文初先生对东汉文学思想的观照主要停留在文学理论、文学批评上，而东汉文学思想的形成，尤其在东汉中后期的文学思想主要是在文学创作实际中形成的。

以罗宗强先生提出的文学思想研究方法来探讨东汉文学思想，笔者发现东汉文学思想中存在文学理论明显滞后于文学创作的特点。当然，这也可以说是整个理论和创作之间的一个普遍特点。汉武帝独尊儒术以来，经过多年的发展，加之东汉光武、明、章等帝的提倡，经学成为衡量社会一切学术文化的标准，文学自然也不例外。文学的发展受到了经学的束缚，文学的社会功用被无限放大。东汉中期，王逸甚至完成了对楚辞的儒化，屈原发愤抒怨的《离骚》也被打上了讽谏君上的烙印。这样，文学发展完全是在经学体系下运行的。所以，东汉前中期的润色鸿业和讽谏批判的文学思想都是在崇儒宗经文学指导思想下形成的。就此点来说，笔者认为这是依附于经学的文学思想。这种依附在经学之上的文学思想在东汉末年仍然大有市场，甚至和新的文学思想相互激荡，如东汉末年郑玄的文学思想则是建立在经学思想之上的。这种依附于经学之上的文学思想在东汉前期和中期表现出文学理论批评和文学创作的一致性。在经学文学思想指导下，文学创作表现出为统治者歌功颂德和讽谏批判，这完全是《诗经》“美刺”思想的进一步发展。

作为文学创作主体的士人，在儒家思想的影响下，关注政治是其毕生的追求和信仰。在政治清明时代和为人主赏识之时，这种思想体现得尤为明显。东汉末年，在外戚和宦官的压迫和杀戮之下，士人对一直坚信的儒家思想产生了怀疑，他们从道家思想中寻找精神解脱，从《庄》《骚》中寻找文学养分。他们的创作不仅关注社会政治，寄托理想，同时还将抒一己的忧愁之情扩大到抒发朋友之情、夫妻之情、父母儿女亲情等。在抒情的过程中逐渐脱离了社会政治的束缚，回归个体的细腻情感，于是非功利文学思想出现了。但是这种文学思想并没有上升到理论层面，还主要体现在创作层面。东汉末年，在文学理论批评中仍然是以政教为用的经学文学思想为主。所以，文学理论批评和文学创作存在明显的不协调性。

东汉的文学理论批评表现出政教为用的文学思想，这是依附在经学之上的文学思想。东汉后期在文学创作实际中形成的非功利、主缘情的文学思想则是士人在挣脱儒家思想束缚的基础上形成的。所以，我们可以这样认为，思想一致的东汉前中期是经学束缚文学的最极端时期，随着外部政治因素的改变，东汉中后期则是文学开始挣脱经学束缚的时代。

东汉中后期文学创作不仅逐渐挣脱了经学的束缚，还对文学自身规律有所探寻，也即是“为艺术而艺术”做准备。此点虽在东汉后期的文学理论上没有见到，但可从士人对艺术精神的自觉中得到证明。赵壹在《非草书》一文中对书法艺术孜孜不倦追求的士人进行了批评，从另一个角度也可证明士人艺术精神的自觉。当然，这种艺术精神的自觉表现在文学上，便是对文学技巧、审美的自觉追求。有鉴于此，我们可以认为，东汉后期的文学创作已经初步开始了文学自觉，但是，文学自觉还没有上升到理论层面。直到建安时期，曹丕提出“文气说”，文学自觉才在理论层面上得以展现。自此，文学进入“为艺术而艺术”的高度繁荣期。可以说，东汉后期文学创作为建安时期文学理论批评自觉做好了实践准备，是建安文学自觉的先声。

三、东汉文学思想初步完成中国文学思想的定向[①]

中国文学思想丰富多彩，各种文学理论层出不穷，但贯穿其中的始终有两条主线：一是载道，二是缘情。许多学者在讨论中国文学批评时也主要从这两条主线入手，如周作人、罗根泽等。这种研究方法虽然存在片面性，但也说明“载道”和“缘情”是中国文学思想的两大主流。我认为，要确定中国文学思想的定向，有必要从这两方面考虑。敏泽先生认为因为汉代确定了千余年中国文学思想以儒家思想作为自己的基调；确定了文学思想作为一种主流的政治伦理思想的附庸，导致文学作为政治理念的工具和传声筒的思想方法，而以此认为汉代是中国文学思想的定型阶段，我认为此结论具有片面性。汉代确定了中国文学思想的定向不仅仅因为儒家思想成为文学思想的思想基调和文学成为政治理念的传声筒，还因为东汉时期形成了非功利、主缘情的文学思想，弥补西汉文学思想的缺陷，完成了中国文学思想史上载道、缘情的一次聚首。

---

① 敏泽先生在《中国文学思想史》中用“定型”一词概括两汉文学思想的价值。本书从这一角度深入讨论东汉文学思想的价值，改“定型”为“定向”。“定向”意为东汉文学思想确定了中国文学思想发展的基本道路，即“载道”和“缘情”的两个基本方向。

1. 东汉继承并强化了西汉的经学文学思想，更加巩固了经学文学思想的地位

西汉初的六十年里，大汉文化博采燕齐、荆楚、邹鲁的文化精神而逐渐复苏；学术思想交融黄老、儒家、阴阳、刑名；文学融合南北、兼取儒道，既有浪漫的空想冥思，又有功利主义的质实、敦朴，使得汉初的文学思想显示了兼容并包、趋于统一的特点。汉武帝时期积极推行独尊儒术的文化政策，建构起了以儒学为主，兼综众家的大文化图式，文学思想发生转变。一方面，以司马相如为代表的文士群体逐渐转移至宫廷，创作了具有体国经野、铺张扬厉风格的散体大赋，体现出雄风壮采的文学思想；另一方面来自民间的乐府诗，因感于哀乐、缘事而发的现实情感特征，开拓了盛汉文学的思想视野。汉元帝以后，学术思想虽然延续了武、宣之世儒学独尊的格局，然而却失去了“霸王道杂之”的内在事功精神和大文化生气，逐渐向两方面转变，一是经学内部阴阳灾异的盛行和谶纬图书的大量出现，二是被汉代大文化包容于儒家思想体系中的道家思想重新出现，显示出汉代正统文学思想中的异端因素。西汉文学思想经历了三个阶段的演变，汉初六十年是文学思想的兼综时期，是儒家经学文学思想的准备时期。第二、三阶段，虽然文学思想也丰富多样，但最主要的是经学文学思想，文学主要承担载道功用，是功利文学思想。到了东汉，其间经历了两汉之际战争的摧残，就文学创作实际来看，经学文学思想一度被中断，但是时间非常短暂，只有短短的十多年时间；就文学理论发展来看，桓谭继承了扬雄的明道、征圣、宗经的文学思想，经学文学思想仍然在起作用。

东汉光武、明、章三帝复兴儒学，大力推行儒学。西汉武、宣之世并未形成的儒学醇厚时代，在东汉前期完成了。东汉前期直至中期，经学文学思想一直是文学思想的主要形式，只是其间美刺各有侧

重而已。东汉更加强化了西汉的经学文学思想，主要有两方面的原因，一是东汉刘秀政权是西汉刘氏政权的继承和延续，他继承了西汉刘氏的政治策略，复兴儒学；二是儒家思想的强大生命力，汉武帝大力提倡董仲舒改良后的新儒家，儒家思想更加符合正处于上升期的封建制度对意识形态的要求，更符合中央集权制度的建立，这其实也是政治制度对儒家思想的选择。前文已论武、宣时期虽然大力提倡儒家思想，却并未真正开花结果，仍是王霸杂之。经过东汉前期三帝的努力，武、宣时期的余绪在东汉前期大放异彩，出现了经学的极盛。所以，我认为东汉政权延续西汉，巩固了经学文学思想的地位。随着政治环境变化和社会士风的转变，儒家思想逐渐弱化，道家思想成为有力的补充，流行于士人中间。文学逐渐挣脱经学的束缚，获得独立发展的空间。经学文学思想虽然逐渐失去了绝对的统治地位，但是仍然影响着文学的发展，其“载道”思想在后世千余年中仍然是非常基础的文学思想。

2. “载道”与“缘情”文学思想交汇融合，初步完成了中国文学思想的定型

东汉巩固了经学文学思想的地位，更加确定了儒家思想作为文学的基调和文学思想成为主流的政治伦理思想的附庸，这只是中国文学思想定向的一个方面。东汉后期，在社会政治变迁、士人心态转变的共同作用下，逐渐形成了非功利、主缘情的文学思想，冲破了经学文学思想的枷锁。文学不只承担“载道”功能，还可以承担“缘情”功能。文学的“载道”功能和“缘情”功能第一次在东汉后期聚首，初步完成了中国文学思想的定型。此后的中国文学思想就沿着“载道”

“缘情”两条主线前行。兹用周勋初先生的一表格来表现[1]：

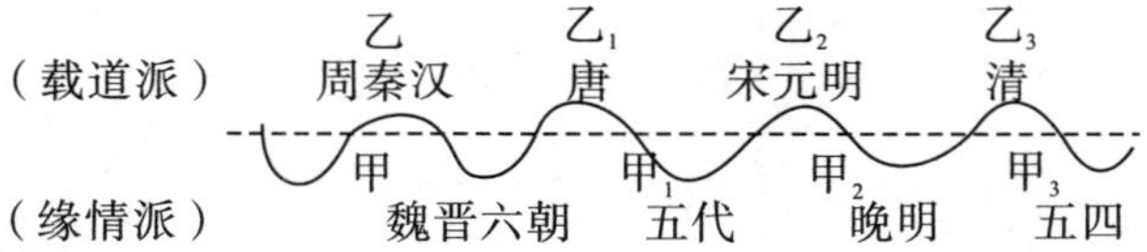

周勋初根据罗根泽的意思绘就的表格形象地说明了中国文学思想的基本走向。我认为周秦汉的文学思想虽然处于载道的类别，但是汉末正处于弧线与坐标轴的交汇处，恰如其分地说明东汉后期“载道”与“缘情”的交汇并行，印证了前文所述的功利与非功利文学思想的交互激荡。

东汉后期形成的非功利、主缘情的文学思想在建安时期繁荣开来。在文学创作上，建安文学沿着缘情的道路前行，如曹操的乐府诗，毫不掩饰地抒发他的理想、抱负、愿望与有时难以抑制的浓烈情思[2]；徐干、王粲等人抒写了内心微妙而细腻的情感。在文学理论上，曹丕提出了文气说。曹丕的“文气说”吸收了桓谭人性各异的观念和东汉后期缘情文学创作的经验，上升为文学理论，又反过来指导文学创作。如果说，东汉后期士人在文学创作层面开始了文学自觉，那么，曹丕文气说的提出则“标志着文学理论批评自觉时代的开始”[3]。曹丕将文学创作中抒情倾向上升到理论高度，更加稳定地指导文学创作，至此，非功利、主缘情的文学思想和功利载道文学思想相抗衡，并在以后的发展中，此消彼长，共同构成中国文学思想的两大思潮。所以，我认为东汉后期才真正初步完成了中国文学思想的定向。

---

① 周勋初根据罗根泽《中国文学批评史》“绪言”中“历史的隐藏”一节内容绘制此表。参看罗根泽：《中国文学批评史》，上海：上海书店出版社，2003 年，第 6 页。

② 罗宗强：《魏晋南北朝文学思想史》，北京：中华书局，1996 年，第 15 页。

③ 同上，第 19 页。

结　语

汉代文学思想历来受到研究者们的关注，但是学者们更加重视对西汉文学思想的探讨，较少专论东汉文学思想。本书从东汉前期、中期、后期三个阶段探讨东汉文学思想的内容、演变、特点和价值。

东汉文学思想的形成、发展和演变离不开儒家思想以及谶纬思想。建武初年，光武帝崇儒，吸引儒士共谋发展，统一之后，又大力推动儒学复兴。明、章二帝承继光武，继续推动儒学的发展。章帝时期，儒学的发展达到顶峰。与经学并驾齐驱的是谶纬思想。谶纬思想的政治预言性和神秘性，为光武建国立下汗马功劳。随后，光武宣布图谶于天下，谶纬思想正式具有官方正统地位。经学思想和谶纬思想是东汉社会两大主流思潮，深刻影响着士人的行为处事、文艺追求等，是东汉文学思想产生、发展的思想根源。

光武建武前期，在连年战争的社会背景下，时人豪迈任侠的性格特征使散文创作呈现慷慨纵横、质朴尚理的风格。这与经学影响下的西汉中后期文学思想风格迥异。这种文学风格是特殊社会环境下的产物，随着社会环境的改变便逐渐消退了。在文学理论方面，桓谭继承扬雄明道、征圣、宗经的文学观，并在“丽文”与“新声”上有所发展，不仅丰富了此时期的文学思想，也影响了后来王充的文学思想。

经学思想和谶纬思想成为东汉社会的主流思想，加之统治者对于文学的干预，光武建武十三年至东汉后期，文学思想明显表现出崇儒宗经的文学指导思想，在此思想指引下，士人们主张文学要从政教出发，要有益于社会现实教化。光武、明、章时期，国家繁荣昌盛，文学承担述颂汉德的功能。在审美方面，士人因恭肃、自信、拘敛的心理推崇辞赋宏博丽雅。儒家的现实致用性导致文学追求真实，但谶纬的政治虚妄又导致了虚妄审美的出现。同时，通人因广博的知识和理性的思维对谶纬思想的虚妄性进行强烈批判，并推及文学中。文学追求的社会真实性与谶纬虚妄性相互纠合导致了士人在伦理与理性冲突中渐渐对儒家经典产生怀疑，天人感应思想逐渐被抛弃，人事重于天事的新天人观念逐渐形成。东汉中期，当政治不能给予士人自信时，士人对于时代的歌颂就显得苍白无力，自身对时代政治的批判和对精神解脱的追求热情高涨。文学承担的颂美功能逐渐转为讽谏和批判，文学思想发生转变。无论是颂美还是讽谏，都表现为政教服务的功利文学思想，属于经学文学思想下的不同方面。

东汉中后期，皇权衰弱，士人们坚持的大一统圣王理想被外戚和宦官专权打碎，他们转向老庄思想以求实现人生价值，在行为上突破儒家礼教的藩篱，狂狷任性，在文学中充分展现日常生活的情感抒发，将个人因政治原因而产生的幽怨之情扩大到朋友之情、夫妻之情和父母儿女亲情以及个人对人生思考的情感抒发。这些情感多和政治无关，表现出非功利的特质，这是文学逐渐突破经学束缚的表现。同时，在创作风格上，文学创作由“温柔敦厚”向直接犀利转变，这也是文学思想突破经学束缚的表现。

东汉文学作为西汉文学和魏晋文学的过渡阶段，表现出四点独特性：一是东汉文学比西汉文学更具强烈的现实性；二是东汉文学更加重视文学的抒情性，从而开启了魏晋“诗缘情”的文学观；三是东汉士人对“文学”概念的界定更加清晰，从而推动魏晋纯文学发展；四是东汉文学更加注重丽辞文采，从而促进后世文学艺术审美的发展。基于东汉文学思想的特殊性以及东汉文学思想对后世产生的巨大影响，我们可以认为东汉文学思想初步完成了中国文学思想的定向，奠定了中国文学思想发展的基本趋势。

参考文献

A

［1］安居香山、中村璋八辑．纬书集成［M］．石家庄：河北人民出版社，1994 年．

B

［2］班固．汉书［M］．北京：中华书局，1962 年．

［3］白静生．班兰台集校注［M］．郑州：中州古籍出版社，2002 年．

C

［4］蔡邕著．蔡中郎集［M］．嘉靖二十七年序任城杨贤刊本．

［5］陈钟凡．中国文学批评史［M］．上海：中华书局，1929 年．

［6］陈康黼．古今文派述略［M］．四明丛书本，1936 年．

［7］崔瑞德，鲁惟一编，杨品泉等译．剑桥中国秦汉史［M］．北京：中国社会科学出版社，1992 年．

［8］陈立撰，吴则虞点校．白虎通疏证［M］．北京：中华书局，1994 年．

［9］蔡镇楚．中国古代文学批评史［M］．长沙：岳麓书社，1999 年．

［10］蔡邕著．邓安生编．蔡邕集编年校注［M］．石家庄：河北教育出版社，2002 年．

［11］陈松青．先秦两汉儒学与文学［M］．长沙：湖南师范大学出版社，2004 年．

［12］程勇．汉代经学文论叙述研究［M］．济南：齐鲁书社，2005 年．

［13］陈槃．古谶纬研讨及其书录解题［M］．上海：上海古籍出版社，2010 年．

［14］陈世崇．随隐漫录［M］．北京：中华书局，2010 年．

［15］陈君．东汉社会变迁与文学演进［M］．北京：中国社会科学出版社，2012 年．

D

［16］丁福保．历代诗话续编［M］．北京：中华书局，1983 年．

F

［17］方孝岳．中国文学批评［M］．上海：世界书局，1936 年．

［18］范晔撰，李贤等注．后汉书［M］．北京：中华书局，1965 年．

［19］费振刚等．全汉赋校注［M］．广州：广东教育出版社，2005 年．

G

［20］郭茂倩．乐府诗集［M］．北京：中华书局，1979 年．

［21］葛兆光．中国思想史［M］．上海：复旦大学出版社，1998 年．

［22］郭绍虞．中国文学批评史［M］．天津：百花文艺出版社，

1999 年.

[23] 郜积意. 经典的批判：西汉文学思想研究 [M]. 北京：东方出版社，2000 年.

[24] 龚克昌. 全汉赋评注 [M]. 石家庄：花山文艺出版社，2003 年.

[25] 龚鹏程. 汉代思潮 [M]. 北京：商务印书馆，2008 年.

[26] 郭丹. 先秦两汉文论全编 [M]. 上海：上海远东出版社，2012 年.

H

[27] 侯外庐等. 中国思想通史 [M]. 北京：人民出版社，1957 年.

[28] 黄海章编. 中国文学批评简史 [M]. 广州：广东人民出版社，1981 年.

[29] 洪兴祖撰，白化文等点校. 楚辞补注 [M]. 北京：中华书局，1983 年.

[30] 何焯. 义门读书记 [M]. 北京：中华书局，1987 年.

[31] 黄晖. 论衡校释 [M]. 北京：中华书局，1990 年.

[32] 华人德. 中国书法史（两汉卷）[M]. 南京：江苏教育出版社，1999 年.

[33] 胡旭. 汉魏文学嬗变研究 [M]. 厦门：厦门大学出版社，2004 年.

[34] 韩星. 儒法整合：秦汉政治文化论 [M]. 北京：中国社会科学出版社，2005 年.

[35] 桓谭撰，朱谦之校. 新辑本桓谭新论 [M]. 北京：中华书局，2009 年.

J

[36] 蒋伯潜、蒋祖怡. 骈文与散文 [M]. 上海：世界书局，1941 年.

[37] 金春峰. 汉代思想史 [M]. 北京：中国社会科学出版社，1987 年.

[38] 吉川幸次郎著，陈顺智、徐少舟译. 中国文学史 [M]. 成都：四川人民出版社，1987 年.

K

[39] 柯庆明. 两汉魏晋南北朝文学理论之研究 [M]. 台北：成文出版社，1978 年.

[40] 柯庆明、曾永义编辑. 两汉魏晋南北朝文学批评资料汇编 [M]. 台北：成文出版社，1978 年.

L

[41] 刘勰著，范文澜注. 文心雕龙注 [M]. 北京：人民文学出版社，1958 年.

[42] 刘师培著，舒芜校点. 中国中古文学史 · 论文杂记 [M]. 北京：人民文学出版社，1959 年.

[43] 李昉等. 太平御览 [M]. 北京：中华书局，1960 年.

[44] 刘昫等. 旧唐书 [M]. 北京：中华书局，1975 年.

[45] 柳宗元. 柳宗元集 [M]. 北京：中华书局，1979 年.

[46] 逯钦立. 先秦汉魏晋南北朝诗 [M]. 北京：中华书局，1983 年.

[47] 陆机撰，张少康集释. 文赋集释 [M]. 上海：上海古籍出版社，1984 年.

[48] 梁漱溟. 中国文化要义 [M]. 上海：学林出版社，1987 年.

[49] 李兆洛. 骈体文钞 [M]. 郑州：中州古籍出版社，1990 年.

[50] 刘熙载著，刘理人、陈文和点校. 刘熙载集 [M]. 上海：华东师范大学出版社，1993 年.

[51] 罗宗强. 魏晋南北朝文学思想史 [M]. 北京：中华书局，1996 年.

[52] 路遇，滕泽之. 中国人口通史 [M]. 济南：山东人民出版社，2000 年.

[53] 梁启超. 论中国学术思想变迁之大势 [M]. 上海：上海古籍出版社，2001 年.

[54] 李凯. 儒家元典与中国诗学 [M]. 北京：中国社会科学出版社，2002 年.

[55] 郦道元著，陈桥驿注疏. 水经注 [M]. 杭州：浙江古籍出版社，2001 年.

[56] 刘朝谦. 汉代诗学发微 [M]. 成都：四川人民出版社，2002 年.

[57] 罗根泽. 中国文学批评史 [M]. 上海：上海书店出版社，2003 年.

[58] 罗宗强. 隋唐五代文学思想史 [M]. 北京：中华书局，2003 年.

[59] 刘跃进. 秦汉文学编年史 [M]. 北京：商务印书馆，2006 年.

[60] 刘珍等撰，吴树平校注. 东观汉记校注 [M]. 北京：中华书局，2008 年.

[61] 刘汝霖. 汉晋学术编年 [M]. 上海：华东师范大学出版社，2010 年.

[62] 林传甲. 中国文学史 [M]. 长春：吉林人民出版社，2013 年.

M

[63] 梅鼎祚. 东汉文纪 [M]. 文渊阁四库全书 [Z]. 台北：台湾商务印书馆，1986 年.

[64] 梅鼎祚. 西晋文纪 [M]. 文渊阁四库全书 [Z]. 台北：台湾商务印书馆，1986 年.

[65] 敏泽. 中国文学理论批评史 [M]. 长春：吉林教育出版社，1993 年.

[66] 马彪. 秦汉豪族社会研究 [M]. 北京：中国书店，2002 年.

[67] 敏泽主编. 中国文学思想史 [M]. 长沙：湖南教育出版社，2004 年.

N

[68] 聂济冬. 东汉士风与文人文学 [M]. 济南：山东大学出版社，2011 年.

O

[69] 欧阳询撰，汪绍楹校. 艺文类聚 [M]. 上海：上海古籍出版社，1965 年.

P

[70] 皮锡瑞. 经学历史 [M]. 北京：中华书局，1959 年.

Q

[71] 青木正儿著，郑樑生译. 中国文学思想史 [M]. 台北：台湾开明书店，1977 年.

[72] 屈守元. 韩诗外传笺疏 [M]. 成都：巴蜀书社，1996 年.

[73] 钱穆. 两汉经学今古文平议 [M]. 北京：九州出版社，

2011 年.

R

[74] 任继愈主编. 中国哲学发展史 [M]. 北京：人民出版社，1985 年.

[75] 阮元校刻. 十三经注疏 [M]. 上海：上海古籍出版社，1997 年.

S

[76] 宋长白. 柳亭诗话 [M]. 上海：上海杂志公司，1935 年.

[77] 司马光. 资治通鉴 [M]. 北京：中华书局，1956 年.

[78] 孙文青. 张衡年谱 [M]. 北京：商务印书馆，1956 年.

[79] 司马迁撰，裴骃集解，司马贞索引，张守节正义. 史记 [M]. 北京：中华书局，1959 年.

[80] 施昌东. 汉代美学思想述评 [M]. 北京：中华书局，1981 年.

[81] 苏舆撰，钟哲点校. 春秋繁露义证 [M]. 北京：中华书局，1992 年.

[82] 司空图著，祖保泉，陶礼天笺校. 司空表圣诗文笺校 [M]. 合肥：安徽大学出版社，2002 年.

[83] 苏轼著，李之亮笺注. 苏轼文集编年笺注 [M]. 成都：巴蜀书社，2011 年.

[84] 尚学锋. 中国散文通史（两汉卷）[M]. 合肥：安徽教育出版社，2012 年.

T

[85] 童庆炳. 从审美诗学到文化诗学 [M]. 北京：首都师范大学出版社，2014 年.

W

[86] 魏征. 隋书 [M]. 北京：中华书局，1973 年.

[87] 王先谦. 后汉书集解 [M]. 北京：中华书局影印，1984 年.

[88] 王符著，汪继培笺，彭铎校正. 潜夫论笺校正 [M]. 北京：中华书局，1985 年.

[89] 王先谦. 荀子集解 [M]. 北京：中华书局，1988 年.

[90] 汪耀明. 西汉文学思想研究 [M]. 上海：复旦大学出版社，1994 年.

[91] 王运熙、顾易生主编，顾易生、蒋凡著. 中国文学批评史（先秦两汉卷）[M]. 上海：上海古籍出版社，1996 年.

[92] 吴雁南等. 中国经学史 [M]. 福州：福建人民出版社，2001 年.

[93] 王水照. 历代文话 [M]. 上海：复旦大学出版社，2007 年.

[94] 王慧玉. 王充文学思想研究 [M]. 长沙：岳麓书社，2007 年.

[95] 王充著，张宗祥校注，郑绍昌标点. 论衡校注 [M]. 上海：上海古籍出版社，2010 年.

[96] 吴崇明. 班固文学思想研究 [M]. 上海：上海古籍出版社，2010 年.

[97] 王守雪. 两汉文论新释——以徐复观两汉思想史论为基础 [M]. 北京：中国社会科学出版社，2011 年.

[98] 王夫之著，舒士彦点校. 读通鉴论 [M]. 北京：中华书局，2013 年.

X

[99] 萧统编，于光华评注．评注昭明文选［M］．扫叶山房石印本，1923年．

[100] 谢无量．骈文指南［M］．上海：中华书局，1925年．

[101] 徐坚等．初学记［M］．北京：中华书局，1962年．

[102] 萧统编，李善注．文选［M］．北京：中华书局，1977年．

[103] 徐陵编，吴兆宜注，程琰删补，穆克宏点校．玉台新咏笺注［M］．北京：中华书局，1999年．

[104] 徐复观．两汉思想史［M］．上海：华东师范大学出版社，2001年．

[105] 许道勋，徐洪兴．中国经学史［M］．上海：上海人民出版社，2006年．

[106] 徐天麟．东汉会要［M］．上海：上海古籍出版社，2006年．

[107] 许结．汉代文学思想史［M］．北京：人民文学出版社，2010年．

[108] 熊良智．楚辞的艺术形态及其传播研究［M］．北京：商务印书馆，2016年．

Y

[109] 杨翼骧．秦汉史纲要［M］．上海：新知识出版社，1956年．

[110] 严可均．全上古三代秦汉三国六朝文［M］．北京：中华书局，1958年．

[111] 永瑢等．四库全书总目［M］．北京：中华书局，1965年．

[112] 叶适．习学记言 [M]．北京：中华书局，1977 年．

[113] 袁宏道撰，钱伯城笺．袁宏道集笺校 [M]．上海：上海古籍出版社，1981 年．

[114] 于迎春．汉代文人与文学观念的演进 [M]．北京：东方出版社，1997 年．

[115] 袁行霈．中国文学史 [M]．北京：高等教育出版社，1999 年．

[116] 于迎春．秦汉士史 [M]．北京：北京大学出版社，2000 年．

[117] 宇文所安著，王柏华、陶庆梅译．中国文论：英译与评论 [M]．上海：上海社会科学院出版社，2003 年．

[118] 俞艳庭、踪凡、巩曰国等．中华大典·文学典·先秦两汉文学分典 [M]．南京：凤凰出版社，2008 年．

[119] 袁宏撰，李兴和点校．后汉纪集校 [M]．昆明：云南大学出版社，2008 年．

[120] 余英时．士与中国文化 [M]．上海：上海人民出版社，2013 年．

Z

[121] 张溥著，殷孟伦注．汉魏六朝百三家集题辞注 [M]．北京：人民文学出版社，1963 年．

[122] 朱荣智．两汉文学理论之研究 [M]．台北：联经出版事业公司，1978 年．

[123] 钟肇鹏．王充年谱 [M]．济南：齐鲁书社，1983 年．

[124] 朱熹．四书章句集注 [M]．北京：中华书局，1983 年．

[125] 赵翼著，王树民校正．廿二史札记校正 [M]．北京：中华书局，1984 年．

[126] 周天游辑. 八家后汉书辑注 [M]. 天津：天津古籍出版社，1987 年.

[127] 钟肇鹏. 谶纬论略 [M]. 沈阳：辽宁教育出版社，1991 年.

[128] 张毅. 宋代文学思想史 [M]. 北京：中华书局，1995 年.

[129] 张峰屹. 西汉文学思想史 [M]. 天津：南开大学出版社，2001 年.

[130] 朱东润. 中国文学批评史大纲 [M]. 上海：上海古籍出版社，2005 年.

[131] 宗白华. 美学散步 [M]. 上海，上海人民出版社，2006 年

[132] 周建江. 汉诗文纪事 [M]. 郑州：中州古籍出版社，2007 年.

[133] 周勋初. 中国文学批评小史 [M]. 上海：复旦大学出版社，2007 年.

[134] 张衡著，张震泽校注. 张衡诗文集校注 [M]. 上海：上海古籍出版社，2009 年.

[135] 张仁青. 中国骈文发展史 [M]. 杭州：浙江大学出版社，2009 年.

[136] 张少康. 中国文学理论批评史 [M]. 北京：北京大学出版社，2011 年.

[137] 仲长统撰，孙启治校注. 昌言校注 [M]. 北京：中华书局，2012 年.

[138] 张峰屹. 两汉经学与文学思想 [M]. 北京：生活·读书·新知三联书店，2014 年.

期刊论文

[139] 陈允吉、卢强. 中国古代文学理论批评研究中的新收获—评罗宗强《隋唐五代文学思想史》[J]. 中国社会科学，1987 (2).

[140] 龚克昌. 汉赋——文学自觉时代的起点 [J]. 文史哲，1988 (5).

[141] 马积高. 两汉文学思想的变迁与儒学 [J]. 求索，1989 (1).

[142] 康维达，彭行译. 汉颂——论班固〈两都赋〉和同时代的京都赋 [J]. 文史哲，1990 (5).

[143] 冈村繁著，王琳、牛月明译. 从蔡邕看东汉末期的文学趋势 [J]. 阴山学刊（社会科学版），1994 (3).

[144] 王钟陵. 动情与气骨——魏晋文学特征论 [J]. 兰州大学学报（社会科学版），1992 (1).

[145] 李文初. 从人的觉醒到“文学自觉”[J]. 文艺理论研究，1997 (2).

[146] 黄金鹏. 纬书与汉魏六朝文论 [J]. 北京大学学报（哲学社会科学版），1999 (4).

[147] 孙峰、肖世民. 汉代私学考 [J]. 西安联合大学学报，1999 (3).

[148] 苏瑞隆. 论儒家思想与韩艾辞赋 [J]. 文史哲，2000 (5)

[149] 杨德贵. 汉赋的创作标志着文学自觉时代的到来 [J]. 信阳师范学院学报（哲学社会科学版），2001 (3).

[150] 踪凡. 蔡邕与鸿都门学的汉赋观 [J]. 贵州社会科学，2002 (1).

[151] 谢仲礼. 东汉时期的灾异与朝政 [J]. 中国社会科学院研究生院学报，2002 (2).

[152] 孙蓉蓉. 刘勰论谶纬之“有助文章”[J]. 南京师大学报(社会科学版), 2004 (3).

[153] 陶水平. 审美诗学与文化研究的双重整合——童庆炳与当代中国文化诗学研究 [J]. 廊坊师范学院学报(社会科学版), 2005 (1).

[154] 包兆会. 汉代经学对汉代文论的影响 [J]. 人文杂志, 2005 (1).

[155] 冯小禄. 两汉之际的臣节与文学——以崔篆、冯衍为中心 [J]. 云南师范大学学报, 2005 (2).

[156] 程勇. 论经学与汉代文论的关联 [J]. 鲁东大学学报(哲学社会科学版), 2006 (3).

[157] 郭建勋. 汉魏六朝诗歌中夫妇之情的伦理禁忌与性别表达 [J]. 文学评论, 2006 (4).

[158] 刘丽. 从评〈离骚〉看两汉文学思想之演变 [J]. 殷都学刊, 2007 (3)

[159] 刘培. 汉末魏晋时期的经学与辞赋 [J]. 南京师大学报(社会科学版), 2007 (6).

[160] 孙蓉蓉.《诗纬》与汉魏六朝文论 [J]. 文艺研究, 2007 (9).

[161] 张齐政. “东汉功臣多近儒”辨析 [J]. 衡阳师范学院学报, 2007 (2).

[162] 刘文勇. 楚化与儒化——阐释汉代文学思想的一个框架 [J]. 西南大学学报(人文社会科学), 2008 (3).

[163] 吴建民、徐梅. 经学与汉代文论 [J]. 阜阳师范学院学报(社会科学版), 2010 (4).

[164] 杜书瀛. 汉代“独尊儒术”与主流诗学文论思想的确立

[J]. 文史哲，2012 (5).

[165] 郝虹. 从两汉经学到魏晋玄学的过渡：汉末社会批判思潮[J]. 烟台大学学报（哲学社会科学版），2011 (1).

[166] 孙少华. 桓谭“不及丽文”与两汉之际文风的转变[J]. 南京大学学报（哲学·人文科学·社会科学），2012 (5).

[167] 徐公持. 汉代文学的知识化特征——以汉赋“博物”取象为中心的考察 [J]. 文学遗产，2014 (1).

[168] 何新文、王慧. 班固的“赋颂”理论及其《两都赋》“颂汉”的赋史意义 [J]. 中南民族大学学报（人文社会科学版），2015 (2).

[169] 徐公持. 论汉代悲情文学的兴盛与悲美意识的觉醒[J]. 文艺研究，2015 (8).

[170] 许结. 汉代赋用论的成立与变迁 [J]. 杭州师范大学学报（社会科学版），2016 (2).

[171] 吴子慧. 天命之符与东汉文学的赋颂主题 [J]. 北方论丛，2016 (3).

学位论文

[172] 陈丽桂. 东汉谶纬学研究 [D]. 台湾师范大学.

[173] 陈曦. 汉赋引《诗》考论 [D]. 哈尔滨师范大学.

[174] 邓桂姣. 汉代扶风班氏家族文化与文学研究 [D]. 扬州大学.

[175] 樊祯祯. 汉代情感思想及其美学意义 [D]. 山东师范大学.

[176] 纪晓建. 汉代楚辞学研究 [D]. 苏州大学.

[177] 金鑫. 王充论衡与东汉文学思想 [D]. 哈尔滨师范大学.

[178] 李磊. 东汉魏晋南北朝士风研究 [D]. 华东师范大学.

[179] 马婷婷. 汉代情论研究——兼论汉代情与礼、法的关系 [D]. 华中师范大学.

[180] 年会稳. 汉魏诗歌文雅精神研究 [D]. 河北大学.

[181] 苏红燕. 东汉经学传授与特点述论 [D]. 山东大学.

[182] 谭慧存. 秦汉士人隐逸思想研究 [D]. 河南大学.

[183] 王凯波. 屈骚评论与汉代文学思想 [D]. 哈尔滨师范大学.

[184] 王帅. 经学影响下的汉代赋论 [D]. 北京语言大学.

[185] 夏增民. 儒学传播与汉魏六朝文化变迁 [D]. 复旦大学.

[186] 徐华. 汉魏之际艺术精神的嬗变 [D]. 华中师范大学.

[187] 杨继刚. 汉灵帝鸿都门学研究 [D]. 华中师范大学.

[188] 杨清龙. 张衡文学研究 [D]. 马来西亚大学.

[189] 杨园. 汉魏文学思想的变迁与士人生命意识觉醒思潮 [D]. 云南大学.

[190] 禹平. 汉代儒生的社会活动研究 [D]. 吉林大学.

[191] 岳宗伟.《论衡》引书研究 [D]. 复旦大学.

[192] 周立明. 东汉前期士人心理与王充文学思想 [D]. 西北大学.

后 记

《东汉文学思想研究》一书即将出版，当我提笔再写本书后记时，万般滋味涌上心头：一方面为自己的第一本专著即将出版而激动万分，另一方面也为自己的学术水平而忐忑不安。本书的完成是我学术生涯的第一步，它将激励我坚持学术道路，勇敢走下去。

还记得2000年的9月，见识浅薄的我踏进大学校园，看着图书馆里一排排整齐的书籍，无知而幼稚的心里，一次又一次地好奇，究竟什么样的人创作出了这些书？并萌生出了自己有一天也能写出一本书的大胆念头。20年后的今天，我自己的第一本书即将付印出版，圆满地回答了20年前心里的疑惑，完成了自己年少时的梦想。想着这些经历，心潮澎湃，感叹人生路上的收获！

《东汉文学思想研究》一书是在我博士论文基础上形成的。在完成博士论文期间，经历了家庭的变故，哺育小孩的艰辛以及繁忙的工作，论文的写作总是不尽如人意。导师李凯先生不厌其烦地给予我指导和鼓励。在经历了无数个万籁俱寂的深夜，经历了无数次焦虑和不安后，终于在2016年，我参加了答辩，顺利毕业。毕业之后，种种原因，也没有对论文精心打磨。所以，本书在创新性方面还存在不少问题，很多学术问题也未能在本书中得到解决，恳请专家和读者包涵，并不吝赐教！

从论文雏形到即将付印的书稿，这期间不仅仅是我一个人在辛苦，更是凝聚了很多人的心血：导师李凯先生从论文定题，到写作提纲的拟定，甚至论文中语言的组织都给予了指导和帮助，可以说，没有李老师的耐心和鼓励，就没有今天本书的出版。论文还得到校外5位不知名专家的评审和四川师范大学熊良智教授、钟仕伦教授、刘朝谦教授、钟华教授的评审。老师们给我提出了很多中肯的修改意见。在本书的出版过程中，巴蜀书社的陈礼老师以及其他编辑老师从编辑专业的角度对语言表达、文献引用以及一些学术观点提出了宝贵的修改建议。在此，谨向他们致以诚挚的感谢！

在我论文写作的几年中，内江师范学院校办的张浩主任和周发强主任以及同事们，在生活上和工作中都给予了我很多帮助。同时，本书的出版得到内江师范学院科研启动费项目资助。在此，对内江师范学院的领导和同事们表示衷心的感谢！

2012年9月，我带着不满3月的幼子进入学校攻读博士学位，2020年8月，我的第一本专著即将出版。在这将近十年的时间里，人生之路多有不易，我的父母不仅在生活上对我事无巨细的照顾，更是陪伴我度过一个又一个的人生困难，感谢他们为我默默地付出。这本书的出版就是最好的报答。幼子今年9岁，他和“东汉文学思想研究”一起成长，赋予这本书特殊的意义，这本书也是我在他成长路上给他的最好陪伴！

夏冬梅

2020年8月9日

图书在版编目（CIP）数据

东汉文学思想研究/夏冬梅著. —成都：巴蜀书社，2020.4

ISBN 978-7-5531-1285-5

Ⅰ.①东… Ⅱ.①夏… Ⅲ.①中国文学—文学思想史—研究—东汉时代 Ⅳ.①I209.342

中国版本图书馆 CIP 数据核字（2020）第 052466 号

DONGHAN WENXUE SIXIANG YANJIU

东汉文学思想研究 夏冬梅 著

责任编辑	陈 礼
封面设计	冀帅吉
出　　版	巴蜀书社 成都市槐树街 2 号　邮编 610031 总编室电话：(028)86259397
网　　址	www.bsbook.com
发　　行	巴蜀书社 发行科电话：(028)86259422　86259423
经　　销	新华书店
照　　排	四川胜翔数码印务设计有限公司
印　　刷	成都蜀通印务有限责任公司　(028)64715762
版　　次	2020 年 9 月第 1 版
印　　次	2020 年 9 月第 1 次印刷
成品尺寸	210mm×148mm
印　　张	10.875
字　　数	310 千
书　　号	ISBN 978-7-5531-1285-5
定　　价	50.00 元